林語堂作品精選6

風聲鶴唳

林語堂

—經典新版—

林語堂 著

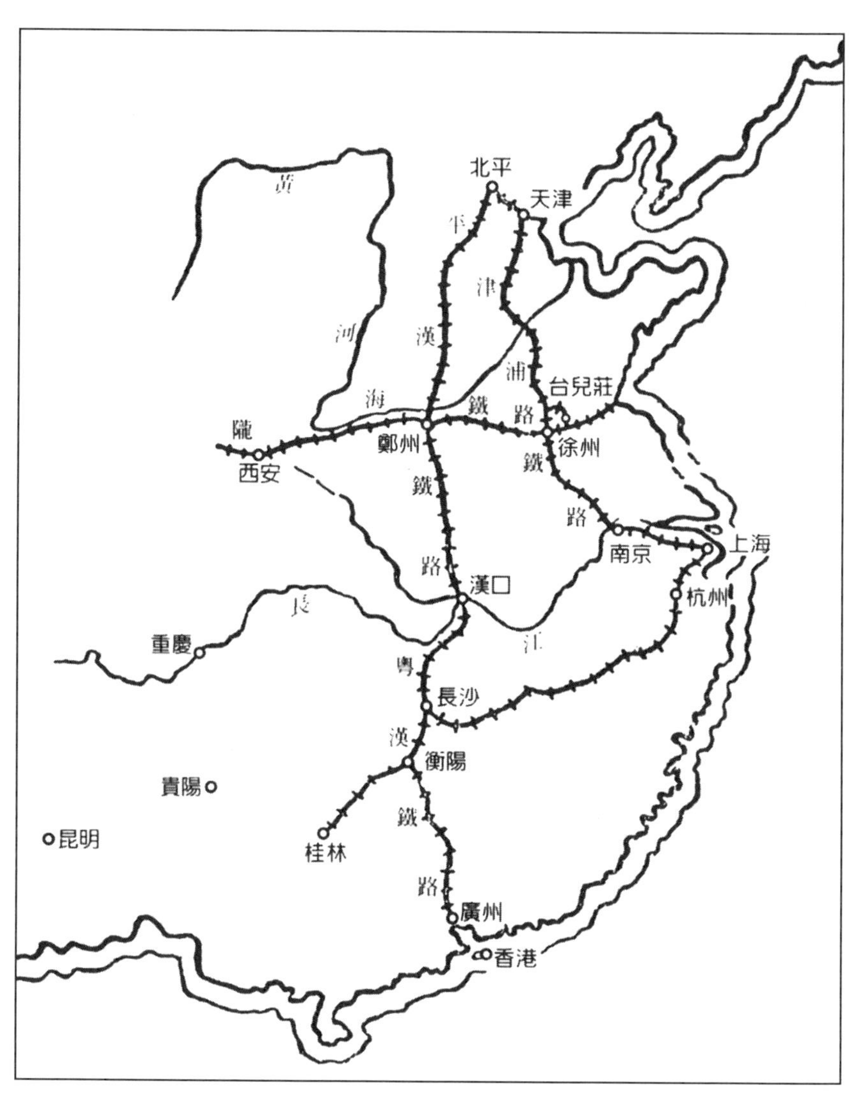

與本書情節有關的市鎮、鐵路和河川

1

伯牙走出城市東北郊的「王爺園」，優哉游哉向前逛，嘴裏含著菸斗，雙手放在褲袋裏，準備去陪好友老彭吃晚飯，這已經成爲一種慣例了。這裏是相當荒涼的地區，必須穿過幾片混沌的空地。

那是一個乾爽宜人的日子，北平的十月天，晚風稍帶寒意，和戰前的情形沒有兩樣。秋天的太陽把泥土曬成乾灰色，現在是薄暮時分，石青色的牆壁和屋頂的瓦片在柔和的微光下，與光禿禿的地面融合成一體，遠方模糊的稜線也籠罩在迅速來臨的夜色中。幾盞街燈還沒有扭亮，四周一片死寂，只有幾隻烏鴉在附近樹梢上嘎嘎叫著，如果仔細傾聽，還可以聽到一個打算歇息的城市發出微弱、幽遠、和諧的泛音。

伯牙在暮色中走了四分之一哩，只碰到兩三個回家的窮人，和他一樣默默走著，頭垂得很低，手上拿著油壺和荷葉包的晚餐。一個穿黑制服、無精打采的警察站在街角，親切地和他交談。死寂的氣氛實在很嚇人。不過他一向喜歡在這個時候出來散步，夜風又涼又刺人，城市生活的奧祕也在他周圍漸漸加深。

他一直走到南小街才看到生命活動的跡象，一長排路燈大開著，窮人小吃攤的油燈也在暗夜中閃閃發光。那是一條又窄又長、沒有鋪柏油的小巷子，只有十一、二呎寬，南北向，和哈達門街平行。老彭家離這條巷子很近，在東四牌樓南邊，就在通往更南面住宅街的地方，現在那兒大部分被日本人佔用了。路上有幾輛零零落落的黃包車慢慢走著，有些則熄了燈停在路邊。車夫爲了省油，往往要等客人叫車，才肯點起他們的小油燈。

他左轉來到老彭家，巷道太窄了，幾乎連一輛黃包車都無法通過。四周黑漆漆的，他差一點撞到門階，才曉得已經到了。

他在大門的鐵環上敲了幾下，不久就聽到裏面有咳嗽的聲音，他知道是老彭的老傭人。

「誰呀？」來人喊道。

「是我。」

「是姚少爺？」

「嗯。」

接著又是一陣劇烈的咳嗽聲，門鎖慢慢拉開了。

「老爺在吧？」伯牙道。

「他今天早上出去，還沒有回來呢。進來吧。秋夜挺冷的。他會回來吃晚飯。」

伯牙跨過庭院，進入客廳。屋裏相當空曠，家具非常簡單，一張廉價的漆木方桌，幾張蓋著深藍布墊的竹椅，還有一張搖搖晃晃的扶手椅，一定是回教市集上花十塊錢買來的二手貨。每次伯牙一坐上去，彈簧就吱吱響，陷到一邊。布套子上有好幾個香煙孔，他一變換姿勢，就覺得鋼絲動來動去的。老彭需要輕鬆一下的時候，就坐在這張椅子上。幾個湘妃竹製成的書架排在北面牆邊；亂七八糟堆滿了書冊、雜誌和唱片。書本各色兼備，由家禽、養蜂到佛教書刊，樣樣都有。伯牙曾注意到一本翻舊了的「楞嚴」佛經，知道老彭是禪宗佛教徒。一個鮮紅漆的唱盤架放在屋子的角落裏，和其他家具顯得很不相稱。

木桌上放著兩人的碗筷、小茶杯、白鑞酒壺，和幾個三吋的小碟子，上面裝著醬菜和生薑，但是飯菜還沒有擺上桌。伯牙知道老朋友等他來吃飯，多少個夜晚，伯牙就在這張餐桌上用這些茶杯和老友對酌，討論戰爭及政治，最後兩個人喝多了，就相對飲泣，然後他們一言不發，繼續喝悶酒。愈喝眼淚愈豐富，兩個人往往對坐半小時不說一句話，盡情揮淚，聽對方的呼吸聲。據說傷心人喝酒飲泣或流淚對他們是有好處的，他們兩個人都喜歡這樣，需要這樣，尤其二十九軍撤退，北平淪陷的頭一個星期，他們更常常如此。

古人對這種喝法另有一個名稱，叫作「愁飲」，但是伯牙和老彭加上一個「對」字，說是「對愁飲」，第二天，總有一個人向對方說，「我們昨天晚上的對愁飲不是很夠味嗎？你就是憂愁；我一看你的臉，便忍不住落淚。事後覺得好多了，睡了一個好覺。」最近他們沒有這種習慣了，但是兩人一起吃飯的時候，還常常小飲幾杯。

老傭人端熱茶進來，倒了一杯說，「老爺不久就回來。」

伯牙坐在吱吱響的扶手椅中，拿起上面的報紙，準備翻閱。但是不久那一疊報紙就由手中滑到地上。他默想著一件奧祕事，這件事對他比戰爭的消息更重要。自從前幾年認識老彭之後，這個人就深深迷住了他。很難相信這個空曠的房間裏住著一個沒沒無名的偉人，他無妻無兒，卻是伯牙所認識的唯一快樂無憂的人物。他以前從來沒有結交過像他這樣的人。一個孔夫子口中「無憂無懼」的君子。

北平人都不認識老彭。他沒有做過什麼特殊的大事。他的外在活動一次又一次失敗了。過度的熱誠往往被壓得粉碎，而且耗掉了他一半的財產。十幾年前，他想在北平種番茄。因爲沒有人起過這個念頭，他以爲一定會大賺一筆。他的推理很清晰、很簡單：北平——當時還叫北京——有很多甜美的柿子；番茄又名「西紅柿」，因此北平應該能產出甜美番茄。他沒想到柿子長在高樹上，番茄卻長在灌木上。北京不長番茄，至少他的土地上長不出來，結果番茄園害他賠掉幾千塊錢。他的下一項投資是進口的來亨雞，用魚肝油餵養，但是生產的雞蛋太貴了，敵不過二元五十枚——夏天一塊錢可以買到一百個——的土產雞蛋。他對運銷成本毫無概念。接下來又是一個空中樓閣，搞蜂園出蜂蜜，仍然是北京人民沒有想過的念頭，一連串冒險失敗後，他乾脆把其他財產放在銀行中，從此不再受失望的打擊，快快樂樂過日子。伯牙叫他老彭，老朋友們常常如此相稱。

十年前，他三十五歲的時候，彭太太去世了。他曾經奮勇教她學校用的三十九個注音符號，結果一點成效都沒有。他的英雄氣概十足；特地買了學校的圖表掛在牆上，又親自在符號旁邊加上圖畫，他太太拚命學那三十九個符號，就是學不來。拚音需要想像力，還要一點抽象的思考。她學了符號的發音，但是字音還是拼不出來。ㄇㄧㄣ三個符號硬是沒法變成「民」音，一點辦法都沒有。看到老彭不厭其煩教他忠實古板的胖太太，真叫人同情，看到她一大把年紀還拚命學ㄅㄆㄇㄈ，更教人感動。

「ㄇㄧㄣ拼起來是什麼？」他太太老是問道。

「ㄇㄧㄣ民。」他已經說了五十遍。

「爲什麼？」

「ㄧㄣ音。」

「爲什麼？」

學會了。」

「所以ㄇㄧㄣ就念『民』。」

「這個外國玩意兒是什麼？我不懂。我喜歡孔子的漢字。天就是天，地就是地，你學會就是學會了。」

「不過ㄊㄧㄢ拼出來就是『天』嘛。」

「別害我搞混了。我不學。」

「你一定要學。這是教育呀。」

「我的好人兒，就把我當作不成材的學生吧。我從來沒有反對你搞番茄園和養雞場。現在饒了我吧。」因此他只好放棄了。不過他說他很喜歡和不識字的太太上課。他太太死後，他慎重埋葬，從來沒動過再娶的念頭。

後來他盡量改善符號的寫法，好讓農夫們容易學，但是又沒有成功。

他外在的活動完全失敗了，北平人都不認識他。他在政治圈中有幾個朋友，還認識幾位黃埔軍校的畢業生，與廣西柳州籍的白將軍也有一點交情，算是廣西將軍的同鄉。但是他從來不想進入政界，這是他聰明的地方。要不是現在發生了這一場戰爭，他也許會沒沒無聞死去，我也就不會寫下這個故事了。

七點鐘老彭還沒有回來。伯牙很需要和老彭談談，有時候簡直憋不住。自從北平淪陷，親友南遷，伯牙就沒有別人可談了。他白天通常留在家裏，總覺得自己在花園大宅中像一個俘虜似的。只有晚上他才敢溜出門，來看看老彭。在老朋友面前，他覺得什麼話都能說，對方一定會瞭解他，他的問題可以得到肯定的答覆。他們的友誼因為他的寂寞而加深了，他很想和老彭交換思想，聽聽他的意見，接受他的勸導。

很多人都覺得伯牙是紈絝子弟，一個典型的富家少爺，整天泡在脂粉陣中，他知道自己行爲放蕩，難怪要招來這樣的惡名。他想起今天下午和媚玲會面的情景。他覺得這幾天自己已經愛上她了。不知道老彭對媚玲會有什麼看法。他們的生活差太多了；他年輕、個子高，長得還算英俊，從小生活在豪門大戶的奢侈環境中，對藝術、文學、生活樂趣都有很文雅的鑑賞力，老彭卻是一個禁欲者，外表邋遢，不重視物質享受，四十五歲的單身漢，對所有女人都敬而遠之。然而他卻在老友身上發現了一個偉大慷慨的靈魂，想法有些空幻，心靈和孩子一樣溫柔。伯牙天賦和修養都不錯，社交手腕極佳，對女人也有廣泛的瞭解，不過他承襲了祖父姚老先生的一絲神祕主義的氣息。這使他和老彭很投契，而且能立刻瞭解、欣賞好友天賦中和他相異的本質。老彭差一點就使他免除了憤世嫉俗的作風，那是他這種才智和環境的年輕人難免會有的發展。

有一次老彭由附近招來四、五個學生，其中有些是店裏的學徒，免費在家裏教他們上課，結果引來無限的煩惱。他又開始教注音符號，但是有些店主抱怨說，他們的學徒從此不能早起幹活了，還有人發現他們學的不是正規的漢字。他們一個個退出，最後只剩一個二十三歲的蠢小子留下來。伯牙看他每晚坐在那兒苦苦上課，老彭也以無限的耐心盡量在他執拗的腦袋裏灌注一絲光芒。因爲他現在是唯一的學生，要老彭教他一千個漢字，老彭千辛萬苦教導他，知道運氣好一點也要六個月才能教完。小夥子坐在那兒學寫字，手上的毛筆彷彿千斤重擔，額頭的汗珠在燈光下猛流個不停。

「有什麼用嘛，」伯牙問道，「把每天晚上最寶貴的時間浪費在一個什麼都學不來的笨腦袋上面?多一個這種人會讀會寫，對社會又有什麼好處呢?」

「親愛的朋友，你看不出其中的意義，我卻看得出來，」老彭說。「你不知道這個人的腦袋有什麼變化。那是一個奮鬥的腦子。怎見得他的生命就比你、我沒有價值呢?你能說出差別何在嗎?他很笨。他微不足道。前兩天我失去耐心了,問他是不是還想學到底。他嚇慌了,求我不要中斷課程,我看到他眼睛裏淚光閃閃。他說他沒錢上學,這是他唯一的機會。『怎麼啦?』我問他。他對我坦白說,他愛上一個鄰居的女兒,對方要他學會了讀寫,才肯嫁給他。你知道這件事對他的意義有多大?如果我能幫他娶到這個女孩子,對他的未來又有多大的影響?你們有錢人有時候要花幾千塊、幾萬塊去娶一個女孩子。何以見得這段戀愛對他就比我們不重要呢?你能說出其中的差別嗎?有人恨不得爲愛自殺哩。」

「你覺得你中斷課程,他就會自殺?」

「也許不會。但是會改變他的前途——那個女孩子不會嫁給他。」

於是老彭繼續教了他六個月,由冬天教到春天,只爲了讓這個老實的蠢小子能娶到一個老彭素未謀面的少女。冬天那幾個月,老彭還買了一頂帽子給他,這是他一生中唯一的帽子。婚禮那天,老彭穿上最好的長袍去赴宴。他以「老師」的身分被引到新娘面前,新娘謝謝他,老彭發現她輪廓雖好,卻是個麻子。他有點失望,但是卻對自己說,「這算什麼呢?麻子通常都很精明。她還是一個頗具野心的女孩子呢。」那個少女有幾百塊錢,所以她才能選擇自己的丈夫,婚後她開了一間店給他。新郎結婚那天還把那頂帽子戴在頭上,後來就只有重要場合才捨得戴,以後也不再買第二頂帽子,以紀念恩師的德意。老彭贏得了小倆口永恒的感激和忠心,覺得自己六個月的辛勞實在沒有白費。

伯牙沒事可做,眼睛落在書架上的「楞嚴經」上。他對老彭的性格有一種神祕感,忍不住打開那本書,想看看佛教中有什麼因素影響了老友的性格。他一頁一頁翻過去,發現裏面全是生死、憂患和感官的謬誤等問題。一大堆梵文姓名和術語使他沒有辦法讀下去。簡直像閱讀密碼電報，或者和中國人讀英文報紙差不多。他正要闔起書本，放回原位，突然看到第一部分的「婬女」字樣。他停下來看了一會。那是一段敍述的文字，淺顯好讀。他順著書頁看下去：裏面提到一大堆在佛祖面前悟道的聖者。佛祖心愛的門徒阿難陀——一個聰明的年輕人——還沒有出現，但已在城中乞討：

阿難因乞食次、經歷婬室、遭大幻術、摩登伽女以娑毗迦羅先梵天咒，攝入婬席，婬躬撫摩，將毀戒體，如來知彼婬術所加……坐宣神咒，敕文殊師利將咒往護，惡咒消滅，提獎阿難及摩登婬女，歸來佛所。

他把那本書放回原位。後來他偶爾想起這個故事，總覺得老彭就像文殊師利菩薩。

伯牙陷入沉思中，沒有注意到時間過去。老彭回來，已經快八點了。

「抱歉，我回來遲了，」老彭音調相當高，有點女性化，和他的高度、塊頭很不相稱。他的聲音平常低低的，但是一激動起來就尖得像童音似的，顯得很緊張，有些句子，由高音開始，卻以低八度結束；有時候他的聲音彷彿裂開了，很像聲帶同時發出高八度和低八度兩種聲音。情緒愈激動，高低音的轉換就愈頻繁，那時高音會結結巴巴的，低音倒不會。

他穿著一件褪色的舊棉袍，兩邊經過一冬的塵土，已經稍微磨破弄髒了，他個子雖然又高又壯，外表卻毫不吸引人。臉上掛著一副銀邊的近視眼鏡，使他顯得很認真，高高的額頭上布滿皺紋，更加深了這份感覺。他前額微禿，稀疏的灰髮長長往後攏，不分邊，使他的高額頭更加醒目。這是最實用的髮型，根本不用梳頭；也可以說，他一面說話一面習慣用手指摸頭，每天都梳上千百回。

他臉型方方的，略嫌肥胖，有一種寧靜認真的表情，笑口常開，顴骨高，眼睛凹陷，鼻子寬寬的，嘴巴的形狀很討人喜歡，中間突出，兩邊向下彎，像鯉魚唇似的，下巴寬闊低垂。臉上的肌肉形成一道道線條和紋溝，顯得又親切又慈祥。以他的年齡來說，他的皮膚算是特別光滑、特別白皙了。

他鬍子本來就不多，於是他任由薄薄的髭鬚長出來，自成一格，也不大修剪，所以髭鬚兩端像括弧般圍著中間的部分。他一笑，嘴唇向後縮，露出粉紅的上牙床和一排整齊的牙齒，因為抽菸過多，牙齒已經微微泛黃了。但是他臉上總有一股法國人所謂「意氣相投」的慈顏，加上高高的額頭和粗粗的灰髮，自然顯出一種獨特的精神美。有時候他談到自己喜歡或感興趣的話題，靈活的嘴部就形成一個圓圓的隧道。

他衣著上唯一西化的部分就是那雙特別寬大的皮鞋，是他在當地訂做的，因為他堅持腳趾要有充分的空間。「雙腳決定鞋子的形狀，而不是鞋子決定雙腳的外形，」他說。他從來不懂得把鞋帶綁緊，所以常常停在路中間繫鞋帶，也學會了不繫鞋帶慢步走了。有一段時間伯牙看到他一隻鞋子根本沒有鞋帶，只因為帶子斷了而他老不記得買，最後伯牙便買了一雙送給他。

老傭人端來一盆熱水，放在唱機附近一角的臉盆架上。老彭精神勃勃，大聲洗臉洗手，傭人則忙著擺飯菜。

「你辦好了？」伯牙問他。

「嗯。給我兩千塊錢。」他的朋友扭著毛巾說。他似乎不想再說什麼。

「做什麼用？」

「她需要彈藥，要送到西山去。」

伯牙坐下，老彭也上了桌，他的臉色清新愉快，一心急著吃飯。

「她說東北大學有很多學生和老師都打算和她一起去，但是他們沒有槍枝。」

傭人上前倒酒。伯牙看看老彭，又看看傭人。

「沒關係。世上再沒有比他更忠心的僕人了，」老彭說完又接下去。「我討厭屠殺。但是你若像我一樣到鄉間走走，看看那邊的情形，看看可怕的殺戮和無家可歸的情景，你就明白我們的同胞一定要有自衛的能力。我只對人——對他們的遭遇——感興趣。這不是兩軍作戰。這簡直是強盜行爲。毫無防禦的毀滅。一個個村莊完全被燒毀。」

他們舉杯，默默喝了一會兒。

老彭還在想他剛才的話題，「如果你看到路邊殘斷的少年屍體，枯槁的農婦屍身，一個面孔朝下，一個面孔朝上，你會有什麼感覺？他們做了什麼事，應該遇害呢？小孩、婦女、老人、青年，全村的人都無家可歸，在路上流浪，不知道該去哪裏！你對自己說，這些可憐、和平的受難者造了什麼孽？你答不出來。你只好不去想。所以我就回來了。一定要替他們想想辦法。」

「你打算做什麼？」

「一點點。能做的恐怕不多。我用盡全力也只能幫助幾個人。問題太大，一個人解決不了的。那無數動身去內地的人要住在哪裏呢？但是我們可以幫助幾個人，幫他們活下去，彌補人對人所造的一部分罪孽。我要把所有積蓄帶到後方，看看我能做些什麼。告訴你，這些都是人——兄弟、姊妹、丈夫、妻子、祖母——都想要活下去。那是我的任務。我不像你，我孑然一身；我可以愛去哪裏就去哪裏，哪兒需要我，我就停下來。」

伯牙深受震撼。他從來沒有用這種人性化、個人化的觀點來看這一場戰爭。

他以分析的精神注意戰況的進展，研究地圖，估計戰鬥中的人數和兵力，分析蔣介石的聲明，預測可能的發展，訂出自己對全盤戰爭的戰略計畫。沒有一項細節，沒有一次戰役或軍隊的布局曾逃出他的注意。他得到一個結論說，死守上海戰線是失策的舉動，維持不了多久的。

在他的戰爭大觀點中，他甚至還列入了不可估量的成分——民眾士氣的力量和北平等地敵軍的作爲。結果他獲致樂觀的結論，如果依照他的策略，日本不可能征服中國。

他聽說以前和蔣介石委員長作對的廣西李將軍和白將軍不但組織了聯合戰線，而且把他們的廣西軍隊都投入抗戰中，他覺得很安慰，尤其二十九軍撤退後接掌北平，被誤認爲漢奸的張自忠將軍喬裝逃走，以弔喪子的身分騎腳踏車逃到天津，更令他又驚又喜。他對自己分析的謀略更有勇氣和信心了，因爲只有全民一致擁護，這種策略才能成功。那是哲學化、純策略式的戰爭觀點，但是長期戰爭的策略牽涉到城市的燒殺，千百萬人民無家可歸，難言苦痛，他可從來沒有像老彭一樣，用純人道的觀點來分析這一切。他的臉蛋具有神祕的傾向，在兩國意志衝突中只看見整體，看不見個人，他把百萬人遷居看成全國性的大戲劇，從來不覺得那是人類所扮演的戲，大家都是「兄弟、姊妹、丈夫、妻子和祖母」。

伯牙聽到老彭說出上列的字眼，這場戰爭突然個人化生命化了，不再是可以冷靜分析的東西。他突然看出，這些不斷遷移、奮鬥、生活、歡笑、渴望和等死、迎接艱苦犧牲的千百萬難民正要扮演一場熱烈的個人生活劇，有愛人、親友離別和團聚的場面，也有戰時奇妙的快樂和失望。他一切的推理、圖表、地圖、策略似乎都只是冷冰冰的愛國主義，由智性所產生，像簾幕般使他不能切身體會任何個人的行動。他困頓的智性所看不到的東西，老彭卻用心靈感受到了，現在正以單純、溫暖、難以抗拒的方式傳達給他。他要分享這一場人類的戲劇和冒險。他本能地愛上了行動的展望，這樣可以滿足他高大身子的內在需求。他的眼睛閃閃發光。

「戰線上？」

「我要到內地，那邊問題最嚴重。那兒最能行善事，因爲可以救最多人。」

「告訴我你打算怎麼辦？怎麼作法？到哪裏去做？」

「是的，戰線上。」

「你沒有計畫，沒有組織？」

「沒有。我不相信組織。也不要委員會，一個人坐著，卻訂計畫叫別人去執行。除非和人民共處，一個人怎麼能事先說出哪裏最需要幫助，要怎麼幫法呢？我不接受任何人的命令。」

「這樣對國家有多少好處呢？」

「我不知道。但是多救一個小孩也算一件大善事了。」

「個人的生命有那麼重要嗎？」

「是的。」

歸納和辯論的真理沒有什麼意義，但是在特殊時刻熱心發誓要執行的真理，卻和發言人的面孔及聲音一樣，具有無比的力量和真實感。

「你什麼時候走？」

「一拿到錢就走。銀行業務瓦解了。我只能把錢匯到上海。」

飯後伯牙點上菸斗，靜坐沉思。老彭站在房子中間，一面抽菸，一面貼近燈光看報紙。除了報告日軍勝利的「都美報導」外，沒有什麼新聞可讀。他把報紙放在桌上，在屋裏踱來踱去，然後又點了一根煙，坐在一張藤椅上，隔著眼鏡看伯牙。

「你知道，這位裘老太太是一個奇女子。她已經五、六十歲了，據她告訴我，她一個大字也不識。她躲在本城中。我佩服她的勇氣。我去看她，她並沒有求我幫助。她只是需要錢，誰也沒法拒絕她。」

「你答應多少？」

「我答應籌兩千塊給她——心裏也想到了你。」

「那倒沒問題……她打算到什麼地方去買彈藥？」

「就在城裏。彈藥多的是，二十九軍拋棄的，被傀儡警察收去了。只要你找對了路子，付出價錢，就可以買到。她打算親自運到她山裏的隊部去。」

「她長得什麼樣子？是不是很壯，像我們熟悉的女強盜？」

「你完全錯了。她看起來就像一個甜蜜、可敬的老祖母，走起路來步伐相當穩。」

「真了不起！」

「她是滿洲人，她從一九三二年就從事這個活動。東北人已經嘗到日本人統治的滋味，知道生活在他們手下是什麼情況。我曾和她談起我在鄒縣看到的情形，姦殺擄掠，無所不爲。她說那些事在東北已經司空見慣，在中國內地才剛剛開始呢。她太瞭解日本軍隊了。她曾經說過一段很有趣的話。『天殺的日本人比我們的強盜還要壞！如果不發生戰爭，我們會聽個謠傳，一直怕他們。但是你看到他們屠殺、劫奪、威嚇老弱婦孺，一點也沒有君子風度，你就不再怕他們了。你只是看不起他們。老天賜給我們這一場戰爭，讓我們的百姓和軍人並肩作戰，讓我們知道誰是比較優秀的人種。你知道，』她說，『如果一個民族看不起某一個征服者，對方不可能征服他們。』」

「這完全合乎我的理論，」伯牙回復思考的心情，猛抽菸斗。「這十分明顯。如果我們遵循正確的策略，就會打贏。這是我們求勝的唯一方法。」

「再談談你的戰略理論吧。」

「我們必須瞭解這次戰爭的特性，」年輕的伯牙說。「這不是平常所謂的戰爭，兩軍在戰場上勢均力敵的作戰。這將是全民的戰爭。日本人會攻下上海，進佔南京，封鎖海岸線。這一點有如白晝般清晰。然後看看情勢的發展。如果中國的士氣崩潰，中國就完了，但是如果不崩潰，這場戰爭就完全變成另外一個問題了。整個海岸線都要放棄。所有沿岸城市都會被敵人佔領，千百萬人民，不是接受奴役，就是逃到內地去。於是戰爭的擔子就落在一般人身上，一般人必須接受，必須忍受可怕的艱苦和匱乏。但是爲了有勇氣承擔這些痛苦，每一個中國人都要恨日本人才行。」

「因此，日本兵就得像現在一樣，繼續維持獸性和殘暴的作風。城市必須燒毀，家園必須荒棄，農人必須拋下田園和牲口。沒有一個國家自願這麼做。你讀過『戰爭與和平』；俄國人並不是蓄意燒毀莫斯科的。除非敵人特別殘酷，你不可能叫人民捨棄家園。光是殘殺和酷行還不夠，那是每一個戰爭都免不了的；人民必須受到奴隸般的待遇。無論親敵或抗敵的人都沒有安全感；無論農夫或商人的女兒、母親和姊妹，誰也不安全。」

「就是這樣，你也不能強迫整個民族放棄家園、燒毀城市；每一個被迫逃亡的人必須有一段屈辱，不人道的切身經驗，除了再受辱，便只好流浪當難民，別無選擇的餘地。就連這樣還不夠；人民必須見到非常可厭的事情，觸犯了他們倫常關係和道德良心的概念才行。」伯牙繼續用冷靜、分析的態度說下去。「我意思是說，太太在丈夫面前受到強暴，女兒在父親面前被人蹂躪，嬰兒被刺刀戳入腹部，戰俘被活活燒死，或自掘墳墓、彼此活埋。還要有公開的交配。怪了，你說；這似乎對日本兵要求太多了，他們簡直不像征服者，倒像野獸嘛。但是這一切都發生了。而且最重要的，必須沒有階級之分；敵人不但強暴農夫的女兒，也劫掠富人；大公司被沒收，小店鋪也被人闖入；動產不是被燒，就是遭到破壞；敵人必須像最可鄙的強盜，偷盜搶劫無所不爲。那麼所有軍事行動就失去了意義。」

「你簡直不知道自己在說什麼，」老彭說。「我告訴你鄒縣農夫對我說的情形。日本人宰割一條母牛，活生生吃牠的肉。農夫看到他們抓起母牛，倒掛在一根柱子上，切下牛肉，每一個軍人把刺刀插入牠的關節，切下一片肉來生吃，母牛痛號叫苦，軍人卻在旁邊大笑、大鬧、玩柔道，你想他的心情如何？」

「我沒想到日本兵壞到這個程度，」伯牙說，「日本人想征服中國，怎麼還讓他們的士兵這樣丟臉呢？日本兵確實比大家想像的還要壞。所以我本來不敢確定我們會勝，現在卻有信心了。戰後我要到日本去研究那個國家。」

伯牙停了半晌，菸斗已經熄了。老彭一直注意聽，覺得好友的聲音分外平靜，與話題的強烈性不太相稱。

「伯牙老弟，你把人類的苦難說得太輕鬆了。好像你希望這些酷行和痛苦降臨在我們同胞身上似的。」

「我並不希望這些事情發生在同胞身上；我只是描述這次戰爭的性質，以及其中牽涉的因素。你承認這是一場全民的戰爭吧。」

老彭額上的皺紋加深了。「是的，是的。一場面對全民的戰爭。除非你到鄉下去看看，你不會明白自己在說什麼……但是這一場可怕的民族仇恨哪——不知要延續多久！我想我們同胞五十年都忘不了他們看到、經歷到的一切。你知道，這對日本人十分不利。我們同胞看到了隔海鄰居的作爲，會瞧不起他們。別忘了：仇恨也許忘得掉，鄙夷卻忘不了。你一旦失去了對敵人的敬意，就永遠喪失到底。裘老太太說得對。一個民族若看不起某征服者，你不可能征服他們。」

「日本人一定也知道這一點，」伯牙說。「歸根究柢，他們對皇軍的榮譽那麼敏感，一定要人民對哨兵行禮，以恢復他們的自尊心，就是這個道理。」

「但是你的戰略理論又如何呢？」

「我只說了一半——我們同胞必須能接受重擔。這一點我敢確定。我對另一半倒不太確定了。我說過，這是一場獨特的戰爭。歷史上不會有第二個例子。假若日本人征服了海岸，我們同胞移居內地，只留下一片焦土；假若我們願意燒毀城市，千百萬人民願意放棄或離開家園；假若我們的士氣沒有崩潰，軍人不再怕日本人，人民也聯合抗戰到底，成功還是取決於幾項因素。日本人封鎖海岸線，試圖侵入一個大洲，愈陷愈深。我們有整個大陸可退；我們有土地，這就表示我們有時間。我們必須犧牲一部分土地，爭取時間。我們必須利用土地、人數的天然優勢，訂下拖延抵抗的策略，否則我們就輸了。我們的海岸和長江，整個長江盆地都很容易受害，但是其他的疆土卻多山艱險。爲了讓敵人遭到最大的損失，延緩他們的攻勢，我們必須保留主力，補充精良的新兵。」

「但是若要繼續抵抗——我們唯一的希望就是打長期戰爭——我們必須在內地建一個完整的國家。這表示我們要同時做兩件事情。我們一面抵抗侵略者，一面要開拓內地，組織拖延抗戰的物質基地。以前可曾有過這樣的戰爭？想想該做的事情有多少。要開路，要挖河，延長通訊；建設新的工業中心；訓練新兵，組織人民，遷移學校，防止傳染病。同時還要在淪陷區留下游擊隊和正規軍，打擊敵人，不讓他們鞏固利益。因此敵人在淪陷區也必須繼續像盜匪一樣。我們的將軍不能叛國。唯有靠堅強勇敢的領導維持高度的士氣，這一切才能實現。如果人民有稍許懷疑，如果他們覺得領袖們不會貫徹到底，或者決心動搖了，他們就不肯犧牲一切。只有這樣中國才能打勝。我們的人民要非常好，非常好，而日本兵要非常壞，非常壞，才可能有這個結果。如果我們辦到了，那將是歷史上最大的奇蹟。」

「伯牙，跟我來，」老彭說。「我們可以一起幹點事。這個地方把你憋住了。你從來沒到過內地。你是很好的戰略家，但是這樣空談又有什麼用呢？那邊的一切又不同了。你會覺得好過些，旅行啦，看看人民啦，辦點事啦。我需要你作伴。說來真傻，」老彭又說，「我們以前對酌飲泣。以後我們晚上還一起喝酒，但是不再哭了。」

「我一直在考慮，」伯牙慢慢說。

「我知道你的煩惱何在。你太有錢了——你和你太太，還有你們的生活方式。」

「問題不在這裏。」

「你腳上那雙皮鞋可以救下兩個孤兒的性命——我是說性命哩。把你太太也帶來。她看起來像是一個堅強的人物，又是大學畢業生。我要做的工作需要女人幫忙。」

「你把我看錯了，」伯牙說。「我和你一樣孑然一身。我也許會參加你的工作，至於我太太，絕對不可能。她太有錢了，不是我。我甚至沒法和她談這件事。我一直單獨想這些問題，都想出病來了。」

「怎麼回事？」

「婚姻是一件怪事。我想要娶一個漂亮的軀殼，我娶到了。她在學校是籃球隊員——大腿很美。喔，婚姻改變了她。也許是我改變了她。但這一切都過去了。我知道我曾經對她很殘忍。但是我也沒有辦法。你知道我不是理想的丈夫，她也知道。現在又有了媚玲。」

「媚玲是誰？」

「她是我羅拉舅媽的朋友。最近三星期她一直住在我們家。她要去上海，但是沒有人陪她去，她歸我們照顧，也可以說歸我照顧，我太太也起了疑心。」

「喔，我明白了。年輕人的煩惱。」

「我想，這幾天我戀愛了。她太美，我簡直不信任自己的感官……這種幻覺和她的神祕——我對她幾乎一無所知——有時候叫我害怕，我對自己說：『她不可能是真人。』但我看她，她又實實在在的。她有時候單純，孩子氣，有時候又很懂事，很深沉。她眼神含悲，嘴唇卻含滿喜氣，我喜歡她的快活和哀傷，我無法思考，只覺得在她面前很幸福。如果這就是愛，那我已墜入情網了。」

老彭用深深關切的眼神望著他的朋友。「你要帶她去上海？」

「我也許會這麼做。我太太要回上海娘家，一直要我帶她去。那麼媚玲也可以跟我們去。別笑我把太太送回娘家，我就自由了。」

「你不是要遺棄她吧？」

「也許是這麼回事。有時候我痛罵自己。我們也曾有過幸福的時光。我接受戒煙（海洛英）治療的時候，她對我不錯。但是現在一切都過去了。我曾對她說過粗暴的言語。她一定很傷心。

不過那是一年前的事了。從此我就任她自己尋樂、請客，享受她該死的財富——我的財富。」

「你覺得這樣不對嗎？」

「老天，她對財富多麼自滿！她舉行大宴會，邀請一切朋友——全是為了炫耀——她也不講話，只露出沾沾自喜的蠢笑，看客人交談。我告訴你，她真蠢，連社交都不會。她以前很喜歡運動，但是現在為了留指甲已經放棄運動了，除了宴客、聊天和一堆討厭的珠寶，她對什麼都不感興趣。我能跟她談什麼呢？你從來沒娶過這一類受過教育的女子。」他強調「受過教育」這個名詞，顯得很輕蔑。「婚姻的目標是什麼？給和取，對不對？以前大家庭的婚姻有一個目標，就是生小孩，侍候長輩。如果你娶妾，她會盡力討好你，你便得到一些回報。姬妾總是努力侍候你，給你快樂。反正她不會採取妻子的態度，只因為她有一張結婚證書，她就應該享受你的一切，而不必做任何事情來報答。妻子受到的保護太多了。她太有自信。她的問題就在這裏。」

「這話也許不錯。她也許很愚蠢。但是一個貧家女嫁入你們豪華的家庭，難免有些眼花撩亂，你別怪她。」

「貧家女不該嫁入豪門富戶。她消受不了。」伯牙露出痛苦的表情。

「哎，我身為你的朋友，真不知道該說什麼好。你太太可能是瑰寶，也可能是廢物。我只見過她一次。不過這位媚玲又如何呢？你打算怎麼辦？」

「喔，媚玲我拿不定主意。」

「你有什麼煩惱？」

「這也許是我的想像。她是羅拉的朋友，由她約來我們家。她從來不提她家的事情。也許羅拉有意要她嫁給我。你知道羅拉。」

「你該不是說你舅媽有心和你太太作對？」

「她若這麼做，我也不覺得意外。」

「你不是太有錢而疑神疑鬼吧？」

「也許。不過她嬌小迷人，像南方的俏佳麗，你知道。有時候她真像天真的少女──喔，我形容不出來。」

「你認爲你能繼續留心戰略，同時又和女人廝混嗎？」

「如果她屬於合適的典型，就可以。不過這些都是我的想像──我甚至還沒有向她求愛哩。我要帶她們兩人去上海。我有事要和我叔叔阿非商量，他就在那邊。如果一切順利，我會和你在一起。你不能陪我去上海嗎？」

「恐怕不行。我要沿戰線走。」

伯牙看看手錶，起身告辭。如果他留到十點以後，他就回不了家了。他站在門邊，老彭把手放在他肩上問道：「媚玲長得什麼樣子？」

「你是指什麼？」

「我是說，她屬於哪一型？你說她很嬌小？」

「是的，」伯牙說著，覺得很意外。「像依在手上啄食的小鳥。」

「那就別有意義了。再形容一下。」

「我能說什麼呢？她老是笑得很甜，而且常咬指甲。」

「喔，」老彭停了半晌才說話，彷彿想勾繪出這個素未謀面的女子，「除非你發現自己對她有反感，否則你得看重她。」

「你是面相家？」

「不，只是瞭解人心罷了。」

「但是你沒見過她呀。」

「有你的形容就夠了。她也許會改變你的命運。我已經認識你，我想我對媚玲也有了一半的認識。所以我對你未來的行動已經知道四分之三了。」

「你要我去找她、看她？我需要你的勸告。」

「那倒不必。告訴我，她的聲音怎麼樣？」

「像流水的汩汩聲。」

老彭敏感地向上望，彷彿抓到了一項意義重大的要點。

「她耳下有一顆紅痣，」伯牙想了想又說。

老彭好像不覺得這一點對剛才聽到的資料有什麼重要性，只說，「喔，你得看重她。你永遠不知道一個女人能有多大的力量。」

2

伯牙在暗巷裏慢慢踱回家，心裏又困惑又激動。他天生體格健壯，十月的晚上也不必穿外衣。走了幾步，來到南小街，路燈相隔很遠，有些地方他看不清路面，而路面又崎嶇不平。他專心思考，慢慢顛簸前進，不用手電筒，也不在乎高高低低的路面和泥土中騾車、黃包車留下的溝紋。專為黃包車夫而設的小吃攤零零落落開放著，模糊的油燈射出一股股藍煙，在暗夜裏五十碼外都看得見。

臨別時老彭的話使他大惑不解。真是怪人，老彭。他說媚玲也會改變他的命運。當然啦，老彭徹底瞭解他。但是他沒見過媚玲，只聽到他談起她。老彭說得這麼清楚。他是不是覺得咬指甲具有特殊的意義？伯牙本來是找他徵求意見的，後來忘了，談起戰局，分手前才說了幾句和媚玲有關的話。老彭似乎不反對他拋掉妻子。他說凱男也許是瑰寶，也許是廢物。也許老彭已經斷定她是廢物，沒有說出來。真是怪人，老彭！

走出南小街的轉角，他又看到那個警察，身體倚在柱子上，警棍掛在腰間。他在冷風裏發抖，幾乎要睡著了。

「今晚怎麼樣，老鄉？」

警察嚇了一跳，連忙敬禮，認出是他，就對他發出友善的笑容。

「回家，姚少爺？」

「嗯。」

伯牙塞了一張一塊錢的鈔票給他，警察說了幾句感激和不配的話，就收起來了。

「少爺，你真好。我老是接受你的恩惠。一家五口，沒法子。」警察不好意思地說。「我們的游擊隊還在門頭溝？」

「聽說還在。晚安。」

「夜裏要小心。」

「我有手電筒。」

伯牙向前走，穿過他熟悉萬分的泥土巷和空地。晚上一片死寂。以前遍布各胡同的宵夜攤已經走了，因爲晚上有戒嚴令。天空很清朗，北平的秋天向來如此，伯牙在星光下前進，沒有開手電筒，不想引人注目。爲什麼老彭要他形容媚玲，他會說她咬指甲呢？這是不是表現出她的教養、脾氣、任性或天真？還是她的魅力？不錯，媚玲老是咬指甲，發出柔和的低笑。他現在決心要去內地了——老彭三言兩語打動了他——老彭還問他，他能不能一邊繼續分析戰略，一邊和人談戀愛。他相信他太太凱男不會跟他去內陸。媚玲會嗎？

他進了家門，思緒才停下來。門房老林在固定的時間等他回家，走上來開門。「靜宜園」又名「王爺園」，裏面大大小小的院落不下十來個，由迴廊、月門、園石小徑和別院隔開來，非常僻靜，人在裏面會以爲自己與世隔絕。自從他的親人南遷以後，半數的庭院都荒廢了。空院落的回音和他手電筒投下的怪影真會把陌生人嚇一大跳。他知道馮舅公一定在等他回來。凱男鬱鬱不樂，主要是北平淪陷後，輩分最長的馮舅公曾告訴他們，不能再開宴會，不能接待平常的訪客，也不要出門。白天正門常常鎖著，家人和傭人都走後花園——「桃雲小憩」——的邊門。現在這個大廢宅裏只住了九個人和幾個傭僕，聽不到小孩的聲音。有馮舅公夫婦，他們的兒子馮潭和馮劍，馮潭的太太羅拉，他叔叔阿非的滿洲老丈人童氏夫婦，伯牙自己和太太凱男。舅公是一個六十多歲的商人，由於天生的脾氣和教養，做人非常謹慎，甚至警告他們少用電話，只有特殊的場合才能用。

「你們年輕人，別在電話裏談政治、討論時局，」灰髮的舅公說。他的態度比他說出來的話更緊張。「要不是有美國國旗，我們不可能平平安安住在這裏。當局也許會接收過去，用來駐軍，那我們要上哪兒去呢？伯牙、潭兒、劍兒，你們這些年輕人，我警告你們。還有你們婦道人家，記住我們生活在什麼樣的時節裏。」

「當局」一辭是舅公對日本人或傀儡政府的稱呼，他絕對不說「敵人」，也不直接說「日本人」。老人家對兒子、兒媳的安全顧慮實在很可憐。雖然這座園子屬於姚家，伯牙是家中的長孫，馮舅公只是伯牙已故祖母的弟弟，但是他年事最長，實際上已成爲家中的領袖。不過老人家的謹愼勸告只加深了大家受困的感覺，彷彿被拘在自己家裏，少婦們更無聊，因爲她們都沒有孩子。伯牙夜訪老彭已變成唯一的消遣，舅公對姚家的孫兒比自己的兒子更尊重，心裏雖不贊成，卻也沒有干涉他。

他還沒有轉到自己的廂房，就聽到遠處的院落傳來麻將聲，他知道太太小姐們正在通宵雀戰，好消磨時間。她們常常打到凌晨，伯牙以前從來不參加，直到最近媚玲來了，才偶爾例外。這一點使他太太非常懊惱。他以前常常熬到深夜，讀蔣介石的「大學」和「中庸」註解，他太太不是睡覺，就是陪羅拉舅媽和潭大舅打牌。他太太不贊成他看蔣介石的作品，他也不贊成太太打牌，常常拒絕參加。但是媚玲來到羅拉家以後，他參加過幾次，似乎還玩得滿痛快，他甚至不願多費唇舌，說明他對麻將改變態度的原因。他老是打贏。

他走進那個院落，麻將聲愈來愈響了，他還聽到羅拉細細、高嗓門的尖笑，和媚玲特有的溫柔咯咯聲。太太小姐們正玩得起勁，伯牙站在大家面前，他們才聽到他的腳步聲。媚玲和他打招呼。「伯牙！要不要參加？」

「老人家問你回來沒有，問過好幾回了，」羅拉轉身說。「你知道他老是問個不停。我叫他別擔心。」

伯牙只「喔」了一聲，打量全桌的情景。他太太根本不理他，彷彿做太太的人天生有權不理丈夫似的，眼睛死盯著牌局。凱男連最基本的算術都搞不清楚，卻能算得清麻將的積分，伯牙總覺得很意外。二十三歲的馮劍小舅也陪她們玩。娟玲掛著熱心的笑容，用深深崇拜的態度抬眼看伯牙。

她的頭斜向一邊，伯牙在披肩的長髮下看到了她耳下的紅痣，打從開始，這一顆痣就深深迷住了他。這一張成熟少女的臉蛋，被人仔細端詳，也不覺得羞恥。這張臉可以說是愛情的請帖。

「找一張椅子坐下來吧，」羅拉懇切地說。「打完這一圈，你可以接替我，或者傑米。」

「不，謝謝你，我今天晚上不想打。」

羅拉年僅二十五歲，具有少婦在年輕男子羣中動靜自如的風度，愉快，交際手腕好，隨時準備接受貴婦人般的侍候。高中畢業，沒有進大學，她的性格可以說很平衡，沒有任何衝突、禁忌、情結或忌諱。她覺得摩登婦女的世界是一個好世界。她崇拜西方和一切西化的東西。她倒不是女權運動者。她只是愛西方，相信女人的樂園已降臨在西方世界。她認爲西方男人都有紳士風度，她對西方婦女非常崇拜，似乎覺得她們是體格健旺、強壯自由的女性。這一切使她非常愉快，充滿信心。要羅拉爲古今的女性問題、女性投票權、職業權，甚至離婚和「雙重道德標準」的問題而煩心，那是根本不可能的。就連問題也由西方解決了；男人承認他們不該壓迫女人；沒有爭論的餘地；中國婦女只要相信女人的黃金時代已經降臨，多虧了西方的影響，並支持這個信念就成了。不過這些都已化爲幾件簡單的事項，譬如先上車，讓人代穿外套，男人進屋時不必起立相迎，看對方父親或叔叔的身分而決定愛不愛和人握手，隨時監視丈夫的行動，有權拆丈夫的信，但是不讓對方拆自己的信件……等等。精通西方文明一點也不難嘛。

她的名字「羅拉」也教人想起洋名字，中文毫無意義，她嫁給馮潭，就叫她丈夫「唐」。基於同樣的女性傾向，她還替小叔馮劍想了一個英文名字「傑姆斯」，她覺得很得意，這一對中英文名字發音居然這麼相似。「傑姆斯」又變成「傑米」，馮劍也很高興，因爲羅拉一直對他很和善、很慷慨。高高興興爲馮劍選了個英文名字，可以看出羅拉腦袋和心計的單純。她和許多上過沿海教會中學的摩登女士一樣，雖然英文知識只到「英語會話手冊」的程度，英語發音卻非常準確。聽羅拉叫她公公「爸爸」，實在很有趣。她老是說起「西方文明」，而且常常簡化爲「文明」一辭，「文明」或者「文明現代化」的問題也很簡單。不管是安哥拉或布宜諾斯艾利斯的婦女，她們要宣告進步，主要就用這個字眼。走幾次美容院就可以完成心靈的蛻變，再加上有勇氣在男人懷裏公開出現，讓丈夫抱抱孩子，以及少許維他命的知識就夠了。現在羅拉懷了身孕，天天勤讀現代母性的技巧，每天早上定時喝橘子汁，因爲裏面含有維他命C哩。

羅拉叫一個女傭去告訴舅公，伯牙已經回來了。伯牙坐下來看牌。每一位太太小姐似乎都注意著伯牙的存在，因爲他是女性注意的一型。嫺玲問他舒不舒服，羅拉一邊打牌，一邊問他要不要茶水和水果。凱男一句話也不說，懷疑他不打牌，爲什麼要留在那兒。她很高興老彭回城以後，他晚上都出去，不留在家裏。

伯牙的眼睛離不開嫺玲。嫺玲和羅拉都穿高衩的旗袍，羅拉還穿了紅絨拖鞋。羅拉的面孔算不上特別美麗，瘦長、光滑、輪廓清秀，任何少女如果用唇膏和眉筆，就可以弄得漂漂亮亮，雖然是家居，羅拉並沒有忽略她的儀容。但是嫺玲燦爛的黑髮，柔細的臉蛋，持久的笑容卻具有更深的魅力，顯現在盛開的花朵或者二十二歲的美女身上，我們可以說是一種艷光。她的皮膚表面似乎吸收了一道柔和的光彩，和面霜、脂粉打扮出來的面孔完全不同，其間差別不下於真牙和假牙之分。唇上的絳脂和耳下的紅痣更襯托出白皙的面孔，圍在一頭烏黑的鬈髮中，她眼睛稍有瑕疵，如果再嚴重些就算斜眼了，但是她的症狀很輕，反而給她的面孔帶來了別人學不來的個性，彷彿她正以獨特的觀點來看這個世界，而她也確實如此。

「碰！」凱男清脆的聲音含有報復的調調。

「嗬！」媚玲接著也把牌掀倒，得意地輕笑著。

大家洗牌的時候，媚玲說：「伯牙兄，我真想看看紅玉那張畫像。」

「你還沒看過？」伯牙問她。

「沒有！忠敏堂鎖了，」羅拉說。

媚玲想要停下來聊天。她嬌嫩的嗓音輕易傳遍了全室。「我翻那本相簿，看到一張很漂亮的少女照片。那就是紅玉嗎？」

「我不知道你指的是哪一張，」羅拉說。「伯牙，就在底架上。」

「我們要不要再打啊？」凱男有一點不高興。

「喔，我們休息一下吧，」媚玲回答說。

伯牙站起身，拿出一大本黑皮的相簿，開始一頁頁翻著，同時對自己微笑。

「我要再看一遍，」媚玲說完就離開座位，跑到沙發上伯牙身邊坐下來。她穿著一件黑緞的旗袍，伯牙感受到軟軟的觸感，覺得溫暖宜人。「我來找，」媚玲說。她一頁頁翻查那張照片，伯牙看到她柔白的雙手，其中一隻的食指指甲被她咬斷，破壞了手部的完美。媚玲表情很激動、很好奇，一邊喃喃自語，一邊咯咯大笑，伯牙聞到一股撲鼻的微香。

「那是不是紅玉？」媚玲低聲說。

「不，那是木蘭姑姑年輕的時候。」

他們又陷入沉默和輕笑中。

伯牙滔滔不絕，上一代舊式打扮的照片使他們覺得很好玩。裏面有紅玉和她弟弟潭兒、劍兒小時候的照片，有伯牙的叔叔和姑姑們，木蘭、莫愁、珊瑚、曼妮和曾家的親戚。媚玲對於這些人和伯牙告訴她的掌故非常有興趣，尤其對於十九歲為表哥阿非自殺的紅玉更感到好奇。他們翻到紅玉的照片，她凝視良久。

「你為什麼對紅玉這麼有興趣？」伯牙問她。

「因為她的一生好浪漫、好悲哀。羅拉把她的一切都告訴我了。我能不能看她的畫像？」

「當然。如果你願意，明天去好了。不過我打斷了你們的牌局。」

媚玲緩步走回牌桌。伯牙又站著靜靜看了一會兒。媚玲假裝專心打牌，眼睛卻顯示出她注意到他的觀望，嘴唇也露出冒險的笑容。他說聲晚安，回到自己房裏，總覺得身體右側還感到一股柔軟的熱流。

第二天午飯後，伯牙到羅拉的院子來赴媚玲的約會。他發現羅拉夫婦和媚玲還在吃飯，就走到潭舅雙親的居所來請安，順便問問商業上的消息。

馮老爺雖然年過六十，還頗能管事，早上通常要到店裏去。這種固定的習慣可能對他的健康有好處，因為他一年三百六十五天很少遲到。說也奇怪，他自己雖然很守時，卻容許兒子們過著亂糟糟的日子，不過這可以說是他溺愛子女的表現，直到晚年這份愛心仍是他生活的主要動力。他讓兩個兒子讀完大學，卻不指望他們接管他的生意。他嘴裏不承認，其實他對兒子頗存敬畏，他們都受過摩登教育，而他連舊式的學堂都沒有上過。潭兒似乎能討論很多他不懂的事情；他在學校成績不錯，得過許多獎賞。不過這一切對他可以說是一大不幸，他似乎因此喪失了家中長輩的指導，現代很多年輕人都有這個傾向。老輩和小輩間知識的鴻溝，使父母對年輕人不再有影響的力量，他們以爲自己在大學讀到不少東西，但是儀態粗野，對生活的基本規律也完全不在乎。馮潭很自負，講話也養成了故作成熟、憤世嫉俗的口吻。馮老爺一生爲兒子做牛做馬，到老還只關心他們的福利，結果卻落得縱容他們、畏懼他們。馮潭娶了百分之百現代化的羅拉，他的態度不求管制他們，只求避開他們。他如果看不慣他們懶洋洋的生活，他們打牌、晚起，就只有罵他無辜、膽小的老婆出氣。

羅拉對公公、婆婆採取平等、獨立的隨便態度。她抱定非常簡單的生活哲學，「誰對她好，她就對誰好。」她常常公開說出來，在父母面前也毫不忌諱。雖然她和翁姑相安無事，功勞倒在她婆婆而不在她自己。她聲音和脾氣都很暴烈，老頭子不敢惹她，因爲她一發牢騷，就大聲說出來，連馮老太太的院落也聽得清清楚楚。這就是她求公平、攤開一切的想法，婆婆一生習慣順從別人，總是一句話也不敢說。馮老爺在太太面前抱怨兒子、媳婦的作風，但是在馮潭面前，尤其在羅拉面前，他就回復溫和的態度。於是馮潭和羅拉我行我素，老倆口也自顧過著完全不同的生活。馮老爺對伯牙一向很有禮貌。

「伯牙，」他用特別親切的態度說，「你應該小心，晚上出去不安全。」

「我很小心，舅公。我不能一天到晚待在家裏，總得找人談談。我只去看老彭。」

「不過別到夜總會去，和『當局』的醉兵攪在一起胡鬧。」

「這點你可以放心。」

馮老爺靠上來，在他耳邊偷偷說，「你知道，潭兒和劍兒年紀輕，我把他們留在家裏。但是屋裏有這麼多年輕的女人，我怕她們亂跑，被『當局』看到。你應該幫我勸她們留在屋內。只要她們肯待在家裏，隨她們打麻將或做任何事情。」他又壓低了聲音說下去。「還有那個年輕的女人，羅拉的朋友。她不是我們的親戚。她什麼時候走哇？你能不能問羅拉？」

「喔，」伯牙帶笑說，「她在等人帶她出城，陪她去上海。我太太一直想回南部娘家去，我可以帶她們兩個人一起走。」

「帶她們離開這兒，愈快愈好，可以減輕我的憂慮。」

馮太太對丈夫說，「要是羅拉聽到你這句話，又要惹起一場糾紛了。伯牙，你知道該怎麼說法，可別說是你舅公說的。」

羅拉這邊已經吃完飯，正在討論戰爭的消息。樂亭鎮激戰了一個多月，已經易手兩三回了。

「我們的軍人能打仗，」媚玲說。

「中國怎麼能打呢？」馮潭用他慣有的假成熟、偏激語氣說道。他由鼻孔發出一陣冷笑。「簡直愚蠢嘛。你說到中國的空軍。爲什麼他們不去炸停在黃浦的日本旗艦『出雲號』呢？那艘船已停在那兒兩個月了。」

「我們的部隊有一天晚上不是想在船下放地雷嗎？」媚玲問道。

「是啊，」馮潭哼了一聲說，「他們還沒有走到可以放地雷的距離，日本兵就把探照燈轉向河中舢板上的一羣人身上。我們在岸上的人員看見了，一時沒了主張，就扭動開關，地雷爆炸，把我們的人殺死了。真幼稚。」媚玲不答腔，馮潭又說下去。「我們的人員訓練不夠，我們的人民太無知了，有多少士兵受過中學教育？有多少受過大學教育？他們對現代戰爭知道些什麼？如果我是日本將軍，我根本不攻上海，直駛長江，截斷後路。」

這時候伯牙回來了。馮潭猛然打住，雖然伯牙是他的外甥，他卻很怕和他交談。伯牙也不想和馮潭討論戰事。媚玲摸摸臉，含著飽滿、迷人的微笑看看伯牙。

「喔，我們正在討論戰事，說說你的看法吧。」她的口氣和眼神表示她很重視伯牙的意見。

「你們在談什麼？」伯牙說。他看見馮潭滿面通紅，爲自己的話題中斷而有點不高興。

「馮潭說我們的人民教育程度差，士兵對現代戰爭一點都不懂。」

「那不是很理想嗎？」伯牙以權威的口氣說。「他們無知，不知道敵軍大砲和飛機的威力。所以他們不知道什麼時候會打敗，因此才能在空、陸、海軍的聯合砲擊下守了兩個月。他們不知道，也永遠不會知道，所以他們會繼續打下去。」

馮潭被這一番話激怒了，不覺克服了他對伯牙的恐懼說，「那蔣介石爲什麼讓我們的軍人大量被殺，幾天內一師又一師遭到毀滅？」

伯牙不打算爭辯。他相信江灣的戰線在海軍大砲的射程內，可能守不住，堅守這一線也許是戰略上的失策。但是馮潭用偏激的口氣來批評他心目中的英雄蔣介石，使他很不高興，他現在一心要維護他的策略。

「咦，蔣介石也有他的道理。政治上的理由，國際上的理由，甚至軍事上的理由，士氣代表一切。我們雖然損兵折將，卻因爲我軍的勇敢和戰力而士氣大增。這是長期的戰爭，爲了長期抗戰，軍民的信心必須先建立起來，這回是士氣增長的第一步。」馮潭的臉繃得緊緊的，但是沒有再說什麼。

「來吧，」伯牙對媚玲說。「你要看忠敏堂，羅拉舅媽，你要不要一起來？」

「不，那張畫像我們已經看過好多回了。」

於是媚玲陪伯牙走了。

她穿一件細緻的法國針織紗，是她在王府井街的一家商店買來的。旗袍墊上一層絲羊毛，她還戴了一個瑪瑙鐲子，和她白白的臂膀相映成趣。她快步向前走，和伯牙慢吞吞的步子完全不同。伯牙穿了一套運動衫，法蘭絨鬆袴和牛津運動鞋，似乎很適合他懶洋洋的高大體格，他比身旁的人兒足足高一個頭左右。他由留英的叔叔阿非那兒學到了英國式的打扮。

他們必須穿過迴廊、邊門，經過好幾個院落，才來到榆樹、絲柏夾道的小徑。忠敏堂大約在走道東邊五十碼的地方。

「聽到馮潭說，如果他是日本將軍，他要如何如何，真使我熱血沸騰。」這是媚玲第一次發表她對馮潭的看法，這樣似乎使兩個人更親密了。不過媚玲已經發現伯牙一向不怎麼敬重馮潭。

「他說了什麼？」伯牙漫不經心地問她。

「他說如果他是日本將軍，他會不攻上海，直駛長江，切斷我軍的後路。」

「你相信一切都這麼簡單嗎？」

「不。但是我不喜歡他說話的語氣。」

「你不喜歡他，對不對？」

「不喜歡。他似乎什麼都知道，或者自以爲如此。」

「你喜不喜歡他弟弟？」

「你是指傑米？」

「是的。叫他馮劍吧。」

媚玲笑笑，有些臉紅。他們四目交投。

「我想他愛上我了。」

「你怎麼會這樣想呢？」

「喔，女孩子永遠看得出來。他很靦腆，而且願意爲我做任何事情。」

「你介意嗎？」他們又四目交投，媚玲大笑。

「喔，他好幼稚、好敏感——臉紅得像大閨女似的。」

伯牙嘆了一口氣。「他還不壞，比他哥哥討人喜歡。」

媚玲又發出低柔的笑聲。「傑米——你要我叫他馮劍——滿頭髮霜，叫我很不舒服。」

這樣交換意見，使彼此好感大增。共同批評第三者通常都表示兩個談話的人互相恭維，這是一切女性閒話的基礎。表示你們倆都不喜歡同一個人，是免費顯出你們彼此喜歡的一個好方法。媚玲很圓滑，不提凱男。她真心喜歡伯牙，喜歡他的教養和堅定，明晰的意見，等她聽到伯牙彈鋼琴，意外發現他不用樂譜就彈不少曲子，對他更佩服了。伯牙也對媚玲神魂顛倒。她嬌小玲瓏，似乎嬌小得到了不少益處。嬌小令人想起服務；站在高大的男人身邊卻令人想起甜蜜的奉獻，高大的男人都喜歡；嬌小還令人聯想到身心敏捷，而媚玲的明眸、巧笑和戲謔的神情卻顯示出她的聰明。她是一個脆弱、雙眼慧黠的小東西，是江浙一帶常見的南國佳人。

走出了秋柏飄香的幽徑；他們沿一條小路向東走，一路上青草遍地。到了大門邊，伯牙伸手推門，帶媚玲走進石頭院子，裏面彷彿幾百年沒人住過了。

忠敏堂曾是建園的滿洲親王宴客的大廳，後來伯牙的祖父買下園子，就把這兒當作姚家的祖祠。大柱子和木造部分都和城市中其他的親王府同一格局。屋門因爲日曬雨淋，時代久遠，已經呈現出乾裂斑駁的粉紅色，如今門扉緊閉，由上門框的鏤花處看去，裏面一片漆黑。

伯牙拿出一支將近七吋長的鑰匙，把鎖打開。他推開木門嘎嘎響的重門，媚玲不小心在特別高的門檻上跌了一跤。這個建築的每一部分都像爲巨人而造的。伯牙跑上去扶她。

「摔疼了沒有？」

「沒有，謝謝你，」媚玲抬頭對他笑笑。

伯牙心跳加速了，這是他們第一次在黑黑的大廳裏單獨相處。裏面有瓦片、粉牆和舊木的氣味，家具上也蓋了一層厚厚的泥土。媚玲緩緩踏上一呎半方形灰磚鋪成的地面，心中幾乎有敬畏的感覺。一張二十呎的厚長桌立在大廳中的後側，上面有一個一呎半高的景泰藍香爐和一對白蠟燭台，台上插著半截紅燭，足足有兩吋厚。後面牆邊有幾個木製的神主牌，在綠底上用金字鑲出祖先的名字。三十呎的高牆上掛著伯牙祖父的畫像，濃眉雪白，銳利的雙眼下有眼泡浮現，還留了長長的白髮。這張畫像掛在伯牙的父母迪人和銀屏放大照片的上端。旁邊有一幅捲軸，裏面是一張少女相。媚玲被畫像中老人的眼神震住了，不由驚呼，「那是你祖父嗎？」

「是的，」伯牙充滿自豪說。「鄰居都叫他老仙人。他是一個了不起的人物。我小時候他就不知去向，入山朝聖去了。你如果看看他的長鬍底下，你會發覺他穿著和尙的衣服。他叫家人不要找他，他十年後自會回來。他真的回來了。我二十歲那年，我們正在紀念我母親二十年忌辰，他突然回來了，穿著和尙衣。想想我們多驚奇、多高興！他具有一股我們無法瞭解的氣韻——至少我年歲更大才慢慢體會出來。他對我很和氣，不過很疏遠。你知道一個人不明白的事情會使他夜裏都睡不著覺。他是一個巨人。」

媚玲詫異地聽著。後來她看到那幅捲軸，連忙走上去。

「這是紅玉！」她驚呼道。高朗的大廳光線仍然很模糊，那幅肖像是水彩和工筆繪成的。媚玲走近前，看見一個少女穿著明代服裝，梳著明朝的高髻，站在一個紅欄杆的曲橋上，下面有幾條黑紅花的金魚在蓮花池裏嬉水。頭上是一棵柳樹，背景空白，讓人想起一片濃霧，只有兩三處淡色的潑墨，指出遠山的情景。那個少女有一張鵝蛋臉，眉毛輕鎖，正低頭看她手上的一卷薄書，另一隻手輕撫髮絲。媚玲站著看了好一會兒。她有意無意地靠向伯牙說，「她真美！他們爲什麼替她畫一張像，不用放大的照片呢？」

「她愛讀明代的傳奇故事，」伯牙說。「我記得珊瑚姑姑曾經告訴我，她生病的時候在床上讀了不少。她死後，木蘭、莫愁、珊瑚姑姑和阿非本人都一致覺得，純中國的畫像比較合適。所以我們請了一個藝術家繪下那張古裝、古景的畫像。」

「她是馮潭的姊姊？」媚玲說。

「是啊，真令人難以相信。她比他大了十歲左右。她和她弟弟們竟完全不一樣！」

「你很佩服她，是不是？」

「是的。她爲愛自殺。我猜她很聰明。」

「你們家真是詩情畫意的家庭。所以紅玉深深迷住了我。但是她和阿非爲什麼不結婚呢？這是表兄妹戀愛，對不對？」媚玲天真直爽，一心要探究這家人的過去。

「發生了一場誤會。我現在的嬸嬸寶芬介入了。不過也不全是這麼一回事，事情發生的時候，我還很小，我九歲那年聽到她自殺，簡直嚇壞了。直到現在我還想弄清這件事情的原委。我覺得我們家人充滿了神祕。珊瑚姑姑曾經談起他們的戀愛史，但是我長大以後，自己又想出一些事情。我懷疑是祖父不贊成。我總覺得，祖父像一個幽靈，什麼都不管，卻控制了家中的一切。

他只是住在這個院子裏，潛心思考，讓一切順其自然。這不是很怪嗎？」

「爲什麼沒有你祖母的遺像？」

伯牙變了臉色。「爲什麼你對我們家的歷史這麼感興趣？」

「我不知道。擁有一個大家庭，我覺得好奇妙。我但願能知道你姑姑、叔叔一半的故事……我愛聽故事……尤其是已故上一代的遭遇。我們的時代變得太快了。」媚玲的聲音充滿興奮。

伯牙忍不住把媚玲和凱男的心情比較了一番，凱男活在現代，而且非常滿足。「我自己也不知道整個故事。我生得太晚了。」他似乎輕鬆了些，進入了忘我的境地，一面思考一面說出來。「你問起我的祖母，那對我是一大悲劇。」

媚玲顯得很困惑。「一個悲劇？」

「你看那張我可憐母親的照片。她也是自殺死的。我是一個孤兒；我出生幾個月母親就死了，父親也在我四歲時去世。珊瑚姑姑撫養我長大。我想祖母在世的十年裏，我只見過她兩三面——她和紅玉阿姨同一年死去。她一定是很可怕的女人。整個童年我都聽人談起我的母親，像鬼魂似的。」

「羅拉從來沒有告訴我這些，」媚玲更興奮了。

伯牙臉色變得非常嚴肅。「她怎麼會講呢？一切都過去很久了。她根本不知道，我猜潭舅都不見得知道；我也懷疑自己知道多少……等我長大問起母親，珊瑚姑姑曾談過一點……你知道，我母親是侍候我父親的貼身丫鬟，他們戀愛了……這又有什麼不對呢？祖父不在的時候，不曉得是祖母把她趕走，還是她自己失蹤了，反正也無關緊要……後來我出生了，祖母硬把我抓來，將我帶回家，卻不讓我母親進門……於是我母親就上吊自殺了。」

雖然這件事已過去很久了，伯牙談起他母親，還不免顯出很深的情感。「後來那個老笨蛋很怕母親的靈魂來找她。她怕黑，每天晚上都要人作伴。據說母親曾詛咒這一家人，說她變鬼也要追祖母到死。有一天祖母去找一個女術士，以爲她和母親的魂魄搭上了話。從此她就失去了言語的能力，非常怕黑。她不准我走到她看得見的地方，因爲她對母親的恐懼和憎恨已延伸到我身上，彷彿也是鬼魅似的。想想這對我的童年有多大的影響……不過這個老婦人折磨我母親，可真是得到了報應。有一天——就在她死前幾天，大家正在準備紅玉的葬禮，珊瑚姑姑在祖母房中忙得要命——我一個人覺得很寂寞，就去找珊瑚姑姑。祖母看到我，不覺大叫：『伯牙是來向我索命的，把他帶走！』在我整個童年，我從來沒有像這一刻那麼恐懼過。我真恨她！啊，因爲我嚇著了她，她又會說話了，不久就撒手西歸……她死的時候我真高興！從此以後，也就是九歲開始，我才有了正常的生活。我不肯拜祖母，從來不拜。我發誓要恢復母親在先人羣中的地位，就把她的照片掛在別人上面……那就是她。」

伯牙用平穩的語氣說話，媚玲似乎完全領略了故事的精神和他對父母深深的敬意。她仰頭看銀屏，一個大眼豐唇、穿著高領緞裳的女子。伯牙在遺像前立正三鞠躬，媚玲不自覺跟著行了幾個禮。她一面鞠躬，一面看出伯牙和他父親非常相像。他父親迪人的照片具有一張英俊、積極的面孔和高高挺直的鼻梁。相像的地方很明顯，只是他父親留了一撮小鬍鬚。照片中的迪人也穿西裝。如果伯牙留上鬍子，就簡直一模一樣了。

「你父親好英俊！」媚玲說：「他和你很像。」

伯牙低頭看她，笑笑說，「謝謝你。他當年一定是高貴勇敢的青年。」

「他怎麼死的？」

「騎馬摔死的。」

「他很多情，對不對？」

「是的，我想是吧！珊瑚姑姑並沒有告訴我一切。我父親和母親之間的愛情一定很偉大。」

媚玲異常感動。他們走到屋外，她站在門廊上思索，一邊咬指甲，伯牙小心把門鎖上。她一臉激動的神色。

「好啦，現在你知道我家的歷史了，都鎖在那兒。」

戶外的空氣和清爽的秋陽使他們又呼吸到現實世界的氣氛。

「你喜不喜歡紅玉的照片？」兩個人走下大理石台階，他問道。

「喔，喜歡，」媚玲恢復了往常的笑靨說。「我正在想你父親和母親……」

「抱歉我對你嘮叨自己的身世。我們還是換個話題，坐在這裏吧！」伯牙說。

他由口袋裏拿出一條手帕，鋪在隆起的石灰花壇上。

「告訴我，你爲什麼咬指甲。」

媚玲笑笑。「喔，我不知道。我老是這樣。」

「是不是會幫助你思考？」

「也許吧。只是一種習慣。」

「你在想什麼？」

「想你的家庭。你有這麼一個家庭，這麼漂亮的姑姑、阿姨，這樣的園子……戀史……自殺……古老的大家庭就該有這些。」媚玲眼睛濕濕的，伯牙直到日後才明白原因。

「時代變了，」伯牙嘆一口氣說。「我是長孫。這座園子現在已經荒蕪了。我的叔叔、嬸嬸、姑姑都到南方去了……我也要南遷。戰事進行著。這座園子會有什麼遭遇呢？」

媚玲似乎陷在沉思中。在她的面前，伯牙有心情談起他不想對太太或羅拉訴說的舊事。媚玲似乎能解人意。「和平的日子永遠不再來了。『良辰美景奈何天』。」他引「西廂」的句子說。

媚玲指指花壇上零零落落的牡丹說，「我們簡直像『白頭宮女在閒坐說玄宗』嘛。」這是元稹的一首名詩；雖然家喻戶曉，伯牙仍舊很吃驚。

「喔，你引元稹，我引董解元。」伯牙說。秋陽落在媚玲的秀髮上。石頭院子裏只有他們兩個人。他無法拂去他對媚玲的神祕感，如今她坐在這兒，青春和秀雅的氣質都是活生生的。他不自覺吟誦道，「『國破山河在，城春草木深』……老一代已經走了……我們是年輕的一代。」伯牙不經意用了「我們」二字，照他說話的態度看來，他似乎把媚玲也包括進去了。她抬頭看看。這很像調情場面的開端。

「怎麼說我們？」她愉快地問道。

伯牙身子向後挺了一下，他不想破壞這一刻的氣氛。但是他說，「我們還年輕，我的姑姑叔叔也曾經年輕過。你不相信一百年前滿洲皇子和公主們曾經在這座園子裏談情說愛嗎？時代並沒有差別……」媚玲靜靜聽他說下去。「每一代都有他們的故事、愛情、傳奇和糾紛……只有這座園子、樹木、花鳥沒變……媚玲，這座花園是談情說愛用的……你不覺得……我們倆怎麼會在這兒？」

他停下來，深深凝視媚玲的雙眼，又把手臂環在她小小的肩膀上。她的身體顫了一下。

「你太太呢？」她柔聲問道。

「為什麼要提她？」

「她是你太太。」

「我從來沒有愛過她。」他坐在她身旁，彎身貼近她的小臉，聞著她頰上的芬芳，她也不反對。說也奇怪，女人扮演著受誘的角色，其實卻是勾引者，這是自然的法則。媚玲不知道是矜持，還是出於女性的本能，他彎問她，她的身體並沒有顯出反應的姿勢或動作，只是靜靜坐著，非常高興，可見她需要人愛。

「談談你自己吧，」伯牙低聲說。

「我沒有你這樣的家庭。除了我自己，誰也不會感興趣的。」

「你很好。也許你家不太吸引人，但是我對你感興趣。告訴我一點嘛。」

「真的沒什麼好說的，」媚玲答道。她小心審視伯牙的面孔。「你不生氣吧？」

「喔，不。我很高興認識真正的你。」

「我們該走了吧？」她站起來說。

伯牙帶她走出院子，把門關上。他送她回到她院落，就回自己的屋裏去了。

3

下午兩點半，凱男坐在櫃台邊捲頭髮。不知怎麼，她有點氣自己的髮型。問題是她臉很長，輪廓寬，濃眉大眼的。她留短頭髮，整個向後攏。媚玲有一頭披肩的鬈髮，與她圓圓的小臉相得益彰。凱男想把頭髮散在腦後，但是這樣似乎更擴大了她的臉型。如果伯牙肯勸她在耳後弄幾撮鬈髮，效果一定不錯。但是伯牙不在乎，而她又不像羅拉和媚玲懂得女性打扮的祕訣，她簡直不知道怎麼辦才好。她站在落地鏡前方，顯得比平常更高了。

伯牙回來，還想著媚玲，不知道該怎麼瞭解她。他對太太有一種異樣的罪惡感，以前他由八大胡同的花街柳巷回來，從來就不覺得歉疚，這在他是完全陌生的感覺。他只不過帶媚玲去看祖祠，和她略微調情一番；但是他在心裏已經和她談戀愛了，結果和真正戀愛差不多。他為媚玲著迷，自己也很意外。

「你回來啦，」凱男顯出驚喜的態度。

「是啊，媚玲要看紅玉的畫像。她很感動哩。」

凱男丟下髮梳，走向一張椅子，拿起雜誌卻不打算翻閱。「你以為她真的對我們家那麼感興趣？她不是同宗也不是親戚。」

「我怎麼知道？我想羅拉舅媽對她說過紅玉的故事，她想要親自看看。」

「她到底是誰？」

「我不知道。她是羅拉的客人。我只知道她的姓氏和名字。」

「她要在這兒住多久？」

「我不知道。她一直想去上海。她也許會和我們一塊兒去。」

凱男抬頭看看伯牙。「你以為她真的那麼無依無靠嗎？沒有家的女孩通常會照顧自己。」

「你怎麼知道她沒有家？」

「她有家沒家不關我的事，」凱男壓住了火氣說。「不過一個人好客是有限度的。我們要去南方，等我們走了以後，她可以陪羅拉住在這座園子裏，愛住多久就住多久。但是我不願意和那個女人一起出門。」

伯牙發火了。「你不願意？喔，我願意。」

伯牙是個冷酷的丈夫。凱男不輕易對別人屈服，但是伯牙看不起她，她對他似乎一點力量都沒有。她巴不得他動手打人，她好指責他，但是他始終保持冷靜自如的態度，才真是氣死人呢。

凱男站起身，氣沖沖走出房間。伯牙回來，一心想和顏悅色對待她，因爲他覺得歉疚，又相信他不久就自由了。但是凱男的話激怒了他，他說話又顯出唐突、優越的態度來。

凱男的心情就像一般幽怨的少婦，結婚三、四年，才發現自己的婚姻失敗了。她嫁給伯牙是北京大學女友間的一大勝利，當時伯牙和她都在北大念書，伯牙功課並不好。他頭兩年曾在西郊的清華大學就讀，後來改變主意，轉到北大。北大的學生比較窮，年齡也大些，有些人已是鄉下小學的老師或校長，早已結婚生子。伯牙身爲「王爺園」園主之孫，年輕英俊，舉止瀟灑，在學生羣中非常突出，被女同學看作白馬王子。凱男是籃球隊員，她優美的身材吸引了伯牙的注意。最後一學期，他們交往一段日子就結婚了。

伯牙看上她，有幾個理由。第一，他這段時期的理想是找一個高大、健康的女人，他自己也很高；第二，凱男功課不好，人卻很愉快、活潑，參加了不少活動；第三，她名叫「凱男」，包含有女性挑戰的意味，這一點頗能吸引伯牙。他需要一個和他並肩工作的妻子；這是他年輕時代理想主義的一部分，凱男在適當的時期來到，正合乎他的理想。最後主要的理由是凱男憑著現實的本能，伯牙追她，她也追伯牙。追逐期間她自由自在，毫不忌諱什麼，伯牙還以爲這是她真正現代化的訊號。所以他向她求婚，她就拒絕別人而接受了他。這是很輕鬆的決定，女友們都說她「掘到了金礦」。當時伯牙的祖父姚老爺還在，伯牙問他，他說：「我贊成。她是一個強壯、健康的女子。大屁股代表多兒多女——強壯、健康的小孩。我們的民族必須強身。你看西方國家，他們的女人多健壯、多自由！」

雖然姚老爺曾說過這一番話，他們卻沒有子女。幾個月後，丈夫和妻子都發現對方脾氣很倔強，通常總是女方讓步的多。

珊瑚姑姑死後，伯牙抽上了日本鴉片，變得瘦削異常。凱男照顧他，有一段時間伯牙對太太又恢復了溫柔的態度。等他恢復健康，他不知不覺又冷淡下來。凱男不懂他爲什麼不滿意。她愈是盡力注意衣著打扮，伯牙似乎愈是疏遠她。他朋友很多，常和他們出去，也曾酗酒，愛上一個名伶遏雲。凱男息事寧人，認爲這是富家子正常的舉動。他回來總帶著酒味。他是紙牌、麻將、搳拳的能手，風流韻事可不只他告訴太太的那幾樁。他陪老學究們逛風化區；回到家不愛說話，只管讀詩、讀藝術、讀他祖父書齋的珍本，一直讀到凌晨。空閒的時候，他就研究顧炎武的一百二十卷「天下郡國利病書」。這是受了北京地質測量學會會長的影響，他畢業後曾和那個機構有過兩年的接觸。會長是留英的地質學家，也是傑出的學者，曾研究現代戰爭的武器來消遣。在他的影響下，伯牙變成自封的「戰略家」，也曾研究歷史戰役，但是家境太好，從來不在雜誌上發表著作。他多才多藝，會彈鋼琴，還背誦了不少曲子。

凱男安心過著社交女主人的生活，以宴會來彌補失歡於丈夫的空虛，繼續享受她嫁入姚家所得到的財富。就在這段期間，伯牙變得憤世嫉俗，常常用粗話諷刺她：「你和你那批討厭的珠寶、勢利的朋友！你的女性主義和女權呢？還叫凱男哩！」但是凱男已經不在乎他的辱罵，還繼續在富有的女伴間巧笑揚威。她耿耿於自己的身分，早就爲修指甲而放棄了運動，她對美白、軟化肌膚非常感興趣，也做得很成功。只有最近北平淪陷後，她才感到寂寞和無聊。她不再請客，大部分朋友也已離開本市。他們的汽車被馮舅公所謂的「當局」接收了。所以她一直要伯牙帶她到上海去。

但是伯牙很清楚，他爲什麼對太太不滿意。他發現他的神仙祖父料錯了。凱男不但沒生下一男半女，而且他那一套壯女人值得娶的理論也完全粉碎了。他發現一個在學校操場吸引他注意的女運動員，並不是理想的妻子和伴侶。她甚至不會燒菜和理家，因爲大學教育沒有教這些課程。伯牙對外表和研究非常拘泥，凱男卻邋邋遢遢，把他的東西亂丟一氣；她對他心愛的骨董和藝術珍藏一點感情都沒有。他結交八大胡同文靜、柔和、優雅的女性，他對女性的理想就開始改觀了。凱男的一身肌肉令他厭煩。他現在相信運動對女人不好，因爲她們會失去身心兩方面的女性氣質。運動使女人肌肉硬化，聲音變粗，而且他覺得似乎還鈍化了她的神經末梢，使她腦袋變笨了。身心似乎是一體的，粗劣的身體內不可能存有細緻的心靈。這個信念是他和八大胡同的風塵女人接觸的結果，那邊招待和追求制度首先就要求文雅和秀氣。他對太太有反感，也開始討厭所有高大的女人，喜歡嬌小玲瓏的尤物。

八大胡同往往使夫妻們不必吵架，但也使他們不必和好。伯牙並不原諒自己去那兒，也不找藉口。他只接受一個事實，他和太太合不來。他優雅的本性和教養使他需要理想的女人，需要身心合一，這是他本能的要求。他不像一般好丈夫，願意忍受二流的貨色，只因爲已經娶了一個女人，就好好對待她。但是他外面的風流韻事耗光了他對女性的愛戀，必然會污損夫妻愛的清泉——保有精力才能滋養快樂的婚姻。

他對女性的理想一改觀，他太太的性格也變了。凱男接受了新的安排，不願意冒離婚的大險，伯牙也看出她性格全變了，可見她的大學教育全是假的。結婚頭一年，她還假意跟隨他對書本和政治的討論。現在她除了畫報和電影雜誌，什麼都不讀，自己也坦白不害臊，以社交地位、珠寶首飾、有機會對客人炫耀大宅院而自滿。伯牙想起她那女權運動家的名字，不覺大笑，厭惡就化爲輕視了。他是一個情緒平衡的人，不愛動粗，於是保持冷淡的譏諷態度，在言語中表現出來，更令人生氣。

他坐立不安，找到了另一項逃避的嗜好。北大的影響深深刻在他身上，和他心智的發展息息相關。他曾經在最好的教授門下修過中國文學。北大的教授中有不少全國知名的學者，還有一座最好的圖書館。但是它那不可名狀的自由氣氛和學術自由更使他心智成長，造成獨有的傾向。有的學生住在宿舍，有的住在公立招待所，過著富裕、多變、自由的生活。學校有許多組織，半文藝半政治，還有不少師生發表作品的刊物。這些雜誌上的討論題目有時候會帶到課堂上。戰爭前幾年，北平生活在日本人不斷侵略的陰影中，有人成立了「察哈爾——河北政治會」的半自治組織，避免日本和中央政府直接衝突，國事自然佔據了學生主要的心思。伯牙晚上喜歡到煤山東邊的馬勝廟圍場去聽激烈的政治討論；那兒有保守派，也有激進派，有人主張立刻宣戰，有人贊成磨時間的政策，有人懷疑蔣介石是否備戰，有人則相信蔣氏是唯一能帶領中國度過艱險的領袖。國民黨和共產黨之間歧見更大，而國民黨支持者又分成地方分權和中央集權兩派。後者被左派人士稱爲「法西斯黨」。就在戰前左翼和右翼學生的熱烈討論下，大家仔細權衡「焦土政策」的輕重，伯牙自己的戰略也初步成形。

伯牙沒有參加任何黨派，但是他非常佩服蔣介石，隨著戰事的發展，後來簡直變成偶像崇拜了。他的分析能力使他看出幾年後的許多事情，而不看重一般人注意的小節。他蒐集蔣介石的一切資料，觀察、研究、分析他。他由內戰時期開始研究蔣氏的功勳，看他瓦解、壓服、打贏實力雄厚的軍閥，最後全國統一復興，又研究這次抵禦外侮的戰爭。他開始看出老文化和古典傳統對蔣氏的影響。伯牙具有分析和史家的頭腦，他和許多歷史家一樣，對控制整段發展期的英雄人物深深著迷。所以他閱讀蔣氏發表的一切著作，愈研究現階段的當代史，心中愈佩服蔣氏。他沒有參加國民黨，天生不愛行動——也可以說，因爲家境的關係根本不需要行動——只把心靈當作一面鏡子，照出他心目中的英雄影像和動作。他的心靈也很藝術化，所以他用自己的註釋來增添觀察的色彩，他心目中的蔣氏幻象（他從來沒見過他）一天天美化、加強，簡直像一座泥土雕像，在大雕刻家的指縫間愈來愈壯、愈來愈美了。

在愛情和政治間，伯牙有許多事可忙，完全和他太太分道揚鑣。他不安的心靈在美女聲色和純理智的政治興趣中來回擺盪，兩者似乎有互補的作用。他喜歡秩序，也見過家中幸福的婚姻，譬如他叔叔阿非和寶芬，還有他姑姑木蘭和莫愁的婚姻都很成功，這些印象老是留在腦海裏。他迷戀媚玲，似乎自己也覺得很不平常，他不知道和自己的太太戀愛是什麼滋味。

今天下午和媚玲見面，他更快活了。他知道自己想正式拋棄太太，實在很自私，不過他的憤世主義又使他相信，自私是人類一切行爲真正的動力。

那天晚上他依約去看媚玲，發現她對馮劍很友善，覺得很好玩。他的自尊不容許吃醋，因爲她曾經發表過她對馮劍的想法，而且她一邊說話一邊還偷眼看他呢。和大夥兒坐在牌桌上，媚玲不隨便賣弄風情。伯牙碰碰媚玲的雙腳，她沒有反應。但是她總是低頭看牌，慢慢開闔眼皮，靜觀四周的動靜。大家笑，她也笑，彷彿要掩飾心中的念頭。有時候一片死寂，但是在伯牙眼中，每一個動靜似乎都表示他們之間祕密的瞭解。

忠敏堂之行和媚玲的談話已經迷住了伯牙。他決心向她示愛。第二天下午，伯牙又來找媚玲，邀她去散步，也邀羅拉一起去，因爲不請她似乎不太好。她同意了，三個人就穿過西邊的月形拱門，來到通往桃園的假山邊。秋風漸涼，桃樹已經落下了葉子。嵋玲說她很冷，想回去拿一件毛衣。

「我去替你拿，」羅拉笑笑說。「你們在這邊等我，」她快快活活對伯牙和嵋玲說道。

嵋玲和伯牙留下來。伯牙看看她，她連忙轉頭，似乎不好意思。她穿著低跟的中國絲拖鞋。她靜靜站著，伯牙激動地走來走去，石道上只聽到他那雙外國皮鞋的響聲。不久一個女僕拿嵋玲的毛衣來，說少奶奶有針線活兒要做，叫他們自己去。

「怎麼？」嵋玲發窘說。「我們該不該回去？」

「告訴少奶奶，我們馬上回來，」伯牙對女傭說。

他轉向嵋玲，幫她穿上毛衣；那是一件深棕色的大針毛衣，只到腰部。嵋玲把下襬扣上，在和風中甩甩頭髮。他的眼光使她很不自在。人一緊張，眼睛的斜視加深了，但是並不覺得礙眼，反而替她的面孔平添一種異樣的魔力，正如輕微的南方口音加深了她聲音的魅力。棕色毛衣顏色單純，強調了她的細腰，也襯出她優美的身材。

「好啦？」伯牙無話可說，就轉身扶她經過花園。他一直希望有機會和她單獨談談，他相信羅拉是故意走開的。

「伯牙，」嵋玲說，「真奇怪，我在戰亂中認識你……只遺憾我們相見太晚了。」這是新朋友的客套話，但是在這種情況下也許不該說出口，因此就帶有特殊的含義了。

「是啊，可惜我們沒有早一點認識。也許還不太晚吧。」她的眼光和他相迎。

他們步調緩下來。嵋玲有點不好意思。開始一路摘花摘葉子。

「你爲什麼這樣糟蹋花葉?會折壽的。」

「我就是喜歡嘛。真的會折壽嗎?」媚玲嘻笑著問他。

「不,只是一種說法。你愛摘多少就摘多少,我不在乎。」

幾步外有一棵盛開的大木蘭。媚玲一陣衝動,跑上去折下三、四根小枝,她聽到樹枝劈啪響,不覺大笑。伯牙也跟著笑。

「唔!」她把木蘭花交給他。「這樣會縮短我幾年的壽命?」

「別那樣說——我只是開玩笑罷了。」他引一句名詩說,「有花堪折直須折,莫待無花空折枝。」

媚玲馬上明白這句影射青春和愛情的名詩,她噘噘嘴。「這些花要怎麼辦?」她說。

「我替你拿著。」

「我想我真的做錯了,」媚玲懊悔地說,面孔也突然變了。「我不該這樣……沒有人教我別這樣……反正女人做的事情沒有一樣是對的。」她悲哀地說。

她嘻笑的心情馬上嚴肅起來。

「你怎麼說這種話呢?」伯牙深感困惑。

「你不覺得這是實話——女孩子做的事情老是不對。」

「爲什麼?」

「譬如我和你在這兒約會。我想不太應該,大家永遠責備女方。」

「我不相信,」伯牙熱烈否認。

「你從來沒當過女孩子。」

傷心的表情過去了，她又恢復活潑的態度。他們繼續穿過庭院，進入池塘前的「暗香齋」，然後沿著封閉的迴廊來到有頂的小徑。伯牙指出，渠道由此向南彎，他們其實是站在跨水的有頂橋面上。媚玲在木板上頓腳，爲吱吱嘎嘎的響聲而大笑，然後又俯身看水，把舌頭伸出來。她那天真的興致和頑皮的笑容使伯牙覺得很有趣。她的眼睛比平常更亮，笑容更真摯，聲音也更清脆了。伯牙看過她高興，也看過她臉上罩著一層哀思，但是從來沒見過她這麼盡興、這麼快活。

他們走出有頂的橋面，媚玲輕輕跑上土墩的台階。伯牙跟在後面，看她慢慢喘氣，用快樂挑戰的眼神回頭看他。他走上去，抓住她的小手說，「我逮到你了。」

「可是我沒有跑呀。你不是在追我吧？」

「是……」

他還沒說完，她就抽出雙手，跑下土墩的北側。石階很窄，彎來彎去的，她一會兒就不見了。伯牙慢下來，走到一個通往洞穴的岔路口。他止步聆聽，又沿台階走下去。他剛到低處，媚玲突然在他身後的暗道尾端爆出一陣大笑。伯牙一轉身，她又不見了。洞穴的走道只有十一、二呎長，伯牙折回台階上，在另一端等她。他剛走近，突然看見她大叫一聲衝出來，跑上台階，她踉蹌了一下，一隻拖鞋掉下來，但她仍然往前跑，伯牙撿起她的絲拖鞋，把戰利品握在手中，以勝利者的姿態向她走去。

她用單腳站著，半倚在岩石上。

「看我沒收了什麼？」伯牙說。

「拜託，」媚玲哀求道，「拖鞋還我！」

「要依我的條件才行。」

「什麼條件？」

「把腳伸出來，我替你穿。」

「喏！」媚玲伸出玉足，修長、豐潤，曲線美極了。伯牙跪下來抓住她的小腳。他正為她穿鞋，附近有腳步聲走過。「噓！」媚玲蹲下來，「如果有人看到我們，」她低聲說。她帶著戲謔的笑容往下滑，背部挨著石塊。他們就用這樣的怪姿勢躲在那兒，最後終於聽到腳步聲越過土墩。媚玲的小臉上有一種天真恐懼和好玩的表情。等腳步聲聽不見了，伯牙說：「坐在地上吧。挺乾淨的。你今天為什麼這樣高興？」

她把頭靠向身後的岩石，午後的陽光完全映在她臉上。

「我一生從來沒有這麼快樂過，」她說。

「我很高興。」

「愛、笑、生活。人一生中真正快樂的時候並不多。」

剛才伯牙完全被媚玲的笑聲迷住了。現在他的臉上一霎時又顯出懶洋洋的神色，掩蓋了輕浮的表情。

「媚玲，你會不會對我好？我從來沒見過你這樣的女孩子。你身上具有我所不瞭解的氣質。你為什麼說女孩子做的事情永遠不對勁？」

「不是嗎？」

「我不知道。你憑什麼說這種話呢？」

「憑我的經驗，」媚玲慢慢答道。

「什麼經驗？」

她抬起密密的睫毛，眼睛以挑戰的神色和伯牙相望。然後她慢慢垂下雙眼，一句話也不說。午後的陽光映在她脆弱的小臉上，使她顯得又清新又溫柔。

「媚玲，談談你自己吧，我希望更瞭解你。」

「談我自己？」

「你是誰？你的父母呢？」

「喔，我是媚玲，我姓崔。」

「我知道。我是指你的身世。」

「沒什麼好說的，我只是一個普普通通的女孩子。」

「別那麼神祕嘛。你父母是誰？」

「我沒有父母。」

「你怎麼認識羅拉的？她是你的同學嗎？」

「不，我沒有上過學校，只上過很短的時間。」

「你不告訴我，羅拉也不肯告訴我。我把我家的一切都告訴你了，你卻不肯談談你家。」

「我的身分對你很重要嗎？」

「是的……很重要。媚玲，我們能不能做好朋友——真心的朋友？」

媚玲把頭轉向矮花樹，手指一片片拔著乾葉子。伯牙還在等她答腔，她頭髮向後一甩，似乎專心理順她的髮絲，這個動作使她胸部的曲線更明顯了。

這個迷人的姿態使伯牙更想知道這位女人的神祕。四周靜悄悄的，只有小鳥偶然輕唱幾聲。她臉上一片紅潮，帶著困惑和發窘的神色。她迅速抬眼看他說，「嗯，怎麼？」露出一個女人打算被愛的微笑。「你想要知道我哪一點呢？」

「我一定要多瞭解你一些。你有父母。你總不是像仙女一般由天上掉下來的吧？」

媚玲折下一根乾樹枝。她聲音有點發抖，臉上也有遲疑的表情，似乎要吐露一項祕密。

「喔，我父親是一個軍國主義者；我不能說出他的名字……崔是母姓。」

「你是在講神話故事？」

「隨你怎麼想，我父親拋棄了我母親，我們在貧苦中度日。我十七歲那年母親死了……」她突然打住。

「咦，說下去嘛。」

「大約在這個時候，我父親被人暗殺了。」

「暗殺！誰幹的？」

「我不能告訴你。你會知道太多。很多人都恨他。他殺過不少人。」

「你對你父親好像沒什麼感情。」

「一點都沒有。我怎麼會有呢？……夠了吧？」

「不，再多談一點。」

「後來我孤單單一個人，有人愛上了我……喔，我的遭遇太怪了。你不會相信的。」

「我相信你，這麼漂亮的女孩子孤單單一個人，一定會有某些奇遇。」

「伯牙兄，你覺得我吃過苦嗎？」

「看你不覺得，你今年幾歲？」

「二十五，」媚玲停下來。盯著他，然後又說，「我如果告訴你，我結過婚呢？」

伯牙停了半晌才說，「那你就更迷人了。有人要娶你，我毫不意外。」

「他說要送我上學，又天天來看我，最後我被學校開除了。你有興趣嗎？」

「說下去。然後呢？」

「然後就是地獄！他父親介入我們之間。我嫁給他，並沒有得到他父親的認可。我們起初很快樂——頭幾個月……他是一家輪船公司買辦的兒子，他父親發現了我的身分。他恨我父親，他說我父親曾經把他關入監牢，他花了十萬元才保住性命。他要報復，就移恨在我身上。但是我有什麼辦法呢？一個孤零零的少女又能怎麼辦呢？老頭子沒有一絲悲憫。我是傻瓜，如此而已。」

「是他暗殺你父親的？」

「不，另有別人，我父親樹敵很多。」

「兇手有沒有公開審判？」

「沒有。大家的言論都支持他。你不相信我父親替日本人做事吧？」

「但是你沒有說你父親是誰呀。」

「對，我想我發昏了……反正對我也無關緊要。一切都很複雜。我從來不關心我父親。我母親也恨他，但是我的公公卻把一切推到我身上，叫我『漢奸種』。我該不該為我父親辯護呢？他起先氣他兒子，因為他恨我，然後他又改變了心意，叫他兒子把我帶入他家，否則要脫離父子關係，我就去了，一連幾周被關在我丈夫家裏。我相信他的目的是逼我自殺。我見不到我丈夫，常常哭累了朦朧睡去……後來他母親可憐我，對老頭子說，『她父親不對，反正現在人也死了。何必責備他的女兒呢？你若不喜歡蓮兒，最好把她送走，叫我們兒子再娶一個……』」

「蓮兒？」

「喔，那是我的名字，我後來改名了。」

「那個老太太真好心。」

「是的，她是一個佛教徒。她對丈夫說：『善有善報；惡有惡報。』還是少造陰孽——神明知道的。」

「後來呢？」

「他父親叫他再娶，他就照辦了。我算什麼——非馬非牛，非妻非妾……這位新婦嫉妒心很強。那時我對丈夫早已失去了敬意，也不在乎了。不過老天總會留給人一條生路。有一天我婆婆傍晚進入我房間，遞給我一個紙包說，『蓮兒，自從你來到我們家，我心裏沒有一刻平安過。男人心狠，他們不肯聽我的話，把這個帶著，裏面有六百元，自己去想辦法。離開本市到別的地方去，我來和他們父子商量，叫他們別再打擾你……』」

媚玲的聲音突然打住了，然後一面扭手絹一面慢慢說，「世界上也有好心人，要不是那位老太太，我說不定早就死嘍，」年輕的面孔上露出平靜的表情，一切受苦的痕跡都消失了。

伯牙看她，顯得很意外。「看到你，絕對想不到你有這些遭遇。後來你怎麼辦呢？」

「我說得夠多了，別再問下去。」

伯牙靠近些，抓住她的小手，她也捏了捏他，使他整個神經都興奮起來。

「別告訴別人，」媚玲說。

伯牙又靠近些，兩個人手緊握在一起。媚玲很沉默。伯牙撫弄她的頭髮，她也不說話，眼睛俯視地面，胸前微微起伏。他雙手捧住她的小臉，捧到他面前，發現她眼睛充滿狂熱的激情。

「媚玲，這就是我們的愛情，」他說。

他親吻她，她也激動地報以熱吻。他覺得她的一雙手臂環著他，暖烘烘的。

「我一直渴望愛情，」他說，「這份愛情。婚姻內或婚姻外倒無關緊要。就算是一種婚姻吧。兩個人身心結合的婚姻——你知道我的意思……兩者似乎融合在一起，你分不出哪個是哪個了，就是這樣。」

媚玲一動也不動。

「你不說話？」

「我只是快樂……什麼也不想說。」

「我也很快樂。」

他們就這樣躺了兩三分鐘，「蓮兒……蓮兒——我喜歡那個名字。」

「別這樣叫我。」

「爲什麼？」

「這是我童年的名字……不然——你可以叫我，但只能在沒有人的時候偷叫。這個名字讓我想起母親。」

「好的，蓮兒，」他們一起大笑。

「我該叫你什麼？」媚玲問道。

「就叫我伯牙好了，我的傻丫頭。」

「怎麼這樣叫我？」

「我不知道，我們北平就這樣叫法。」伯牙等於叫她「我美麗的女奴」。

「喔！」媚玲天真地點點頭，這是她某一方面單純的表現，「爲什麼同一個名字可以罵人，也可以表示親密？」

「是這樣的：如果你愛一個人，你可以叫他任何名字，聽起來還是很甜蜜。」

「爲什麼我們說傻丫頭，而不說美丫頭呢？」

「美就是美。傻卻代表『美麗和聰明』。我不知道丫頭爲什麼會比太太漂亮機靈，但事實往往如此。」

一聽到「太太」這個名詞，媚玲臉色變了，她沉默下來。

「你在想什麼？」伯牙問她。

媚玲悲哀的開口了。「社會永遠站在妻子這一邊。一個聰明的女人永遠不對勁。但是女人聰明又有什麼辦法呢？社會從來不責備男人一次次有艷遇。逢場作戲嘛，他們說。但是女孩子鬧戀愛呢？婚姻對女人比男人重要，因爲她一生都受婚事影響。她甚至不能尋樂。假如她婚姻不幸——她又有什麼辦法？她要裝聾作啞，忍受下去嗎？如果她有了艷史，社會將要說什麼？假如有人發現我們在這裏——誰知道是你追我，還是我追你？但是大家會責備我，不會責備你，於是我又錯了。」

她說出這一段意外的見解，伯牙眼睛一直盯著她，心裏並沒有絲毫不高興。

「你爲什麼說『又錯了』？你以前錯過嗎？」

「這不關你的事，」媚玲說。「就連那次結婚，大家都說是我勾引那個年輕人，不是他勾引我，他家人怪我嫁入父親的仇家——那是『無恥』——不然就像他父親，說我是漢奸種。老頭子常說，他家前世欠了我家一筆債。你相不相信一個人的罪孽會還報到子女身上？」

「我不知道。我想，我們體內流著先人的血液，我們都爲先人的行爲而受苦。」

伯牙抓起媚玲的小手，在午後的陽光下欣賞她臂上精巧的血管和若隱若現的汗毛。

「我真心愛你，媚玲。」伯牙說。

「蓮兒，」媚玲高高興興糾正說。「你以前曾經這樣愛過一個女人嗎？」

「沒有。總覺得缺了些什麼。漂亮的人很多，但是不久就看厭了。你知道，我總覺得漂亮的女人天生愚蠢，聰明的女子外貌又令人討厭，太聰明，太骨感，太不舒服。所以男人才魂不守舍。」

媚玲快活地聽他這一套女人論。

「我是心智愚蠢還是外貌令人討厭，哪一種？」她咯咯笑著說。

「媚玲——蓮兒——我是在談其他的女人，」伯牙大笑。

「我不要人恭維。請你坦白告訴我。你喜歡我哪一點？我希望這是永遠的，永遠不變。我要盡一切力量來討你歡心。告訴我，我算哪一種——愚蠢還是討厭？」

「我沒法分析你。你似乎好年輕、好清新，但是你卻有這麼多遭遇，你當然不討人厭。」

「謝謝你。」

「你也不可能愚蠢。」

「你怎麼知道？」

「我知道，你知道聰明的女子爲什麼討人厭嗎？」

「爲什麼？」媚玲說。

「聰明的女子話太多了。她鋒芒畢露，使男人很不舒服。」

「做一個討人歡心的女孩子一定很難，」媚玲彷彿嚇壞了。

「但是這兒有一個完美的女性，她的智慧外露同時又內斂，那就是你。你令人興奮，也令人靜下來。」

「喔，伯牙，」媚玲喃喃說。「我不能讓你失望，我真怕了。你很難侍候嗎？我要盡一切力量來討你歡心。如果你要我，我願意做你的情婦。」

伯牙看看她賞心悅目的面孔，「你覺得一個女人可以同時做妻子和情婦嗎？」

「怎麼？」

「妻子就是妻子，她握有一張結婚證書，她受到保護，所以什麼都不在乎。她是某某太太，就像凱男吧，社交上她是姚太太，她只對這件事感興趣。情婦可沒有這種便利，因此她會盡力討男人歡心，你能想像一個太太像情婦般做人、愛人和被愛嗎？你聽過一句諺語：『妻不如妾，妾不如偷，偷不如偷不著』。」

媚玲大笑，「我要記住這句話。我是不是在偷你？」

「你知道我不愛凱男，她比你更明白這一點。」

「我是不是真的把你偷來了……？如果是，我很幸福，你打算怎麼辦？」

「你知道她一直想去上海。」

「能不能帶我去？她會不會反對？」

「她不是已經反對你留在這兒了嗎？那不是問題。」

「那又是什麼呢？」

「她要回娘家，這樣最好。她很不幸，也很不快活，我一直對她冷冷的。」

媚玲專心聽著，想像自己和他住一起。「你肯不肯帶我去？只要有了你，是偷是妾是妻，我都無所謂。」

伯牙滿面愁色，沒有答腔。

「伯牙，我自由自在，孑然一身，我願意跟你到任何地方，只要愛你就成了。」

「真的?現在是戰時，你知道。」

「我願意跟你到天涯海角。」

「真的？」伯牙盯著她，彷彿想瞭解這個女孩子，她的身世還半掩在神祕中呢。「把你的一切告訴我。」

「爲什麼我必須說出一切呢？」

「因爲我愛你。」

「我告訴你的已經比任何人要多了。」

媚玲臉上也現出一片陰霾。

「喔，好吧。我想這樣就夠了，我愛的就是你這個人。」

媚玲說，「你告訴女傭，我們馬上回去。現在太陽都快下山了。」

伯牙扶她起來。「來吧！」他說。

他扶她穿過果園，回到她的院落，手臂環在她腰上，還沒到月形拱門，兩人慢慢逛著，他覺得一切來得太突然了，但是他知道自己今天是存心來向她求愛的，不免爲輕鬆的勝利而滿面通紅。

「你今天晚上要不要到我們這邊來?」媚玲現在已非常平靜。

「我要來，只爲了看看你，不過我們若想一起到南方去，一定要表現得自然些。」

「真像作賊。喔，我喜歡偷你的感覺，沒有人知道，」她貼近他耳語說。

「你要不要讓羅拉知道？」伯牙問她。

「不，」媚玲堅定地說。

「你不笨嘛，」伯牙說道。

「我不告訴任何人，還沒到上海之前，這件事必須完全保密，我們之間的祕密。」

伯牙當時當地就覺得想偷媚玲了。「偷不著」會更刺激。他喜歡這樣，於是他等待著一段心醉的時期。

4

秋風高爽，空氣也乾燥清涼。媚玲昨晚照例捲起窗紙，一早醒來，覺得滿冷的。她把棉被塞好，打算再睡。但是昨天晚上和伯牙相會的記憶太美、太意外了，留在腦海裏，甩也甩不開。她的心噗通噗通亂跳。嘴唇漸漸泛起一絲笑容，她把頭埋在枕下。她已經聽到前院的人聲，但是她的院落裏仍然靜悄悄的。她知道一件很重大、很快樂，也許很愚蠢的事情發生了。

她爲什麼任伯牙追她呢？但是她自己承認，她需要如此。難道她生命中新的一頁展開了？她的腦子充滿矛盾的情緒——刺激、浪漫、疑惑。這件事會給她帶來什麼？她以前的經驗太令人困惑了。她想起自己的過去，總覺得當時她年輕不成熟，像一艘廢船，被環境和男人的欲念沖來沖去。伯牙是她第一個敬重、關心的男人，他的愛情似乎是真心的。這個家是一幅寧靜的圖畫，一個休息的港口。將來還是未知數，她不敢多想，複雜是難免的。她是不是又錯了呢？

如果她母親還在，如果她開始就找對了人，她整個的一生就完全不同了。她就能給伯牙一份純真、無瑕的愛情，不必隱瞞什麼。如果她說出過去的一切，他會諒解嗎？她該不該說？幸虧她沒有全部說出來。他說：「我愛的就是你這個人。」聽起來真舒服。她知道自己沒有對不起誰，但是心中卻時時有悔恨感，怕她配不上他。她終於找到了她可以仰視的男人，心裏卻不免發抖，怕昨天的追求只是一項偶然，不會有結果的。不過這件事太重要了，她現在可不能冒險說出全部歷史。她要等自己更瞭解他，雙方愛情成熟了再說。然後她又自我安慰說，伯牙若娶她，這也是他的第二次婚姻哪。她不見得完全配不上他……她亂想些什麼？嫁給伯牙？她瘋了……？現在是戰時。就算她變成伯牙的妻子，她也猜不透將來的前途。她熱情而心亂地渴望知道最近幾天會有什麼新發展。

在亂紛紛的心情下，她又睡著了。她八點半醒來，意外聽到伯牙熟悉的腳步聲。她由窗口看見他走近馮舅公的庭院。客廳對面羅拉的房間還是靜悄悄的。她起來把窗紙捲得更高些，好看見伯牙出來，也許還能和他打聲招呼呢。她匆匆穿衣服。伯牙出來，看見她站在窗口，對他微笑揮手。他轉身走向她的窗枱下。

「你這麼早就起來啦？」他笑笑說。

「進來吧，」她做做手勢。

他躡足進入客廳，她站在臥室門口迎接他。她已經穿上黑棉袍，頭髮梳了一半，前面有些小鬈。她還沒化妝，不過臉上充滿青春的紅暈，眼角又飽滿又光滑。她低聲說，羅拉夫婦還在睡覺，要他進她房裏來。他們低聲說話，但是她的聲音含有睡飽了的清脆感。

伯牙彎身吻她，她覺得心中的許多疑慮都一掃而空了。

「我趁馮舅公還沒出門，過來找他談談，」他說。「我要安排遠行的計畫。也不全是這樣。我一早起來，不知怎麼兩隻腳就自動向你這邊走過來。我由你的臉色看出，你睡得很好。」

「伯牙，我希望永遠如此。這是我心靈的要求，但是我們不能這樣幽會。我們必須盡快到上海去。」

「我找馮舅公就是談這件事。天津開的輪船鋪位很難買，存款要做安排，凱男還要買幾樣東西。我告訴她，上海什麼都買得到，但是她說要買禮物送親戚。我今天早上要陪她出去。你和羅拉他們能不能過來吃午飯？」

「好的。」

「你出門的一切都準備好啦？要不要我替你買什麼？」

「我什麼都不需要，給我買些稻香村的蜜餞、醃肫和福州橄欖好了。」

「你愛吃雞鴨肫？」

「我愛吃——可以嚼的東西我都喜歡。你也喜歡嗎？」

「我床邊放了一瓶，晚上邊嚼邊看書。」

「好妙！我也是！」

伯牙走了。今天早上會面使她又有了信心。那麼他昨天晚上的情話不只是逢場作戲，一時衝動的結果嘍。他的表情證明了這一點。

羅拉起床，看見嵋玲的神采比平常更煥發。嵋玲告訴她，伯牙過來和馮舅公討論遠行的計畫，還邀大夥兒去吃午飯。

「我彷彿聽到你們低聲說話。」羅拉說。

「我們怕吵醒你，」媚玲答道。

這是北平秋天典型的好日子，乾爽、晴朗，院子裏又舒服又平靜。昨晚的韻事還留在媚玲腦海中，掌握著未知的前程，今天早上偶然而匆匆的一見——那個吻，他雙手在她肩上的撫摸——在她屋裏留下細緻的香味。幽香發自她摘來供在瓶裏的木蘭花，那倒不關緊要。空中有一股奇妙的刺激。她對鏡梳頭，想著今天該穿什麼衣服。打扮漂亮是自尊的表現；一個女人就算只到公園走走，只有陌生人看見她，她也會穿戴整齊。但是爲一個男人，一個她心愛的男人而打扮，意義又不止如此了。在家裏便餐，她得穿得簡單一點。她的髮型和一切藝術品一樣，不能顯出刻意雕琢的痕跡。要配她的臉蛋，又自然又順眼。她知道伯牙很注意她右耳下的紅痣。她耳型柔和，下面尖尖薄薄的，算命的人說這是壞徵兆；所有長命、有福氣的人，耳垂都是長長厚厚的，好保住福氣。結果她常常把頭髮放下來，半蓋住耳朵。她突然靈機一動，今天早晨她要用大髮夾把頭髮向後攏。她臉型很小，這樣一來簡直像中學生似的。她覺得很新奇，紅痣也清清楚楚露在外面。

她的胎痣是鮮紅色的，某些山中小蜥蜴就是這種顏色。沒有人知道朱紅色和貞操有什麼關係；但是古代常有人用蜥蜴血來測驗婦女的節操。先讓一隻蜥蜴吃下七斤的朱砂，再把牠的血放在婦女手臂上，據說會留下永久的朱痕，但是女孩子若和男人發生關係，朱痕就會變色。中國文學中蜥蜴又名「守宮」，就是這個原因。媚玲的胎痣剛好是這種顏色，名叫「朱砂痣」，是罕有的美人斑。

媚玲也記得，她中午要到伯牙的房間去。她看過他的書齋，也見過他在那裏彈鋼琴。她不能確定他最喜歡什麼衣服，就遵循唯一的線索，盡量和環境相配，讓自己在他家顯得順眼。她必須淡妝素服，造成親切的氣氛，除了手臂上脫不下來的終身翠玉鐲子，什麼珠寶都不戴。經過刻意的研究，她穿上淺藍短袖的舊旗袍，以便和他書齋的深藍色地毯相輝映。

十二點左右，她和羅拉、馮潭、馮劍一起過去，她說她想看看伯牙的書齋，他們也沒有別的事可做。伯牙和凱男還沒有回來。這個院落在最東邊，和北平的一般房子比起來，顯得特別大、特別深。房間都鋪了厚厚的地毯，西側和中央的房間做客廳，兩邊只用窄窄的隔板分開來，西側有幾個黑木的骨董架，上面立了各種花瓶，一套宋代的小白瓷杯和瓷碗，還有花色細緻的「古月軒」瓷釉器皿。

媚玲一個人走進西側的別室，那就是伯牙的書房。牆上掛著兩個漢代的大銅鏡、幾幅書法，還有一張枝上小鳥凝望大蛇的水墨畫。一張茶几上擺著全套的「義興」陶土茶具，書架頂上排滿古怪的小玩意兒——生鏽的古劍啦，一個綠色的小鈴鐺啦，還有一隻彎彎的老象牙，在一吋高、二吋寬的牙面上刻著陶淵明的整篇「歸去來兮」——這些東西古老而稀罕，卻不算美麗。房間南面自成一格，有一張現代的畫室躺椅，一架鋼琴，一個新式的落地燈。兩區的差別很明顯；房間的中心保持了中國屋舍的質樸氣氛，南側卻很新穎、很舒服，顯得親切多了。這是伯牙讀書、休閒的角落。椅墊亂糟糟擱在躺椅上，報紙也零零落落的。躺椅下有一張豹皮，伯牙的拖鞋就放在上面。屋裏沒人，她撿起拖鞋，輕輕撫摸著，覺得有些罪惡感，又小心翼翼放回原處。她坐在琴凳上，凝視她曾聽他彈過的樂譜。她看到鋼琴上有一對玩具鑼鈸和一個小銅鈴，覺得很有趣，不知道他用這些小玩意兒幹什麼。附近有一個金籠小鳥形的時鐘，每一秒鐘小鳥都回頭一次。伯牙喜歡這些小東西，她咯咯大笑，眼睛瞥見一個裝了鴨肫乾的玻璃瓶子，就放在躺椅邊的矮几上。

「喔！在這裏！」她自言自語說。她忍不住由瓶裏拿出一塊，嚼得津津有味。

大家慢慢逛到書房來。媚玲坐在房間中央伯牙的書桌前，正撫摸一塊呎來長的舊樹皮，一片乾鴨肫可以嚼二十分鐘，她又喜歡細嚼慢嚥，一次只咬下幾片小絲。

「你在吃什麼？」羅拉大叫。

媚玲把手上的東西拿給她看，還笑了笑。

一個老女傭端茶進來。她看到媚玲的舉動，就說，「小姐，這是少爺最心愛的，誰也不准碰。」

媚玲拿起瓶子，一一傳過去，只有馮劍拿了一片鴨肫。她甚至把瓶子遞給傭人，但是傭人說，「我們不敢……這個屋子裏只有少爺能碰那個瓶子……連太太都不敢。」

媚玲把瓶子放回原處，大笑了幾聲。她對嚇慌的傭人說，「如果少爺問起來，就說我會補回去。有很多嘛。」

不久伯牙和凱男回來了，伯牙走到書房，手上拿著幾個包裹。他發現媚玲坐在高高的硬木椅上，靠著書桌，不免十分意外。她正在打量一個玉筆洗，是照山峯的形狀雕出來的，下面有一個裝水的小盆子。媚玲正在玩弄裏面的毛筆，伯牙進來，她靜坐不動，只笑笑瞥了他一眼。她的翠玉鐲子剛巧和那個玉筆洗十分相配。她的頭髮夾在腦後，只有幾撮鬈髮散在額前，小小的身子棲在高椅上，與特高的黑木大桌形成強烈的對比，整個給人特別天真的印象。伯牙癡癡站著。媚玲還在玩毛筆，連眼睫毛都沒有抬起來，又笑了笑。真邪門。她不該笑，如果笑就應該抬頭看他；這樣她的笑容彷彿指出了一個祕密的思想。她在大古硯上寫了幾個字，仍舊沒有抬頭，說，「伯牙兄，有人偷了你瓶裏的鴨肫。你最好去數一數。」然後她拿起桌上殘留的一小片鴨肫，頑皮地嚼起來。

伯牙看看玻璃瓶，不覺大笑。

「她是一頭海狸，」羅拉說。「她的下巴已經動了半個鐘頭了。你如果把她關在這兒一個禮拜，她會連整幢房子都啃掉——家具啦，樑柱啦，躺椅、椅墊，統統吃掉。」

大家都笑起來，伯牙想起他帶來的包裹，就說，「看我帶了什麼。夠你嚼一個禮拜了。」

包裹裏有乾肫、蠶豆乾、五香瓜子和「牛皮糖」——因爲韌得像牛皮，所以才取了這個名字。

「真巧！」羅拉說。

媚玲由包裹拿出兩個乾肫，放到瓶裏去。

「我偷了兩個，」她對伯牙說，「女傭嚇壞了，我告訴她，少爺若問起來，說我會補回去。」

凱男現在進來了。逛完街，她顯得很快活，而且爲遠行的準備而興奮。

媚玲把桌上的蜜餞拿給她。這種反客爲主的態度以及粗粗的包裝紙相當傷害凱男身爲女主人的自尊心；她笑笑拒絕了。

午餐端上桌，他們到東廂的飯廳去，凱男要媚玲坐在馮劍隔壁，他非常高興。凱男曾經對羅拉說馮劍和媚玲很相配，他自己也這麼想，因爲他是此地唯一的單身漢，媚玲對他又似乎挺友善的。凱男曾看到伯牙挑逗媚玲，但是她也看過他挑逗別的女子，她覺得很舒服、很神氣、很放心。

出乎意料之外，伯牙沒有通知太太，就叫女傭準備了鴨肫湯和一碟炸肫，東西端來，大夥兒都笑媚玲。她看看伯牙，他也默默微笑著。

他們談起遠行的計畫，羅拉嘆氣說，她真恨不得隨他們到南方去。

「你們昨天晚上有沒有聽到槍聲，大概在晚飯前後？」凱男問道。「回教市集上的人說，昨晚有人攻破一座監牢。」

「我們的人幹的，我們的游擊隊，」伯牙說。「是永定門外的一座監牢。」

「有人說五百個犯人逃出獄，參加了游擊隊。有人說一千。誰也不知道，」凱男又說。

過了一會兒伯牙說，「很高興我們要遠走高飛，你不覺得嗎？」他看看太太說。

「覺得什麼？」

「劫數感哪。看到那麼多日本人來來去去，東一和東四牌樓間至少竄起五、六所『醫院』。空中都染上了毒氣，我不只是說賣海洛因的『醫院』。我是指大家的面孔，中國人和日本人臉上的陰氣。這兩個民族怎麼能生活在一起呢？你會覺得不可能適應，現在北平已變成日本都市了。那就讓他們當勝利者，扮演自己的角色吧。可是他們又辦不到。他們不自重，缺乏信心。如果他們能顯出自信、輕鬆的態度，你可以說，那就好了，他們已攻下北平，打算佔有它。一切都會有定下來的感覺。但是他們不自信、不自重，也不禮貌。他們無法操縱你的恐懼，或者贏得你的好感。他們到底怎麼啦？」

大家都在吃飯，伯牙繼續說下去。「我從來沒見過像日本店東那樣沉默的動物，簡直像受人迫害的野獸。我的黃包車夫說，『東洋人和我們差不多，就是不會笑。』他說他拉過一個日本人，一隻小狗正好叼著木拖鞋跑出來，對那隻拖鞋大叫大咬的。『街上的人都站著大笑，只有失去拖鞋的人和我拖著的客人例外。小狗並沒有去惹他。但是我背後的日本人說，喳！喳！想想他們居然怕一隻狗！』我問車夫他覺得白人怎麼樣，他說，『他們是奇怪、可怕的人種。他們有怪味兒。你就算在他們面前跑步，也聞得出牛油味。不過，他們會笑，和我們一樣，那些東洋人就不會。』」

飯後大家到書房去。伯牙拿出兩張「日本聯合儲備銀行」的新鈔票，一張是印有孔子像的一元鈔，一張是印有文天祥的十元票子。

「有多少人可選，」他說，「他們偏偏挑上了文天祥！有一種百元大鈔，上面印著黃帝的像，不過我沒見過。那些傀儡們會喜歡嗎？文天祥被捕後曾經讓忽必烈囚在北京很多年，受過不少禮遇，但是他不肯服侍蒙古人，寧願一死殉國。你們有何感想？我知道日本人的想法是要讓傀儡政府在人民面前顯出真正的中國作風。他們真可笑！」

媚玲盯著他手上鈔票中的文天祥，文天祥和岳飛可能是中國歷史上最著名的愛國者了。「他長得真是這個樣子？」

「肖像可能是虛構的。他是蔣介石心目中的英雄之一。」

「面孔真高貴！」媚玲說。

「日本人一定是由三民主義課本中得到的靈感。他們選了一切好聽的中國名詞，譬如『共存』啦，『共榮』啦，『王道』啦，『誠意』和『合作』啦，拿出來使用，希望我們吞下去。誰發明了這些字眼？爲什麼要拿來騙我們呢？你有沒有讀過文天祥的〈正氣歌〉？」

「沒有，」媚玲有點慚愧說。「當然聽說過那首詩。」

「喔，文天祥代表的就是這個——正氣。中國歷史上凡是拒絕對異族屈服，以勇敢和正氣聞名的大愛國英雄，歌裏都提到了。嚴將軍的頭顱，顏常山的舌頭和張良刺秦王的鐵椎——在歌裏都是正義的象徵或證明。張良是歷史上第一個游擊隊。如果中國人都想起他，想用他的暗殺政策呢？如果我們都想起顏常山在刑場上罵賊而死，不願意投降呢？日本人可能以為，他們把孔子、文天祥和黃帝的肖像印在鈔票上，我們就不會在上面亂塗毀謗的字句了。」

北平人自有一套間接對傀儡政治表示不滿的方法。以前很多偽幣都被畫上傀儡官員的名字，再加上「漢奸」、「不要臉」、「賣國奴」、「對蠻邦磕頭」等字眼，甚至還有更下流的污辱。不知道是誰創始的，但是很快就大行其道。鈔票很多，使用者都說是從別人手中接過來的。傀儡官員向日本將軍訴苦，於是當局頒布了一道命令，規定有侮辱字眼的鈔票不准使用。不過，這道命令卻變成商人拒收此類鈔票的藉口，他們也很高興，因為這些鈔票甚至連日圓都換不到。往往要降格兌現，商人寧可使用中國中央銀行的票子。因此當局只好撤銷這道命令，現在新鈔票發行，上面印有中國歷史英雄的肖像。就像希特勒征服義大利，卻發行馬志尼肖像的鈔票，或者征服瑞士，卻用威廉•泰爾肖像來印鈔票一樣。但是日本人可看不出其中的幽默感。

家庭午餐後，大家通常都回房休息。但是十月的陽光恰到好處，他們都被這個時刻吸引了。大家離情依依，彷彿有什麼事情將要改變似的。誰知道他們還能共度多少個這樣的秋日？媚玲飯前的雅興使他們心情極佳，小院子在中午的陽光下具有一種寧靜的魅力。凱男為遠行的計畫而高興，媚玲沒有理由說要走，羅拉心裏則另有打算。男人在家通常不算數；他們心煩的時候，想要表示自己重要的時候，隨時可以離開家。所以大夥兒圍著南側的躺椅，媚玲在書架前閒逛，邊看書邊啃瓜子，最後又坐在伯牙高高的書椅上。

這時候他們聽到遠處的槍聲，羅拉平常很鎮定，現在也嚇慌了。游擊隊正在城市附近打仗，最近兩個月他們常常聽到遙遠的砲聲，但是她仍然感到心慌。

「你們走了以後，我們會怎麼樣呢？」她問伯牙，伯牙正坐在一張扶手椅上抽菸斗。「北平會怎麼樣？你想這次戰爭會打多久？」

「一兩年，也許三年，誰知道！」他回答道。

「兩三年！」羅拉驚呼道。「你想我們能打那麼久嗎？」

「當然可以，」他說著，心裏也沒有多大的把握。

「但是我們會怎麼樣呢？你們什麼時候回來？」

「誰知道，這次絕不像一九三二年上海之役那麼短。你最好習慣這個念頭。」

「你不是說我們要關在這裏聽兩三年的槍聲吧？」

「你若要中國贏，就必須有這種心理準備。我們的游擊隊不會讓他們休息的。」

「如果要打那麼久，我們還是搬到上海去住比較好。我們可以留在國際住宅區。」

「現在上海打得更厲害，炸得更兇，」伯牙輕笑幾聲說。

「我們怎麼辦？」羅拉心慌意亂地說。

「別搞錯了，這是長期的戰爭。一九三二年是十九軍在打，現在是全國作戰。這不是上海或北平的問題，也不是哪裏比較安全的問題。沒有一個地方是絕對安全的。誰知道上海會有什麼結果？戰爭會延到內地去。我們都會變成難民。我們會如何？這座園子會如何？誰也猜不到。北平將和滿洲一樣安全。這裏名叫『淪陷區』。你必須決定是要繼續生活，還是只求活下去，待在這個淪陷市難以忍受的氣氛中——還是變成內地的難民。」

「我想沒有這麼嚴重吧，」羅拉沮喪地說。「我們還是到上海去。我想媚玲是難民，不得不來這裏。我們現在自己也要變成難民了。」

「媚玲是難民？」伯牙說。

「她在我們家避難，」羅拉回答說。

媚玲一個人坐在椅子上，望著羅拉微笑，嘴巴仍然漫不經心地啃著瓜子。

「我也要去上海，」馮劍想起媚玲要去那兒，就說。

「這樣對你也許好一點，」伯牙認真說。「我們正看到北平一天天腐化。我想一個人再忍下去，就要麻木了。不過也不能永遠這樣。我們同胞陰沉沉的，敵人也陰沉沉的。我們的同胞覺得命中注定不能屈服，日本人覺得注定要征服我們，他們自覺已經攻下這座城市，可以用槍桿來統治，心裏卻老大不痛快。你知道他們爲什麼不快活？他們害怕了，任何靠槍桿自衛的人都難免要害怕。面對手槍很可怕，但是手上拿槍也一樣可怕。你一刻都不能放鬆。」

馮潭插嘴了，「但是英國人用槍桿統治印度已經不止一百年了。」

「你弄錯了，」伯牙說。「英國人是靠他們的魔力來統治印度。」

「什麼魔力？」馮潭詫異地說。

「憑他們瀟灑大方，」伯牙向他挑釁說。

「你歪曲事實，」馮潭說：「印度人怎麼會在乎英國人的手采？他們對英國人的怨恨，不下於韓國人對日本人。」

「是啊，他們恨英國人，也尊敬英國人——或者不如說，他們怕他們。那就是他們的魔力，一種天生主人的魔力。你也可以說是毒蛇的魔力。自信、自重、穿自己服裝、吃自己食物、說自己語言，而且希望別人也說英語的魔力。別忘啦：英國人在全印的駐軍只等於日本征服小小的韓國四十年後在韓國駐軍的人數。你想少數英國男女住在印度的前哨村落，怎麼不會被土著殺掉呢？不是靠槍桿和飛機，是靠他們的英國太陽帽、短褲、堅固的絨線襪、夏布女裝和曲棍球比賽，靠他們對傭人講話的那副自然的主人腔。我說過，毒蛇的魔力。想想日本人用自然的主人腔對中國傭人說話吧。他們只會擺架子、打你的耳光。他們一喝醉，就出盡別的民族絕不會出的洋相。我告訴你，他們一生在恐懼中度日，怕他們的警察、他們的軍隊。你把他們放在外國，突然要他們裝出主人的舉止，他們硬是辦不到。他們一喝醉，一切壓抑的恐懼都流露出來了。日本人沒有英國人的魅力。他們不可能文雅，所以他們注定要失敗。」

「你喜歡上海的英國人嗎？」馮潭憤慨地說。

「我喜歡，」伯牙說。「我尊敬他們的民族。我討厭他們的外國政策，但是喜歡他們個人。」

「在上海只有買辦喜歡他們。」

「但是上海的買辦喜不喜歡日本人呢？差別就在這裏，這就是讓屬員喜歡你的訣竅。不過我是指一般的英國人。」伯牙受了留英的叔叔阿非影響，很崇拜英國人。阿非和所有留英的學生一樣，對英國忠心耿耿，常對伯牙談起他們的勇氣，他們的人道，他們對朋友的忠心，以及他們的自信。自信最容易吸引伯牙這類的人物。他繼續說，「到上海去看看英國人，看街上的人民對他們有什麼感想。大家都敬重他們、怕他們，對不對？英國官員對老太太、小狗或小孩都一樣和氣。日本人不可能低頭對小狗或小孩表示好感，因爲怕失去尊嚴。」

大家都注意聽，伯牙又說，「我有時候替那些日本小店東難過。他們好溫和、好文靜、好馴服，他們只想討生活。但是他們走到哪裏，軍隊和警察就跟到哪裏。還有浪人，日本社會的渣滓。軍官威嚇浪人，剝削他們，靠鴉片的利潤來自肥——這是軍制的一部分。浪人恨軍方發鴉片執照時的威嚇、紅帶子和勒索，但是卻不得不靠他們保護。文靜的商人只想爲妻子兒女討一份生活，對兩者都恨之入骨，因爲中國人再也不肯進他們店裏買東西了。東城小學附近一家文具店的日本店東去找那個小學的中國校長，求他叫學生到他店裏買東西。他知道自己是受了軍隊暴行和流氓鬧事的影響。中國校長告訴我，他答應對學生說說看，但是小孩若不去買，又有什麼用呢？」

「但是大英帝國主義還是帝國主義呀！」馮潭反駁說。他的畢業論文是研究英國在遠東的帝國主義，他想把話題轉到他最喜歡的題目上。「看看新加坡，看看香港。東印度公司和南滿鐵路有什麼區別呢？英國和日本還簽訂盟約，保護他們在遠東的利益哩。」

「當然。」伯牙說。「大英帝國主義更可怕，因爲他們把握了成功的祕訣。英國人從十六世紀就搞這一套了。日本人還是生手。再過一兩百年，他們也許能統治殖民地，學會討人喜歡。帝國主義光靠槍還不夠，他們卻只有槍。帝國主義是人道的藝術。」

「我不相信，」馮潭說。「一切全是經濟。全是供求的問題，原料和市場的問題。」

「大學課本是這麼說的，」伯牙說。「就像開店一樣。當然你必須會記帳、買貨，知道盈虧、本金和利息的問題，但是最後分析起來，卻要懂得讓顧客喜歡你，下次再來買。帝國主義是一種微妙的人道藝術，治人的藝術，尤其是異族的人，你必須瞭解人性。日本人的帝國主義似乎是由軍事課本中學來的。」

馮潭心裏也很反日，但他是大學畢業生，喜歡採取冷靜、客觀、純學術的立場，這是現代知識分子致命的弱點，一種不近情理的虛榮心，「日本人沒有你說的那麼笨。」他說。「畢竟他們也想培養中國人的友誼，設立了東亞文化協會，想團結黃種人把白人趕出去。他們現在不成功，但是由長遠的立場來說，他們會成功的。」

「不錯，他們會成功。」伯牙習慣接受一個論點，再慢慢加以破壞。「如果他們不在城外用刺刀殺女人和小孩，他們也許會成為東方文明的鬥士。他們真蠢，你看到前幾天報上登的東亞文化協會的照片了吧。那幾個漢奸也在裏面，簡直像幽靈似的，好安靜、好沉悶、好不知羞恥。穿軍服的日本人顯得很機警、很進步。土井源一副精明、熱心的樣子，董康則溫溫順順，又高又冷淡。但是你難免有一個印象，總覺得日本人才是這場戲的受騙者，不是中國人。中國喜劇家知道這是鬧劇，日本喜劇家卻不知道，結果就造成了更深一層的喜感。他們不能對中國人用那種宣傳法。這一套就像他們由空中投下來宣稱日本人愛中國人的傳單，那是日本軍人的傑作，他們腦袋簡直像嬰兒似的，就連中國黃包車夫的腦袋也沒有那麼幼稚。所以……」

馮潭覺得很屈辱。他想再說幾句，又怕人家誤會他親日，就悶聲不響了。伯牙看看媚玲。她吃完瓜子，正在古硯上塗字，她的翠玉手鐲在桌子上鏗鏗響。

「你在做什麼？」羅拉問她。

「我在練習書法。」

「別那麼迷人嘛，」羅拉叫道。

「魅力是英國人擁有而日本人缺乏的東西……你看，我每一句話都聽到了。」她歪歪頭，顯然想寫出有力的一筆勾字，嘴巴也張得大大的。

「你顯得好舒服、好自信，」伯牙說。

「就像英國人，」媚玲說。

她放下毛筆，開始把小抽屜一一打開來，頑皮地檢查裏面的東西。

「該死！該死！」她用英語說。

「你說什麼？你是不是在找什麼東西？」

「我在學英國人。」

「你知道那句話是什麼意思？」伯牙問她。

「我知道。這是詛咒的字眼。」

「可不是一句好話，我提醒你。」

「不過我在上海和天津就只聽到這句話。聽起來好神氣、好威風。你不覺得英國人無時無刻都在說：『該死！該死！該死！』好保住他們的帝國？」

「也許吧！」伯牙說。

「該死！該死！」媚玲又說。「我現在是不是顯得很神氣？」

「你太甜了，不像帝國主義者。」

「該死！」媚玲更熱心地說，然後大笑。「你知道我分得出美國人和英國人。英國人說My Cawd！美國人說My Guard！」媚玲學得唯妙唯肖，大家都笑出聲來。

「你哪裏學來的？」

「喔，到處都可以聽到嘛。有一個英國人罵我學舌。他說『該死』還沒有關係，『天殺的』卻是壞字眼，只有氣得要命才會說出口。除非你想打架，絕對不能用。美國人還喜歡用一個名詞，就是『老天』或是『地獄』，聽起來好像真要打一架似的。」

「你在哪裏遇到這些美國人？」

「喔，到處都有哇——上海的咖啡館、夜總會和大街上。伯牙兄說得不錯。我們尊敬上海的英國人，只因爲他們不吃我們的飯菜。你從來沒看過英國人進入中餐館。我們因此覺得屈辱、卑微，彷彿我們吃的都是垃圾，而他們就顯得高人一等了。現在你看日本軍人和觀光客湧進我們的餐廳大吃大嚼，彷彿一輩子沒嘗過雞肉似的。這一點對日本帝國政策非常不利。」

「但是中國菜比日本生魚片好吃啊！」馮劍說。

「不，」她說，「他們不該這樣做。如果兩國不交戰，那還沒有關係。他們若想征服我們，就不能走進我們的餐館。他們必須堅守自己的生魚片，顯得很快活，並且學英國人說：『該死！該死！』」她拿起一粒瓜子說，「你看過英國人啃瓜子嗎？英國人若啃瓜子，他在遠東的整個帝國就要崩潰了。」

伯牙咯咯笑。「我就這麼說嘛。你若要做征服者，就先要有自信。你不能一天到晚揮動槍桿哪。日本人揮動槍桿，就因爲缺乏自信。我從來沒見過像本市日本人那麼緊張的士兵。我記得看過一部美國影片。有一個人待在屋裏，一個強盜拿槍進來了。那個人兩手空空，鎮定地向前走，就走到拿槍對準他胸口的強盜面前，結果強盜緊張了。這就是我所謂的自信。」

遠處又傳來砲火的聲音。遙遠的轟隆聲像打雷般四處回響。「又來啦！」伯牙說。「西郊一定有戰事發生。」接著又是一連串槍聲；然後他們聽到空中有飛機經過，越過市區向西山駛去。

5

戰時一切都來得太突然，連最精心安排的計畫也往往需要變更。頭一天晚上，「游擊隊之母」裘奶奶手下的人員猛攻北平城外的一所監獄，救走五百個犯人。有些愛國志士——包括東北大學的學生——被傀儡警察抓住了，裘奶奶於是安排了這次援救的計畫。傍晚時分有十幾個人進入監獄，其中幾個扮作日本官員，他們制服了獄中的衛兵，拿到鑰匙。犯人獲得了自由，游擊隊問他們願不願意參加，全體一致說要加入，連部分中國衛兵也矢志相隨，大家跟領袖回到山區，帶了幾十支手槍、幾桿自動步槍和一些彈藥。

游擊隊最近的行動貼近北平城，人數驟然增加。更重要的是讓日本人丟臉，游擊隊增加威望，也使人覺得敵人並沒有征服這座城市。

今天的砲火只是示威，不是真正的戰鬥。游擊隊行蹤飄忽，根本打不起來。飛機是出去偵察，給山區鬥士留下一點印象罷了。他們在一座廟宇附近投下一顆炸彈，在空中白轉了一個鐘頭就飛回來了。

日本人手足無措，覺得需要採取一些行動，就加強搜索出城的平民，警察並挨戶搜索游擊隊。第四天早上，四個中國警察來到伯牙家，由一個日本小軍官帶隊，還有一個滿洲通譯員。十一點左右，馮舅公不在家。馮老太太嚇慌了，躲在房裏不敢出來，家人把警察帶到伯牙的院落，他奉命塡表格，寫下所有居民和僕人的名字、年齡、性別、職位和商業關係。日本人似乎很困惑，就問他：

「爲什麼掛美國國旗？」

「屋主是一個美國女士。」

「她叫什麼名字？」

「杜南輝小姐。」

「她在哪裏？」

「她在青島。」

對方問起有關她年齡和職業的問題，伯牙一一答覆，他把房屋租約拿給他們看，日本軍官皺皺眉頭，檢查了很久，最後伯牙向他提起美國大使館，他才罷休。

軍官是一個矮胖的傢伙，穿戴軍帽、軍服和高筒靴，他花了不少時間欣賞屋內的骨董、名畫和家具，顯然對庭院的規模和數目十分吃驚。他手插在褲袋裏，一直東張西望，人很機警，下巴向前伸，頭向上仰，彷彿一切都太高了，每走一步頭就動一下，習慣抬高步伐，盡量使自己高一點。高高的滿洲譯員跟在他身後，地方警察則在後面懶洋洋走著。

他們來到羅拉的院落，日本人彷彿找到了大樂園似的，像觀光客一般瀏覽房間，反而不像值勤的軍官。院裏的人早就得到警告，羅拉、她丈夫和馮劍都坐在客廳裏。軍官大肆欣賞牆上的名畫和骨董架。他用腳試試地毯的厚度，自顧笑著，又感覺到有人看他，就在軍官的尊嚴和藏不住的贊許間盡量保持平衡。然後他跨入羅拉的臥室，盯著她的香水瓶和紅拖鞋。回到客廳後，他由桌上拿起一根香煙，滿洲人連忙替他點火。他仍然興致勃勃踩著厚地毯，由滿洲人手中接過火柴。眼睛瞇成一條縫，香煙叼在嘴裏。

他指指媚玲的名字，還沒有打勾呢。

「還有一個崔媚玲，」滿洲譯員說。

「她在裏面，」伯牙指指對面的房間。

媚玲躺在床上，扁桃腺正發炎發腫。日本軍官冒冒失失走進去，看到一個美麗的少女坐在床上，倚著枕頭，就對身後的伯牙說：

「她怎麼啦？」

媚玲小聲說，她的脖子不舒服。

「她和你是什麼關係？」

「她不是親戚，」伯牙回答說。

「她在這邊幹什麼？」

「沒什麼。」

日本人心裏不知有沒有什麼念頭，他做出思考的姿態，牙縫間嗞嗞響，叫滿洲人再問下去。

「一個人住在別人家裏，怎麼會不是親戚，又沒有什麼事呢？」這是日本人想不通的地方。

「她是舅媽的客人，」伯牙指指門口的羅拉說。羅拉對滿洲人點頭證實，他正在做筆錄。這樣似乎還不夠。

「她出生在哪裏？」

媚玲現在真的嚇慌了。伯牙要她回答，她只好說，「上海。」

「那她爲什麼來這裏？」這是更想不通的奧祕。

「她來拜訪朋友，」伯牙有點不耐煩說。

「她以前讀什麼學校？」

媚玲怯生生回答說，「我沒上過學校。」

日本人搖搖頭，彷彿覺得不對勁。這似乎是一次不必要的長審。

「她父親叫什麼名字？」

「我沒有父親，」她說。

「她母親叫什麼名字？」

媚玲好像不願意回答，滿洲人告訴她，這是例行公事。「東洋人問話，你一定要回答。說什麼都無所謂。」

「最近十年你住在哪裏？」他又問道。

「在上海和天津。」

「你結婚沒有？」

「沒有，」媚玲直截了當，有點刻薄地說。

翻譯員記下她的回話，日本軍官則盯著媚玲，用多事而困惑的表情打量她。她白白的手臂戴著翠玉鐲子，正擱在軟棉被上，加上羞紅的面孔和烏黑的鬈髮，構成一幅可愛的畫面。她的頭斜向一邊，用自衛、驚恐的眼神看著軍官，就像伯牙書齋那一幅畫中的小鳥望著大蛇一樣——不是正望，而是眼角偷窺，不是觀察他，攝取一種印象，而是由眼中露出清晰的恨意、恐懼和迷惑。問話完畢，軍官對滿洲人眨眨眼說，「她很漂亮。」然後轉向她，用蹩腳的英語柔聲說，「你應該去日本醫院。日本醫生很好，像德國醫生一樣好。」

媚玲不答腔，軍官又笑笑說，「你喜歡日本人吧？中國人和日本人應該做朋友。哈！」他發出日本人表示欣賞一個笑話時特有的尷尬、不自然、做作的笑聲，低頭擰擰媚玲的面頰。媚玲縮頭大叫，眼睛充滿厭惡的怒火。日本人挺了挺身子，恢復軍官的儀態，對滿洲人吼了一聲，就走出房間。

搜查轉到前院。馮老太太沒有出來，讓伯牙帶日本人檢查房間。走到一個十吋高的方形白玉壺前面，軍官停了下來，那是這幢房子的前一位屋主——滿洲親王——的珍藏。他轉身問道：「乾隆？」伯牙點點頭。

他們只走完住宅的一半，就向西北彎，來到土岡和池上「環水台」的地方，俯視紅欄木橋和對面的果園。搜索變成敷衍；日本軍官似乎有別的心事。

「走到那一邊要多久？」

「半個鐘頭。」

「我們掉回頭。」

不知道是滿洲人看出軍官的心意，還是軍官曾私下對他說了些什麼，譯員走近伯牙低聲說，他最好把軍官看中的白玉壺送給他，以爭取他的好感。於是伯牙在「自省室」傳話給傭人，到了門口，另一個傭人便交給他一個包裝精細的紙包，伯牙遞給翻譯員，後者對軍官說了幾句話，軍官笑笑，只「啊」了一聲。他對伯牙伸出手，顯然充滿敬意說「屋子好大」，就走了。

馮舅公中午回家吃飯，聽到這件事，很不開心。大家都聚在他的院子裏，熱烈討論這一次的搜查。

「他們爲什麼要搜我們的屋子？」

「一定是爲了游擊隊，」伯牙說。「但願我送白玉壺，沒有送錯。」

「當然，」老人說。「但我們根本不該讓他們看到我們的財寶。他們看到年輕婦女了嗎？」

「他們一定要對著名單看。」

「糟了，」老人說。「我原指望有那面美國國旗，可以不讓他們進屋來查看。現在他們看到了。他們能來一次，就能來第二次，房子他們搬不走，但是晚上常有女人被綁去。竟有這樣的時代！現在我們的骨董也不安全了。露財誨盜，」他引古諺說。「我們必須把骨董收好藏好。沒有這些麻煩，日子已經難過了。」

老人坐著抽水煙，一副憂心忡忡的樣子，彷彿房子被人硬闖進來似的。

「一切都完了，」馮老爺說著嘆了一口氣，「伯牙，你祖父買下這座園子，我一直想好好治理它，但是外甥、甥女都走了，現在這兒變成一個荒寂的所在，我要留下來。我這一把年紀不想搬來搬去，我們必須守住這個園子。姚家的神主牌還在這兒，等戰爭過去，這裏將是還鄉者的中心……生意愈來愈差了，不過我要盡量撐下去。至於你們年輕人，我該考慮考慮。」他吹吹菸斗，把它放在大桌上。他的身體似乎還很強壯。

伯牙回到媚玲的房間，發現她臉色慘白，十分害怕。

「我不能留在這裏了。」她面帶激動說。「我怕，伯牙。沒有地方能讓我過夜嗎？」

「別傻了，」他說。「你以為他們會不惜麻煩，把你送到日本醫院？我們馬上就要走了呀。」

「什麼時候？」

「再過五天、或者四天。」

「我們不能現在就走嗎？不然我先走。」

「單獨走？真不敢想像。你急什麼嘛？」

「但是他們知道我的名字了。」

「那又何妨呢？」

「伯牙，你不知道，你不該告訴他們我的真名。喔，伯牙，今天晚上帶我到別的地方去。」

「你到底怕什麼？你以為他們今天晚上會綁架你嗎？他說日本醫院，只是一句玩笑話。」

媚玲沉默了一會才說，「我不喜歡他的眼神。他特別盤問我，我今天晚上不能睡在這兒，絕對不行。我能不能到你朋友家去？」

「到老彭家？」

「是的。我可以在那邊住幾天，等你準備妥當。他是哪一種人？」

「喔，他是單身漢，一個人住，你用不著害怕。他是道道地地的君子。不過你身體還沒復元！能出去了嗎？」

「喔，那不算什麼。」

「你的東西呢？」

「我一分鐘就可以弄好。」

「好吧，如果你堅持，就這麼辦。等到傍晚，我會帶你去老彭家。其實，我很希望你認識他哩。」

伯牙受了好奇心的驅使，那天下午就過來叫媚玲告訴他過去的生涯。

「我從哪裏說起呢？」

「從小時候。把一切都告訴我。」

「我們在路上有很多時間嘛。」

「還是現在告訴我吧。我會覺得和你親近些。」

於是媚玲和他單獨在一起，開始述說她的身世。她母親是上海附近湖州產絲區的人。她離開丈夫後，就帶著四歲的小孩去上海。她在閘北區的一所學校教書，每月薪水五十元。媚玲的母親帶她上學，後來她轉到一間男子中學教課，只好把女兒留在家裏。因此媚玲很小就學會了理家，讓母親安心上課，等她中午回家，午餐早就弄好了。母親對女兒期望很高，就在晚上教她。

媚玲是一個倔強的女孩子，原先她跟母親上學校，和其他小孩子一起讀書，大家都叫她「老師的孩子」。她常常和同學熱烈爭吵，爲母親的湖州口音而辯護。當時各地已規定老師們要用國語上課，但是媚玲的母親和大多數的南方人一樣，總是改不了家鄉的口音；她老是漏掉「ㄢ」的尾音，所以「盤」字之類的聲音總是念不準。她老說「牌」，而自以爲說了「盤」字。媚玲知道母親念錯了，因爲她自己念「盤」字就一點困難都沒有，但是她總是堅持說她母親念了「盤」字。她發出一種介於「牌」和「盤」之間的聲音，「ㄢ」音若隱若現，然後至死維護她的母親。但是她在家卻告訴母親她念錯了。想要教她發出正確的「盤」音。母親慈愛地說，「孩子，我的舌頭又僵又笨。我知道那個讀音，但是我讀不出來。我一輩子都是這麼說的。但是我有什麼辦法呢？我得教書討生活哪。」第二天母親聽到媚玲故意在班上念出「ㄢ」音不明顯的「牌」字，以維護母親，她覺得很感動。

媚玲年事漸長，不再上學了，晚上就在他們客、餐、臥房兼用的唯一房間裏，自己埋頭做功課，翻閱母親批改的學生筆記和作文。她觀察上面批改的部分，從母親那兒學到的東西簡直超過學校的學生。她也幫忙查字典，尋找可疑音符的同音字。她看見母親改到好文章，臉上不覺一亮，兩個人便一起欣賞其中的佳篇。媚玲不久就有了豐富的文學知識，有一天她看到作文堆積在桌上，就趁母親不在用毛筆改了一部分，批上分數，還在末尾學母親的字跡，加上批評的字眼。母親回家，意外發現作文改好了，頗爲女兒的大膽而震怒。後來她檢閱評語，不覺點頭微笑。媚玲的批註還不錯，只是稍微不成熟而已。

「這個評語還不壞，你怎麼弄的？」

「喔，媽，」女兒答道，「很簡單嘛。你常用的評語不會超過二十個，變來變去總是那些字眼——譬如『文筆流暢』嘍，『漫無條理』嘍，『文體明快』嘍，『虎頭蛇尾』嘍——我統統都知道了。」

有一次母親很累，特別准許媚玲替她改作文，叫她不要刪改太多。媚玲對這份差事非常自豪，盡心盡力把它做好。母親躺在床上看她工作。她看出媚玲很感興趣，興致勃勃爲好句子畫線或勾圈，有一次還在一篇特出的傑作上打了三角的記號。母親把她批閱的成果看一遍，必要時略微修改一番。學生都不知道作文是一個和他們同年齡的女孩子批改的，有些人發現字體不大自然，母親就說她人不舒服，是在床上改的。

白天媚玲待在家裏，負責煮飯、洗衣、清潔的工作。她們的房間在一條陋巷裏，巷子擠滿紅磚房，誰都可以看見十呎外對面房子的動靜。她們的窗子剛好面對一家棺材店。前頭翹起、框架很大的棺材在小孩子眼中是很醜惡的東西，不過就連這種東西看熟了也會產生輕蔑感。

但是她看到小孩子的棺材，或者看見貧賤的婦人爲孩子買棺材，心中仍然很難受。「你知道，」她對伯牙說，「連死都有貧富之分。喪親的窮人哀痛比較深。有時候我看見有錢的弟兄穿著絲綢，來爲父親或母親買貴重的棺材，和店東討價還價，彷彿買家具似的。」

媚玲在這種環境中長大，自然習慣獨來獨往，上市場或店鋪買東西，因此很早就學會照顧錢財。閘北區的太太小姐們大都是小店主或小工廠工人的家庭出身的，不像富家千金故作嫻靜。她們洗刷、聊天、敞開胸脯餵孩子、大聲吵架，夏天傍晚就坐在竹凳上納涼——一切都展現在街上行人的目光中。誰也不比別人闊氣，大家自然很民主。工廠做工的太太小姐們每天有兩、三角的收入，可以不向人伸手，自己花錢打扮或散心。媚玲就在這樣擁擠、吵鬧、自由而民主的中下層社會中度過了少年時代，因此也培養了貧家女子獨立的精神。巷子裏的噪音很可怕，女人、小孩一吵架就傳遍全區，巷子裏一天也不沉悶。對於一個過慣這種鬧街生活的人來說，完全看不見鄰居的僻靜住所似乎單調得難以忍受。

周末母親沒課，媚玲常到國際住宅區的中心去看表演，或者到北京路去看電影。「大世界」只要花兩角錢的入場費，就能玩一整天，看古裝或時裝的中國劇、雜耍、聽人說書或者看一場卓別林或哈洛利德的老喜劇。她母親是舊派人士，對「大鼓」十分熱中，母女在報上看到她們最喜歡的名伶表演，常常一起去看。這是單口朗誦的節目，配著小鼓的韻律，運用高度優美而動人的語言，以一定的調子說出來，激昂的段落則像一首歌曲。在名家手中，這種單口藝術可以用不同的節拍、腔調、手勢和表情從頭到尾吸引觀眾的注意，就算故事聽過一百回，也不會聽厭。這些節目代表她們的假日，她們常常在小飯館喝半斤水酒才回家，心滿意足也筋疲力盡。

媚玲如果喜歡一樣東西，就會全心愛到底。「我簡直迷上了大鼓，尤其是劉寶全，」她承認說：「最後幾年，我母親身體不行了，她不再看表演，我就一個人去，我母親不大贊成。劉寶全表演，我硬是非去不可。」她說，聽劉寶全說書，完美的字句和音調似乎撫平了她的感官，激勵起她的情緒。她喜歡伯牙和鍾子期故事中描寫河上月光的段落，優美的音節彷彿由字音和字意描繪出河上靜月的美景。

媚玲現在憶起伯牙——和她面前的男士同名——的故事，兩個人熱烈的友情，伯牙的琴音只有子期能欣賞，所以子期死後，伯牙就不肯再彈琴了。

「子期若是女子，那就好了，」伯牙說。

「那就變成文君的故事啦。」

「難怪文君的故事很長，子期的故事卻很短。」

「我可以背出整本故事，」媚玲說。

「背一點吧。讓我聽聽。」

媚玲遲疑了一下，終於屈服了，開始敲桌當鼓。她的聲音又低又柔，等她念到河上月光的段落，自己也完全沉醉在其中。小嘴微斜，一動一動的，很像月光下的波紋。伯牙不覺神魂顛倒。突然她稚笑一聲，戛然打住。

這一段打岔之後，她又繼續說起自己的身世。

母親在世的時候，她過得很快活。她母親因為過度疲倦、營養不良，身體一天天衰弱，但是學校功課還是要教，作文也得改。媚玲天生樂觀，總是仰望事情光明的一面。她母親花了三十元的鉅款——將近一個月的薪水了——買了一副眼鏡，但是也不能解除頭痛的毛病，頭痛又帶來胃口不好、消化不良等現象。媚玲常說母親需要休養一年，補充營養，病況就會減輕了。她母親只有四十歲，也許再過幾年她就會嫁人，可以養活母親，讓她辛苦多年之後好好休息一番。但是母親的病情不斷惡化，她沒法休息，巷子裏的噪音使她心煩。這時候媚玲開始知道貧窮的滋味，也知道金錢和幸福息息相關。

變化太突然了，她母親患了三天的流行性感冒，沒看醫生，便猝然亡故。母親發高燒，胸口疼，媚玲嚇慌了。她叫來一個中國西醫，但是治療沒有效果。母親猝死對媚玲是一個很大的打擊。她突然發現自己孤單單一個人，又沒有謀生的方法。她甚至沒有想過母親會這麼年輕就去世，現在她想養活她、陪她歡度晚年的模糊夢境也化為烏有了。

媚玲只有十七歲。她繼續住原來的房間，因爲房租一個月只要六塊錢。靠學校朋友們的奠儀，她付清了喪葬費用，還剩下五十元左右。她對學校校長說，她很想教書，還把自己幫助母親的經過告訴她，校長雖有同情心，卻因爲媚玲沒有文憑而不能接受。她開始應徵祕書的工作，但是許多工作都只肯收中學畢業生。她坦白說自己沒上過學校，但是照樣能把工作做好，每次有文憑的人一來，對方就優先錄用了。她一直不明白其中的道理。

後來她在報上登廣告，願意當「家庭教師」。這更難了，有一次她和一家人會面，對方要她教孩子們學校的功課，尤其是數學。她對數學、社會科學或物理一竅不通。她只會中國文學和作文。有人要她教國文和英文，她連一個英文字都不懂。最後她總算找到了國文家教的工作。孩子們的母親起先挺和氣的，但是三星期後媚玲就丟了飯碗。她第二天回去拿幾本書，無意間聽到夫妻吵架。她一進門就聽到丈夫氣沖沖說，「她是個好老師。我知道問題在哪裏，她唯一的缺點就是長得太美了。」既然已經丟了工作，她就硬著頭皮闖進去，拿了東西，說聲再見便匆匆走了。

「我的處境很嚴重，我簡直嚇慌了。我一連幾天在街上亂跑，應徵廣告。只要不太遠，連電車都不坐，好節省幾文錢。我看到有些廣告徵『年輕貌美的小姐』當推銷員或醫生助手。本來我不理這些，但是現在走投無路只好去試試看。一兩次經驗就夠了。有一次我踏入一家單身公寓，除了一個年輕穿西裝的男士，和模模糊糊的公司計畫，連一點業務的跡象都沒有。但是我仍然充滿希望，告訴自己若真不得已，總可以去當小孩的保母吧。」

「就在這時候，」她繼續說，「小小的好運來臨了。我曾經寫過一個千字左右的短篇小說，寄給當地一家報社的婦女版，結果被採用了。那個月月底，我收到通知，要我到報社去領五毛錢，但是我得先刻一個印章，刻章花了一毛錢，坐黃包車要四毛，坐電車要一毛左右。不過我若能寫一千字，就能寫更多呀。我開始提出其他有關婦女的問題，尤其是婦女依賴男性問題的文章。女編輯非常同情，就答應盡量發表我的作品。」

「下個月月底，我收到三塊半的稿費憑單。口袋裏裝著自己賺來的錢，我覺得格外驕傲和快樂。我到福州路一家飯店頂樓的戲園子去，當時有一個名叫張小雲的年輕女伶正在那兒說書。門票兩毛錢。我上了樓梯，經過二樓的茶室，看見一大堆人圍桌喝茶。那兒鬧烘烘的，你知道那種地方若發生爭執，都是由吵架雙方的黨派或村子裏有頭有臉的人物來調解的。各階層的觀眾都到屋頂戲園去，其中大都是普通找樂子的人。」

「我一個人坐在角落裏一張凳子上，聽小雲說書。每聽到精彩的段落，觀眾都大聲喝采。我太興奮了，我也隨大家高聲叫好。前面有一個年輕人回頭看我，後來他一有機會就回過頭來張望，我不知道自己什麼地方吸引了他，因爲我留著普普通通的直短髮，身上只穿了一件南京路貧家女常見的夏季薄衫。」

伯牙打斷了媚玲。「我知道，」他柔聲說。「你眼中的光彩，你身上溫暖、純真、清新的氣質吸引了他的注意。」媚玲滿臉通紅，繼續說下去，只說男人向她眉來眼去可不是頭一回了……她專心聽人說書，好幾次把眼睛撇開，好躲避那位青年的眼光。

女伶說完，媚玲起身離開，發現那位青年跟在她後面。到了樓梯頂，他停在她面前，遲疑了一會才說：

「小姐，原諒我冒失，我看到你一個人來，這個地方很擁擠。我能送你下樓嗎？」

媚玲抬眼看他，發現他衣著講究，以上海的標準來說也不算難看，只是稍微瘦小了一點。

「謝謝你，」說著就一個人走下樓梯，但是那位青年仍然跟在她後面。

媚玲向前走，不理他。到了街道入口，她轉個彎，那位青年仍然用乞求的口氣問她，他能不能用車子送她回去。那天晚上她心情很好，而且年紀輕輕，自由自在，又頗有冒險感。她願意和這位青年進一步交往。畢竟交一個朋友也沒有害處哇。他看出她臉上的矛盾，就熱誠地說，「當然，你不認識我。張小姐明天晚上還在這兒表演。我能不能來這兒再和你相見？」

「好吧，」媚玲笑笑走開了。

這就是他們戀愛的開始。

在七月炎夏的涼夜裏，她和他多次在屋頂戲園及小咖啡館會面。不久兩個人就打得火熱。上海街上的戀史一點也不稀奇，但是那個年輕人——媚玲沒有說出他的名字——似乎真心愛上了她。他儀態溫雅，面部很斯文，只是帶有病弱和富家受挫子弟的特質。媚玲天生自信、純真、衝動，不久就告訴他自己是孤單單一個人。她開始把自己發表的文章拿給他看，他對她更崇拜了。他發誓說要娶她，但是要等以後才能讓父母知道。有一天下午他到她房間，看見唯一的窗戶面對太陽，屋裏熱得像火爐似的。他奇怪這種地方怎麼能住人，就說要租一個好地方給她住。過了幾天，他在法租界的法隆道替她找了一個舒服的房間。從此他就常來看她。

不久他的雙親發現了這個安排。他的父親是「中國商人航海公司」的買辦，不相信兒子是認真的，建議用錢打發這個女人，但是兒子意志堅決，誓言非她不娶。父子之間起了嚴重的爭執。有一天他母親來到媚玲的住處，問她肯不肯放棄她兒子，媚玲不答應，堅稱她不是爲錢而嫁他的。經過他母親的調解，最後決定兒子若要娶媚玲，她必須先上大學。媚玲最渴望的莫過於此，對方就送她去復旦學院，以特別生的資格選修英語和鋼琴。還沒有正式結婚的丈夫常常到學校去看她，周末就帶她出去。她在學校並沒有註明已婚，晚上外出引起了不少議論，不久就被學校開除了。一年後，他父親仍然希望兒子厭倦媚玲，把她甩掉。他不承認這次的婚姻，說要等他們同居兩年，才正式讓他們成親。他父親更堅持要調查女方三代的底細，這是訂婚前的習俗。

這時候媚玲把母親的身世和父親的資料告訴她的丈夫。他父親的仇恨心很強，愛走極端，痛恨一切軍國主義者，尤其痛恨媚玲的父親。他大發雷霆，叫兒子不要再和關他入獄——這是他永遠揮不掉、忘不了的恥辱——的軍閥女兒來往。這個複雜的局面出乎媚玲意料之外。她丈夫一再把父親的話轉告她，說她是漢奸的女兒，他家前世一定欠了她的債，上天是派她來討債抄家的。

然後有一天他來告訴她，父親已經回心轉意，要她回家去住，但是不舉行婚禮。媚玲害怕了，說她寧可住在外面。但是她丈夫說父親很專制，不許人違背他的意思，如果她不聽話，父親會剝奪他的財產權。

「後來的事情你都知道了。」媚玲說。

「不，我不知道，」伯牙還想等她說下去。

不過天色已晚，羅拉進來說，他們馬上要開飯了。

「我在路上告訴你，」媚玲說。

這就是媚玲那天下午告訴伯牙的身世。

傍晚七點半左右，天色全黑了，伯牙把媚玲帶到老彭家。一個傭人提著她的皮箱和備用的毯子，其他的行李則等伯牙離開時再一起運走。

伯牙叫傭人先走，他們手挽著手在暗夜中前進。

「我現在同意你的看法了，」伯牙說。「如果你遭到什麼變故，我永遠不會原諒自己。」

他問她爲什麼覺得日本人知道她的名字便特別危險。

「你是不是曾經和日本人廝混過？」

「不，從來沒有。」

「那為什麼呢？」

「這種時局下，小心一點總沒錯的，」她說。

伯牙全心放在媚玲身上，根本忘記自己走了多遠，最後他看見二十碼外那個相熟的警察正站在角落裏。「喔，我們不能走那條路。」說著猝然轉身，帶她穿過一大堆蜿蜒的小巷。那邊黑漆漆的，他忍不住擁吻她。

「你會不會永遠愛我？」他低聲問。

「永遠永遠。到了上海以後，我們永遠不再分開了。」

「我去哪裏，你都願意跟我去？」

「你去哪裏，我也跟到哪裏。」

「蓮兒，我們相依相屬。當我看見你坐在我的書桌前，白白的手臂玩著毛筆，我就想，我就想，『這才是我需要的家。』坦白對你說，我吻了你坐過的書桌和椅子——還有你手指碰過的毛筆。」

「喔，伯牙！」

「是的，那樣使我更想念你。你似乎屬於那個地方。喔，蓮兒，我怎麼那樣幸運，居然能得到你？」

她貼近他。「一個人不見得能常常找到知音。找到的時候真幸福。還沒認識你以前，我從來不知道幸福是什麼滋味。我有著不幸的一生。有一天我會把一切告訴你。我會對你很好很好。不像凱男。你必須告訴我你喜歡我哪一點，我就維持那樣。你生氣的時候，也可以打我，只要曉得愛我，我願意讓你打。」

「你是說笑話，蓮兒。」

「不，是真的。現在就打我！我要你打。」

「我怎麼能打你呢？我會心痛的。」

「假裝我做錯了事，你很生氣，」媚玲說。「來嘛！」她把臉頰迎上去。

他凝視她的眼睛，在星光下微微隱現，就輕輕碰了她臉頰一下。

「這不算打耳光，」她說。

「你是叫我做辦不到的事情嘛。」現在他擰擰她的面頰。

「重一點！」她說。

「我寧可把你吃掉，」伯牙說。

「叫我俏丫頭，」

「我的俏丫頭。」

媚玲很滿足，伯牙心情卻十分激動。他們到達老彭家，傭人正在門口等他們。

「你可以回去了，」兩個人進屋，伯牙對傭人說。

老彭坐在客廳裏，似乎想得出了神。他們進屋，他起立相迎。

「這是崔小姐，」伯牙說。

「伯牙兄常常談起你，」媚玲大方地說。「我沒想到會這樣打擾你。」

老彭忙來忙去說，「你的皮箱在我房間裏，坐吧，坐吧。」他把最好的一張椅子讓給媚玲。

她一坐下，就聽見彈簧吱吱響。她有點緊張，可憐兮兮地看著伯牙。

「我想彭大叔不會介意的，」他說。

「沒關係，」老彭用尖細的嗓音說。他站起來走向臥室。「你若願意，可以睡我的床。對小姐來說也許不夠乾淨。」

「你睡哪裏呢？」伯牙問道。

「我？」他靜靜笑著。「只要有一塊木板，我到處都可以睡。我可以睡那張扶手椅。別替我操心。」

「喔，我不能這樣，」媚玲看看木板床和不太乾淨的棉被說。

不過房間倒是挺愜意、挺暖和的。

「只過一夜嘛，」老彭說。「另外一個房間有一張小床，但是那邊很冷。我可以搬一個火爐進去，不過也不太舒服。」

「喔，別麻煩了，」媚玲說。「我們可以明天再安排。」

她本能地被這位中年男士所吸引。伯牙已經告訴她，老彭是一個真正了不起的人物，也是他最要好的朋友。他徐徐講話的時候，聲音低低的，聽來很悅耳。她看看他高額上的皺紋和一頭亂糟糟的頭髮，好感更加深了。此外他還有一副天真、誠懇的笑容，在中年人之間很少見。

「我真不好意思，」他們走出臥室，她說，「佔用了彭大叔的床。」

「你能不能睡硬床？睡地板？」老彭說。「對骨頭有好處哩。」

「我小時候常跟母親睡硬床，」媚玲說。

大家坐下，媚玲還興奮得滿臉通紅。

「你怎麼不像以前一樣，用夾子把頭髮攏在後面？」伯牙問她。

「你喜歡嗎？」媚玲說著就跳起來走進臥室。伯牙把那天早上發生的事情說給老彭聽，但是她幾分鐘就出來了，頭髮攏在後面，只有幾撮留在額頭上。

「我找不到鏡子，」她說。

「牆上有一個，」老彭指指角落中臉盆架上掛著的一個生鏽的小鏡子。

「謝謝你，我用我自己的好了。」她由皮包裏拿出一面小鏡子，開始顧盼理容。

「你不覺得她是世界上最優美的小東西嗎？」伯牙對老彭說。媚玲由鏡邊抬頭看他，微微一笑。「她有一顆朱砂痣。崔小姐，轉過來給彭大叔看看。」

媚玲回頭，老彭站起來，「到燈下來。讓我看看，」他說。

媚玲遵命走到燈下，老彭仔細觀察她。

「正朱砂痣。很少見，」說著用手摸摸。

媚玲覺得很癢，就閃開了。他們已經像老朋友似的。

伯牙繼續描述警察搜人的經過，媚玲靜靜坐著。

「我明白了，」最後老彭說，「你們兩個人戀愛了。」

兩個人相視微笑，媚玲滿臉著紅。

「你們有什麼計畫沒有？」

「我們沒有計畫，只覺得兩個人必須在一起，」伯牙說。

「你太太呢？」

「我會給她一大筆錢。」

「如果她不同意呢？」

「喔，那很簡單嘛。她可以愛住哪兒就住哪兒。如果她要整幢房子，甚至也能如願。我寧可和媚玲在一起，當難民也無所謂。」

「換句話說，如果不離婚，你便是伯牙的姨太太，」老彭毫不客氣說。

聽到這句話，她又臉紅了。

「我只想追隨他。我只知道這一點，」她說。

伯牙起身告辭，他告訴老彭他四、五天後就能動身。老彭問他媚玲帶夠了衣服沒有，現在早晚的天氣已經開始轉冷了。伯牙說他第二天早上再把她的毛衣和外套送來。媚玲跟他進入院子，送他到大門，捏捏他的手，憐愛地說，「明天再見。」

6

說也奇怪，一個小小的機緣竟把媚玲和伯牙的朋友牽連在一起。雖然老彭年齡大多了，她對這個獨居的好心人倒沒有什麼恐懼，他簡直就是文天祥所謂「正氣」的化身。伯牙早就告訴她許多老彭助人的義舉，談起他來也確實充滿摯情。她二十五歲，他四十五歲，年齡可以當她的父親了。他的態度其實便有慈愛、敬重和溫暖的氣氛。不知道爲什麼，老彭就能使她自覺善良、高貴些。在伯牙面前，她覺得自己藐小、卑微，也許是一個「罪惡的女子」，而在老彭身邊，她毫無疑問比得上任何人。

媚玲後來才發現他是一個禪宗佛教徒。也許他還不算是嚴格的佛門弟子，因爲他吃肉也吃雞。禪宗是佛教的一個宗派，可以說是印度玄學和中國道教哲學的特殊產物。有點像基督教的貴格教派，不重視形體、組織和僧侶制度，卻一心著重內在的精神生活。第八世紀六祖死後，爲了不讓這一派變成有組織的機構，根本不指定繼承人。就連象徵「使徒傳統」的法衣和化緣缽子也沒有傳下去。

此宗強調內在精神的沉思和修養，比貴格派更進一步，不只輕視教儀，連經典也不放在眼內。他們不採用冗長的辯論和形上學的解釋，卻愛用四行押韻的「偈語」，其中的意思可以暗示或啓發真理，卻不明白加以證實。在沉思後的所謂「頓」悟中，一個人的覺醒會隨著他對生命法則的剎那見解而發生。因此禪宗佛教徒都樂意過著勤奮、節儉、仁民愛物卻藉藉無名的生活。

在陌生的環境下，媚玲簡直睡不著。她聽見老彭在扶手椅上打鼾，椅子的鋼絲也吱吱響。好幾次她以爲他醒了，後來又聽到他沉重的鼾聲。她終於朦朧睡去。

老彭起得很早，昨晚他穿著鞋襪睡覺，天亮就睡不著了。他看臥室，發現女客還睡得正熟。他怕吵醒她，躡手躡腳走動，低聲叫傭人端來熱水，靜悄悄漱洗一番。然後他點了一根煙，靜坐默想。七點半媚玲還沒有醒來，他等不及了，自己先吃下熱稀飯。他看到東四牌樓附近和哈達門街各胡同的入口都有不少日本兵。他買了幾根油條，猜想媚玲也許喜歡當早飯吃。

他一進門，聽到她房裏有動靜，就大聲咳嗽。

「你已經起來啦？」她叫道。「什麼時間了？」

「九點左右。」

「喔，我得起床了。」

「這邊有熱水，」老彭叫道。「裏面很冷。你要不要出來洗？」

媚玲穿著黑棉袍出來。

「那邊有熱水，這是暖爐，你睡得好嗎？」

「很好。你呢？」

「我睡得很好。我已經起床兩個鐘頭了。」

媚玲開始漱洗。

「今天好像有點不對勁。」老彭說。「一定有事發生，哈達門街有不少軍人。」

她梳好頭髮，傭人進來對老彭說，「外面有一個人找你。」

「什麼樣的人？」

「就是一個穿藍衣的人。他說他一定要和你講話。」

老彭出去，認出那個人是他在裘奶奶家見過的一個傭人。那個人不肯進屋，只在院子裏和他低聲說了幾句話。今天早上有兩個同志被捕，裘奶奶自己也躲起來了。她勸他到別處避一避，必要時甚至由某一個大門出城去。衛兵認識他，只要他說出暗號，衛兵就會讓他通過。但是他靠近城門的時候要小心，如果有日本人就危險了。

「快點，沒有時間了。街上士兵很多，」那個人說完就走了，老彭默默進屋，心事重重。

「是不是伯牙派來的人？」媚玲問道，她手上還拿著梳子呢。

「不是，」老彭說。「你最好快點吃早飯。我給你買了幾根油條。」

媚玲坐下來吃早餐，老彭開始搜臥室，打成一個藍布包袱。然後說：

「有壞消息。這裏不安全了。日本人正在搜索游擊隊和他們的朋友。他們隨時會到這裏來。這邊不能留你了。我要立刻出城，你還是馬上回伯牙家吧。」

「我不能回去。」

「那邊比這裏安全。你不是要和他去南部嗎？」

「是的，但是他要過四、五天才走，我不能待在那兒，」媚玲說。「日本人會再去的。」

老彭想不通。

「但是你已經在那兒住了一個月呀！」

「現在不同了。你要上哪兒去？」

老彭隔著大眼鏡看她。「我要向南走。」

「喔，彭大叔，讓我跟你走。我們在上海和他見面。你要去上海吧，是不是？」

「我不知道，」老彭詳細打量她。「崔小姐，這樣太危險也太辛苦了。首先我得混出城，走陸路。路上可沒有軟床可睡喲。你不知道那種滋味。你能走嗎？我們得走好幾天，等出了保定府，也許才能搭上火車。」

「我可以走。」

「你不能住旅舍，等伯牙準備妥當嗎？」

「不。他們會搜每一家旅舍。」

老彭不懂媚玲爲什麼怕回伯牙家，不過其中一定有充分的理由。他看出她臉上真的憂思忡忡，意志也很堅決。如果自己帶她走，就表示他得陪她去上海，但是他是一個不習慣爲自己打算的人，他覺得爲了好友伯牙，他實在不能避開這件事。幾天以後，他才明白媚玲出奔的理由。

「你不去向伯牙告別？」

「不，我不敢。」

「那我們得送個信給他。」

「我太激動，根本寫不出來。」

「那我們派傭人跑一趟。現在把皮箱理好。別管那條毯子了。你有錢嗎？」

「我有五百塊現金。」

「夠了。我們到路上再買你需要的東西。」

他們幾分鐘就弄好了。老彭把傭人叫來，給了他一百塊錢，告訴他自己要走了，不知道哪一天才能回來。如果有人來，就說主人不在城裏。然後他又說，「把這條毯子送到王爺園，告訴姚先生我們先走，到上海和他會面。別講太多。只對大家說主人不在城裏。現在替我們叫兩輛黃包車來。」

媚玲很擔心，一再對傭人說，「一定要告訴姚先生，我們到上海和他會面。」老彭又說，「告訴他我會照顧崔小姐，叫他不用擔心。」

兩個人走出屋子，媚玲帶著小皮箱，老彭帶著舊包袱。

「向北走，」老彭對黃包車夫說。爲了避開哨兵，他叫他們沿南小街順著巷子走，最後來到北城。然後換車，向南穿過西城。天氣很好，一大堆人在順治門大道上聊天曬太陽。除了偶爾有士兵出現，一切都靜悄悄，毫無異狀。過了順治門，老彭又換了兩部車，叫車夫向西轉。離西便門五十碼的地方，老彭下車張望。

北平的城門有內外兩層；每一道門外都有半圓形的牆垛，古代的守兵可以由此對抗侵略者。

如果敵人通過了第一道城門，就會陷入五十呎深的一個夾袋中。抗戰初期，一連日本兵就在夾層中被困剿滅了。老彭走向一個衛兵，對方攔住他問道，「你要去哪裏？」

「我要趕路到城外的一個村莊去，」「趕路」是游擊隊同志的祕密口令。

「你最好別去，」衛兵說。「外門有三、四個日本兵。傍晚再回來看看。」

「晚上還趕路？」

「是的。」

老彭謝過他，就轉身回來。黃包車夫是一個十六歲的少年，正在等他，露出好奇的微笑。

「不能過去？」他問道。

「我決定今天不去了，」老彭說。「我忘記買幾樣東西，」他又對媚玲說。

這裏是貧民區，一堆堆窮人坐在茶店門口聊天，或者互相追打找樂子。這是一羣古怪、幽默的民眾，隨時準備觀賞或評論城門發生的事情。老彭四處看看，知道周圍都是朋友。大家一定知道這是游擊隊的通路。兩個年輕人，一男一女，樣子很像學生，正由附近的茶店注意他們。男生走出來問他：「你是趕路還是坐車到鄉下？」他的頭髮又粗又濃，沒有修面，臉上帶著饑色。

老彭盯著他，「我是趕路。」

年輕人笑笑說，「你最好等到今天晚上，剛剛有幾個人轉回去了。如果你急著走，離這兒半里的城牆上有一個地方，你可以翻牆過去。不過這位小姐就不太容易了。」

老彭謝謝他，又回到黃包車上。

他們四周都是中國人，一個日本兵都沒有。他的那個小黃包車夫也和北平所有車夫一樣，喜歡一面跑一面嘮叨。

夫說。

「每天參加的人愈來愈多，」他說。「西山一定有好幾千人。你要去嗎？」他問同行的老車夫說。

「我太老了，」媚玲的車夫說。「我參加過義和團戰爭，但是現在我太老了。」

「總有一天我會去的。殺幾個日本兵可真痛快。在鄉下他們對我們一點辦法都沒有。」

他們現在進入鬧街，雖然吃午飯還嫌早了一點，老彭卻在一家飯店門口停下來，把黃包車打發走了。他們進去要了一個小房間。

「我們得想辦法消磨這一天。也許可以找一家小客棧休息休息。白天他們不會搜旅館的。今晚我們可以通過城門。我們知道口令。但是我們今天到不了山上，得找一個村莊卸下來。你還想跟我走嗎？」

「我必須出城，愈快愈好。」

「這是一趟辛苦的旅程。你得買幾件保暖的東西，在絲袍外面加一件簡單的棉袍。」

「伯牙會掛念我們。我們能不能打電話給他！」

「不，最好不要。我們今天晚上可以寄一封信，等他收到時，我們已經走了。」

他們吃了一頓清淡的午餐，媚玲吃不下，脖子上的腺體又微微發痛。飯後兩個人出去買幾件遠行的衣服。老彭終於決定要毯子，他們就買了兩條，媚玲還買了一件雨衣，一件厚毛衣，又聽老彭的勸告，買了兩雙軟底的中國鞋子。

他們在潛門外的一家小客棧訂了一個房間，老彭叫媚玲休息休息，因爲他們也許要到半夜才能找到睡覺的地方。他慈愛的態度顯得很親切，對她的關心不下於伯牙。

天氣不冷，但是老彭還是叫人把爐子點上了。媚玲躺在床上休息，他關好窗子，讓火爐燒得恰到好處。她看見他彎腰拿起煤來添火，非常感動，「彭先生，你是我見過最慈祥的人。」

「我要你好好休息，」說著就走出去，把門關上了。

等他回來，媚玲剛剛睡著。他一進門，她就醒了。

「我替你再買了一兩樣東西。」

老彭打開包裹。媚玲看到一雙羊毛襪，不覺笑出聲。「這是男人的襪子。我怎麼能穿呢？」

「可以保暖。」

「這又是什麼？」

他拿出一雙棉腿鞘，冬天男女都可以穿在褲子外面，足跟綁緊，頂上繫好，只有臀部剪掉了。

「這是你自己穿的，還是給我穿的？」

「當然是給你。我何須再買一雙？有了毛襪和腿鞘，你就不冷了。」

「喔，彭大叔，你真周到。穿上這些東西和那件棉袍，我看起來就像一般的農婦了。」

「你最好現在就穿上。」

媚玲很想照他的話去做，但是她還躺在床上，「把棉袍給我，」她說。老彭把袍子遞給她，她拉上床簾，開始在床上穿衣服。她先穿上襪子，再穿腿鞘，才發現沒有褲帶可以繫腿鞘的繩子，因爲她穿的是西褲哇。

「把我的手提包遞給我，」她對老彭大叫，老彭正站在窗邊。他看見她戴著翠玉鐲子的白手臂伸出床簾外。等他遞上手袋，她就拿出幾個安全別針，把腿鞘別好。

老彭轉身，看見她穿著外衣、腿鞘、黑襪和布鞋站在床簾外，腿鞘只到她大腿的一半，粉紅色的西褲微微露出來。她很快穿上棉袍，開始走動。

「喔，很暖，很不錯。」

「女人冬天爲什麼只穿絲襪，讓小腿受凍呢？」老彭說。

「現在我得寫一張條子給伯牙，」她說。「我要寫什麼才能讓他安心呢？」

「這個我沒法提供意見。想什麼就寫什麼吧。」

她在桌邊坐了幾分鐘，寫好字條：

伯牙兄：

事出突然，不告而別。惟情非得已，請勿誤會。前程需跋山涉水，雖風塵僕僕，吾欲與君於上海相會之志則愈堅。在府上叨擾近月；煩代向汝羅拉舅媽諸人致上謝意。彭君為正人君子，待吾若親人。吾目之為柳下惠。紙短情長。玉體保重。見面再談。

妹蓮兒上

媚玲把紙條拿給老彭看。他看到她的字體比一般大學生還漂亮，不免有些吃驚。體裁屬文言文，和現代女生的信件不一樣。但是他看到自己被尊稱爲「彭君」，又比爲坐懷不亂的柳下惠，不覺笑出來。

「我不配，」老彭說。

「這是伯牙對你的批評。」媚玲答道。

新買了那麼些東西，他們發現要一個籃子才行。等一切就緒，他們就出去吃晚餐，再回旅館。七點左右老彭到城門去觀察情況，聽說日本人已經走了。

「我覺得怪怪的，下身從沒有包得這麼厚。」現在她的絲夾袍上罩了那件灰色的棉袍，看起來真像一個單純的貧家女。

黃包車在泥濘的街道上吱嘎前進。八點左右，他們來到城門邊。內門的衛兵已經撤走了。他們在夜色中穿過一道六、七十呎的通路，走過封閉的半圓形空間，他們看見五、六個衛兵在外門裏值勤。

有一個衛兵走上來問道，「這麼晚了你們要上哪兒去？」

「我們要趕路到城外的鄉下去。」

衛兵用手電筒照照老彭的臉部，然後又照照行李和另一輛車上的女孩子。

「你們今天早上來過？」

老彭不知道該怎麼回答，就說，「你可以搜行李。我們是趕路。」

衛兵又照照他的面孔說，「你得等一分鐘……」他走開了，足足過了五分鐘才慢慢由內門出來，手上提一個柳條籃子，重重擱在老彭黃包車的踏腳板上。

「那是什麼？」老彭問。

「為你的朋友們準備的一些白米和蔬菜，」衛兵說。「沒關係。前面沒有軍人。」

老彭謝謝他，黃包車就通過城門。他一看到附近真的沒有士兵，便彎腰試試籃子裏的東西。他碰到一些捲心菜葉。想抬起來，卻發現籃子有七、八十磅重。他用力抬到座位上，黃包車斜向一邊。他把手指伸到籃內，摸到一包子彈。這個籃子一定是白天走不出城門的游擊隊同志留下來的。也許有人傳話說他要來。

「籃子裏是什麼？」媚玲由另一輛車上問道。

「白米，」老彭說。「那個衛兵認識我。」在車夫面前他不敢多說。

道路黑漆漆又崎嶇不平，車桿上的小油燈映出了車夫凌亂的腿影。雖然緩步慢行，黃包車還是東倒西歪，乘客也在座位上顛來顛去。沒有風，晚秋的空氣卻冷得刺人。媚玲聞到鄉下新鮮的空氣，像鮮麻布一般又乾淨又衛生，夾雜著植物的芳香和遠處燒木柴的微焦味兒，偶爾還有濕泥和家畜糞便的怪味，在黑暗裏更加明顯。在朦朧的星光下，媚玲不時看到高高的柳樹、農舍和西山稜線的黑影。她往後靠，抬眼看見晴空中閃爍的星星，她在城裏很少看到。今夜很怪、很刺激，也很美。她不懂山丘的稜線為什麼這麼遙遠。她深深感受到鄉野的魅力。

「真妙！」她感嘆說。

「什麼真妙？」老彭在她身後問道。

「鄉野啊——土地、山丘、星星、晚上的空氣……」

「我以為你不會喜歡哩。」他只說了一句。

「為什麼？」媚玲有點傷心說。

「你們這些都市的貴婦。」

「我不是貴婦。」

「伯牙告訴我，你結婚了。」

「我結婚了，可以這麼說……我又離開了他。」

「你們離婚啦？」

「我沒有和他離婚，他也沒有休掉我。我跑了……以後我再告訴你。」

說話很不容易，媚玲還得轉過頭來。車夫都在注意聽。老彭可以聽見他們沉重的呼吸聲。照顧媚玲的責任突然落在他身上，他覺得很困擾，但是只好擔當下來。現在他和媚玲漸漸熟了，媚玲也深深叫他不解。

他明白好友爲什麼癡戀著她。他成熟的眼光可以看出來，她外表天真，其實卻不盡然。他見過很多先生小姐，也聽過他們戀愛的故事。他覺得青年男女似乎充滿欲望和熱情。愛情總帶有可憐的意味——情感愈偉大，故事也就愈悲哀。因此他對戀愛中的人特別和氣。當他看到媚玲衣冠不整站在床簾前，他把眼睛撇開了，不是因爲他對女性無動於衷，而是他身爲男人，自然會有反應。他的腦子把女性的魅力和五官的欲望歸結成一類，他看到的不是眼前可愛的少女，而是抽象的女性。年輕女子就是欲望和情緒的化身，她的眼睛和聲音便是外在的表現。他看到媚玲的明眸，聽到她悅耳的聲音，不覺感到憐憫，可憐這一副眼睛和嗓子控制了她必須遭到的劫運。

他們默默走了一會兒；然後聽到前面倉卒的腳步和熱鬧的人聲。老彭抓住手電筒，扭開來看個究竟。一羣士兵似乎向他們這裏開過來，但是燈光太弱，看不清楚。

腳步聲更清楚了。他們是敵是友？這裏應該是日軍佔領區呀。

「也許是我們的同胞要進城突擊，」媚玲說。

「我們抱最好的希望，做最壞的準備吧，」老彭說。「別怕。自然一點。」但是他正擔心車上的一籃炸藥。

現在士兵只離十碼了。其中兩個人掏出左輪槍。「誰在那裏？」一個大叫說。

「我們只是過路的人，」老彭答道，對方說中國話，他鬆了一口氣。

出乎意料之外，他看到一個穿黑僧袍的男子，他的鋼盔、眼鏡和鬍鬚一看就知道是外國人。

老彭下車說，「我們都是中國人。」

「你要去哪裏？」

「到山裏去。」

「口令。」

「趕路。」

聽到這句話，士兵收回了左輪槍。

「同志，」他們幾乎大叫出來。除了那個外國人，還有六個士兵，只有兩個人帶武器、穿軍服。

「這位外國人是誰？」老彭問道。

「他是一個義大利神父。我們要送他回城。」

那位神父顯得很疲倦。他會說中國話，只是帶著外國人特有的重音。「我是中國人的朋友。我們都是好兄弟。我們都是上帝的子民。」

他嘴巴小小的，顯得很健談。他提到「上帝的子民」，又帶著外國口音，士兵忍不住笑出來。連黃包車夫也一起大笑，清脆的笑聲在夜間的鄉村裏顯得十分悅耳。

「他不是壞人。我們在鄉下的一間廟裏抓到了他，」首領說，他似乎受過不少教育。「我們送他回城門，因為我們要和外國人交朋友。」

「前面的村莊還有多遠？」

「離這邊只有一里。」

老彭把首領帶到黃包車邊，叫他提起竹籃，那個人立刻明白了。

「我要到村長家過夜，」老彭說。「我不能自己提到山裏。你們回來時能不能順便帶走？」

「可以。我們也要到那邊過夜。」

士兵繼續向城區走去。老彭他們穿過一座小石橋，進入村莊，四處靜悄悄的。他們來到大土院，認出門楣上的大字，就舉手敲門。

有一個老人來開門。他姓李，是村莊的族長。

他歡迎老彭，表示他正在等他們，土炕也燒熱了。

黃包車走開，老彭和媚玲被引到屋裏。家具空空的。

「敵人把能帶的都帶走了，」老人解釋說。「不能帶的也燒毀或破壞了。」一盞油燈放在桌面上，那張桌面好像是舊窗框的殘骸釘成的。房間一邊是寬寬的土炕，冬天由外面燒火，上面擱著粗粗的舊褥子和幾件老棉被。

「你們今天就睡這裏。不太舒服，但是挺暖和的。」

老人大概六十歲左右，面孔和雙手曬得黝黑，下巴留著稀稀的鬍子。他由一個大土罐倒出茶來，拿給客人。

「她是你的女兒？」他問道。

老彭說，她是他的姪女，然後問他，「這裏安全嗎？」

「喔，現在很安全。日本人已經向南走了。一個月前，他們經過這裏。我們現在有人保護。這裏不還是中國的土地嗎？我們的村民已經回來了，但是我有兩個兒子還在山裏。」

老彭指指牆上一管獵槍說，「你打獵呀？」

老人笑笑。「年輕的時候打過。不過九月七日我用那管槍殺過一個日本人。」

時候不早，他們打算安歇了。媚玲睡在大炕的一側，老彭睡中央，老頭子睡在另一側。兩個男人在黑夜裏談得很起勁。

媚玲想起自己奇怪的處境，和過去二十四小時所發生的一切。她合衣躺著，只脫下布鞋；現在覺得太熱了，就在暗夜裏除去腿鞘和襪子。如今她在城外的一個村子裏，伯牙還待在舒服的家中。很難想起伯牙，因爲四周的一切太新奇了，他顯得好遙遠。但是她知道這兒——離北平城牆只有幾哩的地方——氣氛已完全改變了。今晚在路上看到的情形具有振奮人心的作用。黃包車夫、軍人、義大利神父，以及暗夜裏他們清脆的笑聲，一切都和這一個月來她在城裏所熟悉的低語、躲藏和恐懼完全不一樣。她又想起天空中一大片閃爍的星星和西山綿延的稜線。這裏一切都是壯觀、強烈、自由自在的，就像暗夜裏士兵的笑聲。

她縮在毛毯裏，臀部四周小心塞好，以免碰到硬硬的土炕。老彭正在問老人家怎麼生活，那個人說大家都吃蔬菜過日子，家禽、肥豬都被殺光了，肉類很貴，他們要到明年春天才養小雞和小豬……

她朦朧睡去。後來士兵回到院子來睡覺，她睡得很熟，居然沒聽到他們的聲音。

7

天剛破曉，她就被軍人的鬧聲吵醒了，他們早已起床，準備出發。老彭已經醒來，正把彈藥籃子交給他們。老人在廚房裏，爲大家煮麥粥。

「士兵們要到山裏去，」老彭說，「最好跟他們走。他們願意替我們扛行李。他們認得路，可以節省我們不少時間。」

媚玲正在穿鞋，手上的翠玉鐲子和土炕碰得鏗鏗響。

「你何不把鐲子脫下來?這樣會引人注意的。」

「沒辦法。一輩子套上了，」媚玲說。

在微光中她摸到外衣，匆匆穿上。她進入院子，先在門邊扣好灰棉袍。有幾個游擊隊員坐在地上繫草鞋；一個士兵正在打綁腿，領導人則站起來把臃腫的中國袍子塞到軍褲內。

「你們昨天晚上睡在哪裏?」媚玲問道。

「就在院子裏呀，姑娘。不然還有什麼地方?」有一個回答說。

「你們不累呀——昨天走了一整天，現在又這麼早起?」

游擊隊員爆出一陣大笑。「這算不了什麼，」首領說，他還在用力把厚衣裳塞到軍褲內。他指指穿軍服的夥伴說，「這傢伙走了六千哩，由江西到西藏邊界，又隨八路軍到過西北。」

「你的腿是鋼鐵做的?」

那個軍人被漂亮的少女一恭維，頓時露出天真的微笑。「要做革命志士，就要先鍛鍊身體。」他說。「有時候我們得用擔架抬病人或傷兵走山路。腳一滑，就會落到無底的深坑裏，連你扛的病人也一起摔下去。」

「革命志士可不自吹自擂喲，」首領和和氣氣說，那個軍人滿面羞紅，像小孩似的。

吃完早餐，大家就上路了。早晨的空氣清新宜人，東邊的天空愈來愈亮，把眼前山腰的顏色也改變了。媚玲發現大家的步調很快，但是她個子小，軟底鞋和綁在足跟的腿鞘使她在石頭路上走得很舒服。

他們在一座村莊歇息，村民似乎和游擊隊很熟，紛紛送上茶水和麥餅。謝過了他們，大家又動身前進，穿過一條鐵路，來到矮山下。有四分之一哩的路程很像乾河床，不容易通過，但是穿便鞋的游擊隊扛著行李一個石頭一個石頭跳過去。然後大家沿一條小徑走，穿過不少矮丘，最後來到一間隱在山脊中的廟宇內。

他們大約十點鐘到達。廟宇大廳擠得滿滿的。廳裏正進行政治訓練，一個留短髮、穿灰制服的胖女孩站在鍍金菩薩的前端，正在訓話呢。很多人蹲在地上，也有人倚牆、倚柱而立。這位少女似乎很會對農民羣眾講話。她的聲音又大又粗，但是一說到「切斷交通」，她的發音太有力了，彷彿大家真的在切斷想像中的鐵路、電訊和電話似的。她說話帶有陽剛的力量，把聽眾完全吸引了。

很多男女學生在庭院走廊上，或者手牽手在樹下散步。他們面色愉快，態度喧嘩，幾乎引起優雅社會的反感。他們的打扮混合了新奇和樸實的特色，半軍半民，半西半中，給人的第一個印象是雜亂無章，尤其男女不分。男青年穿襯衫、短褲和皮鞋。有些女孩子頭戴小帽，身穿大口袋的棉袍，打綁腿，穿草鞋。有人穿著卡其襯衫、及膝黑布裙的學生服，加上束帶襪和布鞋。少數還穿著長袍。媚玲看到一對年輕人坐在石頭上，正辯得起勁呢。另外一個男孩子正在吹口琴。一位少女的短髮由帽緣滑出來，口袋裏伸出一支自來水筆。有一位女生掛著手錶，卻穿草鞋，戴寬邊的農夫帽。

說來令人不解，也難以相信，這一代竟完全離開家，脫出社會傳統，逃開個人的命運，被私人環境所驅使，或者被一個高貴的理想所推動，要在這個宇宙中建立嶄新的生活，大家聚在這裏追求靈魂的自由。一切都坦率、單純、現實而合理。短髮不只是一種髮型，也是一種方便。他們正要開始全新的生活，彷彿人類文明從來就不存在——只有手電筒和鋼筆例外。他們愛穿什麼就穿什麼，愛想什麼就想什麼，想到了就直接說出來。如果他們找的是精神自由，他們已經找到了。

媚玲和老彭被帶到廟裏的一個房間，那是地方總部的辦公室。行軍床旁邊有一張桌子和幾張木凳。一個面色黝黑、年約三十歲的高個子站起來迎接他們。媚玲覺得，以他的權位來論他算相當年輕了。

「彭同志，你幫了我們不少忙。你有什麼打算？」

老彭把計畫說出來，軍官告訴他們，兩條鐵路上都有激戰發生，但是答應研究看看。

他帶著大忙人的姿態坐下來，顯然對自己的計畫比眼前客人的問題更加關切。「敵人正沿兩條鐵路往下攻，」他解釋道。「他們會佔領幹道，我們必須像毛細管，把他們的血液吸出來。敵人到哪裏，我們也到哪裏。事實上，敵人進城後，我們更容易組織鄉間的人民——等大家見過他們的獸行以後。那是我的經驗。」

他說話充滿安詳的信心，卻沒有一般軍官的派頭。他穿著棉制服，沒有掛階級徽章，看起來就像農夫似的。現在他似乎輕鬆下來，看看媚玲說，「你爲什麼要去上海呢？這邊有趣多了。」

「但是我必須到上海去見一個親人。我們怎麼走法？」

「用腳走哇，」他笑笑說。「你如果運氣好，我們也許能替你抓到一匹敵人的戰馬。說不定你要在這兒等幾天。我們經常有人到南方去。同時，你可以和其他女孩子同住一個房間。我帶你去見李小姐。喏——他們正在唱歌呢。」

毛軍官陪他們出了院子，向大廳走去。大家正在唱一首軍歌。

「他們唱的是什麼？」

「『游擊隊之歌』，」毛先生答道。「這是我們首先教隊員的幾個項目之一。」他指指帶頭的人說，「那就是李小姐。」

他們半個鐘頭前進屋的時候，帶頭的少女曾經回頭看看媚玲，但是現在她正一心一意領頭唱歌。大家似乎唱得很起勁。不過現在有很多人回頭望望附近這一個美女，歌聲幾乎中斷了，只有前排幾個人還繼續唱。

李小姐用一根和尚的鼓槌敲敲桌子。

「怎麼啦？」她大叫說。

大家完全停住了。男士們看看媚玲，又看看他們的老師，後者一再拍桌子。

「現在從頭開始。把字念準。我們若沒有食物——」

「敵人會供應我們，」大家吼道。

「我們若沒有槍枝——」

「敵人會替我們製造。」

「現在從頭開始。」

這次他們唱得比剛才更起勁。唱完歌，李小姐用沙啞的男音說，「解散前我要問幾個今天和昨天學過的問題。我們爲什麼打仗？」

「保衛我們的國家，」大家吼道。

「我們國家有多少年的歷史？」

「四千年。」

「我們和誰打仗？」

有人大叫「日本」和「東洋鬼子」。

李小姐似乎不太滿意。一個蹲在前面的人叫道，「日本帝國主義！」老師才點頭稱許。

「是的，日本帝國主義，」她又說一遍。但是下面有人嗡嗡說話，表示他們不太懂。

「敵人進攻我們要如何？」

「撤退。」

「敵人撤退我們要如何？」

「進攻。」

「我們什麼時候才進攻？」

「以人多出奇制勝。」

「我們最重要的原則是什麼？」

「和人民合作。」

「中國要怎麼求勝？」

「切斷交通。」

「還有一個問題。我是你們的老師嗎？」

「不，你是我們的同志。」

全體解散，大家都像快樂的小學生。李小姐轉向客人，司令介紹老彭和媚玲，同時叫李小姐帶媚玲到房間去。

他們很早吃晚飯。媚玲身邊坐著一個文靜的少女，顯然是鄉下來的，說話帶有北方口音。媚玲問她家住哪裏，她只說是天津附近的人。這個少女要和媚玲同床。她面孔圓圓的，有點黑，眼中帶著急切、饑渴的光芒。身穿一件舊舊的農人衫，露出結實發紅的手臂，不可能是學生。其他女孩子沒有人和她說話，媚玲在新團體中也有點不自在，就寧可找她談談。

飯後她問對方能不能一起散步。一條走道由廟宇通向空地附近的一條幽徑和一片小樹林。她們沿小徑向前走，來到一塊岩石邊，兩人就坐了下來。

「你名叫什麼？」媚玲問她。

「玉梅。」

「我叫媚玲。你要參加游擊隊？」

「我想是吧，」她的口吻不太肯定。

「你怎麼會來這裏？」

「全是偶然。我沒有別的地方可去。日本人。」她特別強調最後一句話。「你又為什麼來這兒呢？」

「也是因爲日本人，」媚玲說。「告訴我，你怎麼來的？」

「我是跟叔叔由天津逃出來的，我們沿長城走，有一個游擊隊正在召人，我叔叔就參加了。他被派到冠縣，我從此就沒有聽到他的消息。已經三個禮拜了，也許他被殺了。」

「你多大年紀？」

「二十一。」

「你結婚了嗎？」

女孩子點點頭。

「你丈夫呢？」

「他被鬼子殺死了。」

「戰死的？」

「不。我才結婚一個月。七月日本人來到我們村子。有一個士兵進來了……真無恥。」少女滿面通紅，媚玲頓時明白了。「我丈夫想救我，結果被刺刀殺死了。」

「你怎麼逃的？」

「鬼子走了……事後。我想死，但是叔叔說，我丈夫是家中唯一的繼承人，也許他有兒子留下來。」

過了好一會兒，她忽然問道，「你知道我們能不能分出來？我從來沒有對別人說過這件事。」

「分出什麼？」

「分出鬼子的小孩和中國小孩。」

少女突然泣不成聲。「分得出來嗎……？只要能確定……我會折磨他——天哪，我要狠狠折磨他！如果分不出來，最好別讓孩子出生。」

少女全身發抖，滿眼兇光。「我怎麼辦？」她一遍又一遍說。「不過如果是他的孩子，那就是我在世上唯一的財寶了。」

媚玲無法安慰她，甚至也說不出合理的答案。「鬼子沒來之前，你懷孕沒有？」

「沒有，我怎麼知道呢？那是我們的蜜月哩。」女孩子稍稍平靜，繼續說下去。「不過若是鬼子的娃娃，我會知道的。」

「你知道你丈夫的容貌。如果小孩像你丈夫，你就知道是他的骨肉。我們必須有耐心。」

「如果不是，你想我會養一個鬼子的小孩嗎？」

「別擔心。這種不正常的行爲不會生孩子的。要陰陽調和，才能有孩子。」

「你能確定嗎？你生過孩子？」

「生過。真的，除非陰陽調和，你不會懷孕的。你若懷了小孩，相信我，一定是婚生子。」

媚玲只想緩和她的畏懼，其實自己也沒有多少信心。

少女的臉色開朗些，彷彿放心不少，但是還想得到更多保證。

「你愛你丈夫吧？」媚玲溫和地說。

「你怎麼會問這種話呢？我是新娘。你可聽說過新娘和新郎頭一個月就不相好的？」少女的眼睛一度充滿野性，如今卻帶有無限的柔情。

少女把祕密告訴媚玲，又覺得她有反應，有同情心，就開始信賴她了。「你要離開我們？」她突然說。

「是的，去南方。」

「讓我跟你走。」

媚玲忘記了自己的煩惱。「我和彭先生同行，他是一個大好人。不過我們要去上海，必須穿過戰區。你不怕？」

「我這種遭遇，還有什麼好怕的？死反而是解脫呢。」

「別說這種話！」媚玲叫道。「我不知道我們什麼時候出發。也許要過幾天。如果你真想和我們走，我和彭先生說說看。」

少女現在明白自己是對一個一小時前還完全陌生的小姐說話呢，她看到媚玲的美貌和好衣裳，幾乎後悔剛才說了那一番話。

「喔，你是幸運的人，」她說。「你有親戚，又有錢。我只是可憐的鄉下姑娘。」

媚玲溫柔地看看她。「你說我幸運？等我告訴你我的遭遇，你就明白了。」

太陽快要下山，少女說她們該回寺廟了，房間裏沒有燈，玉梅說她們如果遲到，李小姐會罵人的。

「你怕李小姐？」

「嗯，她會罵人，她不瞭解我。還怪我不快活。」

「你沒有把你的身世告訴她？」

「我何必告訴她？我不敢讓她看到我的淚眼。」

那天晚上，兩個人躺在床上，彼此早已有了進一步的瞭解。一個小房間住四個人，分睡兩張床。她們在暗夜裏脫衣服，盡量把東西擺好。另外兩個是學生，各有一個愛人，她們正興高采烈談著戀愛、文學和戰爭。媚玲和玉梅靜靜躺著，只低聲說話。

「我不懂她們，」玉梅說。「你會看書寫字嗎？」

「會。」

「她們說些什麼？」

「她們現在正在談摩登世界的女權。」

玉梅不懂「女權」的意思，她沉默了好一會兒。等另外兩個女孩子不說話了，她才對媚玲低語。

「你還醒著?」

「我睡不著。」

玉梅抓起媚玲的小手,放在她肚皮上。「你想是三個月還是四個月了?現在是十月。我是六月初結婚的,你懷孩子的時候是什麼感覺?」

「我說不上來。」媚玲說。「不過別擔心。我相信一定是他的孩子。」

她們兩個人都裝睡,但是都睡不著。媚玲想蒐集今天混亂的印象,然後又盡量不去想它,試圖想起伯牙。少女的故事擾動了她,她自己的身世也像離譜的夢境,又回到她心裏。然後她聽到少女在她身旁啜泣。她現在明白她眼裏的兇光了。

「你一定要多保重,」媚玲輕聲說。但是她知道自己絕不能拋下這個無依的少女。

第二天早晨,媚玲把玉梅的情形告訴老彭,並介紹他們見面,他覺得少女若想跟他們走,他當然不能拒絕幫她,就說他會對司令講講看。

午餐後,媚玲隨老彭去見那位軍官。

「我一直替你注意情況,」他說:「日本人正沿兩條鐵路向南進,兩條鐵路間有激烈的戰爭,日本兵也很多。整個地區我們都組織了游擊隊。你一個人走還不難,但是帶著這位小姐——」軍官看看媚玲。

「是的,我負責她的安全,」老彭說。

「你會碰到真正的硬仗,我想下面的火車也不太可能讓平民使用。你何不走大路到天津,然後乘船呢?現在那個方向日本兵比較少,我可以安排騾子或草驢,還會給你通行的證件。每一個重要的大站我們都能派嚮導給你。那條路安全多了，也快多了。」

軍官的口氣很誠懇。老彭看看媚玲，她曾經表示不願意再進淪陷區。

「我不怕戰鬥，」媚玲說。「我們若不走天津，要多少時間？」

「誰知道？」老彭說，「我自己無所謂，反正我要去內地。你不是希望儘快到達嗎？」

媚玲點點頭。

「那我們就走天津吧。只要兩三天的工夫。」

她的異議似乎被駁倒了，但是她覺得害他脫離原來的路線很不好意思。「我若不和你在一起，你要怎麼走法？」她問道。

「沿鐵路直奔漢口。我們的軍隊馬上會撤出上海區。但是現在我有責任帶你去上海。」

「你能不能和他談談玉梅的事情？」媚玲低聲說。

老彭又轉向軍官。「有一個女孩子要跟我們走。行不行？」

「她叫什麼名字？」

「玉梅。她在這邊一個朋友都沒有。」

軍官想了一會兒。「她叔叔回來，我要對他負責的。不過他也許死了。」

「拜託，毛司令，」媚玲開口說。

「毛同志，」軍官糾正她。

「毛同志，她病了，在這邊又不快活。我不能把她丟在這裏，」媚玲哀求道。

但是軍官說，「我恐怕無法答應。她叔叔說不定會來找她。」

他們回來，把軍官的意思告訴玉梅。她聲淚俱下，聽說他們要去天津，她說她認得路，也許還能看看她自己的村子。

「現在你的村子也許一個人都沒有了，」老彭說。

「沒關係。老爺，小姐，不管你們上哪兒，讓我跟你們去。」

老彭被她的眼淚感動，就對她說，「跟我來見司令。你在他面前痛哭，他也許會答應的。」

她再度哭求，軍官說，「你叔叔回來，我怎麼說呢？」

玉梅不再哭了，她用農婦堅決的口吻說，「就算叔叔回來，他也養不起我。」

老彭把軍官拉到一旁，告訴他少女的處境。「她需要人關心她，否則她會陷入絕望。」

「你從現在起要照顧她？」軍官問道。

「你若願意，我可以簽一張證明，」老彭說。

所以老彭簽了一張證明，玉梅也簽了一張，不過她不會寫名字，就抓住筆桿在他們寫的名字外面畫了一個圓圈。

「這樣也對，我想，」軍官說。「反正我們都是難民，她有你照顧，算她幸運。她叔叔很可能死了。我只能給你們兩匹驢子。你們得有一個人走路。」

「我可以走，」玉梅的眼神喜孜孜的，簡直算得上漂亮了。「我謝謝你。」

「明天天一亮，我就替你安排嚮導和牲口，」軍官結束會談說。

玉梅現在孤單單但是很快活，媚玲和老彭就出去散步。陽光很亮，但是山風挺舒服的。他們由廟門出去，沿著走道往前逛。

媚玲想起玉梅，就說，「我們不能離開她，她的遭遇曾經有千百位婦女碰到過。」

「我很高興你願意帶她，」老彭說。「我真的不瞭解你。」

「我們彼此還沒有深刻的認識，對不對？」嵋玲體貼地笑笑說。

他的腦子停下來分析她。那夜伯牙帶她來，她的美貌就曾令他眼花。但是老彭不年輕了，他認爲女性美是膚淺而遙遠的，除了擔任保護的幃幕，還使人看不到內在的真相。他認爲第一次見面之後的頭幾天，正是美女最嚴苛的考驗。等我們挑剔些，不那麼專心崇拜一個美人，我們就會發現幾個小缺點，破壞最初完美印象的笑姿或習慣。通常我們在第三天就修正了一個女人的印象，有些人在我們的天平上降下一點，有些則升高一點。就是這種無心而親切，在時間中顯露的片刻心境和表情，而不是臉部的比例——決定了我們更喜歡一個女人，或是對她減少好感。嵋玲隨他在山區旅行，身穿棉衣，已通過了這些考驗。她似乎爛漫天真，帶有放縱的意味。她不像好出身的女孩那樣保守，但是她對玉梅說話的聲音卻熱情、清脆而溫柔，使老彭非常喜歡她。他也察覺到伯牙說過的幻象感。也許是他對她幾乎一無所知吧。山風把她的頭髮吹到臉上，她停下來整理。

「伯牙是不是你最好的朋友？」她把手滑入他臂彎說。她的聲音很親切、很溫和。「你是他最好的朋友。他告訴我的。」

「我想是吧。」

「你對他看法如何？」

「我想他腦袋很聰明，遠超過一般人。」然後他又說，「可惜他和太太合不來。」

「她真該崇拜這種丈夫，」嵋玲熱情地說。

「他也有缺點。他對她不忠心，不合乎丈夫對妻子的本分。」

「我知道，他舅母羅拉告訴我了。不過這都怪妻子不好，你不覺得嗎？」

老彭突然直言說，「你從他太太手中把他搶來，你覺得對嗎？」

媚玲把手抽回去。「他說你贊成，」她簡短地說。

「在這種情況下，我贊成，」他回答說。「否則，我不會負責照顧你。我是問你自己想過沒有。我們必須隨時確定自己的作爲沒有錯，不是？」

「不做錯！」媚玲有點不耐煩說。「不做錯總是很複雜的。有時候你以爲自己對了，別人卻說你錯。有時候你搞昏了，就想做錯事來確定自己沒錯。我從來沒有對伯牙說這些。但是你很和氣，我可以對你說……我是不是壞女人？」

這種問題很突然、很意外。老彭停下來看看她。

「怎麼？」他問道。

「因爲伯牙喜歡我——因爲男人通常都喜歡我，我就是壞女人嗎？」

「世界上沒有壞人，」老彭說。「沒有壞男人，也沒有壞女人，我們不能亂批判，你若把伯牙從他太太手中搶過來，我想大家會說你壞。」

媚玲現在覺得，世上若有人能瞭解她，那就是老彭了。和他在一起，她覺得很自在，和伯牙卻沒有這種感覺。伯牙也許會批評她，老彭卻不會。她想要找人談談，心裏卻感到戰慄。

「我猜伯牙和你談過我吧？」

「沒有——只說他讚賞你——十分讚賞。」

「他說他讚賞我哪一點呢？」

「說你又甜蜜又純潔。」

她大笑。「我告訴他我結過婚了。」

媚玲把老彭引到大路外一個蔭涼的角落，一堆密林下。

「彭大叔，我們坐下來，」她敬愛地說。「我要告訴你一件事情，以後再告訴他。你好心，你會諒解的，我並不甜蜜，也不純潔。以前我不在乎自己的真面目。如今我在乎了——非常在乎。我很擔心伯牙不諒解。我能告訴你嗎？」

「當然。」

她要老彭先坐下，老彭照辦。她自己也坐在旁邊一塊石頭上，猶疑不決地說出口，「我說的時候，你不要看我……你對一個曾經和好幾個男人同居的女子有什麼看法？」

「咦，那要看情形而定，」老彭說。

「如果一個男士愛上一個女子，她以前曾經和別人同居過，對他會不會有差別呢？」

「有些人不喜歡這種事。你不能一概而論。」

「如果伯牙知道我曾經和別人同居，你覺得他會不會在意呢？」

老彭低頭傾聽，只說，「你是指你以前的婚姻？」

「不，也不盡然……我曾經做過人家的姘婦。」

她又停下來，偷看老彭嚴肅的面孔。然後她突然堅決說出來。「是的，彭大叔，我做過姘婦。男人會不會看不起姘婦？」他搖搖頭。「喔，女人都會。所有女人都想正式結婚。但是有時候沒有辦法。我的第一次婚姻很不幸，我只得逃走。我婆婆給了我六百塊錢，叫我遠走高飛。我怎麼辦呢？我帶了六百元到天津，在一家舞廳工作。我得維持生活。年輕女孩子做那種工作很自然很輕鬆。我對婚姻厭倦了，我有不少仰慕者，混得很成功，也不想找其他工作。我不必會什麼、學什麼，只要年輕漂亮就行了，男人也只希望舞伴如此。我必須微笑，露出愉快的面孔——那是工作的一部分。舞廳做事的女孩子就像一件公共的財產。誰買票，她就得陪誰跳。我跳舞很輕鬆——大家都說我是好舞伴，我賺的錢比別的女孩子多一倍……但是我討厭跳舞。後來有人開始給我錢，送我禮物，又勸我別跳舞，跟他同居。彭大叔，你會說這件事不對嗎？」

「我會說這件事很自然。」

「我以前害怕某幾類的男人，一曲終了，我總想用刷子把自己刷乾淨。還有一些不能不聽的蠢笑話！所以我就答應了。」

「你愛他嗎？」

「不，但是他很快活、很乾淨，我喜歡他。我享受一種隱退的感覺，彷彿身體又屬於自己了。那像一個假期，或一種升遷。他對我有求必應。我第一次感到富足快樂。他對我很好，後來他太太發現了他簽給我的支票，他只好和我分手。我不能告訴你那位太太對我說了什麼侮辱話。」

「那你怎麼辦呢？」

「喔，我得維持生活。韻事一件件發生。我始終很幸運。他們都很好，但是誰也不能娶我。他們都已經結婚了。不過一切都很輕鬆，我過得挺快活的。但是我總覺得不滿足，我開始想正式結婚。有些人會帶我出去，有些人不肯。男人帶太太到處亮相，卻不肯帶情婦出去，儘管他們嘴裏說愛她們。有一天我忽然覺得，情婦像司機，太太卻像自己開車的車主。誰不想佔有她所駕駛的汽車呢？……我喜歡替男人買東西，買襪子、手帕和領帶，想像自己正為丈夫買這些。然後我突然想到他不是我丈夫，永遠不屬於我。大家都說姘婦要錢。但是所有男人都告訴我，他們愛情婦甚於太太，有時候情婦也比太太愛他們。我搞昏了。太太終生受保護，分享丈夫的財產，卻不必工作來報答。情婦的收穫遠比太太少，卻被人叫作淘金女郎，不管她多麼愛那個男人……」

她停下來，看老彭沒說話，又滔滔不絕說下去。「後來我有了孩子。看起來這是永久性的了。我養育嬰兒，對自己說，『這是一個家。我是母親，和別的母親沒有兩樣。』但是小傢伙兩個月就死了。於是我不再介意什麼。我折磨自己，也折磨他……所以他也離開了我……你明白我也像其他女子需要一個自己的家？我還年輕，我必須趁早找一個男人……我又碰到一個機會，一個年輕人癡戀著我。他要娶我，也許能給我幸福。但是他從小由父母訂了親。他把我的一切告訴父母，說要解除婚約，女方聽到這個消息，他的未婚妻——一個平凡的少女——跟她母親一起來求我。如果我心狠一點，我可以達到願望。那個人要的是我，不是她。但是那個女孩子顯得很可憐，她母親哭著求我，說他們家名望不錯，解除婚約會丟面子，我屈服了，就叫我的愛人去娶她。」

她又停下來看看老彭。

「現在你都知道了。你對我的印象是不是改觀了？」

「一點也不。你沒有親戚幫助你、勸告你嗎？」

「母親死後就沒有了。告訴我，彭大叔，一個女人全心愛一個男子，她以前做的事情有沒有關係？」

老彭回頭看她，發現她垂著臉，充滿溫柔的熱情。他爲她難過，聲音也柔柔的。

「一點也沒有關係。」

「我要確定沒關係，我可以給伯牙一份純潔的愛情，一份真愛。你瞭解一個女人嗎？她戀愛的時候真想盡一切力量，付出一切，使對方快樂，那份愛還不夠嗎？」

「夠了。我瞭解你，伯牙也會瞭解的。他父母死了，他又是意志獨立的人。我想他的親戚影響不了他。最重要的是別讓他以爲你是爲錢而嫁他的。」

「他的財產？」媚玲詫異地甩甩頭。「誰說我要他的財產？」

「沒有人。但是大家也許會這麼說。」

「我何必在乎別人說什麼。」

「那就對了，」老彭笑笑鬆了一口氣說。「你們不能互相猜忌。那將是你愛情的明證。媚玲，雖然你說了這些事，我覺得你還是個年輕純潔的女子。你還不知道世事。我希望你保持這顆童心。」

「我猜，」媚玲沉思說，「就是我們結了婚，大家也會議論的。我真討厭女人的閒話！」

「你不喜歡女人？」

「我自己也是女人。但是我真恨太太們！我見過幾位太太，看到她們的奸笑以及她們看我的可怕眼神。除了她們有父母替她們找好對象，我就和她們這麼不同嗎？如果男人女人相愛，要住在一起，關別人什麼事呢？」

「女人都不喜歡漂亮的女人，」老彭說。「但是你也必須看看社會的觀點。婚姻是戀愛，也是事業、安全感和生兒育女的大事。太太們對婚姻是採取這種正經的看法。」

「我就恨這些，」媚玲激烈地說。「難道沒有一個地方讓相愛的男女可以遺世獨立、快樂生活在一起？」

「像一對小鳥，」老彭評論道。

「是的，像一對小鳥。爲什麼女人都這麼小氣？」

「爲什麼男人也這麼小氣？你還年輕，不知道男人對男人的殘酷。你不知道這一刻內地有多少痛苦和悲劇。想想玉梅。誰害了她？一個男人，一個同類。但是我們可以稍稍安慰她，讓她快樂一點。」

老彭緩慢、悲哀的聲音以及他誠摯的口吻提醒了媚玲，原來她只想到自己的幸福。這裏有一個慷慨的靈魂，也想著別人呢。

「難怪伯牙佩服你，彭大叔。如果我們三個人能在一起，終生做朋友，那該多好。」

她站起身，他也站起來，她又把手滑入他的臂彎裏。

「如果我失去伯牙，我真不知道要怎麼辦。你想我該不該把一切告訴他？」

「告訴他一切。他會諒解的。」

他們又走上人行道，老彭發覺鞋帶鬆了，就彎身去綁。

「讓我來，」媚玲熱心說著，跪了下去。老彭看到她伏在前面，漂亮的白手指熟練地打一個結，又再打一個，綁得牢牢的。

她站起來說，「我教你一個法寶。打好第一個結後，把兩端握住再打一個結，就永遠不會鬆開了。」

「你怎麼學來的？」

「有一個男人打給我看過，」她滿臉通紅說。

老彭一本正經，有點困惑。雖然他觀念自由，卻不再把媚玲當作良家少女了。她彎身繫鞋帶，似乎充滿情感。老彭是男人，他禁欲是基於忌諱和習慣，不是感官失去了作用。他從來不受女人誘惑，因為他總是用籠統的眼光來看女人以保衛自己。但是媚玲曾經對他打開了身心的祕密，他無法再用抽象的眼光來看她。她吐露衷曲的信任和親密感使彼此更接近了。他忍不住想道，「難怪伯牙愛上她，她好甜蜜、好熱情。」但是習慣的力量很大，他覺得自己有責任帶她去上海見伯牙。這種傳統的作風就是「朋友妻不可戲」，他不能讓其他念頭進入腦子裏。所以他談起外在的事物：

「你騎過驢子沒有？」

「沒有。一定很好玩，」媚玲笑笑。

「喔，不會太難騎。我想我們要以農夫的身分出門。」

「玉梅可以幫大忙。萬一有人問我們，她會說到自己的村莊去。」

「是的，只要我們有機會解釋。你呢？」

「我們可以扮作她的親戚。你可以當她父親，我當她姊姊。」

「那可不容易。誰一眼都可以看出，你不是鄉下人。你若不是女兒身，我會放心一點。」

「我可以改裝吧？」

「你的頭髮和小臉蛋，我看沒有辦法。」

「我有主意了。」媚玲歡呼道。「你扮作去天津的商人，我做你兒子——玉梅當傭人。我把頭髮塞到北方的毛邊高帽裏，把耳罩拉低下來。也許你可以向這邊的男人要一頂。」

8

第二天早上他們起得很早，在廟門口集合。嚮導和兩頭驢子已站在廟牆下。軍官和老彭說話，媚玲和玉梅走出來，玉梅一手提她的行李，一手拿自己的鋪蓋。他們看到媚玲戴著毛邊帽，耳罩低壓在雙耳後面，不覺笑出聲來。她沒有化妝，但是皮膚仍然很光滑，整個人看起來就像小孩穿大人的衣服似的。灰棉袍男女通用，但是她豐滿的臀部一看就知道是女人，尤其她又站得直挺的。

「我看起來如何？」她微笑問大家。

「像富家的么兒子，」老彭說。「我想你可以混得過去。」

玉梅忙著把東西放在一頭驢背上。她的臂腿都屬於鄉下勞動婦女的一型，結實、黝黑而堅硬，她幫忙用繩子捆行李，動作也很快。

軍官向老彭指引道路。「走山路到夏宮的壽山，別往城市走，一直向東，在大學附近穿過鐵路，在碼頭鎮過夜。離開夏宮後，一路都是平地，很好走。這段路日本人不多。但是一靠近河西務，就要小心些了。嚮導會帶你去見我們的同志。但是你必須一路和我們自己人在一起。」然後他要嚮導帶回河西務同志的口信。「如果是急信，就接力傳回來，」他又說。

「什麼接力？」老彭問道。

「我們有一套完整的信差系統。一道消息二十四小時內可以傳送五十哩。一根特殊的棍子會隨口信送出，指明消息應該在某一時刻到達某一地點，通常都能辦到。村民自動逐城傳過去。」

現在一切就緒，大家扶媚玲爬到那頭沒有載貨的驢背上。老彭和玉梅走路，後者帶了一個小布包，裏面裝著她的衣服和梳子，除了破舊的被褥，這是她唯一的財產了。

他們開始走下石階。驢子在滑溜溜的石道上揀路走，媚玲覺得驢背扭來扭去，有些害怕，身子愈來愈往前傾，最後整個人趴在小牲口的雙肩上。

「喔，我要摔下來了，」她大叫說。

她打著綁腿，不過現在大腿露了出來。

「石頭路上驢子不會滑跤的，」老彭說。「不過你得往後坐——並且把身子遮好。」

媚玲很難爲情，小心翼翼把棉袍拉好。

道路一山連一山，放眼望去盡是高大的山脊。驢夫照例是最好的夥伴，他們快快活活聊天，又能對一切玩笑置之。他們的事業就是趕驢子，賺一頓飽飯，到達某一個目的地，接受來臨的一切，晴雨不改。他們的肌肉和驢腿一樣走慣了山路，像岩石一樣健康、堅硬而黝黑，也像一切靠陽光和空氣滋長的萬物，充滿了生機。刮傷或瘀傷會自然痊癒。他們隨驢子前進，足尖開展，穩穩踏在岩石上。他們的生活像西山一樣貧乏，憂慮卻不比山中的樹木多。

「西山好大，」媚玲驚嘆說，她在平地生長，只見過孤零零的小山。

「你以前沒見過大山哪，姑娘？」驢夫問她。

「沒有。」

驢夫和嚮導不覺嘻嘻笑起來。

「你見過大山嗎，玉梅？」媚玲問道。

「還有更大的，在長城附近。」

玉梅和驢夫一樣，現在正得其所哉。她起初把媚玲當作新派的女學生之一，那些人的言語態度她都無法瞭解，但是第一次攜手散步後，她發現媚玲比較像她以前見過的太太小姐們。她仰慕媚玲的毯子、手提箱、梳子和精巧的玩意兒，現在她以身邊的行李為榮，也以東西的主人為榮。她在驢子身旁疾行，專心看護行李，不讓東西滑下來，掛在驢子身旁的橘紅色黑條毯子似乎深深迷住了她。媚玲看到她沉默又羨慕地注視那條毯子，不時用手輕摸兩下，喃喃自語一番。充滿砂礫和岩石的山路似乎一點也難不住她。她以自在、快活的步子向前走，又快又穩，不斷和隔鄰的驢夫講話。以鄉下姑娘來說，她不算難看，只是牙齒沒長好，嘴唇不能完全包住。她的頭髮在後面梳成一個舊式的圓髻。媚玲騎在驢背上，想起玉梅的狀況，就問她，「你跟得上嗎？」

「這不算什麼，」玉梅答道。「如果有扁擔，我還能扛行李哩。在軍中我得背鋪蓋走。」然後她開始聊起來。「小姐，我是鄉下姑娘，我不懂廟裏的那些女學生。我叫李小姐『小姐』，她很生氣，不准我這樣叫。你不介意吧？」

「不會。」

「我能瞭解你，但是不能瞭解她們。她們講的簡直像外國話。我說『老婆』，她們都笑我，我問她們該怎麼說，她們說一個人的太太要稱為『妻』。我說我從來沒聽過，她們說是我不識字的關係。我說『老婆』有什麼不好，她們說這樣是看不起女人。我說『太太』呢，她們的話我根本聽不懂，一直說我『封建』。『封建』是什麼？」

媚玲無法向她說明「封建」就是「藩臣制度」，只說是「保守」或「老派」的意思。

「那她們爲什麼不說『老派』呢？鄭大哥和他太太在那兒的時候，我叫他鄭大哥，叫他的太太鄭大嫂，她們說我不能這樣叫，要叫她『同志』。我不知道我們農家的話有什麼不對。大家都是叔叔、嬸嬸、大哥、大嫂——全世界都像一家人。鄭大嫂走後，我就沒有一個人可談了。我是聽你叫那位先生『彭大叔』，我才敢叫你『小姐』。」

「你知道，」後面的驢夫發表意見說，「現在他們叫年輕的女孩子『先生』。連女人也可以叫『先生』了。」

「我就這麼說嘛，」玉梅又說。「我說女孩子『出嫁』，她們說這樣也不對。我說『杯子破了』，她們說『杯子被人打破了』。我說杯子破了就是破了嘛，她們說了一些我不懂的話，又說外國人對『破了』和『被人打破』分得很清楚，我生氣了，就說我何必管外國人說什麼呢！我一輩子都說『杯子破了』，如果她們不喜歡中國話，她們可以不要講。我再也不敢和她們說中國話了。」

老彭很感興趣，就問她，「她們教你『出嫁』要改用什麼？」

「李小姐說，我應該說『結婚』。我問她理由，她說現在男女平等，我說『出嫁』就表示男女不平等，是女人嫁出去，我應該說『結婚』，表示男女結合。她們老是和我談『女權』，互相也常談起，『女權』是什麼？」

「女人的權利——和男人平等，」媚玲解釋說。

「她們也這樣告訴我。我以爲『拳』是『拳頭』哩，我就說：『在鄉下，你不必談女人的拳頭。我們鄉下女人的拳頭向來很大，可以決定我們和男人平不平等。』」

聽到這句話，大家都笑了，連嚮導和驢夫也開懷大笑，笑得最厲害的是老彭和媚玲。

「你和他們在一起多久了？你沒來這兒之前在什麼地方？」媚玲問她。

「我們一直跟游擊隊走，三周前我叔叔才跟孫將軍的志願兵到南部去打仗。我替士兵燒飯、縫衣服。」

「其他女人也跟你在一起？」

「當然嘍。誰還有家？女人不能留在村子裏，沒有女人也就沒有家了。日本人來，總是女人先走。如果日本人過去了，男人就來叫女人回家，如果日本兵把家燒了，男人就來參加女人的行列。」

「你是講難民還是講游擊隊？」

「沒有分別啦，」玉梅說。「難民和游擊隊都是被逐出家園的人，如果他們能打仗，就算游擊隊。他們不想走遠，誰不想回自己的田園呢？有辦法的人用武力保衛家鄉，婦女和老人都跟他們走，等他們必須逃命，他們就變成難民了……我們怎麼能生活在這種世界裏？他們回來，往往發現家園被燒，牛、雞、豬全不見了。只有老狗還在。我們經過昌平，看見路上布滿雞毛、雞爪和雞頭，不小心還會踩到內臟。還有家畜的屍體，豬腳、羊頭，有一次我看到一頭牛的頭部和肩膀——真怕人——血肉都發臭了。日本人吃不下整隻家畜，就丟在路上——簡直是濫殺濫糟蹋嘛。如果肉還沒臭，是好肉，我們會切下來煮。你想我們鄉下人有什麼感覺？那是我們的雞、豬，他們不是——偷我們的嗎？有些農夫被迫將沒熟的穀物割下來，因爲田裏會藏槍手，等他們毀了作物，日本兵就把他們殺死。喔！我們若活不下去，誰不加入游擊隊呢？」

「唏！」有一個驢夫說。「由這兒到天津，整個鄉下都充滿我們的自衛團體——我不知道有幾萬人。有些團體比較大，像孫殿英的游擊隊，裘奶奶的組織和八路軍——這些裝備比較好。還有些留在村子裏，有槍的人就拿槍出來當義勇兵。現在誰不恨日本人……？嗒——嗒嗒！」他用鞭子抽了毛驢幾下。

現在他們走出一個山頭，再度看到北平的原野和城牆。天氣陰陰的，不過遠處的城市那一邊卻有太陽照耀著。他們看到五哩外的夏宮，還有一道綠水環繞著柳樹間的鄉村。遠處的北平像一座公園，蓋滿翠綠、姹紫和金黃的顏色，宮殿和塔樓的屋頂也在陽光下閃閃發光。

媚玲跳下來看看手錶。才十點鐘。玉梅由驢背上拿出自己的被褥，鋪在一塊岩石上，對老彭和媚玲說，「老爺、小姐，你們若不嫌髒，就坐在這上面。石頭對你們來說是太硬了。」

「我們沒關係，」老彭說。

玉梅失望地收起被褥。

「看那邊，」老彭指指城市的方向說。「發光的圓屋頂。那就是天壇。」

媚玲靜坐著，睜大眼睛看遠處。她這樣坐了幾分鐘，最後嚮導來叫大家出發。

老彭扶她起來，靜靜說，「伯牙沒事啦。」

媚玲抬眼看他，知道他已看透自己的心事，不免有些發窘。

他們下山後，路很好走，只在通清華的林蔭道上看見幾個傀儡警察。他們吃了一頓麥餅和麵條當午餐，就橫過鐵路，向通州的方向走。媚玲不時跳下驢背，改用步行。他們到碼頭鎮一家農舍歇下來，天已經黑了。

這是一個游擊隊領袖的家，他曾經在軍中當上尉，大家還叫他「隊長」。他在河西務戰役中斷了一條手臂，奉准在家鄉組織游擊隊。驢夫把行李拿下來，將毛驢綁在院子裏，就到一家酒店去買晚餐。老彭、媚玲和玉梅都累了，饑腸轆轆，一鍋紅糖煮蕃薯吃得津津有味。主人現在是農夫打扮，人很誠懇，陪他們喝了一杯。他姓上官，是罕有的複姓，他說他是上官雲祥將軍的親戚。他談起附近的情形，對河西務之役津津樂道，那次有兩旅中國兵被砲火和炸彈消滅了。美女當前，他似乎比平常更愛講話。媚玲已經把帽子脫下來，烏溜溜的鬈髮披在肩上，雙眼在模糊的燈光下閃閃發光。

「慘啊！真慘！」他說。「沒看過那一仗的人不明白我們怎麼會那麼容易就失守了。他們應該看看我軍的屍體，成百成千堆在河岸上。這種戰爭還能叫失守嗎？我們輸了城池，可沒有打輸這一仗。敵人的卡車、坦克和步兵連連穿過河西務。我們得堅守河西務，好保衛公路。我們只有兩旅人，後援又斷了。我們明知會輸，還是打下去。敵人開大砲，鐵鳥也在空中飛翔。砲彈太密了，躲都沒有用。沒有一個人退縮。兩個鐘頭後全旅覆沒，後來另一旅也完蛋了。如果這還不算打仗，我簡直不知道打仗是什麼了。你能說我們失守嗎？我們的弟兄硬是不肯逃。我從來沒看過一天死那麼多人。冠縣也一樣。整營人死光光，卻沒有一個人逃走。真是血肉敵鋼鐵。你還能說我們軍隊沒有盡力打嗎？」

現場並沒有人說士兵不盡全力打，但是隊長繼續反駁他想像中的苛責。

「我們擋住了敵軍的側翼，使涿州的我軍能夠安全撤退。我昏迷很久，等我醒來，天已經黑了，我掙出同伴的屍體堆，一路由戰場爬回來。」

第二天，嚮導奉命回去，驢夫也不肯再走了。「河西務是壞地方——日本兵太多啦，」有一個驢夫說。「我靠這頭畜生過日子。萬一日本兵或保安隊把牠收去，我怎麼辦呢？我要向誰去討價錢？」但是老彭答應給驢夫每人五塊錢，看在這筆大錢的分上，他們同意走到河西務。

隊長說他們可以吃完午飯再出發，出乎意料之外，他竟說要陪他們走。

「你們若有錢，我可以安排保安隊一路送你們到天津，」他說。

「怎麼可能呢？」媚玲問道。

隊長大笑說，「他們只要錢。你們可以搭他們的船走大運河，不必走路。」

「你何必親自來呢？你不能派一個嚮導跟我們走嗎？」

「我要去辦事。你們若有興趣，好戲在前頭哩。」

「你是說打日本人？」媚玲問他。

「還有誰呢？」隊長懷著高興、不要命的表情說。他一副正要說出大祕密的得意口吻。「我們要去救幾個女人。」

「什麼女人？」

「中國女人哪。還會有誰？離這邊三十里有一個村莊。日本兵抓了十個女人，用鐵線穿住她們的耳朵，排成一串，帶出村子。以前在這條路上，村民常玩一種把戲。散漫的日本兵會到村子裏要女人。村民交出幾個婦女，帶敵人進屋。等他們污辱我們的婦女，年輕男人就奪槍殺死他們。所以他們不敢再這樣了……喔，這次這十個女人被帶出村子，三天前架到日本軍營去，她們的丈夫和她們都很害怕。村裏的族長來看我，要求槍枝。我問他們日本兵有多少，他們說一兩百人左右。我叫他們靜候觀望。昨天他們報告說，有一連士兵向南遷，女人還在那裏，留下五、六十個日本兵。你們今天晚上會看到一些行動，流血的行動。族長的姪女也在裏面哩。」

他說著說著，媚玲的臉色紅一陣白一陣，玉梅咒罵說：「——鬼子他娘的！」

「但是日本兵不會再回來嗎？」老彭問他。

「會，」隊長靜靜說。「他們會燒村子。不過這是戰地的生活。你若不殺敵人，敵人就會殺你。到了這一地步，誰有時間考慮後果呢？」

老彭關心他所照顧的兩個女人。

「你們會平安無事，」隊長說。「戰鬥離村莊十五里。只等我們的人回來，聽聽消息，然後趕快上路。兩位小姐應該好好改裝一下。」

「我不改裝，」玉梅說。

午餐後，他們馬上出發，穿過無垠的玉米、小麥田和泥土屋，傍晚到達那個小村子。

到處鬧烘烘的。鄰近的村莊來了三百個男人，大都拿著木棍、鐵鉗、長柄叉和斧頭。大約有三十個人帶了大刀，是二十九軍撤退時留下的。他們正站在刀石附近磨刀子，磨刀工大叫說，「白刀子進；紅刀子出。來，我免費替大家磨。」有幾個拿大刀的人臂上掛著「敢死隊」的字樣。老彭聽說這些人大都是被俘女人的丈夫、兄弟和兒子，還有幾位志願軍。有十來個人穿著日本兵身上剝下來的沙棕色制服。十五、六個青年帶著步槍，包括老式的滑膛小槍在內。

隊長走過街道，民眾一陣歡呼，他比別人高一些，一路走，左邊空蕩蕩的袖子一路擺來擺去。他召集各村兵勇的負責人，叫大家在廟場集合，密聚在一起。然後他隨敢死隊到王族長家，敢死隊的青年大都是族長的孫兒或姪孫。一行人在大天井裏解散聊天，媚玲和玉梅則被帶到屋裏去。

族長年過六十，留著稀疏的白鬍子。他是地主，也是村裏紛爭的裁判。村裏很少人和他沒有親戚關係，他的話就等於法律。今天晚上他負責招待敢死隊和各村的長者。從帝制時代，他就不曾召集村民打過這樣的硬仗。簡直像家族戰爭的前夕嘛。他來到擁擠的院落，歡迎隊長，然後說：

「羅大哥呢？他怎麼不在這裏？」

有人回答說，他曾在街上露面。

「去找他來。」

「你最好還是請他來吧，」一個親戚說。

「好吧，拿我的名帖說我請他來。」

大家告訴老彭，羅大哥是村裏的英雄。據說他參加過南到山東、北到蒙古的戰役，一連當兵、當強盜很多回，簡直沒辦法說他是哪一種了。在曹錕的時代，他曾透過義和團朋友的推介，在軍中教武，至今他還自稱爲「教練」。曹錕死後，軍隊四分五裂，羅大哥變成「紅槍會」的一位頭領，這個組織專門替農夫對抗軍閥。他在「紅槍會」綽號「響尾蛇」，但是村民一向尊敬他，總是叫他「羅大哥」。據說他有一次在街上殺了一條狗，帶到客棧，逼掌櫃替他切片煮熟。那是一條小狗，他一餐就吃完了，不過村裏的少年都傳說他獨自吃下了一整隻大狗。

羅大哥馬上出現了，對於族長的邀請非常高興。他的外衣搭在背上，露出光光的胸脯和膀子，他進入天井，對大家微笑，也等大家還禮。他的褲管在腳跟紮緊，上部罩著寬寬的紅腰帶，緊緊綁在臀部上，完全是義和團的打扮。他走向族長，笑笑說：「你沒有忘記羅大哥。」

「我沒有忘。我看你不在，馬上派人找你。」

「但是你不需要我啊！日本龜已經困在甕裏了。你有三百個人。去抓甕中之鼈吧。他們逃得掉嗎？你爲什麼還需要我呢？」

「當然需要，」老人說。

「我在街上看到四、五十個帶大刀的夥伴。日本人最多只有五十個。五十把大刀殺五十個日本人用得了多少時間？不是只有一對一嗎？這樣能過癮嗎？老羅可不過癮。」

院子裏的人紛紛談論著。

「日本人有手槍和機關槍，」隊長說。「你要不要步槍？」

「不，謝謝你。手槍也許管用，步槍在肉搏裏有什麼用處呢？眼明手快，大刀方便多了。如果我的弟兄在這兒，十個人半頓飯的工夫就可以把他們全部解決掉。」

「好吧，你跟大刀隊去，」隊長說。「我答應事後送你一把好手槍。」

「響尾蛇」聽過隊長的名聲，願意參加他的隊伍，就用綠林英雄的老話說，「好吧，既然上官大哥看得起我，我今天晚上要好好表現一下。」他對族長說，「老伯，準備三斤好酒，我親自把你姪女帶回來給你，否則我就不叫響尾蛇。不過有一個條件。擄來的牛肉罐頭都算我的。我已經三個月沒嘗到牛肉了。你晚上燙好三斤酒，天亮前我就把你姪女帶回來。這樣公平吧？」

「如果你帶她回來，我可以給你十斤好酒，」老人說。

酒菜端上來，老彭、隊長和各村長者都在大廳裏用飯。年輕人一部分在廳裏吃，一部分在院子裏吃，女人則到廚房裏幫忙。屋裏情緒緊張，親戚們很少說話。只有各村長者、隊長和老彭開口。

「這要看我們用什麼戰略，」響尾蛇說，「打鑼抓虎計，還是貓捉老鼠計。有了三百個人，我們可以放火把他們逼出獸窩。」

「問題是，」隊長說，「我們必須救女人。我們要靠大刀。開槍只是引日本人出來。我們不知道女人關在哪裏。」

「這很重要，」一個太太被抓的年輕人說。「我們不能在暗夜裏誤殺了自己的女眷。」

一個十八歲的少年那天曾偷探敵營，就說，「士兵都在以前一所學校的大花園裏。我問一個自衛隊警察，他說女人鎖在那間大房子內。」

「救人比殺敵人更重要，」老彭說。

女人弄好飯菜也出來站在門邊，用心聽著。媚玲和一位少女站在一塊兒，她母親就是族長的姪女，也在被抓之列。聽說送去的女人只有一個閨女，其餘都是已婚的太太。男人的臉色都很不耐煩、很緊張。只有「響尾蛇」喝了老酒，興高采烈的。他用手指敲桌面，開始唱一首北方哀調，是一齣描寫三國時代關公出奔的戲曲中的片斷。

長空野雁啼聲不斷
一顆心噗地跳到我眼前……

這是京腔，調子很高。響尾蛇正在唱英雄關公的歌曲。他板起面孔，眼睛轉來轉去，自己一面倒酒一面說話，一面斷斷續續唱著。

「我響尾蛇今天晚上有機會替國家和村里服務。你們看日本龜逃得掉逃不掉。我和你們談一筆生意。今天晚上打完後，春姑算我的。」

「沒有人敢和你爭。」

「這才對。沒有英雄，就沒有美人；沒有美人，就沒有英雄。」

大家告訴老彭，春姑是一個寡婦的女兒。她是送給敵人的女眷中唯一的未嫁姑娘。她們母女一起被送去，一方面因為她和男人隨便慣了，一方面也因為這次打算用計；她們母女自願前往。她們獻出自己來救別人，村民對於寡婦母女的印象完全改觀了。

「唱罵曹！」有人叫響尾蛇唱，觀眾一致贊成。他又倒了一杯酒，咳嗽幾聲，準備唱。

他一開始唱，臉色就變了。他戲唱得不錯，開口罵奸相曹操，聲音起初帶有學者的韻味，後來愈唱愈激昂、愈嘹亮，就露出他自己的本音。拍子加快，臉孔脹得通紅，眼睛也發出憤恨的光芒。

他突然打住說，「不，我不唱這個。」

眼睛掃了羣眾一眼。然後他開始唱「四郎探母」，是敍述一個流離的戰士探望久別的母親。大家都靜靜坐著，他唱到「喔，娘！」的時候，那個十八歲的少年放聲大哭，別人也紛紛流下淚來。

然後族長起身叫大家集合。他轉向女人說，「我送他們出發就回來。整夜點著火，把一切準備妥當。叫醫生來，整夜在屋裏候著。」

老彭說要看大家從廟裏出發。他們分成三組。帶槍的打頭陣，帶刀的是攻擊的主力，拿代用武器的人分別埋伏和增援。他們還派了一個特殊的小隊負責解救女人。

隊長爬上廟宇的台階，簡單指示幾個要項：

「記住三件事，」他說。「第一，要百分之百肅靜。如果我們還沒到就被敵人發現，那就完了。第二，緊跟著自己的團體。我會做信號，你們再喊叫攻擊。第三，協助傷者撤退。混戰中若有疑問，就叫『老鄉』，否則你們會殺錯自己人。」

天空一片漆黑，開始下毛毛雨。他們等了半個鐘頭，羣眾都不耐煩了；但是隊長堅持要等，因爲他們得等到半夜敵人熟睡的時候才到達目的地。

那天晚上全村沒有一個人睡覺。老彭陪族長和醫生坐了一整夜。大家勸嵋玲和玉梅上床，村婦們則在廚房裏燒火。外面雨絲不斷。族長幾次跑到別家去，看到燈火微燃，女人和大孩子們都熬夜等消息，等男人回家。

五更天左右，第一批壯丁回來了，消息在凌晨傳遍了全村。他們全身濕透，又累又餓，鞋子也沾滿污泥，但是臉上卻掛著笑容。

「怎麼樣？」

「全勝！日本兵一個也沒逃掉！」

「我們的婦女平安嗎？」

「全部平安。她們隨後面的人一起回來。」然後他們的臉色暗下來，說他們村裏有兩個青年被殺，還有人受傷。

又有一批人慢慢回來，坐在地上。屋裏和天井亂烘烘的，女人端出一盆盆熱水、麵條、大蔥餃子和一些高粱酒。男人馬上高談闊論，敍述他們的戰績，糾正或補充別人的說法，女人則擠過來聽，還問問親友的消息。

日本人像網中魚，被逮了個正著。除了衛兵，他們全在一間大宅裏呼呼大睡，那兒本是一家富戶的住宅，後來改爲學校。攻擊者撲到衛兵身上，默默用大刀殺死他們，然後分幾個方向衝進屋裏。戰鬥七、八分鐘就結束了。很多日本兵一醒就被幹掉，連摸槍的時間都沒有。有些人跳出窗口，被村民奪來的機關槍射中了。有些人想游過運河，卻被岸上的一組人打死。奉命救人的小隊憑女人的尖叫聲找到了她們。除了春姑母女，她們都睡在一個房間的地板上。

響尾蛇四處搜索，在暗夜裏呼叫春姑。大家找到她，她說她一聽到槍聲，就拖著母親往外跑——爬過牆頭，向邊門跑去。「我抓起一根長柄叉，也弄不清楚是哪兒抓來的。一個日本兵正向我衝過來。『你這個王八蛋！』我說。『今天看我的了。』我在暗夜裏亂刺一通，我想我叉中了他的咽喉。他像老鼠一般窒息了，呼呼直喘氣。我覺得那老狗的鮮血噴到我身上。」

另外一個壯丁插嘴大叫大笑說，「是啊，然後她罵我們，『你們怎麼不告訴我你們要來？』她說。『我可以在裏面多殺幾個。』」

這時候響尾蛇走進族長家，春姑母女也跟在後面。他肩膀受傷紮起來，太陽穴也有一道傷口，被雨水沖得乾乾淨淨。

媚玲好奇地打量春姑。她是一個年方二十二、三歲的少女，面色黝黑，不難看，但是只穿了一件破舊的黑衣。衣服和手上都沾滿鮮血。

接著族長的姪女也跟她丈夫進來了。她女兒由廚房裏衝出來，伏在母親肩上痛哭。母親揉揉眼睛說，「沒想到我們母女還能再見面。」大家都很高興，族長也樂得發抖。

「老伯，我的十斤好酒呢？」響尾蛇叫道。

「別擔心！有一整罈哩！」老人說。

「就算我現在喝不下整罈，也要請大家，」響尾蛇大吼。「記住，我還要牛肉哩。」

獲救的女人被帶進屋裏，她們說出這幾天的遭遇。

「春姑真勇敢，」其中一個說。「她咬了一個日本兵。」

「她用長柄叉殺掉一個，」響尾蛇說。

「是的，」那個女人說，「不過我是指兩天前的一個晚上，有一個日本兵叫她替他洗腳的時候。」

「怎麼不呢？」春姑說。「想想我的心情。我跪在地上端著一盆熱水，那個日本兵大笑。

我抬頭說，『你笑什麼？』那個日本兵用腳踢我的臉。我怒火中燒。我繼續幫那老狗洗腳，突然我再也控制不住了，就彎身咬他的小腿，他大叫一聲。但是他有什麼辦法呢？他不會殺我，我知道，因爲他要我陪他睡覺。他們的太太在家一定是跪下來替丈夫洗腳，再陪他們上床。咦，我是中國女人哪，如果他要我洗腳，他可得付出一番代價。」

隊長帶傷患回來，已經天亮了，醫生替他們洗傷口，敷上防毒的特殊藥石，然後用新鮮的藥草紮起來；他開了止血和強心的藥品給他們。兩位死者已經抬回家，大清早外面就聽見他們家屬的哭號。

隊長很累，把老彭的事情忘得一乾二淨，老彭則和媚玲、玉梅一起坐著，分享今夜的恐懼與歡樂。

最後他走向老彭說，「你看見我們同胞如何自衛了吧。」

「萬一日本人發現是誰幹的，跑來報復呢？」

「那就全看命運了。不過我們今天晚上擄獲了不少武器和彈藥，還有兩桿機關槍。你和這兩位小姐必須休息休息，今天下午就動身。等日本兵來，這個村莊就不是樂土嘍。」

下午隊長安排了兩頭毛驢和一位嚮導帶他們去楊村，送他們來的驢夫就回去了。

到了楊村，嚮導替他們找了一條小船，安排自衛隊警察的蒸汽艇替他們拖船，老彭付了五十元賄款。那天傍晚就到達天津。

兩天後，他們在報上看到他們歇腳的小村被燒的消息，不知道族長一家、響尾蛇，及他的心上人春姑，以及全村村民現在有什麼遭遇。

9

在天津一家旅館的房間裏，玉梅坐在地板上自鋪的床褥上。媚玲疲憊萬分，在床上睡得正熟呢。

兩天前他們抵達這兒，便在英租界大街的一家中國旅館內訂下兩個相連的房間。媚玲和玉梅住一間，老彭住一間。英法租界擠滿了難民，因爲這兩個地區在四周殺戮和流血的禍海中，自成一個安全的小世界。店鋪、飯館和旅社生意好極了。

玉梅的村子離天津只有三十哩，她以前卻從來沒有到過這個現代大都市。她丈夫曾答應有一天要帶她來，讓她看看水龍頭的流水和現代的奇蹟「自來」沖水馬桶。不管她丈夫如何解釋，她硬是想像不出沖水馬桶是什麼樣子。「萬一水不來呢？」她曾經自己暗想，卻不敢問她丈夫。這次諾言沒有實現，戰爭就降臨到她的村莊，她丈夫已經被殺了。

他們抵達的第二天，老彭帶她到一家店鋪，替她買了一件新棉袍。她抗議說，「彭大叔，這樣不好，會把我寵壞的，我們在鄉下三年才做一件新衣服。而且居然讓別人做好！」

老彭又買了一件新棉被，被面是格子的藍絲綢。他沒有說是給她的，他們回到旅社，老彭叫她鋪在床上，把原來的髒破被丟掉，她簡直嚇呆了。

「彭大叔！我打賭世界上再也找不到像你這樣的人了。不過我怎麼能丟掉我的舊被呢？還好好的嘛。」

最後決定暫時把她的髒被捲在角落裏。頭一天晚上她睡彈簧床，翻來覆去，覺得脊椎骨都要弄斷了。不管她睡哪一邊，斜度都叫人難受，軟軟的外國枕頭更糟糕。半夜她靜靜爬起來，把褥子鋪在地板上，才睡了一個好覺。今天早晨她忍不住坐了好久，享受豪華的溫暖，撫弄漂亮的絲被。她看看椅子上的新衣服。真像過年，她想。

她端詳過洗臉槽，親眼看見一管流出冷水，一管流出熱水的奇蹟。但是最妙的是電梯。她曾經藉口到街上好幾回，以便享受乘電梯的滋味。有一件事她很失望。她到過廁所，奇蹟並沒有實現，她坐上去，水沒有自動流出來。「我今天早晨要再試一遍。一定是真的，」她自忖道。

媚玲還沒醒。她起身溜出房間，回來很滿意。這次沖水馬桶生效了。

這一切更加深了她對媚玲的崇拜和忠心，現在她把媚玲看作主人，一切美麗和刺激的事物都和她有關。她進屋，媚玲還躺在床上，雙目緊閉。玉梅站在床邊看她。媚玲睜開眼。

「彭大叔起來沒有？」她問道。

「我去看看。」

「不用麻煩了。」

媚玲拿起電話找彭先生，說話懶洋洋的。「彭大叔……？你睡得好吧……？吃過早飯沒有……？好的，馬上。」玉梅佇立觀望，對這個新的奇蹟目瞪口呆。

媚玲起身扣好棉袍，開始漱洗，玉梅膽怯地說，「彭大叔真的不是你親戚？」

媚玲說不是，她又說，「怎麼會有這麼好的人呢？」

「世界上有不少好心人，」媚玲說。「你若看到了，千萬別離開他們。」

「我以為……」玉梅不講了。

「什麼？」

「我不懂。我不敢問，由你照顧他的態度，我以為你是他的親戚，或者他的偏房。」玉梅用禮貌的措辭來代替「姨太太」，媚玲不覺微笑了。

「別傻了。他是一個中年人，」她回答說。「你怎麼會這樣想呢？」

「你替他點煙。昨天你又買了一副新鞋帶給他，我看到你綁上新鞋帶，我以為……」

「喔，你真有趣。玉梅，我喜歡你。」

媚玲放下梳子，點了一根煙，穿著漂亮的拖鞋走進隔壁房間。老彭正在看早報，連忙站起來叫媚玲坐，但是她走到窗邊，凝視外面熟悉的街景。

「有沒有北平的消息？」她問道。

「沒有。」

他告訴她上海的戰況，以及日本猛攻的消息。如果大場失守，中國兵就得撤退了。他說他們必須盡早出發，萬一去不成南京，他不知道要怎麼到內地去。

他一邊說話，媚玲一邊在房裏走來走去。桌上有一壺茶。她自己倒了一杯，又倒了一杯給他。她看出他沒有刮臉。頭一天她曾替他買了一把安全刮鬍刀。

「你怎麼不修面？」

「我何必要修？」

「喔！」媚玲說。然後她看到他的床鋪還沒有整理，就上前替他弄好。

「不敢當，」老彭說。「旅館小弟會來弄的。」

「旅館小弟太慢了。這是女人的工作。現在房間整齊多啦。」

她弄得很整齊；這是他沒有料到的女性手筆。他記得她很想擁有一個自己的家。

「喔，」她說。「我昨天晚上買了一些杏仁粉。早上喝最潤喉。」

她叫來開水、飯碗和湯匙，然後打開那罐杏仁粉。

「你何不交給小弟叫他泡？」老彭說。

「他們不會泡。一定要恰到好處，不能太濃也不能太稀。我泡好你嘗嘗看。今天很冷，喝一杯熱飲料再出門也不錯。」

於是媚玲洗好杯子，放好湯匙，等開水送來，就泡了三碗放在桌上。

「要不要我端給你？」她說。

「別麻煩了，」老彭說著，到桌邊坐下來。他們叫玉梅進屋坐下，但是她端起碗，站著吃。媚玲很高興，老彭也感受著她女性服務的滋味。媚玲說，「如果我們和伯牙一起到某一個地方，只有我們三個人——還有玉梅，那不是太棒了嗎？」

「我相信你會變成伯牙的好太太，等你們結婚，我會很高興和你們在一起，我知道，」老彭溫和地說。

「伯牙是誰？」玉梅問道。

媚玲滿臉通紅。「她要嫁的人，」老彭替她回答說。

「什麼時候成親哪？」玉梅問道，他們倆都爲她的單純而發笑。

老彭說要去看看船期，問媚玲要不要一塊兒去，她說「不」。

「你要不要出去看看朋友?你一定有朋友在這兒。」

「是啊，我有朋友在這兒——不過我還是別去的好。你若要登記船票，用你的名字，就像住在這家旅館一樣。別把我的姓名告訴人家。這一點很重要。」

「我會記得，」他說。

他們住旅館的時候，她叫老彭寫下「彭氏一家」，她不肯去飯店吃飯，只有頭一天天黑後出去走了一圈。他覺得她的行爲很奇怪，但是沒有說什麼。他到船公司，發現有一條船兩天後要開，就以「彭氏一家」的名義定了座。

那天傍晚媚玲又出去了，說她要一個人走走。一個鐘頭後她兩手空空回來，老彭看出她臉色發白，就問她上哪兒去了。

「隨便逛逛，」她說。

「告訴我，你爲什麼不肯用自己的名字？你是不是怕誰？你不是怕日本人吧？這裏是英租界呀。」

她看看她房間的方向，玉梅遵照鄉村慣例，正打算早早上床，她就低聲說，「等她睡著，我再告訴你。船開之前，我不再出去了。」

她叫玉梅先睡，說她有話和彭先生講，然後熄了燈，到他房裏去。

他們東拉西扯聊了幾句，幾分鐘後她聽到玉梅的鼾聲。她開門看看外面，又鎖上門，關上吊燈，只留一盞罩燈在桌上。她叫老彭和她一起坐在沙發上。

「我告訴你我不想來天津，」她開口說。「戰爭爆發，我是由這裏逃走的。所以我才住在伯牙家，因爲我認識他舅母羅拉。我們是老朋友，我叫她替我保守祕密。這邊有人認識我，我不能被認出來。」

「我想一定有重大的緣故。你進屋時顯得很害怕。」

「確實很嚴重。我怕日本人——和漢奸。他們認識我。」

「你這樣年輕的小姐會捲入政治？」

「不。我怎麼會捲入政治？我告訴你，日本人到過伯牙家以後，我就不能回去了，所以我只好跟你走。我不能告訴伯牙，怕他誤會。」

「你還沒有告訴我是怎麼回事呢。」

「我會告訴你。我曾經和一個男人同居——以前我對你說過。我們相處了一年，我住在一幢豪華的公寓裏。他是此地一家工廠的老闆，對我很不錯。他父親做過滿清時代的道台，城裏有好幾間房子。他太太也許知道我的事情。不過他不在乎，開始帶我去戲院和飯館亮相，也帶我見見他的幾個朋友。有時候吃完飯，他會帶朋友到我的公寓來。」

「盧溝橋戰事爆發，他很擔心。他說日本人會佔領天津，他的工廠和產業都在中國城區內，他的事業會遭到毀滅。日本軍隊和補給品由滿洲分海路和鐵路運進來。他對我說：『看樣子是真打起來了。』他寢食難安，每次到我那兒都累得要命。過了一星期，他顯得很愉快，說一切都不會有問題了，『你怎麼知道呢？』我問他，但是他沒有告訴我。」

「於是他開始帶陌生人來我家，晚上就坐著聊天。我不喜歡這些朋友，不知道他們是哪兒來的。你知道有些人的臉色好像埋在土裏十年再挖出來似的。有時候我逕自上床睡覺，但是我不免聽到他們的話題，覺得很擔心。我懷疑他的朋友是漢奸，與日本人有染。我問他爲什麼不帶他們到他家裏去，他沒有回答。我叫他不要交這種朋友，他生氣了。他到北平一趟回來，開始提到皇軍。我問他什麼皇軍，他說，『當然是日本皇軍哪。』他說他們會給華北帶來和平與安全，這樣反而好。我顯得很驚訝，『你別管這件事，』他說。『我養你，花錢維持這幢公寓。我不希望你干涉我的事情。』他的一個朋友是大連人，誇口說他認識某某日本將軍。那隻肥狗！他們叫他齊將軍……」

「你不是指齊燮元吧！」

媚玲說，「可不是嘛，」這是她強調一件事最愛用的辭語。「他有一對山羊眼，一撇小髭鬚，面孔油光光的，連蒼蠅都沒法落在上面。」

老彭更吃驚了，大叫說，「咦，你該不是說你和梁……同居過吧！」

媚玲點點頭。「你聽過他？」

「聽過，」老彭說。「原來你也捲在裏面！」

「讓我告訴你。電報和信件開始寄到我的名下，崔媚玲收件，他叫我不要亂動。但是我動了。我偷看了幾封。有一封是王克敏由香港寄來的。我把信封黏好，晚上他來，我就對他說，『他到底參加了什麼勾當？你是在出賣國家！』他老羞成怒，怪我偷開他的信件。我氣得要命，就承認了。『那是寄給我的，對不對？』我說。過了一會兒，他態度軟下來說，『我需要你的幫助，如果這事成功了，我們會發一筆大財。我要娶你當太太，你會一輩子享受豪華的生活。你要用腦筋。中國不可能對抗日本。而日本人一定要用中國人來統治，這就是我們努力的目標，北平馬上要成立一個新的華北漢人政府。我若和他們合作，我說不定還會當天津市長哩。幫助中國人統治中國人又有什麼不對呢？』他發誓絕不離開我，要讓我快快樂樂。『你是出賣國家。』我說。『你為什麼要把我拖下水？』他說他不要我幫忙，只要我收下信件，不干涉他就行了。」

「我決心離開他，但是沒有說出口。我對政治不感興趣，所以就不再拆閱他的信件了。後來齊燮元親自帶他三十出頭的姨太太來。老梁要我對他好一點，他馬上要成為中國最大的人物了。

老齊盡量對我友善，我們四個人一起喝酒，他愈喝，愈是紅光滿面。老齊特別對我說話。他說，『等我當上中華共和國的總統，我們就不必擔心了。誰知道呢，也許滿洲國的皇帝會重上龍座，你會受封爲命婦。我認識皇帝，我會想辦法的。』他瞇起眼睛，想要笑，樣子比原先更醜了。彷彿他身體已沒有生命，只有眼睛發亮似的。我覺得他該躺在墳墓裏，懷疑他還在世上走來走去。那真像一場瘋狂的夢……」

「你怎麼辦呢？」老彭盯著面前的少女說。

「我不聲不響，直到有一天——八月十四日——上海戰爭爆發，全國都在打仗，我的良心再也忍不下去了。我收拾衣物珠寶，不告而別，化名住進一家旅社，等船去上海。每天都有謀殺和投擲炸彈的事件發生，愛國志士想殺漢奸，漢奸想殺愛國志士。我那家旅社有一位青年受傷，他的朋友來看他。我得知他們屬於一個鋤奸團。我進屋去，沒有說明身分，把公寓的地址告訴他們，說一個上鎖的抽屜裏有重要的文件。他們問道，這是誰的地址？我說是一個名叫崔媚玲的女人的。那天晚上他們去突襲那家公寓，一定拿到了文件，但是我換了旅館，所以不知道他們做了些什麼。我還在等船，兩天後我看到報上一條與我有關的新聞。上面說，某某的姨太太崔媚玲帶著珠寶和鈔票潛逃，警察正在找我。我真的嚇慌了，那時日本人控制了全城和保安隊。我是用真名買船票，輪船要過兩天才開。所以那天晚上，我搭火車到北平去……現在想起來還發抖。你摸摸我的手看看。」她照例熱情而親切地伸出手來，老彭伸手握住。上面冷汗淋漓。

「你是一個勇敢的女孩子，」他說。

「我一生都這樣，一次又一次陷入絕境。現在大家都知道我是他的姨太太，以爲我捲首飾潛逃。你曉得這是多壞的名聲！」

「警方和日本人也許以為你拿了文件，交給中國政府。」老彭停了半晌又嚴肅地說。「他們會以為你知道一切祕密。」

「可不是嗎？但願我知道。那些文件對我們一定很有用。但是我對政治不感興趣，兩周後他們之間有一個人在上海被殺。他們也許以為我促成了這件事。那些信件分由北平、上海、香港寄來，一定充滿有用的情報，可惜我一無所知。」

「那麼梁氏集團的人都知道崔娟玲的名字嘍，」老彭說。「也許我們中國人也在找你，和漢奸一樣。」

「我沒想到這一點。我當初告訴那個人地址，應該說明我就是崔娟玲本人。現在我要如何對人解釋呢？愛國志士也好，漢奸也好。」

「你太年輕、太單純，不該捲入政治陰謀。」

「可不是嗎，」她可憐兮兮說。

老彭站起身，激動地踱來踱去。他點了一根煙，用力吸著。

「從現在起，你對任何人都不能以崔娟玲的姿態出現，連我和伯牙也不例外。娟玲失蹤了，也許自殺了——她不再存在。你是彭小姐——你是我的姪女，你父親是我的哥哥，你十歲那年他就去世了……你叫什麼名字？……」

她突然把臉埋在手絹裏。

「我不是有意叫你傷心，」老彭把手輕輕放在她肩上。這一來更糟了，她像一般困境中的少女號啕大哭。

「彭大叔，」娟玲揉揉眼睛說。「我不知道怎麼辦……你明白我為什麼對伯牙無法開口……

只要他諒解，我不在乎別人說什麼……」

「你放心，」老彭說。「等我們在上海看到伯牙，我會對他說明整個的經過。你沒有錯，你做了愛國的舉動，他會因此而佩服你。你們不能相互猜忌。」

他的聲音很慈愛，她一輩子沒聽過這種聲音。

「我到他家，看到裏面安詳的氣氛，簡直像作夢——他的家人，他的祖先，他的大房子和老家具。我想像自己要是生長在這樣的家中，有他這樣的父母和親友，不知道是什麼光景。園中充滿浪漫氣息。我希望給他一份純潔的愛，於是我恨我自己。我對自己說，變成孤兒不是我的錯呀。但是我永遠不能告訴他整個故事。我提過我的第一次婚姻——就再也說不下去了。他並沒有擁緊我，說他愛的是我這個人。真的——真的男人不在乎這些嗎？」

「是的，是真的，」老彭柔聲說。「在愛情的眼光裏，你仍是純潔天真的。我是一個佛教徒。你聽過佛教名句：放下屠刀，立地成佛。以前的事情都不重要。世上誰沒有罪孽呢？佛家說『慈航普渡』。每一個人都有慧心，被欲念蒙蔽，卻沒有消失。那是智慧的種子，像泥中的白蓮，出污泥而不染。」

「你是佛教徒？」她詫異地問道。

「可以說是，也可以說不是。我對佛教哲理並不精通。我研究過世上的幾大宗教，它們的目標都是相同的——講慈悲，解救人類的苦難，那就是我的信仰。爲什麼觀音叫作『救苦救難大慈大悲娘娘』呢？我們若顯出慈悲心，我們就是觀音的一部分了。所以你要帶玉梅走，我很高興。那就是慧心。你的心很溫暖。」

「我希望伯牙是佛教徒——你這種佛教徒。」

「他很聰明。但是『慧心』又是另外一回事。那是瞭解和溫情……我們出生時忘掉的一盞燈，但是永遠存在……別擔心。我會替你找伯牙談談……你今天晚上到哪裏去了？」

「我去散步，忍不住到街角去看看我住過的舊公寓。窗裏沒有燈。那次突襲後，房子一定沒人住了。我一轉身，發現有人在暗處看我。我害怕，拔腳就跑——一直跑到大街上。」

她站起身，拿起熱水瓶，泡了一碗杏仁露給他，輕輕攪兩下。他吃完把碗擱在桌上。白色的乳液黏在他鬍鬚上，他用手去擦，但是媚玲擰了一條熱毛巾給他。

「有你這樣的姪女侍候也不錯，」老彭說。「你太寵我了。」

「你得替我取一個名字，」媚玲在他身邊坐下來。

「你建議叫什麼……？」

媚玲想起童年的小名「蓮兒」，但是她希望留給伯牙一個人叫。

「我希望新名字和我現在的名字相差愈多愈好，一個別人沒有用過的名字。」

他們提出幾個名字，不是太文雅就是太通俗了，有些好名字又似乎和她不相稱。

最後老彭說，「我想到了。『丹』是一個好字。那是你胎記的顏色。你就叫丹妮吧。」

「丹妮——丹妮，」媚玲說。「滿好聽的。」

第二天早上他們要玉梅叫她丹妮小姐，五天後他們抵達上海，她開始以老彭的姪女丹妮的身分出現。

10

媚玲和老彭離開北平那天，伯牙一早醒來，就想起頭一天晚上分手時，媚玲用手輕輕捏了他一下，還低聲說，「明天再見。」他低聲輕笑，想起她叫他打她的耳光，覺得很有趣，就躺在床上回憶他們去老彭家途中在暗巷裏談情說愛的場面。突然他想起分手前，她曾叫他送毛衣和外套過去。他匆匆起身到羅拉的院落拿衣服。

但是他一到大門。就碰到老彭的傭人，手上拿著媚玲頭一天晚上帶去的毯子。

「他們走了，」老傭人慢慢說。

「誰走了？」伯牙困惑地說。

「老爺和那位小姐。早飯後他們要我叫兩輛黃包車，說他們要出城去，他叫我把毯子送來給你。」

伯牙雙手抓住老傭人，彷彿要把他震碎似的。

「不關我的事，」傭人縮開說。「我怎麼知道出了什麼事？」

「他們沒有留話？」伯牙氣沖沖說。

「喔，有喔。老爺說他們到上海和你碰面。那位小姐也這麼說……」

「你怎麼不早說呢？」伯牙問道。

「少爺，你怒氣沖沖，不讓我開口嘛，」老傭人若無其事說。他講話慢吞吞的，使伯牙很不耐煩。「喔，對了，老爺說他要走了，不知道去多久，叫我別告訴任何人。」他停下來咳嗽了一陣，然後又說下去。「今天早上老爺很早出去，買了幾根油條當早餐。小姐還在睡覺。少爺，你若不見怪，我可要說現在的小姐們真能睡，太陽已經高掛在西廂的屋頂上……」

「快說！」

「我不是在說嗎？我說到哪裏了……小姐還在睡，後來她起床梳洗，我端熱水給她，所以我知道。」

「有什麼不對勁的事兒嗎？」

「沒有什麼不對勁，」老傭人說得更慢了。「我替小姐擺上早餐，老爺已經吃過了，這時候有一個人來找老爺，老爺到院子裏去見他……喔」——他提高聲音——「如此而已。小姐還來不及吃完早飯，老爺就要我叫兩輛車，他們就走了，就是這樣。」

「那個人什麼樣子？」伯牙問他。

「他穿著一件普普通通的藍布衫，他們低聲說話，他沒進屋就走了。」

「但是老爺沒說他們要怎麼去上海，我們在哪裏會面嗎？」

「誰知道，」傭人說。「他給了我一百塊錢，說他不知道哪一天才能回來。」

伯牙失去了耐心，暗罵傭人太笨，抓起毯子就進屋去了。

他愈想愈困惑。私奔是不可能的。天下人他最信任老彭，而媚玲頭一天晚上才發誓愛他。她的那句「永遠永遠」還在他耳中縈繞。他又快樂起來，用手摸摸她觸過的毯子，走到羅拉的院落。

他頓時恢復了理智。老彭是游擊隊的朋友。他一定知道有人會來搜查，所以逃走了。但是他們爲什麼不來告訴他一聲呢？而且，媚玲爲什麼要跟他走？她爲什麼不來告別，甚至不寫一張條子？

他進去找羅拉，平靜地說，「他們走了——媚玲和我的好友老彭。」

「去哪裏？」羅拉問道。

「出城去啦。到上海去。我不知道該作何感想。」

馮劍和馮潭都在房間裏，對這個消息十分激動。

「你們在玩什麼把戲？」羅拉柔聲說。「一定是你和她說好的。你騙不了我。」

「我和你一樣吃驚。我不知道出了什麼事。那個笨傭人什麼話都問不出來。」

「她的皮箱還在這兒哩，」羅拉說。

「不錯，昨天晚上她叫我送外套和毛衣去，他們一定是匆匆走的。逃走——我想。」

「我覺得像私奔，」馮潭冷冷地說，露出一口白牙齒。

伯牙沒有答腔，馮劍卻說，「不可能。她怎麼會和一個老頭子私奔呢？」

伯牙突然站起身，叫羅拉把媚玲的箱子拿出來，他帶著皮箱、外套和毛衣出去，一句話也不說。他直接走到瀦門車站。到了東四牌樓，被中國警察攔住搜身，街上的日本兵也比平常多。他坐在黃包車上，打開漂亮的皮箱，小心檢查裏面的東西。有的衣服——質料都很好——他看見她穿過，十分欣賞，還有幾件貼身的內衣，但是沒有首飾也沒有什麼特殊的東西。他找到一張媚玲十二歲時非常俊美的照片，旁邊的女人想必是她的母親吧，照片後面只寫了「慈母」兩個字。他的手指緊抓著曾屬於心上人的東西。

到了車站，他找來找去沒有結果。直等到中午的火車開了，他才黯然回家。一整天他都悶悶不樂。媚玲失蹤，不跟他們去上海，凱男很高興，但是她看見丈夫如此激動，不免說了些氣話，兩個人又吵架了。

直到第二天早上媚玲的信來了，伯牙才鬆了一口氣。

現在他急著離開北平，照計畫陪太太去上海，但是羅拉和馮氏兄弟也想一同南下，卻又拿不定主意，他們也因此耽擱下來。

五天後，下午時分，中國警察來搜捕媚玲。他們把天津警察的委任狀和一份電報拿給伯牙看。上面說：「據載天津某要人的逃妾崔媚玲拐帶丈夫的珠寶、現款潛逃。已證實她住在北平王爺園的姚家。應立刻加以逮捕，拘留審問。」

「你們一定弄錯了，」伯牙對警察說。「一定是同名同姓。前一段日子確實有一位崔小姐住在我們家，不過她四、五天前就走了。你們可以進來搜搜看。」

他們搜了一陣，經過一番哄騙和私下的安排，警察答應往上報說，天津的情報不正確，他們搜了半天，並沒有這樣一個人存在。

但是伯牙相信媚玲遭到了麻煩。他現在明白她反對自己將她的真姓名告訴日本軍官，以及她那天晚上堅持要走的原因了。她突然隨老彭逃走，理由也很清楚。聽說她當過別人的姨太太，真是晴天霹靂。捲走珠寶現鈔是逃妾最熟悉的罪名。但是不管她做了什麼，他仍然愛她。

警察一來，馮舅公嚇慌了，盡量想辦法安撫他們。他們走後，他大發脾氣，跑到羅拉的院子，用前所未有的態度對她說話，眼中充滿怒火。

「你們這些年輕人！你怎麼能帶一個下流女子、一個逃妾到我家來呢？如果在這兒被捕，我們就犯了窩藏逃犯的罪名。現在是和警方糾纏的時候嗎？我的煩惱夠多了。我想做忠實良民，你們卻把娼妓帶入我家。」

「爹，你不能隨便下斷語，」羅拉用冷冰冰的調子說。「我的朋友不見得就是他們要找的崔媚玲。就算是她，也未見得不是別人誣告她的。我們能相信天津自衛隊的警察嗎？」她的聲音愈來愈大。「她是我的老朋友，我碰見她的時候，她一個人在這座城市裏。我們這邊房間很多，我若不能請自己的朋友來作客，我可以回娘家去。」

她走出客廳，進入臥室，趴在床上大哭起來。

馮舅公很悲哀。他轉向兒子說，「你能怪我擔心嗎？要不是我對警方說了那麼多好話，我們也許還有麻煩哩。你去叫你媳婦靜下來，我不是存心冒犯她。」

事情過去了，沒有人再提起媚玲的名字。伯牙想多問羅拉一些媚玲的事情，但是他心裏忠於她，又不甘願向別人打聽心上人的資料。他要到上海見媚玲，讓她親口說出她的身世。

這時消息傳來說，中國戰線快要崩潰了，誰也不知道上海會有什麼遭遇。羅拉拿不定主意走。馮舅公希望子女留在家裏求平安。

「上海很危險，」他對他們說。「昨天報上說，國際區內有六個中國人被炸彈炸死，還有三個外國人和許多中國人受傷。孩子，我希望你們留在這裏。至少我們不會被炸彈攻擊。我不許你們去冒險。讓他們去看看是否安全。讓伯牙夫婦先走，如果安全，你們以後再走。」

他們把這個決定告訴伯牙，他心裏很高興。但是一切等待都漫無目標，船票又很難買。因此，過了兩個星期他們夫婦才到達上海。

日本人的「第四大進逼」終於失敗了。閘北附近兩個半月的戰鬥徒勞無功，敵人的攻擊更加猛烈。這不合乎一切軍事原則。根據一切戰爭法則，鋼鐵和血肉對陣，血肉應該會逃走。空軍、超級坦克、超級槍砲，尤其是海軍大砲的攻擊，應該毫無疑問贏得勝利。防衛早就該粉碎了。但是這一仗打了十個多星期，中國戰線還堅守著。日本人開始說中國人用「不公平」的自殺戰術。這是一位日本軍官氣沖沖宣布的。「根據一切戰爭手冊，」他說。「中國人已經敗了，他們卻不知道。」

基於兩個半月的經驗，日本人首次啓用第一次世界大戰中出名的「無聲彈幕」老伎倆。這次對準中國戰線中心的大場，如果他們能攻出一個缺口，中國人在江灣和閘北的右翼就被截斷了。砲彈一吋吋攻毀中國的防線。日本人佔領了郊區的小村子。大場的中國司令自知責任重大。大場必須不顧一切堅守住。大場被夷成瓦礫，一切壕溝和防禦工事都化成平地，士兵都堅守至死。一營營遭敵人突破，這是整個抗戰中流血最多的戰役，雙方損失都很大。

老彭和媚玲——現在是丹妮了——就在這一場戰火中到達此地。

丹妮不希望被看見，他們就在遠離戰火的外國區艾道爾第七街上，找到了一家爲中國旅客和中下層店主而設的小旅館，他們只租到一個房間。

第二天他們到柏林頓旅舍要伯牙的親戚留話給他。那間旅舍位在巴布林威爾路，是一流的旅邸，是一個中國人向外國店東買下來的。房客大都是中國人，也有少數外國人士。那邊還應用外國旅館的規則，小弟都穿著白衣，像喪服似的。

老彭和丹妮進去找伯牙的叔叔阿非。老彭仍然穿著舊棉袍和那雙沒有上油的皮鞋，腳跟又寬又低，門僮差一點擋駕，但是看到他身邊有一個衣著入時的小姐，才放他們進去。櫃枱邊的職員用電話通知了訪客的身分，他們就上了三樓。

阿非不在。他太太寶芬在房裏，和木蘭姑姑的曾家嫂嫂暗香在一起。暗香的兩個女兒也在，正和寶芬的兩個女兒玩得起勁呢。

老彭自我介紹。「我是姚伯牙先生的朋友。我剛從北平來。」

寶芬叫客人進屋。

「阿非不在家。我是他太太。這是曾太太，我的表嫂，襟亞的太太。我猜你聽過我們的名字。」

「這是我姪女丹妮，」老彭說。

然後寶芬介紹她十四歲和十二歲的女兒憶紅、憶珠，以及暗香的女兒十五歲的宛洛和八歲的宛然。

丹妮很興奮。她看過羅拉的家庭相簿，也聽說伯牙有很多迷人的姑嬸。寶芬的美貌、衣著和儀態有一點嚇住了她，但是暗香穿得很樸素，具有一種快活單純的氣質，顯得和藹可親。

「我曾在你們北平家裏接受羅拉的招待，」丹妮說，「聽她提起過這些迷人的親戚。」

宛洛是四個孩子中最活潑的一位，她連忙和妹妹宛然衝進隔壁房間，激動地對父親曾襟亞和哥哥宛平大叫說：

「有朋友從北平家鄉來，過來嘛，爸爸。」

「還有一個小姐，」宛然說，「她有一頭漂亮的鬈髮，說話的聲音很好聽。」

襟亞正在教兒子中文。宛平今年十八歲，是一個謹慎、聰明、習慣很好的少年，他幫忙家裏管帳。孩子們拖著父親進屋，等大人介紹。

丹妮喜歡這些孩子。他們都很漂亮，寶芬的女兒承襲了母親的容貌，但是宛洛活潑頑皮，最吸引丹妮的注意。孩子們立刻帶來了快樂、舒適的家庭氣氛，那是她夢寐以求的。

老彭和大人講話，丹妮就陪女孩子們聊天。宛洛起先很害羞，只回答她的問題。但是她天生尊崇美貌，就自言自語說，「是寶芬舅媽漂亮呢，還是這位新來的小姐？誰是第一名？」因爲她心中早就把寶芬列爲「第一」，木蘭嬸嬸「第二」，沒有決定誰是第三名。有時候爲了忠心而把母親列爲第三，暗香卻說她不配。現在她的排名完全破壞了，她一直盯著丹妮。最後她鼓起勇氣，問到他們此行的經過，於是丹妮有機會描述河西務的戰爭和響尾蛇的故事。

小孩子充滿敬畏。「響尾蛇是什麼？」她們問道。

「嗞——嗞——嗞！牠的尾巴先拍幾下才攻擊你，」丹妮揮了一下手臂說。

這個聲音和手勢太精彩了，大家的談話都停下來，丹妮告訴孩子們這段刺激的經過，其他的人也注意聽。午夜的毛毛雨……黑廟的聚會……響尾蛇臨行的歌聲……黎明傷者回來，以及外面婦女哀悼死者的哭聲，造成了一個強烈而不可磨滅的印象，只有年輕的心靈才能接受。

「嗞——嗞——嗞！再說一遍，」小宛然說。

「嗞——嗞——嗞！」丹妮又用同樣的手臂再比一遍。

大家都笑出聲。現在孩子們和丹妮已混得很熟了。

小宛然盯著她頸子上的紅胎記。

「你這是什麼？」她問道。「我能不能摸一下？」

暗香的孩子就是這樣，學會了不怕大人。

「當然可以，」丹妮說道，彎身讓宛然一遍又一遍好奇地摸著。

「你摸摸看，」她對她姊姊說。

宛洛很想摸，又有點害怕。

「不要沒禮貌，」暗香說著，宛洛就沒有摸。但是那天晚上她躺在床上，真後悔沒有摸摸看。

老彭如果說伯牙和丹妮計畫在上海見面，或者說他們彼此有意思，都不太禮貌。他寧可說他和伯牙打算一起南下，但是城中局面突然吃緊，他們就分散了。他說他急著離開上海，只等見過伯牙才走。於是他要襟亞把他在張華山旅舍的地址交給伯牙，但是別告訴別人。

回到旅舍，老彭和丹妮一心等伯牙來。全國各地有錢的難民都湧到國際區和法租界，尤其是艾道爾第七街，連張華山這類的廉價旅舍也客滿了，包袱和皮箱，一直堆到天花板上。就連走廊尾端也租給人當臥鋪，外面艾道爾第七街的人行道則充作窮難民生活和睡覺的場所。

老彭在街上亂逛，到便宜的飯店和路邊攤子吃三餐。難民的處境堪憐。日本兵已攻破大場。戰鬥期間一直守住家園的村民現在湧入外國區，不知道該上哪兒好。男男女女寧可冒著機槍掃射的危險，越過傑士菲橋和馬克漢路，而不願在侵略者的通路上等死。長長的艾道爾第七街人行道很寬，吸引了這些羣眾。丹妮以前常陪母親去的「大世界娛樂中心」已變成大難民營，連水泥台階都派作睡覺的地方。找不到住處的人還在附近遊蕩，希望能分到難民廚房的施粥。

丹妮盡量不出門。她由旅舍窗口看那些悲慘的民眾，學會用老彭的眼光去觀察他們。他每次回來，總不忘記帶饅頭。丹妮看他回來，總是發現他把饅頭分給難民，他們會爲饅頭打架，老彭只好奔逃脫身，氣喘噓噓回到房間裏。

「總是強壯的人搶到，」他氣沖沖說。「弱小的人一點機會都沒有。有一個婦人帶著三個瘦巴巴的孩子——他們快餓死了。」

「我能不能拿東西給他們吃？」丹妮問道。

「你會被人踩死。玉梅，你比較壯。把這一塊錢拿去。到轉角的小店去買一塊錢饅頭——最便宜的。把籃子和毛巾帶去，小心蓋好帶回來。避開羣眾，趕快由邊門溜進旅館。」

玉梅帶回一籃饅頭，老彭就拿出毛巾，包了十二個，藏在他的長袍下。

丹妮和玉梅在窗口張望，看見老彭沿街走去，避開人行道，走了一段路，轉向那個女人和三個病童呆坐的地方。他很快偷偷把饅頭倒在女人的膝蓋上，轉身就跑。

一場混戰開始了。有些難民追趕老彭，有些人看到那幾位母子身上的十二個饅頭。那個女子被人推來擠去，卻以母獅的毅力抓緊饅頭，孩子們也尖叫奮戰著，最後丹妮看到那個女子保住了三、四個饅頭，其他的都被人搶走了。

「喔，她有沒有拿到？」老彭氣喘噓噓進來說。

「拿到了幾個，」丹妮說。

第二天，丹妮下去叫那個女子到旅舍的邊門來，但是要和她隔一段距離。

女人進屋，只穿一件不到膝蓋的破單衣。她認出老彭，拜倒在地。大家扶她起來，拿出一籃饅頭。

「盡量吃，」老彭說。

女人雙手顫抖，伸向饅頭堆。

「不用急，」老彭說，「坐下吧。」

他先把其他的饅頭拿走，逼她坐下。然後倒了一杯茶給她。

「喔，我不敢當。」老婦人說。「我的孩子……」

「先別管你的孩子，你先吃。」

「她病了。」丹妮說。

「病了？」老彭吼道。「她餓壞了，就是這麼回事。等她吃飽就沒事啦。你不明白饑餓的滋味吧？」他聲音突然又柔和下來。「不錯，只是餓壞了。」

「是的，只是餓壞了，」那個女人也呆呆重複說。

她吃飽了，大家送她出門，叫她把孩子送上來，丹妮會在旁門等他們。

他們每天都這樣做，老彭也用同樣的方法接濟別人，難民都不知道別人吃過了，也不知道救命恩人是誰。

丹妮天天等伯牙來，才過三天就不耐煩了，催老彭再去看他的親戚。但是老彭說，伯牙一來，知道了他們的地址，一定會來看她的。

這時候全上海都被孤軍營英勇抗敵的行爲所感動。雖然中國軍撤出了閘北；日本人佔領該區，第八十八師的五百多位弟兄在謝晉元團長指揮下，還堅守蘇州河北岸的四行倉庫。英軍和美軍當局一再答應讓他們到國際區避難，叫他們渡河解除武裝，這一羣勇士卻繼續堅守下去，日本人丟手榴彈進屋，孤軍營就由窗口伏擊日本兵。那是一幢鋼筋混凝土的建築，又在鬧街上，很難用大砲轟擊，日本人在附近屋頂上搭上架，好對它開火。

羣眾都由河岸的國際區這邊觀察雙方開火的情景，丹妮也和玉梅一起去看。卻正好看到一位中國女孩在槍林彈雨中沿河爬去，把一面中國國旗送給孤軍營。少女回來的時候，旁觀者呼聲震天。國旗升上了倉庫的屋頂，在藍天中隨風搖曳。一線陽光穿透雲層，在紅底藍徽上映出一道金光，象徵著中國人民輝煌的勇氣。丹妮不覺流出淚來。

她被這面國旗所感動，也被戴鋼盔的中國狙擊手和棕衣黑裙的女童軍所感動，心裏很爲同胞而驕傲，她慶幸自己逃出天津和北平。她比以前更愛中國了。

伯牙還沒來，老彭自己也不耐煩了。他們上次去柏林頓旅館，已經過了七天。他們自覺和阿非、襟亞不太熟，不好意思打擾他們，但是最後老彭終於打電話到那家旅館去。

「不，伯牙還沒有來。」

第二天他們又去找阿非，建議他拍一份電報。那是十月三十日。阿非答應拍電報，但是他說軍事電訊優先，一般電報也許要好幾天才能到。

丹妮每一個鐘頭都在等回音，這幾天下大雨，街上一片慘狀，難民跑來跑去找棲身的地方，也有人站在外面淋雨，使她的心情更糟糕。第四天，北平來了一封回電，說伯牙夫婦已在七日成行，大約十二日或十三日會到上海，船期根本不確定。

上海戰況改變了。經過七十六天的英勇抵抗，中國軍已在二十七日放棄了閘北。第二天早上敵人發現閘北一片火海。戰線已轉到西郊。

但是十一月五日，日本兵在杭州灣的乍埔登陸，眼看就要上來切斷鐵路以及中國軍在杭州的右翼。日本兵向淞江進發。中國人必須建立新的戰線，在太湖四周延伸八十五哩。對南京的交通更困難了。

老彭不知道該怎麼辦才好。如果他等到伯牙來，也許對內地的交通已經完全中斷，只能走迂迴的南道，那樣對老彭的生活水準來說又嫌太貴了。戰局移向內地，他不想留在上海。

戰爭確實會帶來奇妙的改變。因爲打仗，丹妮才離開天津舒適的生活，與老彭、玉梅湊在一起，而他們幾周前還是互不相識的陌生人呢。老彭愈看丹妮，愈覺得她會成爲伯牙的好妻子。她具有賢妻良母的一切小優點，她干涉他個人習慣的態度也顯出她是一個傾向正常的女子。她愛整潔，和玉梅一起把他們的小房間弄得清爽宜人，與外面亂糟糟的環境形成強烈的對比。她們以主婦的智慧，將小東西塞起來，將包裏收好；沙發永遠乾乾淨淨，他忘記關的熱水瓶，丹妮總是把塞子蓋好。他始終相信她具有溫暖、熱情的本性，可以做伯牙的好情人。她說要和伯牙找一個地方住下來，兩個人遺世獨立，語調中充滿熱誠，可見她是一個理想主義者。不過熱水瓶若老是開著，或者開罐器老是放錯地方，那麼世上的一切理想主義都沒有用處。

他們只有一個兩張床的小房間。女人全靠床簾來遮掩自己，但是旅舍為了通風，都用現代鬆鬆的床簾，作用並不大。只有晚上天黑了才真正看不見彼此，他們總是熄了燈才脫衣服，最窘的是玉梅。

白天老彭常常出去，在街上亂逛。他對衣食都不太注意，他的科學原則是餓了才吃。因為肚子不按時餓，三餐也就很不規則。有時候他很晚才回家，丹妮問他吃過沒有，他說吃過了，半個鐘頭後他肚子餓，才說他想起自己還沒吃晚餐呢。

他只有早餐比較定時，丹妮勸他每天早晨喝一杯牛奶，還親自看他喝下去。他老是嘲笑都市的奢侈，討厭現代生活的誇張，但是他曾計畫開酪乳農場，又讀了不少資料，對牛奶倒頗有信心。所以他早餐桌上總少不了一杯牛奶。

「別忘記喝牛奶，」丹妮常說。「我們不知道你白天吃些什麼。」

老彭大笑。「我白天吃什麼？別傻了。我們都吃得太多啦。一般人和乞丐的小孩吃什麼？我們的生活不對勁。你若做苦工，動來動去，真餓了才吃，你什麼都吃得下，食物也能消化成身體的養分……」

但是丹妮關心他的福利，他覺得很感動。丹妮常常用天真而尊敬的態度，要他早飯後用熱毛巾擦臉，還叫他站直，先替他刷長袍才讓他出去。

「我買給你的帽子，你怎麼不戴呢？」

「我從來不戴帽子。」

「說不定會下雨，你會著涼的。」

「別擔心。我沒有帽子也活了這麼一生啦，」老彭不戴帽子就走了。

「他好固執。」丹妮說。

不過事實上老彭也開始習慣了他所謂女人的「暴政」。丹妮經常倒煙灰缸，對他是一種沉默的譴責。兩位女士覺得先替他整理床鋪才吃早飯是她們的天職。她們負責洗衣服，每天早晨都向他要髒手帕。最初幾次老彭說他自己會洗，但丹妮說這是女人的工作。

「我們年輕，你應該接受服侍，」她又說。

老彭很高興有人尊敬他年高德厚，於是乖乖由長袍的口袋裏掏出髒手帕來。

「我聞他的手帕，就知道他頭一天吃什麼，」丹妮對玉梅笑笑說。「昨天他吃油條和燒餅——有油條的味道。前天他吃粽子——糯米還黏在手帕上。」

「他是一個好人，」玉梅說。

「是啊，但是很固執。我硬是沒法叫他去剃頭。」

「你們兩個都是好人。」玉梅說。「碰到你們算我有福氣。你應該嫁一個好丈夫。」

「你馬上就會看到他了，」丹妮微笑說。

「他很俊——又很有錢？」玉梅問道。

玉梅對她的婚事這麼關心，丹妮覺得很有趣。玉梅是一個壯壯的村姑，膚色健康，具有健康的本能。她談到婚姻，兩頰比平日更圓更紅了，眼睛也瞇起來。丹妮不讓她多想，又一再保證她肚裏的孩子是中國人，她就不再擔心了。丹妮花了兩、三塊錢買鞋襪給她，一時慷慨又給她買了一件新衣服。玉梅享受著空前未有的奢華。她對丹妮的一切用品都很好奇——她的面霜、摩登胭脂，還有一件她初次看到時非常不解的東西——奶罩。

「這是做什麼用的？」她問道。

丹妮詳細解說。「多年來中國婦女都像你一樣，把身子綁得緊緊的，不讓胸部露出來。」

「是啊！」玉梅說。「母親說我們應該這樣。」

「但是現在流行把胸部挺起來，又高又尖，」丹妮看到玉梅的眼光，遲疑了半晌。「男人似乎喜歡我們這樣，」她大膽說下去。「所以我們就戴奶罩，」她有些辭窮說。

「羞死人，」玉梅驚嘆道，她滿面通紅，羞愧欲死。「小姐，你是一個正經人哪。」

丹妮笑笑，「都市裏的正經小姐和太太現在也穿呀。」

丹妮正在洗奶罩，洗完交給玉梅，要她掛在火爐邊烘乾。玉梅接過來，彷彿這是世界上最邪門的東西，不安地看著它。

「我們不能讓他看見，」她說，「羞死了！」

那天下午，大雨傾盆，老彭到一間傷兵療傷的小佛廟幫忙去了。戰事現在移到上海西郊，和尚們都組織救護隊，由戰場上抬傷兵回來。老彭下午回家，頭髮和衣服都濕透了。

「把長袍脫下。我替你烘乾，」丹妮說。「來坐在火邊。你會重感冒的。」

她拖來一張椅子。奶罩還掛在椅背上。玉梅連忙抓過去，匆匆塞在枕頭下。「該死！該死！」她自言自語說。

老彭脫下長袍，丹妮摸摸，發現雨水已滲到夾棉裏了。她拿出一條毛巾，要他擦頭髮，看見他用洗臉毛巾擦腳，不覺嚇了一跳。

「你必須到床上暖一暖，」她說。

他乖乖上床，她替他舒舒服服塞好被褥。

「等雨停，我就要走了，」他近乎自言自語說。

「你不等伯牙呀？」丹妮詫異地說。

老彭似乎知道她的想法，就慢慢說，「你留在這兒等他，我不想困在上海。我臨走前會去看他的親戚，要他來時務必和你聯絡。你和玉梅留在這兒，不會出事的。我在漢口和你們見面。」

丹妮知道老彭帶她來上海，已經脫離了原有的路線，不好意思再進一步麻煩他。

雨繼續下著，街上大多數的難民都神祕失蹤了。只有少數人蕩來蕩去，無處棲身，知道哪兒都是濕淋淋的。老彭下床，在窗前佇立，看看下面的大道，一時想得發了呆。雨水打在窗框上，偶爾街車電線的火花會在他臉上投下一道紫色的光芒。他們不時聽到汽車的喇叭聲。

「一個乾爽的床鋪，」他嘆口氣對自己說，然後轉身回到床上。

女士們等他靜下來，才關燈解衣。

午夜時分，丹妮被臭蟲鬧醒了，她偷偷起來找手電筒。響聲驚動了老彭，他本來就很輕眠的。

「怎麼啦？」他問道。

「臭蟲，」她回答說。

「開燈吧。用手電筒找不到的。」

「我怕燈光會打擾你。」

「別管我。我也醒啦。」

她起身點了一根煙，穿著夾袍溜下床，坐在沙發上。

「我要跟你談談，」她說。她雙腳露在外面，忙拿起一件毛衣，盤起雙腳，用毛衣蓋住。

「你還是上床吧，否則你會著涼的。爐子已經熄了。」

「我想起一個辦法啦！」她說。「我今天晚上可以睡沙發。」

她再度跳起來，把被褥枕頭移到沙發上。玉梅在床上翻身說，「怎麼啦？」

「我要睡沙發。你睡你的。」

她躺在沙發上，蓋好棉被。身上還穿著夾袍，沒有扣，把枕頭立起來，半坐半躺，想舒舒服服和老彭談話。

「你真的要走，不等他啦？」她問道。

「是的。到漢口的鐵路已經中斷了。多耽誤一天，就愈不容易走了。」

「你答應替我向伯牙解釋的，」她說。

「我很願意這麼做，」他慢慢說。「但是你能把一切告訴我，也能原原本本告訴他呀。你可以說得比我更清楚，我知道伯牙，他會諒解的。」

「你也許不知道我害怕的原因。我想你沒有戀愛過。」

「我不知道，伯牙是一個了不起的人，但是他魂不守舍，虛擲光陰。他需要你這樣的妻子。等你們聚在一塊兒，他會快樂些……你留在這兒，有機會就去漢口。我能不能問你一件事！」

「什麼?」

「我仔細看過你，丹妮。你是伯牙的好女人，如果你們倆能遠走高飛，你有沒有想過你們要做什麼?」

「我沒有想過這一點。」

「爲別人做點事，不是爲你們自己，伯牙很有錢，幫助戰爭的受難者、窮人、痛苦的人、傷者、無家可歸的難民——你會贊成伯牙這樣做吧?」

「當然會。我想我的生活太自私了。不過我從來沒有機會呀。」

老彭抬頭慈愛地說，「伯牙婚姻不幸福，因此對自己和一切都不滿意。他說他無法想像他太太會隨他去內地。你知道我一向不同情自私的富人。說到他太太，這一點就夠了。伯牙的問題出在他的婚姻上。」

「你覺得我可以幫助他?」丹妮問道。

「是的。他需要你這樣聰明、甜蜜的可人兒。你可以使他快樂。別忘記他很有錢。我相信你會幫助他把錢花在正道上，用來助人——這是富人花錢唯一的正道。」

「喔，我答應，」她叫出聲。「再沒有比這更好的事了。那將是我理想的生活。」她的聲音充滿熱誠，老彭很高興。

「來，把手伸給我，」老彭說著。她由沙發上起身，伸出手去。老彭一把握住。

「我答應，」她又說一遍，坐在他的床沿上。

他握住她的小手說，「你的腳會受涼的。放在這兒。」他換換睡姿，她就把腿伸到他棉被的下角。

「你知不知道我正在幫一個女人搶別人的丈夫?」他說。「我爲什麼要這麼做?坦白說,是爲了民眾。伯牙是一個很不平凡的人,我閱歷很多,知道女人可以造就男人,也可以毀滅男人。女人也許是瑰寶,也許是垃圾。你會使他幸福,你會造就他。」

「你能確定嗎?彭大叔,」丹妮顫抖說。

「我能確定,」他現在鬆開手說。「但是男女間的愛情若不建立在愛人助人的基礎上,就往往很自私。丹妮,你見過街上的難民了。乘上千倍萬倍,你就知道內地的情景。這是有錢人最大的機會。有東西吃有地方住——這是無家可歸的人唯一的願望。一個乾燥溫暖的床鋪。還有什麼比這更簡單的?但是給他們這些——便是世上最高的幸福。」

老彭說得很熱心,聲音平靜而懇切,丹妮感動極深。

「大叔,你教了我許多以前不知道的事情。我只想到自己,你真讓我慚愧。」

「我沒有看錯你,」他說。

「我們在內地怎麼找你呢?」

「我要跟難民沿河上去。我只能給你中福錢莊的地址,他們會負責轉信。現在上床去吧。你不去想臭蟲,臭蟲就不會打擾你了。」

「我現在不在乎臭蟲了,」她高高興興說。

丹妮轉身熄了燈,摸回沙發上。他聽到她在暗處拍被子。

「彭大叔,」過了一會兒,她說。

「現在別說話。」

「我太高興了。你有沒有在廟裏禱告過?」

「我從來不禱告的。」

「我希望你爲我禱告。你使我覺得，我是世界上最幸福的女子。」

「菩薩會保佑你。現在睡吧。」

11

老彭十二月八日前往南京，第二天中國軍就完全撤出了上海西郊。丹妮和玉梅在旅舍送他，答應在漢口會面。丹妮要他寫信，他答應要寫，但不知道信件怎麼能寄到上海來。老彭心情似乎比外表更沉重，他盡量露出笑容，反覆柔聲說，「沒關係！我們會在漢口見面——在漢口。」天空已經放晴了，丹妮和玉梅站在旅舍門口向他揮別，最後他蓬亂的頭部和微駝的身子終於看不見了。看到這位中年人單獨離去，顯然要步行到戰區，她們都很感動，尤其想到他前去的原因，更加佩服。他走了以後，丹妮才知道自己和他在一起已經習慣了。

一周後，伯牙夫妻到達上海。凱男的雙親住在佛契街附近的一條小巷裏，房子還算舒服。那是一幢水泥街巷中的灰磚建築物，外表看起來很醜陋。房子太密了，二十戶人家住在一英畝的街巷裏。上海大多數富裕的保守人家都這麼住法，寧可四面擠滿鄰居，好求得安全感，卻不願住在市郊比較詩意而不太安全的地方。房子裏的陳設也很舒服，因爲凱男常常寄錢回家。伯牙受到闊女婿應有的一切禮遇，凱男的母親夏老太太把三樓最好的南廂弄給女兒女婿住。伯牙本來想住旅館，但是看到太太的娘家這麼費心，就決定暫時住下來。

夏太太對他非常誠懇。「伯牙，我三年沒看到你了，別說我的屋子不配你住。當然啦，這裏可比不上你們北平的大宅……」

「好的，我住下來，媽，」他回答說。

那天下午他陪凱男到柏林頓旅舍去看他的親人。

親戚見面，照例是一陣歡喜。襟亞和阿非兩家人擠在一個房間內，打聽北平的情形。三個女人同時說話，聲音又急又快，大家都一面聽一面說。這番交談就像網球選手賽前的熱身運動一樣，雙方同時發球，每個人都高興，有機會舒活舒活肌肉，才不管對方的球落在哪裏呢。原則是不斷活動，而不是合理的斷續。不管誰在聽，一連串字句穿過房間，如果有時間看到相反的聲浪，要第二次反彈回來才打得到。

「對呀，」暗香說。不知道「對呀」是新話題的開始，還是前一話題的延續，「你們沒看到我們目睹的情景。我們上岸的時候，河岸兩邊都有砲聲，天空充滿黑煙……宛洛，讓媽說，只有年輕人不害怕。宛平看到他表哥走，也想去從軍。兩個月前木蘭和莫愁都在這兒，親自送肖夫和阿通上前線。他父親拚命阻止他跟他們去……他才十八歲。你看他衣服都穿不下了，他已經開始幫他父親管帳……」

阿非建議男士們到襟亞房裏去。「到那邊我們才好說話，你們不覺得嗎？」

襟亞穿著簡單的長袍。他要伯牙坐扶手椅，自己筆直坐在書桌前的一張椅子上。

阿非坐在床邊說，「記得你的老朋友彭先生吧？」

「記得，他在哪裏？」伯牙急切地說。

「他上周來過，留話說他要盡快去南京。他說他姪女在這兒，還留了她的地址。你該去看看她，或者打個電話去。她住在張華山旅舍。是一個很漂亮的小姐，我想她名叫丹妮。」

「丹妮？」伯牙詫異地說。

「是的，丹妮。」

「她長得什麼樣子？」

「很迷人，很有趣。小孩子都喜歡她。她說她曾住在我們家，受羅拉招待過。」

「我明白了，」伯牙滿臉帶笑說。「住在我們家的女孩子——你說的，彭先生的姪女——名叫媚玲。但是我相信你講的是同一個人。一切都很神祕。她計畫跟我們南下，後來——她又改變主意，跟彭先生走了。她和日本人有一點瓜葛。不過我根本不相信。我有點替她擔心。我必須去看她，打聽彭先生是怎麼走的。」

他們談了幾件生意上的事情，伯牙就起身告辭。

「對了，」他對阿非說，「凱男相當不喜歡她。我會回來吃晚飯，但是別告訴凱男我去哪裏，你明白嗎？」

阿非盯著他笑了笑。

在另一個房間裏，男人才走五分鐘，凱男就起勁描繪媚玲駭人的故事。

「你們知道我們差一點和警察惹上糾紛？九月裏羅拉舅媽請一個朋友來我們家住。她很神祕，住了很久還不走。她名叫媚玲。她要和我們一起來，誰也沒法叫她或羅拉舅母說出她的身世。馮劍很迷她，我也看出伯牙和她眉來眼去的。你們知道他對女人的態度。她很漂亮，有一雙深黑的眸子，人又活潑，頸上有紅痣。」

「咦，那是彭小姐嘛！」宛洛說。

「什麼彭小姐？」凱男問她。「你們見到了？」

「我們都見到了，」其他小孩都大叫說。

「她是響尾蛇小姐。嗞——嗞嗞——！」憶珠說。

「讓大人說話，」暗香罵小孩說。「那是彭小姐，我可以確定。孩子們，她叫什麼名字來著？」

「丹妮，」宛洛說。

「什麼丹妮？她是崔媚玲。我不是說過她是一個神祕的女人嗎？她是一個逃妾，警察正在找她，」凱男故意壓低了聲音，還特別強調「逃妾」這兩個字。

「但她是一個很可愛的小姐哩！」宛洛插嘴說。

凱男繼續有聲有色說下去。「原來她改了名字！她走後幾天，警察到我們家抓她。他們拿出一份天津的電報，說她拐走了丈夫的珠寶和現鈔，我忘記是多少萬了。幸虧她當時不在，否則我們會在警方惹下麻煩。你們看，和這種女人打交道可真危險。誰都可以看出她是那種女人——不像良家小姐。我告訴你們，她不是彭先生的姪女。日本人搜我們家的時候，她嚇慌了，當天晚上就逃到彭先生家去。」

「喔！」寶芬對這一段閒話聽得如醉如癡。

「反正我喜歡她，」宛洛熱心辯解說。

「媽，」小宛然問道，「警察爲什麼要找那位說嗞嗞嗞的小姐？」

「她告訴我們，她和游擊隊一起住過，還打過日本人，」憶紅說。

「她怎麼會是壞女人呢？」宛洛抗議說。

「我不知道那種女人有過怎麼樣的遭遇，」凱男說。「她還在這兒？」

「我不知道，」寶芬說。「聽外子說彭先生已經走了。」

這時候阿非和襟亞回來，看到女人們正談得起勁。

「彭先生不是來道別，說他要去南京嗎？」寶芬問她丈夫。

「是啊，他一周前走了。」

「他的姪女還在？」

「啊，你們是在談她呀！她還在這兒。」

「她住在哪裏？」凱男問道。

阿非看看她說，「我不知道……當然啦，你一定要留下來和我們一起吃飯。伯牙出去辦點事情，等一下就回來。」

伯牙急著見丹妮，就搭計程車到她的旅館。櫃台人員告訴他，彭先生走了，但是他的家人還在。他上樓敲門，心跳不已。

玉梅來開門。

「我要見——呃——彭小姐。」

「她不在，」玉梅砰的一聲關上門。

接著門突然又開了。「不過你是小姐的朋友，對不對？」玉梅激動地道歉說。「請進，她這些天一直在盼你、等你。」

「你是誰？」伯牙問她。

「我和她住在一起。我叫玉梅。請坐。小姐看到你，一定很高興。」

「她上哪兒去了？」伯牙說。

「她出去散步。」

玉梅倒茶敬煙，他則坐在椅子上旁觀問話。他看不出她的身分，只知道她是鄉下姑娘。

「你和她住多久了？」

「我們從北平就一路在一起。」

她跑到窗邊看丹妮回來沒有，然後又返身站在伯牙面前，紅頰上掛著微笑。

「你是北平來的？」她說。

「當然。」

「你是彭先生的親戚？」

「不是，怎麼？」伯牙覺得很有趣。

「彭先生帶小姐南下，不是爲你嗎？」

「你怎麼這樣想？」

「喔，小姐說她不是彭先生的親人。我不懂。那他一定是你的親戚。真是好人，那位彭先生。」

伯牙對她的問話很不耐煩，但是她繼續說下去，他開始感興趣了。「從我們來後，」她繼續說，「小姐每天都在等你的消息。我聽他們說話，就在心裏幻想哪一種少爺有福氣討這麼漂亮的小姐。」

「喔，你失望了？」

「怎麼會！你們真是天生的一對。她嫁你這樣的少爺，也有福氣。你是不是政府官員？」

「不是。」

「小姐說你很有錢，住在一座大花園裏。」

「喔！只說這個？」

「嗯，你一定很有錢，沒有錢的人怎麼能娶她這樣漂亮的小姐呢？什麼時候成親？」

伯牙不太高興，沒有答腔，玉梅有點不好意思，就走回窗口去看丹妮。

突然她認出走廊上丹妮的腳步聲，連忙跑去開門。

丹妮一看到伯牙站在她面前，把手上的包裹甩到地上說：

「喔，伯牙，你來了！」

「蓮兒！」

他們擁抱相吻，玉梅滿臉通紅，笑咪咪的。

「她是誰？」伯牙問道。

「一個逃難的女孩子。我在西山碰到她，」丹妮說著，抓緊伯牙的手，拉他一起坐在沙發上。

「我等你真要等死了，」她說。「你住在哪兒？」

「我太太娘家。」

玉梅驚得發出一陣怪聲，伯牙看了她一眼。丹妮說，「玉梅，你出去逛一個鐘頭。我有話和姚少爺說。」玉梅紅著臉走開，顯得很失望。

他們靜靜注視對方的眼睛，立刻感到長期相思的滿足和未來歡聚的保證。

「喔，伯牙，終於見面了！你沒有忘記我吧？」

「怎麼會呢？」

「一分鐘都沒有忘？」

「一分鐘都沒有。」

她再度吻他。「你瘦了。」

「真的。告訴我老彭是怎麼回事？」

「他上星期去南京了……喔，別談他，只談我們自己。現在是開頭嗎？我再也不和你分開了。」她靠近他，對他說話也對自己說。「彭大叔告訴我，我們可以過一種理想的生活。我們到內地去，與他合作救難民。這是他現在要做的事情。他說他跟你談過了……我們要找一個地方——沒有人認識我們，我們不必管別人說什麼……」

「原來你都和老彭計畫好了。」

「是的。他說你同意他的作法，他說你很有錢，可以幫助貧民和無家可歸的人。那不是很快樂的生活嗎？你有多少錢？」

伯牙最討厭人家說他有錢，半個鐘頭裏他已經聽到第二次了。

「你爲什麼要打聽呢？」他漫無表情說。

「我以前沒想過這些。但是彭大叔展開了我的視界。錢可以做很多好事——幫助人。真可怕，我看到這邊街上難民的慘狀。」

「你說要談我們自己。現在你卻談那些難民。」

「我是告訴你我們共同生活會是什麼情景，那是老彭的主意。我們要到自己喜歡的地方——只有你、我和老彭。」

「你想得太遠了，」伯牙有些冷淡說。

「你不贊成？」

「我當然贊成。只是……一切並不那麼簡單。你真使我嚇一跳……蓮兒，你爲什麼要改名叫丹妮呢？」

「爲了安全。我告訴你我怕日本人。」

「我正要問你。你肯不肯老實答覆我？」

「好的，」丹妮發抖說。

她就怕自己有一天不得不說出她的身世。她早就對自己說，她能告訴彭大叔，也能告訴他。但是燈光必須很柔和，氣氛必須很恰當。如今他開口問，她心裏就害怕了。

「蓮兒，對我要老實。你當過別人的姨太太？」

她看看他憂愁的面孔，遲疑了一會兒才說，「是的。」

「你真的捲逃？」——他無法正視她，只好垂下眼睛——「和報告說的一樣——拐走珠寶和現金？」

丹妮生氣了。「當然不是。你相信我會這樣？」

「別生氣嘛，」伯牙不安地說下去。「我自己從來不相信。」

「是的，是的！」丹妮大叫說，「我逃了……我是一個姘婦……我告訴過你，女人做的事情永遠是錯的……現在你居然相信！」她泣不成聲。「我想告訴你一切經過，但是找不到機會。」

他從來沒看她哭過，說也奇怪，他並不喜歡。他愛她，但是她的眼淚使他心煩，因爲一哭就無法澄清他心中的問題了。

「蓮兒，」他柔聲說。「別哭……我全心愛你！但是你必須冷靜下來說話……」

她還哭個不停。「報上說我拐走珠寶和現金……你居然相信……」

伯牙彎身吻她。他知道和一個哭哭啼啼的女人辯論是沒有用的，最好的立論就是香吻和愛心。

「蓮兒——你一定要聽我說……不管別人說什麼，不管你以前做了什麼，我都不在乎。我愛你。來，抬頭看我。」

她睜開眼睛，用手去揉。她覺得自己帶來了壞的開端。她曾經原原本本把身世告訴彭大叔，卻想不起是怎麼說的。伯牙要她解釋，他的態度令人生氣，也令她失去了信心。但是她能對著老彭傾訴，在伯牙面前卻弄砸了，主要的原因是她不太重視老彭的觀感。她早就打算說，「伯牙，我不能嫁你。」於是她立場就強多了。但是她說不出來，因爲不是真心話。她想像自己把說了一半的故事接下去——她就是這樣告訴彭大叔的。她不知道一個人訴說身世的時候，聽者也和發言人一樣重要。老彭給了她自信心，伯牙卻不然。她早就覺得她可以向彭大叔坦承一切，他一定會諒解的。於是現在她只問伯牙說：

「你由哪裏聽說我是逃妾的？」

「我正要告訴你，但是你沒有給我機會。你走後五天，警察帶委任狀來抓你，指名要找崔媚玲。他們拿出一份天津自衛隊的電報。」

丹妮插嘴說，「你不能相信天津的警察——他們都是漢奸和日本人的走狗。就算日本人要抓我，難道我就這麼壞嗎？」

「蓮兒，我說過我不相信那些話。我只關心你的安全。事實上警方真的在找你。我知道這些，就替你擔心——不是我相信他們。所以我才想問你——好知道怎麼樣幫助你。我要你親口說出一切。你明白嗎？我的傻丫頭。」

伯牙的語氣很溫柔。他和以前在北平一樣叫她「傻丫頭」，她很開心，終於笑了。

「你不能懷疑我對你的愛情，」他又說。

「不，伯牙，我們不能互相猜疑，」她說。「我會告訴你一切。還記得你帶我到彭大叔家那天晚上，我們在暗巷裏發誓要永遠永遠相愛嗎？」

「嗯，我記得。你還要我打你的耳光哩。」

「你下不了手，」她快活地說。

「我寧可手爛掉，也捨不得打你。」

「喔，伯牙，你是我的愛人，對不對？是的，我要告訴你……」

「我不要聽。既然彼此相愛，對我又有什麼差別呢？」

「不過我一定要把一切告訴你。」

「以後吧，如果你願意，等我們結婚後再說。我不在乎。」

「真的沒關係？」

「一點關係都沒有。」

「喔，伯牙，我誤會你了……但是我現在一定要告訴你。我——當過——姘婦。我離開丈夫後，曾經和——好幾個男人同居……我覺得配不上你。我一想到你！就自慚形穢。我恨自己不能像其他女孩子，給你一份純潔的愛情。我暗想，我若嫁給你，你的家人和朋友會怎麼樣批評我們，我會拖累你……」

「蓮兒，別傻里傻氣亂想了。我何必在乎別人的說法呢？你從來不叫我說出過去的一切。我爲什麼要叫你說？我一生有過不少女人，你一生也有過男人。你當過別人的姘婦，我養過別的女人。我是不是該說出我和誰同居過？」

「不，以後吧，等結婚以後。」丹妮重複他的話說。她自在多了，就繼續說下去，「很怪，是不是？姘婦受人嘲笑。養姘婦的男人卻不會。爲什麼呢？」

「誰也不知道。」

「誰能改變這種情形？」

「誰也不能。」

她掏出手帕，伯牙接過去，替她擦眼淚。

「喔，伯牙，如果我沒有遇到你，」她說，「我想我永遠結不了婚。」然後她快活地說，「我們今天能不能共度黃昏？我要盡量讓你快樂。」

「我答應到旅舍和我的親人一起吃飯。」

「你不能說有事回不去嗎？」

「不，不行……可以，我要，我一定要！」他站起來，匆匆下樓打電話。

他剛出去，玉梅就回來了。

「小姐，」她說，「你哭啦？怎麼回事？」

「我太高興了。」

「但是，他已經結婚了？」

「是的。不過，玉梅！別多問啦，如果有人問你，你得說你完全不知道。」

「是的，小姐。」

伯牙回來了，高高興興說他已告訴叔叔，他飯後直接回太太娘家，叫凱男自己雇車回去。

他們走出去，玉梅問道，「你們要去哪裏？」

「你不要多問，」丹妮柔聲說。「你自己吃飯，我馬上回來。」

玉梅又微笑臉紅了。

伯牙帶丹妮到另一家旅館。

他們十點鐘回到張華山旅館，玉梅看見丹妮眼睛閃閃發光，臉上又美又安詳，正是相思債已了的表現。

第二天丹妮坐在梳妝台前梳頭，玉梅發現她對鏡良久，便走上去看她的紅痣。

「顏色沒變嘛，」玉梅說。

「當然沒有，」丹妮說。「這是天生的胎記。」

但是丹妮臉上失去了平靜，呈現出思慕和渴望的表情。丹妮覺得她彷彿失去了一部分自我。

下一周是丹妮最快樂的日子，伯牙和她在一起的時候也非常快樂。因爲他的親人已知道她的地址，他勸她搬入跑馬場附近一家旅舍的套房去，幾天後他也在附近另一家旅館租了一個房間。他們每天至少見一次面，不過有玉梅礙手礙腳，他們有時候到他的房裏去會面，他們把那兒看作祕密的幽會所。有時候他過來待一下午，有時候整個晚上都在。他如果早上也能來聊聊，她最高興，因為那天她就能見他兩次了。

伯牙是一個慷慨的情人，禮物送得很大方。他對女人的衣服很感興趣，最喜歡到雅茲路的大店給她買漂亮的晚禮服，她根本穿不了那麼多。他們很少一起出去。丹妮只帶來幾件最好的衣服，她常常一個人上街買料子。但是伯牙也買給她，總不忘記買花邊來配。有一件灰絨細料配上他精選的淡紫色花邊，效果好極了。他天生喜歡珠寶飾物，曾經大笑說，如果他需要工作，他會成為傑出的服裝設計家。他對女裝自有一套理論；很會分辨色調和衣料的觸感。他看都不看劣等貨一眼，就像好廚師絕不用壞肉一樣；只有最好的纖維能不變形，同時又能襯出女人的身材和姿態，這樣衣服和體態才能融合成完美的整體，衣服藉體態生姿，身材也藉服裝產生美感──兩者不同卻是不可分割的。衣料要好，但是珠寶飾物只用來增加效果，不一定要很值錢。相反的，丹妮卻只愛真珠寶，尤其喜歡好玉。但是伯牙的費心使她高興，她就大大方方接受了。

她沒有機會像照顧老彭一樣照料伯牙的需求。伯牙什麼都有，他個人的服裝幾乎無懈可擊。她和他深交些，就不再那麼怕失去他了，但是她也開始熟悉他的脾氣和心情，有時候他天真熱情，使彼此很親密。有時候他的心靈又似乎容不下她，這時她會靜坐好幾個鐘頭，他卻躺在床上或沙發上看書，「把收音機關掉，好不好？」他說著，她就關掉了。他書讀得很多，桌上總堆滿新書和雜誌。偶爾他會要一杯茶，她就起身端給他，他連看都不看一眼。

「我可以走了吧？」

「不，我需要你。」

「但是你正在忙呀。」

「不錯。我只要你坐在那兒，留在這個房間裏。」

「你看都不看我一眼，我留在房裏有什麼用呢？」

他甚至沒有答腔，繼續看書，她還是留下來了。

有時候他的腦子沒有其他事情，彼此就瘋一陣子。他會咬下幾口乾肫，叫她由他嘴裏咬出來，他會把她的黑髮攏到後面，雙手捧著她滿月似的小臉，輕輕撫摸她。她等待這些時刻，便忍受著他靜靜不理人的情景，這是女人愛一個男人所必須付出的代價。

她有點遺憾自己不像太太般照顧他；他的衣服燙得筆挺，皮鞋總是亮晶晶的，襪子沒有破洞，鈕扣縫得很牢，領帶配得很高雅，就連買手帕給他都毫無意義，他手帕太多了，又永遠乾乾淨淨的。但是有時候他會叫她綁襪帶、繫鞋帶、打領結、穿皮帶，他則像小孩般撫摸她。

有一次她發現他的面孔需要再修一遍，就叫他躺在床上，替他抹上面霜，用她柔軟的手指愛憐地搽勻，然後優哉游哉替他刮臉，直到他的面孔光光滑滑的，她的手一遍又一遍在上面揉來揉去。然後她坐在床邊，抓起他的手去摸他自己的臉頰說：「怎麼樣？」

「你是一個上等的理髮師。」

他把她拉過來，用臉去揉她的小臉蛋。「刮完臉，按摩一下，」她開始用嫩頰輕輕揉搓他的面孔，最後竟倒在他胸上睡著了。

伯牙是戰略家，具有完美的線條和形體感。他那一套女性身材的妙論使她覺得很好玩。有一次他們談到圖畫仕女像中的「美人肩」，由頸部慢慢下斜，而不是方方直直的。伯牙說丹妮唯一的缺點就是站得太直了，缺少一對「美人肩」。丹妮說削肩才不美呢。

「你不懂，」伯牙說，「我不是說你應該駝背，而是肩膀應該微微向前傾，這就是我所謂的圓削肩，和背部的弧度相吻合。女人整個身體都是曲線，自然而然交織在一起。背上的第一個弧度由頸部開始，第二個由腰線開始。這些弧度漸漸消失，和前面腹部的弧線融成一體。矮個子的女人身體一切弧線都以肚臍爲支點，高個子的女人重心則微微往下移，在道家所謂『不朽場』的區域內。」

「西方女人肩膀都是方方的，」丹妮辯解說。

「這話不假。我真的覺得我可以做一流的設計家，別笑。服裝設計是一門藝術，最高的造形藝術，以線條和形體感爲基礎，和雕刻有關——只是雕刻家用泥土，服裝設計家卻面對活生生的血肉和天賦的形體。真正的服裝設計家是不能用報酬來衡量的。他不能爲體態不引人的女子做衣服，就像真正的畫家不能畫沒有趣味的面孔一樣。有時候我在街上看到一個女孩，就會說，『嘿，我真想替她設計衣服。』理想的身材很少見，除了雙肩，你已接近完美了。」

「但是現代都流行這種肩膀，」丹妮更感興趣說。

「錯了。我說給你聽。女性美就像書法，不是美在靜態的比例，而是美在動態的韻味。太豐滿的女人也許很肉感，卻失去了活動的暗示，太結實的身子則完全破壞了這種感覺。我看到一個女人輕移蓮步，款擺前進，我就知道她具有完美的身材。凱男走路、站立的姿態簡直太可怕了。你見過最好的西方雕像吧。肩膀總是圓的，不是方方的。肩膀的弧線由頸部微微下斜，和背部曲線完全融合在一起……現在向下彎，輕輕的……記住那微妙的曲線由前面肚臍開始，在頸上的背面結束……喏，這就完美無缺了……別拉得太緊。四處移動，向旁邊、向前和向後動，只記住中心就成了。」

「你不是拿我當模特兒來實習吧？」丹妮放鬆說。

「不。你具有完美柔和的韻味。所以我才不願意看到太方的肩膀破壞了這份韻味。不過，喔，蓮兒，你真是十全十美。」

在伯牙眼中，她確實是一個完美的愛人。他對她愛心的侍候非常滿意，她卻不十分滿足。她和別的男人同居的時候，只要獲得伯牙給她的一半就夠了。現在這種愛情遊戲已嫌不足；這種愛情也不符合她的理想。旅館小弟已經認識她，她離開伯牙的房間，他們會對她說晚安，叫她「姑娘」，這是旅館應召女郎的稱呼，她不喜歡那種調調。

伯牙對肉體的愛情十分滿意，也很喜歡這樣的安排。他絕口不說離婚的事，她也不提。她是女人，她想的不只是感官的滿足；她想要一個永久的家，一種生活理想，甚至一羣孩子。他討論戰事，但只是心血來潮，不是對她說的；他對誰都會這樣說法，他眼中的戰爭與他們的愛情毫無關係。

她好幾次提起他們的計畫和將來。她結結巴巴向他暗示老彭說過的戰區工作的至高幸福。但是伯牙不感興趣。他甚至不贊成她帶玉梅來，因爲玉梅是他們調情的障礙，害他不能在她房裏與她約會。玉梅剛從鄉下來，天真未泯，對誰都一樣，還沒有學會都市傭人對主人的禮貌，又多嘴又好奇。

丹妮熱心描述老彭在街上給難民食物，最後不得不奔逃保命的情景。

「他就是這樣，」伯牙滿不在乎說。「你總不會叫我分饅頭給難民吧？告訴你，我喜歡老彭。但是我希望你不要常常提起他。」

丹妮覺得他提起老友，似乎有點自責的意味，就不再多說了。

但是她的不滿十分嚴重。她又過著姘婦的生活——變成她自己所謂的「私家司機」，而不是「開車的車主」。她第二次拜訪伯牙的女親戚也失敗了。

「我已經見過她們。爲什麼不能以老彭的姪女或你朋友的身分再去看她們呢？」

最後伯牙答應帶她去，她還買了幾樣禮物給小孩。阿非和襟亞不在家。寶芬和暗香的態度完全變了。她進屋的時候，連宛洛的目光也不一樣；臉上充滿遲疑和矛盾的表情。

「我碰到彭小姐，」伯牙說，「叫她一起來。她說她要再看看你們和孩子們。」

「我們現在不知道該怎麼稱呼她，」寶芬客氣而冷淡地說，「叫彭小姐還是崔小姐？」

「就叫我丹妮好了。我帶了幾樣小東西給孩子們。來，宛洛，這是給你的。」

宛洛上前，丹妮抓住她的小手說，「叫我丹妮姊姊好了。」

宛洛和一個「逃妾」——一個神祕的人物，她知道，因爲大人說過這些字眼——握手，覺得很困惑，很難爲情。但是她說「謝謝你，丹妮姊姊」，然後笑了笑。

然後丹妮又分給每個小孩一包禮物。做母親的人一再說她不該花錢買東西，暗示禮物是她強送的，並不受歡迎。

「既然丹妮姊姊帶來了，就收下吧，謝謝她，」寶芬對她女兒說。丹妮羨慕她，希望自己也能雍容華貴，高高在上。

「孩子們一直談起你，」暗香稍微熱情一點說。「你可別把她們寵壞了。」

丹妮想和太太們說話，但是小孩子圍著她，要她再談談旅途和游擊隊的故事。暗香靜靜聽著，寶芬則和伯牙說話。丹妮感受到她早已熟悉的「妻子的眼光」，她對孩子們說故事的時候，她們由眼角投來偶然而專注的一瞥。沒有人對她特別誠懇。伯牙說要走，她就隨他告辭，覺得她來這一趟簡直是自貶身價，她對自己常聽到的大家庭幻想也破滅了不少。最糟糕的是伯牙對這一點似乎渾然不覺。

他提議到外面吃飯跳舞。到現在爲止他們還沒有一起出來過，怕他太太的親戚看見。有一次他要她同上夜總會，她拒絕了。但是今天她倒沒有異議。

他們到一幢面對跑馬場的大廈二樓的舞廳去。雖然有戰爭，這裏倒比平常更熱鬧。整個上海都因爲有錢的難民而大發利市，東西貴了，店鋪卻不怕沒有人光顧。

他們在幽暗的舞廳側面佔了一個枱子。一隊菲律賓爵士樂團正在演奏。各色霓虹燈掩在嵌線裏，中間有一個多面的大玻璃球，不斷轉動，在舞池中的男女身上投下了細碎的光影。五、六十個舞女和兩、三位白俄婦人坐在內列，或者和男伴婆娑起舞。白俄婦人衣著和動作比較放蕩，吸引了很多人的注意。音樂每隔一小段就停一次，好讓舞廳盡量多賣票。這羣人和艾道爾第七街上饑餓的難民真有天淵之別。上海有兩種面貌。一個是貧民世界，他們四處遊蕩，在垃圾桶中找東西吃（**華北日報的一位通訊員曾經氣沖沖為饑犬在街上流浪，搜垃圾桶而抗議，不過她信裏沒有提到難民**）。另一面是華衣美食的上海，得意洋洋，連世故都談不上，正享受著外國租界的假安全，猜測戰爭的期限和中國貨幣未來的力量。而且上海戰爭已經結束了。那天蘇州挨了七百顆炸彈。敵人愈走愈遠了。

丹妮很沮喪，過了一會兒就說要走。

「咦，你今天是怎麼啦？」伯牙問她。「來，我們跳舞。我從來沒和你共舞哩。」

丹妮遵命站起來，扶著伯牙的臂膀。樂隊正在演奏一首藍調，燈光換成輕紫色。他們在微光下慢慢跳著，她的臉挨在他胸上。她跟得好極了，只有舞技超羣的人才能撐得那麼恰到好處。

他們回到座位上，兩個人又快活起來。

白色的燈光扭開了，觀眾都看看大廳，看看彼此。屋裏很暖和，有幾個舞女正用手帕搧涼呢。

一個穿西裝的胖子對伯牙直揮手。

「他是誰呀？」丹妮問道。

「我在北平認識的一個醫生。他正要開一家藥店，進口爪哇奎寧，賣給中國軍隊。很高明的賺錢主意，對不對？」伯牙話裏帶有輕蔑的口氣。

「我們也學到了一些經驗，不是嗎？」她回答說。「我看到報上說政府要召志願醫生。軍隊需要很多醫生。他們爲什麼不去呢？」

「好醫生已經去了，」伯牙說。「這是志願的事情，要由個人來決定。」

探戈開始了，只有兩對下去跳。其中一對是胖胖的俄國婦人和一個年方二十的中國瘦小子，他穿著晚宴服，油頭粉面，驕傲而熟練地在觀眾面前表演。

下一支曲子丹妮和伯牙也進去跳。他們正在跳舞，他看到她對人微笑打招呼，發現一個內排的舞女正在看他們。那個女子身穿白衣，面孔豐滿，嘴唇搽了厚厚的唇膏。她看起來比丹妮大幾歲。

「那是誰？」伯牙問她。

「我的一個朋友。我在天津當舞女的時候認識的。」

一曲終了，丹妮去找那個女孩子，邀她到他們枱子上來坐，介紹說伯牙是姚先生，她名叫湘雲，是這個地方的舞女。

兩個女人又談又笑，伯牙打量湘雲。她看起來二十八歲左右，其實也許有三十二歲了，具有成熟女子的風韻。雖然她衣著入時，由她拿煙的方法和一般文靜的動作，他判斷她是舊社會出身的。她的頭髮梳成舊式的圓髻，直接向後攏，編成低低的髮辮，仔仔細細盤在頸後——這種髮型通常要梳一兩個鐘頭。髮髻上插著兩朵小小的茉莉花。她的聲音低沉沙啞，彷彿沒睡夠似的。太陽穴下方的頰肉掩蓋了她相當高的額骨。

伯牙對她頗有興趣，就說，「這個地方好悶熱。我們請她到我們房間，你們再痛痛快快談一下如何？」

伯牙替湘雲買了十塊錢的舞票，她就可以脫身了，於是三個人來到他的旅館。湘雲叫老友「媚玲」，他們說她現在已改名叫「丹妮」。她低聲告訴丹妮上海小報上刊登的故事，丹妮說她是逃走的，但是事實的經過不正確。「姚先生都知道了，」她說。

「姚先生，」湘雲說，「她一向很幸運。她輕輕鬆鬆變成最紅的舞女。當然她那時候很年輕，不過這些年來她還是一樣漂亮。我這種人只好留在老窩裏。我有什麼指望呢？我馬上要變成半老徐娘啦。」

「別看不起自己嘛，」丹妮說。

「她該有好福氣。我在舞廳裏看到你，還以爲你不會認我哩，」她半對伯牙半對丹妮說。

伯牙看看她的腳。她穿著特製的摩登皮鞋，但是腳背很彎，腳型很小，一看就知道她小時候曾經纏過腳。

「時代變嘍，」湘雲繼續用飽經世故的口吻說。「你想我若能當姨太太，我會拒絕嗎？不過一切都變了。我小時候女人不是這樣的。賣唱的傳統改變了——甚至慢慢消失了。現在很多賣唱的藝人都轉到舞廳工作。十年前，賣唱的女人公開出來和陌生人跳舞，簡直要羞死啦。但是我們有什麼辦法呢？女學生和我們競爭。現代女人都公開出來，賣唱的藝人又爲什麼不行呢？以前良家婦女是一類，姘婦和名妓是一類，現在太太們也會穿會玩，和姘婦競爭。」

「你覺得不應該嗎？」伯牙笑笑說。

「應該，但是最糟糕的是她們現在連姘婦也不讓丈夫養了。又有那麼多女學生吸走了年輕男子，一切就愈來愈難嘍。太太和姘婦競爭，姘婦和女學生競爭。快要變成割喉戰啦。以前一個小姐和某一位男士發生關係，他非娶她不可，現在也不必了。」

「你覺得男人和一個女人有了關係，就應該娶她嗎？」伯牙問道。丹妮迅速瞥了他一眼。

湘雲說，「不管怎麼樣，總是你們男人佔上風。世界一片紊亂。爲什麼？不就是男人要女人，女人要男人嗎？女孩子長大不結婚會有麻煩，男孩子長大不結婚也會有麻煩。只有男人得到女人，女人得到男人，世界上才能平安無事……但是一切都愈來愈複雜了。就連良家少女也嫁不出去——我們更別提啦！你以前看過老處女沒有？現在到處都是。哪一個女人不想有一位男伴，完成終身大事？」

湘雲粗聲大笑，伯牙也跟著微笑。她停了一會兒又說，「說實話，我有點累了。我知道我不漂亮。我若當正妻，我可以容得下情婦，我若當情婦，我可以容得下正妻。沒有什麼適應不了的。」

伯牙靜靜打量湘雲。他喜歡這個女子單純的動物觀，尤其她說現代的太太會穿會玩，和情婦競爭，他更覺得有意思。他注意到她舉舉手拍頭髮，只有舊式女子才會這麼做。現在她靈巧地彈彈手指，每彈一下就發出清脆的聲音。

「我以前常看到我的珊瑚姑姑這樣彈手指，」伯牙說。

湘雲大笑。「七、八年前，我是把指甲剪短，學時髦的女生。後來我在電影中看到西洋女子也留長指甲。你會想，好萊塢做的事情哪一樣中國時髦少女不會做？依我看，東洋、西洋——都差不多。你去看電影，就會發現西洋女人也和中國婦女一樣，辛辛苦苦要保住她們的男人。事情永遠差不多。你看著看著，最後男女相聚，你才覺得好過些，知道世界上又太平無事了。」

他們聊到十一點左右，湘雲說她要走了。

「我不打擾你們，讓你們單獨聚聚，」她說。「不過，媚玲，你該給我介紹一個像姚少爺這麼好的朋友。你住在哪裏？」

丹妮把地址開給她。

湘雲走後，伯牙說，「這個女人很有趣。不過我以爲你不願意人家知道你的地址呢。」

「喔，告訴她不會有危險的。」

「我只是考慮到你的安全。至於我自己，我願意進一步認識她，你介不介意？」

「才不會呢。她已經告訴你一些男人永遠不會瞭解的事情。伯牙，我信任你。」

「你信任以前同居的男人嗎？」

「那不一樣……伯牙，我要和你談談，我不在乎你怎麼樣安置你的太太。但是我們要經常在一起，是不是？」

「當然，」他熱情地說。

出乎伯牙意料之外，她拿出兩塊紅綢來。

「我們要寫下永遠相愛的誓約。我留一塊，你留一塊，」她說。「這將是我終生的財寶。」

她坐下來寫，伯牙替她磨墨。那是契約型的正式誓言，先寫出雙方的姓名、出生年月日，然後說姚伯牙和崔蓮兒將永遠相愛相親，像鳳凰一樣，他們的愛情海枯石爛永不更改，還鄭重簽名爲記。

「除非有證人，這還不算合法，」伯牙簽名之後說。她提到玉梅，他說應該由律師來作證，一兩天內他會帶律師到房裏來，在他們面前簽名。於是丹妮拿了她那捲紅綢，和他吻別，就回自己的旅舍去了。

12

那天晚上伯牙回到太太家。他太太還沒睡。

「你身上有酒味，」她說。

「不錯。」

「你又跟女人出去了。」

「不錯。」

「我以爲你住在我娘家，至少會顧全臉面。」

伯牙繼續脫衣服。

「你住在哪一家旅館？」

「你用不著知道。」

「今天下午有一個人來找你，問你在哪兒，我甚至答不出來，我母親以爲我至少應該知道。

這不是太過分了嗎？」

「他要幹什麼？」

「我不知道。他說他會再來。」

伯牙看出她的眼睛紅紅的。她話還沒說完，自己喃喃念個不休。「我知道，」她說。「年輕人在上海就像饞貓走進魚罐似的。沒有妓女也有逃妾。」

伯牙抬眼看她，「原來你還在談這個問題。什麼逃妾？有些姨太太不喜歡一個男人，還懂得逃開哩。」

他的話裏帶刺。想到湘雲說太太競爭的那段話，他咯咯笑起來，凱男聲淚俱下，他卻繼續想自己的心事。

其實那天下午她母親問起伯牙，凱男已經哭了一場。她母親是一個好強的女人，便把一切告訴丈夫。但是夏先生是一個老秀才，不太習慣摩登的環境，又感激闊女婿帶給他的一切舒服的生活。他說話還用文言助辭，不愛用現代片語。此外他心裏也沒有什麼異議。

「自找麻煩也沒有用，」他對老妻說。「凱男雖如此說，女婿總是女婿。你想阻止他，年輕人終歸是年輕人。你阻止他和一個女人來往，難保他不去找另一個女人，你阻止他和那個女人來往，難保他不去找別的女人。有何妨呢？他不是很照顧我們兩老嗎？」於是問題就到此為止了。

第二天早上伯牙起得很晚。午飯後他想起自己答應找一個律師，就走出門去，告訴凱男他今天要走一整天。

他跨入巷道，一個方肩長袍的男子向他走來。後面有一輛新車和一個結實的司機。

「你是姚先生？」

伯牙點點頭。

「董先生要見你。」

「誰是董先生？」

「別管啦，上車吧。」

伯牙看看那位壯司機，以爲是綁票。他想溜，但是那個人抓住他的手臂說，「別怕。我們主人請你去談談。」

伯牙覺得他被抓了，也許要簽一張巨額的支票才能放回來。他盡量保持鎮定，上了車。那個人對他很客氣，司機穿著便服，面孔還滿愉快的。看起來很像是上海本地的勞工階層。

「怎麼回事？」他問道。

那個人說上海話。「董先生見了你，你就知道了。他派這輛車來接你，一定有重要的事情我們奉命行事，從來不多問的。」

汽車駛入法租界，在一間優雅的花園洋房邊停下來。守衛認出車子，便把一扇大鐵門打開。

伯牙現在不那麼害怕了。他聽過董先生，據說是中國黑社會最有名的頭領之一。三天前他才聽阿非說過，董先生是中國方面最活躍的人員，專掩護地下活動，也許董先生聽說他到上海來了，想要他捐獻工作資金。

一個穿中山裝、個子高挺的青年領他入內。董先生的辦公廳在樓下，佔了兩個相連的房間，家具中西式都有。牆上掛著八張書法。屋裏有一個漂亮的小姐和幾位祕書。董先生親自站起來迎接他，笑容坦白有力：

「這樣打擾你真抱歉，姚先生。但是有重要的事情等著你的忠告。」

「有機會認識你，非常榮幸，」伯牙說。

主人要伯牙坐下。他的態度揉合了中國舊式的禮貌和行動分子乾乾脆脆的率直感。他快步走向裏屋，對一位祕書說了幾句話。然後走回書桌，再度露出笑容。

名人董先生年方四十，留著小平頭，一邊說話一邊摸頭髮。他面色可親，顴骨中等，骨肉均勻。身穿一件藍棉袍，白襯衫袖子捲在袍袖外面。伯牙對他單純的儀表十分傾心。他是法租界政府的議員，對方沒有他根本無法執行法律和命令。他手下的黨羽確實參加綁票案。不過不知道背景，不可能瞭解這個祕密組織。這一類非法組織具有千年的歷史，在政治紊亂的時代產生，殺稅吏貪官，劫富濟貧，自有一套「江湖人物」的俠義規矩。結果董先生也變成上海最有力、最強大、最受尊敬的人物。他常常名列救災活動的領導地位，連佛教紅十字會也不例外。

董先生是蔣介石和許多政治領袖的好友。戰爭一起，他變成政府和外在世界最重要的愛國聯絡人，因爲他的擔保受到普遍的信任。他升上今天的地位，主要是他處事公平，對金錢又視如糞土。除夕夜他屋門大開，一堆堆鈔票放在桌上，誰需要誰就來拿。組織裏的下層人員則在公共澡堂裏接受分紅。戰爭爆發，他投身反漢奸工作，對政府幫助很大，他還負責刺殺過不少漢奸。後來他在上海和香港把最後一文錢也花在政治工作上。但是他需要錢的時候，隨便哪一位銀行家朋友都會樂意捐出一、二十萬來。

祕書拿出一疊資料。董先生接過來，叫他把拉門關上。

「這是一件調查中的事項，」他的國語還馬馬虎虎。他拿一份小報的剪輯給伯牙看，上面登著崔媚玲的故事。「你看過這個吧？」

「我聽人說過這個故事。」

「好了，姚先生，」他改用上海話說。「你也許聽過我的工作——在談判區除奸。我知道你祖父曾經慷慨幫助革命，當然我們都是中國人。兩周前，我們突襲一位漢奸的住宅，發現了這些文件。有些天津來的信件和電報用的是崔媚玲的名字。」

他說得很慢、很客氣，使伯牙有時間考慮要怎麼回答，他正在做決定。但是董先生繼續說下去。「我們也收到天津的報告，他們搜那位小姐的公寓，找到不少文件，表示她和南方的漢奸有聯絡。這個女人顯然逃走了。我們還看到天津警方的報導，說她曾經在北平你家住過。她現在可能在此地。她人在哪兒？」

伯牙第一個反應就是保護她，連忙說，「我不知道。」

「你怎麼認識她的？」

伯牙沒有機會說不認識她，只好說，「我的一個女親戚是她的朋友。她們一定是好幾年前認識的。不過她走了，我不知道她在哪裏。」

「請看看這些文件。我們必須找到這個女人。她是一個舞女。我們調查過了，但是這裏沒有人認識她。」

伯牙現在搞糊塗了。他不知道丹妮詳細的身世，只知道她矢口否認拐款潛逃，還說她同居的男人替日本人工作，她才逃走的。她要告訴他，他卻說不想聽了。他拿起文件，匆匆看了一會兒，有些電報和信件簽著媚玲的名字。主要是和幾個特別祕密人物的行動有關。只有日本名字一眼就看得出來。報告上提到要和日本人商量，在華北組織僞政府。文件中的一切對他完全陌生。他臉色發白，董先生也看到了。

「你知道這個女人對我們很重要。」

「也許是別人用她的名字當掩護，」伯牙說。他想起丹妮的話，又說，「小報不足採信。僞警察要找她，她不可能是替他們工作的。」

「那就看你由哪一方面來看了，」董先生說。「我承認，她很神祕。僞政府找她，也許因爲她躲起來了，而且知道他們的一切祕密，我們也是如此。反正證據在。我希望你和我們合作，不是和她吧？你肯不肯說出她的下落？」

董先生兩眼發光，眉毛稍稍豎起。伯牙知道董氏的名聲，心裏很害怕，但是他故作歡笑說，「董先生，你不是說我也是漢奸吧？如果我知道，我會告訴你。但是她突然離開我們家，神祕失蹤了。」

董氏轉身，叫一位祕書進來。

「姚先生，」他說，「請你幫我們形容她的樣子。」

「好的，當然，」伯牙說。他有點想說出真相。丹妮沒告訴他電報和信件的事，看到她的名字出現在漢奸的信函上，使他非常吃驚。他唯一的本能就是保護她，不讓她再有麻煩。一秒之間，他決定叫丹妮立刻離開本市。他的話已經收不回來了。所以對方問話，他故作鎮定回答他。董先生看出他猶疑的臉色和激動的口音。祕書準備做筆錄。

「她有多高？」董先生問道。

「以女孩子來說，她算相當高了。我沒有注意量過。」

「她長得什麼樣子？」

「很漂亮，很漂亮，」他回答說。他想起凱男，於是說話就流利多了。「北國佳麗，大眼睛，濃眉毛，塗指甲。我記得她的聲音有一點沙啞。」

「有痣嗎?」

「我沒看見。」

「頭髮呢?」

「向後梳,後面短短的,就是一般摩登的髮型。我記得她有一顆金牙齒。」

伯牙的創造力並沒有消除董先生的疑竇,但是他說,「姚先生,我很感激你。希望這份形容是正確的。你明白她對我們會有很大的幫助。我們必須揭發這個集團的活動。現在,我不多留你了,如果你想到其他有趣的重點,希望你來通知我的祕書。」

伯牙道謝告辭。董先生對祕書做了一個訊號,出乎他意料之外,他竟被帶入另一個房間,裏面坐著兩位紳士。

「我已經向董先生告別,我要回家了,」伯牙對祕書抗議說。

「董先生要你休息一下。請坐,這裏很舒服,如果你還有話對我們說,請過來找我。」

伯牙靜坐沉思。他覺得他答話很成功,但卻知道自己掩飾不了臉上的激動。這份暗示令他吃驚。他不懂丹妮怎麼會落到這一地步,但是他不相信她替漢奸工作。他不敢確定丹妮到董先生面前能不能澄清自己。他想起她過去的一切。她老是在逃避什麼。她是不是利用他做逃脫的媒介呢?他想起她對玉梅說他很富有,她自己也問過他有多少錢。也許他最初的懷疑是正確的。然後他想起她迷人的地方,心裏非常痛苦。

最後他進去對祕書說他要走了,但是祕書告訴他,董先生的意思要他多考慮考慮。

他待了足足兩個鐘頭。那是一間普通的會客室。傭人進進出出,還有各種各類的訪客。每次傭人給新客倒茶,總是替伯牙換一杯,還拿一塊熱毛巾給他,另一個房間電話響個不停。

四點左右，穿中山裝的衛兵進來說，董先生要用自己的車子送他回去。他走出屋子，好像每一個傭人眼睛都盯著他。

他回到家，告訴太太他不出去了。她看出他臉上的愁容，但是他不肯說是怎麼回事。晚飯時分，他出去打電話給丹妮，後來又改變主意，打到他住的旅館，他在那邊是以莊先生的名義登記的。他留話說，他最近幾天不來住，如果那位小姐來了，就叫她別等啦。

他出去打電話的時候，看到一位糖果小販坐在他巷口的人行道上。他一走過，那個人就迅速瞥了他一眼。這不是鬧街，他覺得在這個時間這件事有點蹊蹺。

丹妮整天都在等他例行造訪或者打電話來。晚飯後，她再也耐不住了，就到他旅館去。

「莊先生剛剛來電話，」小弟說，「他說他這幾天不來。叫你不要等他。」

丹妮嚇了一跳。他爲什麼連一個電話也不打給她呢？

伯牙待在家裏，苦思他要如何安置丹妮的問題。他退到三樓太太的房間，太太進來，他就假裝看書，但是她看得出來，他心情很沉悶。

丹妮的音容笑貌不斷激擾著他。他無法把這些姿態和她的行爲連結在一起。

第二天早上他決定去請教叔叔阿非，他十一點到達柏林頓旅舍。寶芬出去了，阿非把小孩子趕到暗香的房間，伯牙就和他討論這個問題。阿非和伯牙是姚家唯一的直系子孫；兩個人很談得來。阿非年屆四十，但是看起來很年輕，只有鬢邊有幾撮早熟的灰髮。「你爲什麼不說實話呢？」阿非說。「如果那位小姐是無辜的，她可以替自己澄清疑雲。如果她有罪，也不過受到應得的處罰罷了。」

「你不明白。」

阿非看看伯牙憂戚的面孔。

「我愛上她了，」伯牙坦白說。

阿非笑笑。「那你怎麼辦呢？」

「我不知道。我只知道我要讓她離開這兒。董先生很客氣，但是我知道有人監視我。」

「信任董先生吧，」阿非說。「他若不能由你口中得到她的消息，他會由別的地方弄到。」

「昨天晚上我們巷子外有一個推車小販，今天早上還在那兒，還有一輛陌生的車子停在我們家不遠的地方。」

「如果她被抓，你的謊話會讓你惹上麻煩。」

「只要她離開本市——她一直想去內地——她就不會有麻煩了。」

「你告訴她啦？」

「還沒有。我拿不定主意。我自己受監視，自然沒辦法幫她逃脫。如果她和我在一起被人看見了，只會給她添麻煩。」

「你自己對她看法如何？你相信她替漢奸工作嗎？」

伯牙停了半晌，相當困惑。「我昨天晚上就是想解開這個疑雲。她可能是被同居的男人當作掩護了。但是我愛她，別笑我。我是認真的。」

「你不覺得你太輕率嗎？」阿非用冷靜、商量的態度說。「你也許自以爲愛上了她，我覺得她很漂亮、很迷人。我知道你對凱男不滿。我是你叔叔，我勸你考慮考慮。如果是一般的女子，我不會看得這麼嚴重。但是這位小姐——我瞭解你對她的心情——具有可疑的記錄——警方、漢奸和鋤奸團都在找她。你說過，她在北平差一點給我們家惹上麻煩。你何不等一等——進一步認識她——再做決定呢？不知道女眷們知道這件事會怎麼說法。你不覺得你陷得太深了嗎？」

「但是我必須立刻想辦法。」

「你何不打電話給她，叫她自己解釋？你不想和漢奸有瓜葛。她剛脫離另一個男人。你若不相信她能對董氏集團證明清白，你自己又怎麼能確定她無辜呢？」

伯牙激動地踱來踱去。

「我想她自己能逃掉，愈快愈好。我要跟她說話。」

他拿起話筒，叫她的號碼。阿非叫他在電話上別講太多。

「喂，蓮兒！」

「喔，伯牙！你嚇了我一跳！怎麼啦？你找到律師沒有？」

「蓮兒，聽我說。我把那件事給忘了。蓮兒……聽我說好嗎？有件事發生了。你必須盡快離開本市……我不能見你……我被人監視了……電話裏沒法說清楚……不，我不能來……」

他聽到她嗚咽的聲音。「蓮兒，別哭……聽我說……你必須盡快離開上海……自己打算，」他繼續說，但不知道她聽見沒有。電話線上一片死寂。

「在電話上簡直沒法和女人說話，」他掛上話筒說。「我還是去一趟。我要冒冒險。」

「別去。你們說不定會雙雙被捕。如果你願意，寫信給她吧。這樣比較安全。」

伯牙靠在椅背上，懊惱地搔著雙臂。「你不懂，叔叔。我要娶她。我們發過誓了，現在我竟不能救她出險。」

「我不喜歡干涉你談戀愛，但這是唯一的辦法。你若去看她，只會害了她。而且又有什麼好急的？你已經決定娶她啦。」

「我不知道——我什麼都不知道——我硬是沒法思考了，」伯牙掩住面孔說。

於是伯牙寫了一封信給她，送出去寄。

「叔叔，」信件送走後，伯牙說，「我能不能問你一個問題——私人的問題？」

「什麼？」

伯牙默默向著地板。「紅玉阿姨死的時候，你是什麼心情？」

阿非的雙眼在灰白的鬢角間露出深深傷感的表情，多年來他一直把這份傷痛擱在心底。「喔，很難，」他慢慢說。「尤其在那種情況下。我不明白。我不妨告訴你，她是爲我死的。她的丫鬟說的。」

他停下來，聲音有些哽咽。

「我提起這件事，」做姪兒的人說，「只因爲丹妮對紅玉阿姨特別感興趣。她特別說要看，我就帶她去看忠敏堂的遺像。」

阿非雙眼一亮。「那張畫還在呀？」

「嗯。」

兩個人各自陷入沉思裏。伯牙提到紅玉，使他的戀史在叔叔眼中更加親切了。最後阿非終於說，「丹妮有點教我想起紅玉。定下心來等等看吧。」

他們不再提紅玉了，寶芬回來，發現兩個男人默默相對，彷彿見了鬼似的。

旅館小弟告訴她，伯牙不來了，丹妮悻悻回到住所，覺得很不對勁，整個晚上她都胡思亂想，希望聽到電話鈴聲。一晚過去，等待變成強烈的渴望，困惑和懷疑也產生了，她盡量安慰自己說，也許他正忙著找律師呢。

她已經習慣通宵等同居的男人，深知躺在床上幻想男人在別人懷裏的滋味，她簡直睡不著，迷迷糊糊睡一個鐘頭，又醒來聽腳步聲，在床上翻來翻去，心裏充滿渴望。

第二天近午時分電話鈴響了，她躺在沙發上，馬上興奮得跳起來。伯牙的話含混不清，很難懂。她掛斷電話，唯一的念頭就是他不肯來看她。女性的本能告訴她，他正在躲她呢。她對他的理由不感興趣；其實他也沒有說出理由來。然後她慢慢想起幾句話。他叫她盡快離開上海，要她自己打算。他爲什麼不來解釋一下呢？是不是前天晚上她叫他寫誓言，他想甩掉她了？因爲這次戀愛對她意味深長，因爲她毫無保留，甚至愚蠢地期望太多，她忍受的疑雲也就更大了。

玉梅看她倒在沙發上，泣不成聲。

「怎麼啦，小姐？少爺出了什麼事？他病啦？」

丹妮淚流滿面說，「我要走。我們馬上離開。我們自己走。」她不再哭了，把臉埋在沙發上。

她躺了很久，心裏想著那句話，「我不能見你。」其他的事情都忘光了。因爲她已經習慣他每天來訪，這突然的變化很難忍受，加上她的恐懼和疑心，一切就更嚴重了。她是不是對他表現得太賤了，現在他也像別的男人一樣，想甩掉她？這次戀愛在他眼中是不是逢場作戲？她只是他的另一個姘婦而已？她不能打電話問他，因爲他不來旅館，她根本不知道該到哪裏去找他。

她心中升起強烈的憤恨——基於她過去的經驗，她恨天下一般男人。

「薄倖郎！薄倖郎！」玉梅聽到她說。「女孩子把身心都獻給一個男人。等他滿足了，他就棄之如秋扇。」

「他說什麼？」

「他不來看我。」

「他怎麼能這樣對小姐呢？」玉梅怒氣沖沖說。「等他來，讓我和他算帳。」

「他不來。玉梅，我失敗了。我毫無機會。也許他的女親戚們說我的壞話。不過男人心最狠。女人只是他們的玩物罷了。」

「小姐，我聽說他結過婚，你還和他出去，我就很擔心。他是壞人，他欺負你。」

「你覺得他是壞人嗎？」丹妮半爲他辯解說。

「他已經結婚，這不是欺負你是什麼？」

「是啊，我瞎了眼，天下男人都不可靠，」丹妮軟弱地說。

「不是全部，」玉梅說。「彭大叔就是好人。」

一提彭大叔，她對男人的惡感稍微減輕了些。「是的，」她慢慢說，「我們到漢口去見彭大叔。這時候我們該收到他的信了。」

她起身打扮，但是一坐在妝台邊，樣樣都使她想起伯牙——他送的小香水瓶和玉別針——在他眼中像玩具似的——他喜歡的花邊，以及鏡中她自己的容顏。她閉上眼，還感覺他用特殊的方式聞她的臉蛋，感覺他的手托住她滿月似的小臉。一切都過去啦？她結論是不是下得太早了些？老彭那句「你們不能互相猜疑」又在她耳邊出現，彷彿他還在房中，他清新的話語還在空中縈繞。那天晚上她心痛如絞。半是激情，半是悔恨。

一大早她叫玉梅到張華山旅舍去，看看有沒有彭大叔的信件。玉梅滿臉帶笑回來，手上拿著兩封信。

丹妮一把抓過來。看一眼就知道是伯牙和老彭寫的。她先拆伯牙的信，滿臉發燒。上面寫道：

蓮兒妹妹：

有一件事發生了。我不能在電話中解釋。信裏也不好說明。但是相信我，妹妹，別瞎猜疑。準備立刻出城，去找彭大叔。遺憾我不能幫忙，但是你必須自己打算。我只關心你的安全。你要非常小心，別和陌生人說話。別去找湘雲。

連名字都沒有簽。丹妮初看時很高興，只是有點困惑。後來發現他沒有說出理由，更覺得他是在欺騙她，心中又產生疑雲和怨恨。

「上面說什麼？」玉梅急著問道。

「還是一樣，」她短促地說，臉上紅一陣白一陣的。

「你還沒看另一封信。彭大叔那封。」

丹妮已經忘了，現在她用顫抖的雙手拆開來，信是南京寄來的，簡單報告他一路的經過，逐日記下他到達各城的日子，南京政府人員準備撤退的情形，以及去漢口交通的困難。如果一切順利，他十二月可以到漢口，還勸伯牙和她一起去。他沒有忘記問候玉梅。

馬上要見到老彭，丹妮突然覺得寬慰，甚至有點快活。她把信讀給玉梅聽。

「再沒有比彭大叔更可靠的人了，」玉梅說。「我們在張華山旅舍不是住得挺愉快的？」

丹妮笑笑。「我們和彭大叔共度的那幾天不是很好嗎？」

「是的，只可惜你一天到晚坐立不安，等待你的少爺。我不喜歡你的少爺。他不和我說話。」

丹妮拿出一根煙來點。她看看打火機，突然想起是伯牙買給她的。她幾近怨毒地用力扳開。她突然想起湘雲。他信裏叫她不要去找她。也許他就是因此才躲避她的。

「玉梅，你想不想去看舞廳？」她問道。

「小姐，我聽說過，但是想不出是什麼樣子。」

「今天晚上跟我來。我要你作伴。」

頭一天伯牙老是對自己生氣。他回家時，發現牌照相同的那輛車子還停在附近。糖果小販走了，但是門口換了一個乞丐。那天晚上，出乎凱男意料之外，他竟帶太太全家出去吃晚餐。

第二天他想起湘雲，記得她知道丹妮就是崔媚玲，也知道她的地址。他憶起她在旅舍的趣談，決定找她出來，叫她替丹妮保守祕密。

他來到丹妮和他初次遇見她的舞廳。他找到湘雲，要她陪他跳舞，然後約她坐在枱子上。

「她呢？」湘雲立刻問他。

伯牙叫她不要聲張，只能叫她丹妮。然後隱隱約約告訴她，他專程來叫她不要洩漏丹妮的身分和住址。

「原來你就是爲這個來找我？」湘雲愉快地說。「好的，你可以信任我。」

他們再度跳舞。湘雲舞技不如丹妮靈活；她跟隨伯牙的步調，身子有點拖拖拉拉的。但是她很健談，他們坐著談話，消磨了很多舞曲的時間。有一次伯牙到盥洗室，穿過大廳，看到一個似乎在董先生辦公室見過的男人，他回到枱邊，低聲對湘雲說，那個人正在監視他。

丹妮十點左右陪玉梅進來。她們不想引人注目，就坐在門邊靠牆的位子上。玉梅滿臉通紅，吃吃笑個不停，呆呆看著她沒有見過的場面，丹妮則靜靜坐在角落裏，偶爾抬頭打量客人。幾分鐘後，她看到伯牙起身帶湘雲下舞池。她的心快要跳出來了。

「他在那裏！」她對玉梅說。

「哪兒？」玉梅問道。兩條人影消失在舞池的羣眾間。現在他們出現在舞池外側，一直講話，顯然玩得很快活，這次玉梅看到他了。

「壞蛋！」她喃喃說。她想站起來對伯牙大吼，但是丹妮把她拉回來。

「原來是這麼回事！現在一切都明白了。我們走！」丹妮說。

「你要走哇？等一下。我看他能不能這樣對付我們小姐。」

丹妮氣得發抖。

「別莽撞，」她說。「我不走。我要讓他知道我在這兒，看他見了我有什麼話說，你等著。我馬上回來。」

她站起身，走向大廳前側。伯牙和湘雲繞過來，離她只有二十呎。丹妮孤孤單單站著看他，四隻眼睛突然對上了。伯牙彷彿嚇了一大跳，臉上充滿困惑。但是他繼續跳舞。丹妮兩腿搖搖欲墜。

一曲終了，舞客回到座位上。丹妮突然有了憤怒的勇氣。她慢慢穿過大廳回到座位。走過大廳，伯牙的雙眼一直盯著她。

她剛坐下，就看到伯牙起身叫侍者。湘雲也站起來了。現在燈光大亮。丹妮看到他們走過擁擠的枱桌。她看到他再度轉身向她這邊望一眼，才走出門去。他在前頭，湘雲跟在後面，也抬頭看了一眼。

玉梅抓緊丹妮的小手，想看看結局如何。但是他們走近的時候，伯牙掉頭直盯著門口。他們必須經過丹妮座位六呎內的地方。兩個人都沒有看她，匆匆走過去。丹妮看見他們的背影由廳門消失在走廊外。

丹妮目瞪口呆，雙手氣得發冷發麻。她並不失望，只是充滿憤怒的烈火，以及愛情夢破碎的感覺。

「我們何不跟去？」玉梅問她。「也許他在外面等你呢。」

「讓他走！這個懦夫！」

樂隊奏起「聖路易藍調」。燈光放暗了，天花板上的大玻璃球一圈圈轉動，把各色光影投在擁擠的人潮上。丹妮聽到薩克斯風瘋狂的吼聲。

怒氣加強了她的感覺，她看到屋裏別人看不見的景象。他們活在一個瘋人屋中，裏面盡是旋轉的怪人影——弱小的影子戴著面具，把空虛掩藏起來，在眩人的渦流中轉來轉去。音樂也在毀滅的狂喜中發出空虛的尖叫。屋子像薩克斯風演奏家搖晃的雙腿，正在動搖倒塌。一切都像可憎的音樂，在她面前粉碎、震撼、尖叫、男人的鬼臉和女人的白臂突然縮小了，正像我們晚上熬夜太久，看到眼前房間的情景——一個投在視網膜上的意象，還沒有透過大腦的詮析。丹妮軟弱的雙眼也有這種感覺。大家都像沒有心肝的機器人，舞來舞去，只有她自己抱著一顆滴血的心。

一切都過去了，這種感覺使她產生奇怪的安詳感，彷彿暴風雨後平靜的海面。她就靜靜坐著，甚至沒想到她握著玉梅的手掌。一位男士把她當作等舞伴的女人，上前和她說話，她抬頭看他，只看到另一個怪異的人影。她瞪著他，他終於走開了。玉梅一直看著她，發現她喉嚨激動得哽咽了，現在才感覺她手掌恢復了溫度。

樂隊突然中止。一盞紫色聚光燈照在舞池上。五個漂亮的白俄女子走出來，身上幾乎一絲不掛。觀眾「啊」了一聲。玉梅站起來大叫說，「羞死了！」但是她一直站著。五個舞女旋轉了幾圈，然後在平滑的地板翻觔斗。她們站成一排，彎腰把手放在膝蓋上。最後一個女人張開大腿，把其他女子當作低欄，由她們身上跳過去，然後學別人彎在另一端。她們一個接一個跳——一堆移動、亂轉的白肢體，肉體在紫光下顯得很漂亮。最後一個高女人在末端站好，臀部比別人翹得更高，觀眾都發出一陣狂吼。下一位舞女想跳過她的背部，結果摔在地板上，觀眾叫得更大聲了。

這不是丹妮第一次看到可恥的白肢展覽。她知道人體美。但是現在她看到人類赤裸裸的獸性，剛剛又深感到瘋人屋的印象，於是她看出其中的愚蠢、無恥和缺陷，就像她過去生活的愚蠢、無恥和缺陷一般，那種感官的生活她太熟悉了。

「羞死了。不過很漂亮，」玉梅驚嘆說。

但是丹妮那一夜看到的幻影卻永世難忘。她感受到人類的悲劇。要知道人類的本質，必須看看赤裸裸的人體，尤其以激勵身心的觀點來看看羣體或大眾，丹妮現在就是如此。

「伯牙有一天會不會和那個高屁股的外國女人睡覺呢？會的，他會的！」她自忖道。她看出伯牙也是人，腿上長毛，是千千萬萬人類之一。

於是她找到了新的人生哲學。

「現在我們走吧，」她平靜的肅穆感使玉梅吃了一驚。

回到家，她拿出那塊和伯牙寫下情誓的紅綢，用火柴點上。她帶著疲倦的笑容，看它燃燒，丟入鐵爐裏。玉梅看著，不明白她的用意。

她開始當著玉梅的面前脫衣服。她們剛剛獨住的時候，她第一次這麼做，玉梅嚇得要命，不過現在已經習慣了。

「喏，玉梅，把這個燒掉，」她苦笑拿出她剛剛脫下的奶罩說。

「這也燒掉？」玉梅吃驚地說，然後她笑了，高高興興把奶罩丟入鐵爐裏。

「其他的呢？」

「也燒掉。」

玉梅走向丹妮的皮箱，高興得像孩子似的，把她的奶罩一一丟入火堆裏，邊丟邊念，「該死！該死！」

「人體應該穿得莊重些，」丹妮自語說。玉梅沒聽見。她正望著熊熊的火焰出神。丹妮突然覺得頭昏，喉嚨也哽住了。地板脹起來，她雙腿搖晃，一下子失去平衡，倒在沙發邊的地毯上。

玉梅轉身，驚惶失措，走向她大叫說，「小姐，小姐！」她抬起赤裸白皙又僵又暖又漂亮的身子，放在沙發上，慢慢在丹妮頭下墊一個枕頭，替她蓋上毛毯，跪在她身旁，一面啜泣一面聽她的呼吸。然後她扭了一塊冷毛巾，放在她前額上。她想灌她喝一杯溫茶，但是她的嘴唇一動也不動，茶水全潑在頸部和毯子上。

丹妮躺了十分鐘左右，玉梅握住她的雙手，輕輕揉她的鬢角，最後她終於恢復了體溫，然後她的呼吸正常了，眼皮開始掀動。

「小姐，」玉梅叫道。

她睜開眼。「我在哪兒？」她問道。她看看房間四周，發現自己躺在沙發上。她移動雙手，才知道玉梅粗糙的手指正抓著她。

「我在這兒多久了？」

「一刻鐘左右。小姐，我嚇慌了。」

「給我一點喝的吧。」

玉梅站起身，端了一杯溫茶來。玉梅把杯子放在她唇邊，丹妮再度碰到粗粗的手指。她看出玉梅眼睛紅紅的。

又有一些茶潑在她脖子上。玉梅拿了一塊毛巾，輕揩她的嘴巴和頸部。她掀開毯子，看見雪白的酥胸和紅艷的乳頭。玉梅臉紅了，丹妮突然發現自己沒穿衣服，也不禁滿面通紅。

「有沒有人看見我？」她問道。

「房間裏只有我，沒有別人。我沒看見是怎麼回事，只發現你躺在地板上。」

丹妮發抖了。「我做了一個噩夢。」

「什麼夢？」

「沒什麼。把我的睡衣拿來。」

「好的，你得上床躺一躺。」

「身子應該穿得正經些，」玉梅幫她穿睡衣。她自言自語說。

丹妮站起來，雙腿還搖搖晃晃的，於是她靠在玉梅身上。

「你是一個好女孩，玉梅，」玉梅把她扶上床，她說。「我做了一個噩夢，我在一間充滿棉被的園屋裏，棉被轉來轉去，一件塞一件，最後我都窒息了。全是毛茸茸的軟棉絲，幾百萬層，在我周圍轉呀轉的。我沒法呼吸，也衝不出去。後來棉被漸漸輕了，我往外逃，地球在我腳下移動，我跑啊跑啊，突然發現我沒穿衣服，很多男人都在追我。我迅速向前滾，簡直像溜冰，不像跑步，不久我滾到一個大水車上，身體黏住車輪，它一直轉動，我身體也向後滾，很多人看著我，有人笑，也有人欣賞我的肉體。但是我不在乎，輪子慢慢轉真舒服。但是我對自己說：『我得落在地面上。』輪子停了，轉到另一方向，我突然著地了，你猜我看到誰啦……？老彭。他穿著僧衣，正盯著我，但是笑咪咪的。我爲赤身露體而害臊，但是他拿一塊毯子包住我，我覺得又暖又舒服。我們一起上路，聽見水車在後面吱吱響。毯子很刺人，我鬆開，他對我說，『不行；蓋好。』我赤腳走路，路粗粗的，雙腳都流血了，我也一跛一跛的。我們到一座小山上，站在峯頭俯視山谷，他對我說，『看那邊。那就是孽輪！』我看到輪子轉動，中間有一個大大的『孽』字，還有很多女人綁在輪子上，跟著亂轉。我又看到谷裏有很多其他的輪子，都帶著女人轉個不停。『我剛才是不是也那樣轉法？』我問道。老彭說：『是的。』老彭的眼睛彷彿看透了我的裸體，我覺得羞愧，連忙拉緊毯子。然後有一陣寒冷的山風吹來，我醒了，發現自己和你待在這個房間裏。這夢不是很奇怪嗎？該怎麼解釋呢？」

「小姐，你剛才看到外國女人翻觔斗。該死！」

她這才想起今晚的一切。

「薄倖郎！薄倖郎！」她嘆氣說。

「別提他了。我說他不是君子。你燒掉的那塊有字的紅綢是什麼？」

「那是我和伯牙愛情的『鳳誓』。」她說到他的名字，聲音柔柔的。

「你不恨他嗎？居然這樣欺負你！」

「是的……我恨他，我們去漢口找老彭。我要問他孽輪的事。」

「我很高興你把『奶頭袋』也燒掉了。那種邪門的東西！」

「我也很高興，」丹妮笑笑說。

於是丹妮對她的身體失去了興趣。看到外國裸婦翻觔斗，使她的人生觀有了深刻的改變。後來她才透過老彭，看見了另一種人類大批裸體的景象——難民男女、小孩辛勞的臂腿，路邊餓死的婦人衰老、憔悴、僵硬的身子，少男少女屍身的四肢，幼童流血，跋涉的小腳，生前死後都美麗又可愛。但那是另一種美，兩種意象互相補足。她由俄國裸婦身上看到了人類的獸性，也在男女工人的粗手上，農家難民奔跑的腳跟膝肉和彎背上，以及傷者流血的四肢上，看到了人體的高貴性——不管是生病是健康，都很可愛、很珍貴。由嬰兒或少女垂危的喘息，她終於知道生命氣息的價值。直到那時候她才重新愛上了人體，愛上了生命，因為生命好悲哀、好美呀。

第二天她還在床上，電話鈴響了。

「丹妮……蓮兒！」

「喔，是你！」她說。

「我必須解釋……昨天晚上……」

「別解釋……」

「不過你一定要……」

她猝然掛斷電話。

過了一會兒，電話又響了。她遲疑不決，不曉得該不該去接，最後還是去了。

「蓮兒，你得聽我解釋……有人監視我……」

「這和我有什麼關係呢？別解釋了。」

「蓮兒，你在生氣……」

「你玩你的吧。我曾經是你的姘婦。現在我不當姘婦了，不侍候你，也不侍候任何人。跟湘雲去吧。她需要你……你不用怕看到我。我馬上要走了。」

她抬高聲音，然後把話筒摔下去。沒放對地方，話筒落在床頭櫃上，她還隱約聽到伯牙的聲音，尖銳得可笑。

玉梅拿起話筒大叫說，「你這隻豬，」然後啐了一口放回去。

「你用不著這樣子，」丹妮說。

「他是豬——他就是。」

「你好像比我還氣嘛。」丹妮笑笑說。

「小姐，你不該讓他欺負你。如果我是你，除非他答應娶我，我絕不讓他靠近。」

丹妮低頭沉思。「他也許會來——如果他真在意的話。」

「他來了，我就對他吐口水，」玉梅說。

丹妮情不自禁還希望他來。那天她在房裏等了很久，聽他的腳步聲，他的敲門聲，但是他沒有來。

第二天傍晚，她帶玉梅乘船去香港，沒有留話給他。她們在香港稍作停留，就乘火車到漢口，除了路上碰到兩次空襲，倒也沒有遭遇更大的艱險。

13

一九三八年一月五日，丹妮和玉梅到達漢口，南京在十二月十三日淪陷，足足有七十五萬居民離開了那兒。另外有數百萬人離開海岸，鄉村的家園，乘郵輪、帆船、汽車或步行沿河而上。這個內地都城的街上擠滿難民，士兵、童軍、護士、公務員和穿中山裝的政府人員。旅舍、飯店和電影院老是客滿，饑餓的男女——有些一看就知道是中上階層——日夜在街上流蕩。貧富都沒有差別。新年那天，有人看見一位上海來的摩登小姐站在碼頭上，向輪船下來的旅客兜售她的毛大衣，好換幾塊錢買食物。疲憊的士兵不斷穿過本城。很多女員工走來走去，有些穿童軍服，有些穿長袍，有些在值班，有些在尋找南京來時失散的親友。長江的渡船隨時坐滿了人，長江對岸的武昌也像漢口一樣擁擠。

歷史上最大的移民開始了。

數百萬人由海岸湧到內地，拋棄家園和故鄉，跋山涉水，在難以理解的敵人侵略中逃避大屠殺的命運。

敵人的鞭笞太可怕了。中國戰線在蘇州崩潰，迅速癱倒，過了兩星期，連首都也淪陷了。但是恐怖的不是戰爭、砲彈、坦克、槍枝和手榴彈，甚至不是空中的炸彈，雖然榴霰彈的衝擊、爆炸和吼聲相當嚇人。不是死亡、肉搏、鋼鐵互擊的恐懼。自有文明以來，人類就在戰役中互相廝殺。閘北附近的村民在幾個月的槍林彈雨中並沒有拋棄家園。但是上帝造人以來，人眼從來沒見過狂笑的士兵把嬰兒抛入空中，用刺刀接住，而當作一種運動；也沒有遮住眼睛的囚犯站在壕溝邊，被當作殺人教育中刺刀練習的標靶。兩個軍人由蘇州到南京一路追殺中國的潰兵，打賭誰先殺滿一百人，同袍們一天天熱心寫下他們的記錄。武士道的高貴法典也許能向那個封建社會說明這件事，別的民族卻不可能理解。正常的人不可能做出這種事來。連中古歐洲的封建社會也做不出來。連非洲的蠻人也做不出來。人類還是大猩猩的親戚，還在原始叢林中盪來盪去的時候，就已經做不出這種事了。猩猩只爲雌伴而打鬥厮殺。就是在文明最原始的階段，人類學中也找不到人類爲娛樂而殺人的記錄。

恐怖的是人，是一個民族對另一個民族同類所做的慘事，大猩猩不會聚攏猩猩囚犯，把牠們放在草棚中，澆上汽油，看它著火而哈哈大笑。大猩猩白天公開性交，但是不會欣然觀賞別的雄猩猩交合，等著輪到自己，事後也不會用刺刀戳進雌猩猩的性器官。牠們強暴別人妻子的時候，也不會逼雌猩猩的伴侶站在旁邊看。

這些事情並不是虛構的，因爲有人也許會以爲這是發瘋邊緣的作家最富想像力的傑作。不，這些都是中國抗戰和日本皇軍真真實實、有憑有據的歷史。只有歷史檔案和國際委員會的正式報告才有人相信，在小說中大家反而不信了。我們不談歷史，只談小說，所以暫時略去不談。但是我們對於日本人民族心理以及整個人類學所隱藏的現象，深感興趣。孟子說：「惻隱之心，人皆有之。」如果孟子說得不錯，我也相信他說得不錯，那麼日本人也應該有惻隱之心。但是我們現在有必要解釋人類的善行和惡行，一切宗教和哲學都主張人心惡念的存在。宗教假設有魔鬼，因爲魔鬼對宗教和上帝一樣重要，希伯來「善靈」和「惡靈」衝突的觀念是最典型的，基督教神學也把加馬萊和畢斯勃（Gamaliel and Beelzebub）情節化了。只有在特殊的時間和特殊的情況下，天使魔鬼混合的人類，才會完全失去羞恥心，被隱藏在心中的魔鬼完全控制住。異常和犯罪心理學，羣眾和民族心理學必須共同合作，把這件事弄個明白，可惜我們懂得太少了。

個人的性暴露可以解釋。但是日本皇軍具有武士道的傳統，居然在全世界面前公開脫褲子，集體手淫，卻以爲他們只在遙遠的亞洲都城南京暴露了自己，這又做何解釋呢？如何解釋日本皇軍——它的心智、意識形態、戰略暴行，消化不良的西方軍國主義和消化不良的中國儒術，移植在日本中世紀神道組織上所造成的惡果？日本官員看法如何？日本個人對自己有什麼觀感？爲什麼日本軍官不加以阻止呢？他們阻止得了嗎？還是他們抱著愚蠢的恐怖政策，鼓勵甚至強迫個人這樣做？這個問題太複雜了。「強迫性軍紀缺乏」不足以解釋魯莽，毫無感受不分青紅皂白的放縱、腐化和獸行。

我們可以回溯中國歷史上一個相同的例子，張獻忠嗜殺的喜好也到達瘋狂的程度。十七世紀初期明朝還沒有被清朝滅亡，就先因治理不當而陷入亂局，這個狂人佔領了四川，張軍手下把殺人當作信仰，寫下了中國歷史上空前絕後的記錄。除了狂人行動，實在找不出其他的解釋。年表上資料太少了，我們無法瞭解張獻忠心靈逐漸黯淡的過程。他也許遭遇過很大的不幸，也許愛情上受過大挫折，只能由他的口號中找到蛛絲馬跡：「天生萬物以養人，人無一善以報天，殺！殺！殺！殺！殺！殺！殺！」據說有一次他用砍下的女人小腳做成一座尖塔。他找不到最小的來裝飾頂尖。於是他想起自己的愛妾，在他所見過的金蓮中，她的腳最小。於是他叫人把愛妾的雙足砍下。他看到完成的小腳堆，開懷大笑，心滿意足，但是張獻忠爲什麼說人負天，他必須替天殺人呢？是什麼忘恩的大舉使他心智顛狂？難道是他最好的朋友奪去所愛，他要向全人類報仇？

但是張獻忠只想滅絕忘恩的人類。他殺人後並不指望親自統治人民，或者由傀儡來統治。他的瘋狂行爲局限在他自己的狂熱裏。其他方面他倒是正常的。他不想一面屠殺人民，一面建立「新秩序」。他殺別人，也自知會被人殺掉。他殺人狂笑，被殺的時候也大笑不已。

張獻忠愛亂殺人，所以他失敗了。太平天國也一樣，日本人也會是這樣失敗的。爲了逃避佔領區「新秩序」的恐怖，逃避日本人堅稱的「樂土」，四千萬難民放棄家園，逃向漢口新都，湧到內地去。

戰爭會給人帶來奇妙的改變。

對於數百萬難民，對於留在淪陷區的人，甚至對於住在後方看到無數人羣跋山涉水的人來說，戰爭代表一千種變化。沒有一個人生活不受移民、長期抗戰和封鎖的影響。很多人突然改變習慣，拋下熟悉的老家和舒服的日子，開始過路邊原始的生活。有些人不幸遠離了「文明」，有些人意外發現了新的價值，發現人類缺少了很多東西也能活下去，生活的要件其實少之又少。還有人發現了真正的中國，發現四千年來偉大的平民特性，發現學校地理書上所讀到的無垠土地、城市、高山、河流和湖泊。

很多坐慣私家車的學生竟有力氣跋涉一千哩的高山和深谷。電燈換成幽暗多煙的油燈，密集的巷道房子和電車換成農舍、家禽場和跨檻的地板，蒸氣熱換成沒有保溫設備的房間和泥地，氣油味換成稻草味，冷氣換成天然的山風和星空的奇景。連母雞孵蛋都沒看過的小姐發現她們若想吃雞肉，就得用發顫的小手割破雞喉嚨，拔毛宰雞；很多有錢人失去了家園和財產；很多人失去親友；很多人遭受到刺心瀝血的經驗。有些父母買不起全家的船票，只好留下一、兩個大孩子，事後永遠不能原諒自己。有些父母眼睜睜看著自己的小孩被人推下太擠的帆船和輪船，推入江心裏；他們不得不繼續前進，而這段回憶卻永難忘懷。戰爭就像大風暴，掃著千百萬落葉般的男女和小孩，把他們颳得四處飄散，讓他們在某一個安全的角落躺一會兒，直到新的風暴又把他們捲入另一旋風裏。因爲暴風不能馬上吹遍每一個角落，通常會有些落葉安定下來，停在太陽照得到的地方，那就是暫時的安息所了。

這段中國抗戰史和所有偉大運動的歷史一樣，銘刻在這一代的腦海和身心裏。五十年或一百年後，茶樓閒話和老太太聊天時，一定會把幾千個風飄弱絮的故事流傳下去。風中的每一片葉子都是有心靈、有感情、有熱望、有夢想的個人，每個人都一樣重要。我們此處的任務是追溯戰爭對一個女人的影響，她也是千百萬落葉之一。

丹妮變得太多了，碰面的時候老彭簡直不相信自己的眼睛。她到他的錢莊去，探知他目前正在對岸武昌替佛教紅十字會工作。她的面孔瘦削蒼白，眼睛比以前更深更黑。服裝也換成簡單的藍布袍。在這個戰時新都裏，太「俏」是不受歡迎的。她穿著布衣，寬寬的袖子掛在身上，她覺得很快樂，不僅因爲她不想招人批評，也因爲她已經感染了戰區的氣氛。穿上布鞋，她的步調也變了，她在武昌的泥地中走來走去，心中充滿昇華和自由的感覺。

不過改變的不止是她的外表。到漢口的路上，她一直很沮喪。玉梅看她白天躺在床上，身體好好的，心裏卻有病，好幾個鐘頭不說話，不知道她心裏想些什麼。玉梅問她某些實際的問題，丹妮老是說，「有什麼關係呢？」

她總覺得自己一直在窺視別人的花園，想進去，卻被無情地關在門外。寶芬和暗香的態度幾乎像伯牙變心一樣使她難受。她以前被別的男人甩過，但是她和伯牙的關係比較深入，和她想進古老大家庭的夢想連結成一體。最後的打擊不僅粉碎了她的希望，也改變了她對一切戀愛的看法。她再度失敗，而且以悲哀的決心承認失敗，不過她似乎也超越了愛情這一關。

在慘兮兮的火車旅程中，她們一直沒有睡好。直到漢口，她的精神似乎才甦醒過來。她們在武昌窄窄彎彎的石頭路上行走，到古黃鶴樓山頂附近的「佛教紅十字救難總部」去。老彭正忙著照顧傷患，聽說她們來了，連忙衝出來。他以老友分別又重逢的熱情來招呼她們。

「喔，彭大叔。你永遠是好心的彭大叔。」

「伯牙呢？他沒跟你一起來？」

「別提他了，」她低聲說。「我以後再告訴你。」

「丹妮，你變了。」

「是的，我知道我看起來像鬼似的。有什麼關係呢？」

「你一定發生了什麼事。你完全變了一個人。」

「真的？」

「是的，」老彭隔著大眼鏡打量她。「我在上海和你分手的時候，你很漂亮很活潑。現在你真美——真正的美。」他看看她含悲的黑眼睛。

她蒼白的面孔微微紅了。「我輕了不少。看看我的寬布袍。」她看看自己，笑一笑，卻是疲憊的苦笑。「別說我啦。你在這邊做什麼？」

「你知道，這是佛教紅十字會。我們盡量照顧難民、孤兒，也照顧傷兵。我們缺乏人手，缺藥品，缺錢，什麼都不夠。」

她面色一亮，熱心地說，「我依約來幫你，還有玉梅。」她抬頭看看他，又說，「我要向你學。」

「我很高興，」老彭筆直望著她說。他看得出來，上海的情緒經驗已經改變了她。離開北平的時候，他看出她眼中有悲哀的表情，但是現在更深沉，臉上有一股安詳的神色，使她充滿成熟女人飽經滄桑的美感。

他領她們穿過一間只有竹家具，沒有保暖設備的會客室。這是附近一間廟的廟產。幾本佛教雜誌擱在小桌上，牆上有木刻的花紋，敍述母牛轉世的故事，勸人不要殺生。後面的天井有一間小圖書室，一個和佛僧有關的佛家富戶住在樓下。他們穿過會客室到樓梯，爬上樓，老彭在不常用的閱覽室裏擺了一張臥鋪。除了客廳傳來的熱氣，房裏並沒有保暖設施。房門一開，就有一股冷風吹進來，但是老彭穿得很多，他說這樣並不辛苦。窗戶面對長江，前面半隱在一棵大樹後面。沒有床。老彭的鋪蓋放在木頭地板的一角。地板沒有加漆，灰灰的但是很乾燥。

「這是一個豪華的房間，我一個人住太好了。但是，」他低聲說，「樓下的人反對在這兒安插難民。我一直想帶幾個人來，我們每天都推掉很多難民——因爲地方、鈔票和食物都不夠。於是喏——我自己一個人享受這個房間。」

「我們若搬過來，有地方住嗎？」丹妮問他。

「我不知道該把你們安頓在哪裏，」他說。「但是你們可以住在對岸，白天再過來。」

他們下樓，舊樓梯在老彭腳下吱吱響。房子後門和廟宇相通，老彭帶她們進入廟裏。大廳和天井都住滿難民。孩子們在冬陽下玩耍嬉笑。佛龕下到處排滿褥子。很多難民用親切的笑容招呼老彭。有一個母親帶著三個小孩擠在石院的一角。母親懷裏抱一個嬰兒，她向老彭打招呼，移動了一下，彷彿要讓出一角座墊，就像女主人歡迎客人進屋似的。她的陶土鍋放在一個小泥爐上。

「你們還有米吧?」老彭問她。

「是的,大叔,我們還夠吃三天,」婦人微笑說。

「兩斤米你們四個人怎麼能吃四天呢?」

「我們夠了,大叔,」婦人辯解說。「小傢伙吃奶。我們很滿足。」

「你該多吃一點。我去給你弄些豆瓣醬,說不定還能找到幾兩醃蘿蔔,呃?」

兩個大孩子羞答答盡量掩藏他們的喜色。「來一些豆腐,大叔?」六歲的男孩說。

「你們這兩個貪吃鬼!」母親大叫說。「你們簡直像乞丐。」

「你會吃到豆腐的,」老彭向那個孩子眨眼說。

「他們是我的難民,」他們繼續往前走,老彭低聲對丹妮說。

「他們才來兩天。廟裏滿了,不肯收他們。這個可憐的婦人是老遠由宣城來的。我自己負責照顧他們。我不忍看他們母子被趕走,負責人說:『你若能替他們找到地方,就讓他們留下來。』我勸樓下的人家答應讓他們跟我住,他們不肯。喔,你看他們住的地方。又濕又有污水味,我打掃乾淨,讓他們住,他們就待在那兒了。」

三個人進入後廳,除了兩邊的十八羅漢,還有一個鍍金的大佛,約莫二十呎高。難民的包袱、衣物、水壺、飯碗堆在雕像的石基上。一個盤腿而坐的羅漢足尖上立著一個黑色的大壺。幾乎沒有通路可走,他們就立在門邊。老彭和一個站在角落裏的男人說話,玉梅則跪下來向佛像磕頭。她兩度站起又跪下去,磕完三次頭,她很高興,走向孤零零的丹妮說,「你不拜佛?」

「不,我從來沒拜過,」丹妮回答說。

她抬起頭。大佛半閉的雙眼似乎正由高處俯視她。也許她生性熱情,過度敏感。她一定見過那種眼光很多次了，也許上個月的事情使她產生了空前未有的理解力。

大佛眼瞼半閉，露出同情、諒解的部分黑眼珠。那是熟悉人類一切罪惡和愁苦，千百年來以又疏又親的眼光俯視愁苦世界的神明所有的眼光。佛像雕刻創造了神祕的同情眼神，夢幻般暗示了平靜的智慧，與寬潤肉感的唇部相配得出奇。面孔不硬不多皺；肉感、安詳，顯得女性化，甚至母性化，充滿熱情，像基督教的聖母而不像救主耶穌。大佛臉上有同情，眼裏有智慧，安詳中自有一股勇氣。由於唇部顯出我佛也認識激情，他看起來更偉大、更有人情味了。丹妮看到佛像，感覺到它的威力；它簡直像一個解事的婦人，俯視放蕩、罪惡的男子。丹妮抬頭看它，一時著了迷，彷彿她也能用同樣諒解的表情來看生命說，「可憐眾生！」也許這就是一切宗教的用意。佛像頂的一塊木匾上有幾個鍍金的刻字，「我佛慈悲」。她也是這座大廳裏受苦的難民之一，佛像正慈祥地俯視她。她覺得她幾乎想爲自己向神明祈禱，也爲伯牙祈禱。因爲她像一個被阻在花園外快快走開的人，還想著那座園子，伯牙也留在她內心深處。

她走出來，發現老彭和玉梅都已經離開大廳。

「你看到和我說話的那個人沒有？」老彭說。「他來自一個蘇州世家。他說他們有三萬元家產，如今是一文不名。他們被炸彈趕出了家鄉，只匆匆帶了幾百塊錢。路費很貴，他們把錢全部花光了，他們比苦慣了的窮人更辛苦……」

「一切都這麼感人。」丹妮說。

「你沒看到好戲哩，」老彭說。「你上個月若看到他們沿河過來，像我一樣……」

「誰替你煮飯？」她突然問他，「你一天都幹些什麼？」

「廟裏替我煮三餐。我總是忙得不可開交。」

「你下半天能不能陪我們？」

「我得去買我答應孩子們的豆腐和醃蘿蔔。然後我再陪你們出去。」

四點左右，他們離開廟宇，走上黃鶴樓。古樓已有千年以上的歷史。丹妮看過一張宋朝的名畫，把黃鶴樓繪成平台、畫棟、樓閣和曲頂的壯麗建築，但是現在經過改建，變成一座不倫不類的外國式醜惡磚樓。這是觀光客攀高臨水的地方，有一家飯店在那兒賣三餐，但是因爲戰略地位的關係，現在一部分不開放，由軍人佔領。他們爬上台階，不難爬，但是玉梅肚裏的孩子漸漸大了，她到達樓頂不覺有些氣喘。

他們走向一個邊台，還有人賣茶水，他們就佔了一個臨河的座位。狡猾的湖北人（俗語說「天上九頭鳥，地上湖北佬」）下午習慣到黃鶴樓，坐下來喝茶，看船隻在漢水、長江交會處被急流翻倒，武昌、漢陽、漢口三大城就立在這個交會點上。據說「湖北佬」常彼此誇耀自己一下午看到的翻船有多少，他們常常耽誤了回家吃飯的時間，希望打破自己當天的記錄。湖北人從來不承認這一點，但是別省的人都這麼說，因爲他們生性好鬥——也許是古代楚國戰士的遺風吧。

下午的陽光筆直照著河西的漢陽城。「漢陽大鐵廠」煙囪冒出來的濃煙爲遠處的天空染上一層濁灰色；但是下面鸚鵡洲的艷陽裏，他們卻看到了柳樹和農舍。很多小船來來去去，靠近東北方有幾艘外國砲艇泊在漢口對面。漢水在漢陽、漢口之間流入長江，一部分依稀可見，交會口有一大堆帆船，像樹叢般密集在一起，桅桿朝著天空。因爲漢口掌握了華中對上海及外國市場的貿易。壯麗的水泥建築，關稅大樓、奶油場和晴川閣，以及過去外國租界的房子都清晰可見，是財富和繁榮的象徵。

「你看那邊漢口的外國房子，」老彭說。「那邊的人很有錢，有些人從來不渡江。他們永遠不會明白的。」

丹妮望著老彭笑笑，她又重新掛念他的福祉了。她很快樂，覺得她穿鄉下服裝和他很相稱，也和環境相合。他飽經風霜的面孔在下午的陽光下自有一種美感。

「明白什麼？」

「河這邊的不幸哪。」

他靜坐了幾分鐘，壯壯的身子沉入舊藤椅中。

「告訴我，伯牙怎麼啦？」他終於問道。

「薄倖郎！」她說。「我臨走沒和他見面。」

「玉梅很好玩，」丹妮大笑說。「她在電話裏罵他『豬』，還對他吐口水。」

「他不是君子，」玉梅插嘴說。「他欺負我們小姐。」

「怎麼回事？」老彭焦急皺眉說。

「我做得不對嗎？」玉梅激烈喊叫說。「我一看到他就不喜歡他，他們第一次會面，他就把小姐弄哭了，小姐還跟他出去，他又不肯娶她，他忽然不來看她了，有一天晚上我們發現他和另外一個女人跳舞。他就是不來看她，如此而已。」

「我不懂。」

丹妮就把一切告訴他，他靜靜聽她說完，然後問道，「你有沒有告訴他，你對我說過的身世？」

「我說了一點，但是他說他不想聽我過去的作為，我想這樣也好。」

「於是你們吵架啦。」

「我們沒有吵。不過我不想聽他解釋。我不是親眼看到他和別的女人在一起嗎？我沒有見他就走了。不過，彭大叔，沒關係。我和他吹了，也告別了那一切。」

「你恐怕太輕率了些。他一心一意愛著你。」

丹妮苦笑。「我恨他！」眼睛又失去了平靜。「我太傻，居然想嫁他。如果我是良家閨女，他不會這樣待我的。」

「很抱歉，」老彭說。「都怪我不好。如果我和你在一起，就不會發生這種事了，也許裏面有我們不知道的隱衷。」

「不，」丹妮說。「當然不是你的錯。你是一個專門自責的人。」

「他沒寫信給我，」老彭說。「但是我想他會寫來。」

晚飯前他們到平湖門和漢陽門之間的江畔新街去散步，那邊有一段舊城門拆掉了，改成現代磚房的大街。雖然今天是一月七日，難民還由南北各地坐船或搭車來到這兒，漫無目標的流蕩者在街上擠來擠去——工人、農夫、商人、學生、穿制服的軍人都有。難民穿著各式的綢衣、布衣、外國料子，慘境各不相同。

他們由黃鶴樓下山的時候，丹妮看到路邊一個堤防上有一張巨幅的圖畫，沿牆伸展一百五十呎。那是大隊人馬的畫像，前景有士兵和幾個野戰砲單位，還有不少平民男女走在前頭，圍著騎白馬、戴白披肩的蔣介石。這似乎象徵一個現代的國家，在偉大領袖的四周團結起來，排成一長隊前進，顯示出偉大的希望和嶄新的力量。這是二十位現代畫家合作的成果，羣眾的面孔非常寫實，古典國畫家是不這樣畫的。

「那就是我們偉大的領袖，」老彭說。「聽說他拒絕了日本的和平建議。上個月南京淪陷後，有人傳說要談和。很多政府首領都相信末日到了。我們最好的軍隊已被摧毀。我們在上海大約失去了二、四十萬軍人——包括訓練最精良的部隊。我懷疑很多大官都打算求和，但是蔣司令到漢口說：『打下去！』我們就打下去了。」

「你從哪裏聽來的？」

「從白崇禧將軍那兒。他說上個月德國大使去見蔣司令和蔣夫人，帶了日本的和平條件，他說出條件後，蔣夫人端茶給他，改變話題說：『你的孩子好吧？』」

「那就是勇氣！」丹妮大叫說，「我真希望能見到她！」

「聽說她到香港去治病，不過馬上就回來，如果有空襲，你就會看到她。空襲後她常出來幫忙找孤兒。你知不知道我們的士氣爲什麼高？我們國民從來沒見過這樣的政府，這麼關心戰爭災民的福利。」

老彭手裏拿一個布包袱，用繩子綁著，裏面裝了不少東西，這是他獨居的習慣。他包袱裏的一個煙罐中放著鈔票、硬幣和香煙。在彎進城的轉角處，丹妮看到一羣鄉下小孩坐在路邊。他走向孩子們，拿出煙罐，掏出一張二元券給他們，小孩似乎早料到了，連忙稱謝。

「這樣有什麼用呢？」他轉身笑笑說，「他們十天前來的，現在還在這兒。我找不到地方給他們住。除此之外我又有什麼辦法呢？」

三個人進入一家小飯館。吃的東西很多，他們叫了薄酒、湯和一些辣椒爆牛肉。

老彭大聲喝湯，似乎胃口不小。

「你是一個快樂的人，對不對？」丹妮問他。她對這位中年男子深感興趣。

「快樂？」他說。「我無憂無慮、良心平安，我想你就是這個意思吧。」

丹妮似乎在想心事。「如果不認識你，不知道我會怎麼樣，」她說。「我想我還留在上海。」

14

下一個星期丹妮和玉梅每天過河到廟裏去幫助老彭，晚上再回旅館。丹妮喜歡白天的工作，晚上的廣播，報上的戰爭消息。戰時新都的一切似乎使她很興奮、很忙碌，像任何一個自願或不得已離家的女人一樣，她必須有事可做，有某一種目標。

但是還有一件事情使她甩不掉過去的日子。老彭叫她到錢莊去拿信，他堅稱伯牙會寫信來，如果不寫給她，至少也會寫給他。所以她不由得每天到中福錢莊去。

「沒有信嗎？」第十天她問櫃台說。

「沒有，」職員說。

「你能確定？」職員打量她蒼白的面孔和深黑的眼睛，覺得她不講理。

「我何必騙你呢？你的朋友不寫信給你，也是我的錯嗎？」他說。

丹妮失望地走開了。

「你還愛他，」玉梅說。

「我愛他也恨他，」丹妮說。「但是我要聽聽他如何爲自己辯白。」

不過丹妮從事救難工作，忙得很快活。這是一種能使自己派上用場，卻不定時間、不必上班的工作。打打雜，替難民寫信，接受訊問，找醫生，到木匠店訂幾張矮凳，安排新來的人，幫難民登報找親友，跑城市找人，有難民得到親友消息，要去更深的內陸時替他們安排一切。有時候工作多得要命，有時候卻沒事可做。不忙的日子裏，三個人就到火車站去看旅客和難民進站。

老彭照管的那一家難民有一個十二歲的兒子因爲風吹日曬而病倒了，渾身發高燒。老彭經過一番交涉，終於把他帶入自己的房間，丹妮出去買了一個小泥爐來燒水燉藥。這一切都是嶄新的經驗，比她和伯牙會面更新鮮。有時候她一個人坐在病童身旁，沉思默想，恍如置身夢境中。那個小孩名叫金福，她替他洗臉洗手的時候，他常用驚喜的眼神盯著她。這種經驗對丹妮和那位鄉下小孩一樣陌生，她對他產生了一份愛，他也把自己家鄉和旅途的一切告訴她——還說他們是宣城的墨水製造商。她看到他燒退了，覺得是自己的第一次勝利。等他能下床的時候，她已經不愛說「有什麼關係？」了。

但是他們每天不得不推掉幾個新來的人，老彭漸漸覺得他們妨礙了大家，沒有盡力做好事。老彭認識很多路邊的難民，他們都在附近的角落裏找到了住處。他們處境很慘，老彭不能帶他們進廟，就根據他們的需要到街上去幫他們。有時候他把病人送到醫院，堅持叫醫院收容。他常常和丹妮討論說，他要找一間房子給難民，由他們照自己的意思來管理。

有一天一家三口被推出廟外，事情達到了最高點。那位父親帶著十歲的女兒和六歲的兒子。小女孩生病很重，簡直走不動了。他們來的時候，丹妮也在。她聽說小女孩晚上又咳嗽又冒汗。她面龐瘦削，大眼睛卻慧黠地望著丹妮。丹妮實在不忍心把她趕走，就叫他們等一下，她去找老彭談，他們花了一上午才找到一戶人家願意收容這家人，由老彭付房租和飯錢。

丹妮一有空就去看這位小女孩，她名叫萍萍。她患了肺病，不過整天快快活活的，老說她沒什麼。她父親整天坐在房裏呻吟，有時候一整天不見人影，留下小女孩和她弟弟看家。萍萍告訴她，他們是靖江人，十一月底南京撤退時逃了出來，他父親只籌到六百塊錢，一家四口，卻只能買三張船票。他只好撇下十五歲的大哥，給他三十塊錢，要他自己想辦法到漢口。這等於把他交給命運去處置，生離就像死別一般。那個少年曾到碼頭去送他們，他揮手告別的時候，她父親差一點跳下船去，輪船一開，他就崩潰了。南京淪陷後，新難民先後抵達，紛紛傳述他們看到的恐怖暴行，以及四萬兩千名少年老百姓被處決的經過，她父親捶胸頓足，罵自己害死兒子，又奢望他兒子能逃到漢口來。

他們抵達後，其實過著乞丐般的日子。由於風吹日曬雨淋，又吃不飽，萍萍生病了，現在她咳嗽很嚴重，還開始吐血。她父親變得很暴躁，有時候對她說粗話，問她難道不能替哥哥死，好「償還她哥哥一命」，接著他又悔恨交加，哭哭啼啼要她原諒。萍萍在父親面前只得強顏歡笑，忍住不咳，說她沒有什麼。

有一天老彭邀丹妮去散步，希望能找到一間租金便宜的房子，好收容難民。陽光燦爛，以漢口的冬天來說，那天算相當暖和，是出門的好日子。午飯後他們向中和門郊區進發。他們經過斜湖，只看到擁擠的小房子，於是老彭帶她們向洪山方向走去。

他們向西沿大路走到鄉間，一路只見池塘和光禿禿的棉花田，偶爾有農舍和菜園散列其間。洪山立在小湖上，午後的陽光筆直照在山頭。老彭指指遠處小山坡上的一排樹木和幾間房子。

「那個地方很理想，」他說。

「爲什麼選這麼偏僻的地方呢？」丹妮問道。

「因爲比較安靜，也因爲房租便宜些，而且城裏合適的房子都客滿了。」

他們上坡兩三里，低頭一看，武昌就在他們下方，蛇山上有幾排房子，屋頂密集，不是鐵紅就是黑色。沙湖和小湖橫在腳下，長江對岸的漢口凹凹凸凸的輪廓依稀可見。冬天的景致又灰又冷，卻自有一股憂鬱淒清的美感。湖水很低，露出一片片濕地，水草在風中彎曲擺盪。

他們繼續走上山路，看到一扇長長的石牆，似乎是富人的居所。牆上的題字飽經風霜，簡直看不出來了。一扇舊石門打開著，他們就走進去。地坪很大，他們看到一間似乎沒人住的屋子。通向屋門的幽徑石塊間已長滿青草，屋門關著，但是一半掉下來，老彭輕輕鬆鬆就把它推開了。

光線由格子窗射進去，可以看出裏面空空如也，只有幾張黑漆椅子。牆上掛著破字畫，歪歪斜斜，蓋滿了灰沙。屋角和窗戶布滿蜘蛛網。裏面有長期廢屋特有的乾腐味。他們穿過外廂，進入右邊另一個房間，屋裏有一張很好的亮漆床，還有桌子和書架。一個細緻的舊褥子還鋪在床上，最常睡的地方顏色比較深。有一個角落堆滿各式各樣的家庭用品，其中一個金紋的大漆木浴盆一定有過輝煌的過去。旁邊的破磚都被沙子蓋住了，顯然是螞蟻的傑作。這是西廂，光線比較亮，他們看出灰磚地板是乾的。

老彭把手指沾濕，在面向裏屋的窗紙上挖一個小孔。

「裏面還有天井和許多房子！」他驚嘆說。

他們再進中廳，推開通往內院的小門。院子鋪著細緻的石板，一個直徑兩、三呎的古釉魚缸立在一個角落中。上面長了一層青苔，水色烏黑，布滿塵土。

丹妮在前頭開路，輕輕推開東廂的房門，門鍵吱吱響。突然她大叫一聲跳回來，抓緊老彭。

「怎麼？」他問道。

「裏面有兩個棺材！」

老彭跨進去。兩個黑漆大棺材擱在牆邊的長凳上。

丹妮正在發抖。「我們出去吧。」

他們離開那間房子，關上門，走到大路上，最後在一家住宅前面看到一位老農夫。

「老伯，」老彭問他，「那間老宅租不租？好像沒有人住嘛。」

老農夫微微一笑，「你怕不怕鬼？」

「不怕，怎麼？」

「那間屋子鬧鬼。已經十年沒有人住了。屋主搬到哪兒，誰也不知道。」

「那麼現在沒有主人嘍？」

「沒有。要不是鬧鬼，早就有人去住了。那家人運氣很差。主人是江西籍的黃陂縣長。他死後，姨太太逃了，家人一個一個死掉，最後只有小兒子和女婿留下來。後來小兒子跑掉，年輕的女婿也上吊自殺。」

「屋裏的兩座棺材是怎麼回事？」

「長子蕩光家產，他母親死後，他沒辦法把雙親的遺體運回江西去安葬。」

老彭謝過農夫，又回到那幢老宅去。他進去再看一遍，丹妮在外面等他。最後他出來說，後面的大園子裏有十二個房間，屋外種了不少雲杉和松樹。

「你該不是想住鬼屋吧？」她問道。「我被棺材嚇壞了。」

「沒什麼好怕的，」他說。「說到棺材，如果沒人敢睡那間，我來睡好了。我不相信房子鬧鬼。好運壞運全看屋裏住的人而定。世上沒有鬼，就算有，也從不打擾良心清淨的人。我們不久就可以使這個地方充滿孩子、男人和女人的聲音，變成快樂人士的快樂居所。這兒很理想，因爲我們不必付房租。」

於是幾天內，那幢舊宅就換了樣子。丹妮買了一些紅紙，剪成一塊塊，寫上「福」字和「春」字，在門上和各間屋子的牆壁上貼成方形。她在一張紙上寫了「我佛慈悲」四個字，貼在石楣上，要做的事情很多，譬如買米、買燈、買凳子和炊具等等。受丹妮照料而痊癒的男孩子金福非常能幹，她叫他做什麼，他都很樂意幫助。

「你把鬼趕走了，」老農夫對老彭說，「他們怎麼敢留在這兒呢?惡鬼怕善人哩。」

吃飯的時候，老彭對丹妮和玉梅說，「沒想到救人這麼省錢。我們總共才花了三百塊。米糧花不了多少錢。」

「但是萍萍需要吃肉吃蛋，」丹妮說。「她毫無起色，我真替她擔心。」

有陽光的下午，丹妮常出去坐在小丘上，俯視河上的落日，有時候一個人，有時候和老彭或孩子們一起去。春雨、秋雨在斜坡上刻出一道陰溝，流到湖泊裏。再過去是春天的棉花田，現在卻露出一堆堆曬焦的殘株。土地被湖泊的泥岸和沙岸分割開來，小島和沙洲立在湖水中。由山上看去，湖水一平如鏡，映出蔚藍的天空，丹妮甚至看見白雲飄過水面。天氣好的時候，她可以瞥見遠處的漢水，一條亮晶晶的橘黃色錦帶映出了落日的餘暉。老彭坐在她身旁，發現落日給她蒼白的面孔帶來了緋紅的暖意。大清早或深夜裏，湖西常罩著一層陰暗的濃霧，一直延伸到城牆邊。有時候地上會有晨霜，像雪片般在旭日中閃耀，使湖水相映之下顯得黑濛濛的。

有一天下午，她獨自坐在小丘頂一塊她最心愛的岩石上，看到金福由城裏走回來，身邊有一個老太太。老太太步調又慢又不穩，頭不斷晃來晃去。他們走近來，他看到丹妮，就指著她對老太太說，「那就是觀音姊姊。」然後他跑向丹妮說，「我帶這位老太太到我們那兒去。我知道你不會反對的。」

「當然不會。」她回答說。

老婦人走近丹妮，用顫抖的雙手摸摸她。她的眼睛長了白膜，已經看不清楚了。

「我應該跪下來，」她說，「但是我的膝蓋沒力氣，我沒有多少日子可活了。如果你好心放我進去，我不會打擾你太久的。」她雙眼瞇成一條線，抬頭看丹妮。

「當然我們會帶你進去，奶奶，」丹妮說。

老太太揉揉眼睛，嘆了一口氣。「我沒有多少日子可活了，」她又說。「菩薩會保佑你。這位小哥已經說過你的事情。我是一個老太婆，孤孤單單的。我只要能找一個角落平平安安等死就成了。」

丹妮起身，扶老太太進屋，大部分房間都住滿了，老太太看到放棺材的大房間，說她喜歡這兒，而且喜歡一個人住。她蹣蹣跚跚走向棺材，用景仰的態度撫摸良久，長長吸了一口氣，喃喃自語一番。

「兩座棺材都有人？」她問老彭說。

「是的。」

「太好了，我用不起。我沒有那種福分，」她搖搖頭低聲說。

老太太神色詭祕，她走不了多遠，通常都待在房裏或坐在門外的院子中。她一個人吃飯，玉梅或金福必須送飯給她。

不久又來了一個女學生和她母親，是老彭和丹妮在漢陽門外的大路上碰到的，母親正拿兩個黑包袱坐在路邊，女兒約十八歲左右，神色茫然，靜靜站在一旁。老彭一走近，少女嚇壞了，想保護她母親，丹妮走上去，她以憤慨的眼光盯著她。

「別管她，」母親說著，又對女兒說，「月娥，這些都是好人。」母親指指她的頭，表示她女兒的腦筋有問題。

母女被帶上山，丹妮漸漸知道她們的身世。月娥心情好的時候，講話很正常。她上過基督教學校，父母在南京開過一家高級的小飯館。京都受危，她父母叫她跟鄰居到漢口，他們已經五十多歲了，要留守飯店，因爲那種年紀的人不可能遭到什麼厄運。月娥沿河上行，和鄰居失散了。正月初有一天，她在街上意外碰到母親。她母親身體很壯，除了遭到一場恐怖的事變，一切都顯得好好的。少女意外和母親團圓，簡直樂瘋了。母親受辱的經過她實在說不出口，老太太就親自告訴丹妮。

「有一天五個日本人來點菜，我們只好弄給他們吃。他們吃完還不走……是的，我被那五個日本兵強姦了，一個五十多歲的老太太呀。我丈夫很有力，他把鍋、壺、刀子丟到士兵身上，有一個人臉部刮傷了。他們立刻用槍打死他。是的，一個五十多歲的老婦人……我多皺的老臉，可有什麼好看的?那些禽獸!」

於是老彭和丹妮主管的慈善屋隨時充滿興奮。大家都知道丹妮是老彭的姪女，難民全叫她「觀音姊姊」。玉梅不想告訴大家她也是難民，就說她是老彭新寡的姪媳婦。老彭和丹妮都贊成這個說法，因爲玉梅管家，需要建立權威。她快要分娩了，不能做太多粗重的工作。

除了老彭，屋裏只有一個大男人，那就是萍萍的父親，其他都是女人和孩子。丹妮特別照顧萍萍，給她吃特別的伙食，不准男孩子威嚇她，萍萍在靖江老家曾上過學校，她問丹妮能不能教她功課，但是丹妮告訴她，她最重要的就是趕快復元。男孩子沒有人管，有時候會跑到城裏去，天黑還不回來，使大家焦急萬分。有時候丹妮會對不聽話的孩子發脾氣。她發覺慈善事業並不是對感恩的雙手和笑臉分送禮物而已。

於是這一堆受過創傷的靈魂因戰爭而偶然相聚在一起——有金福和他母親丁太太，也就是宣城的墨水製造商；有萍萍和她父親古先生，他還希望找到他兒子呢；有月娥和她母親王大娘；還有愛上棺材、不跟外人說話的老太太——每個人心裏都懷著一個悲慘的回憶，一段難忘的經驗，有人身體害病，有人心靈害病。因爲需要食物，這羣陌生人才有緣相會，大家相處的唯一約束就是共同的人性規矩。先來的人對後來的人懷著祕密的敵意，根本不希望人數增加。但是最後每一個人都很滿足，覺得自己能碰上這個地方實在很幸運。

而上面有丹妮和玉梅，她們自己也是難民，具有別的難民所沒有想到的悲劇。大夥只知道彭家供養他們。老彭對自己所行的小善非常快活。他從來不向別人募捐，也不呼求幫助。唯一的報酬就是知道自己正憑著良心做好事。

伯牙仍然杳無音訊。

「我要寫信給他，」老彭說。

「他應該先寫來，」丹妮回答說，「他對我有什麼看法，隨他去吧。真的——不收到他的消息，我心裏反而平靜些。」

她蒼白的小臉氣得通紅，但是老彭由她的聲音聽出她很難過。

「也許是信件誤投，或者親戚干涉。」

「你還相信他？」

「我相信。」

丹妮敏銳地看他一眼。「彭大叔，在你眼中大家都是好人。如果每一個人都像你，世上就不會有誤解了。」

「我寫信好不好？」

「你要寫就以他朋友的身分寫，不過別提到我。」她矜持地說。

「要不是爲你，我根本不必寫，我想寫信罵罵他。」

「拜託別這樣，那等於我寫信求他來嘛！我們在這邊過得挺快樂的。」他看見她珠淚盈盈，就遵從了她的意思。

二月初的一個下午，老彭由漢口回來，帶回一封伯牙給她的信，附在他給老彭的信件中。丹妮坐在小丘上，看他在山腳跳出一輛黃包車。他上山看到她，忙揮揮手裏的來信，加快了步子。

「伯牙的信，」他用特有的高音大叫說。

她的心突然狂跳不已，她已經一、兩個月不曾這樣了，她跑下石階去迎他，不小心俯跌在路上。老彭還沒跑過去，她已經站起來了，她伸手抓信，雙腿又拐了一下，他連忙伸手攙住她。

「這封信寄錯了地方，」兩個人爬上階梯，老彭說。「你看，信封上的地址是中福銀行，而不是中福錢莊，被退回上海去了。」

他們走上小丘，丹妮全身還在發抖。

「坐在石頭上拆信吧，」老彭說。「你的嘴唇正在流血。」

她拿出一條手絹擦擦嘴，然後用顫抖的雙手拆開那封信。信封上留下了鮮血的指印。發信的日期是十二月九日，已過了好幾周，上面寫道：

蓮兒妹妹：

我知道你很生氣，我心甘情願接受你的誤解。我想在電話中解釋，但是你不聽，一切事情都不是個人所能預計的。實情是我被人監視了，我躲開你，好保護你的安全。現在我盡可能把經過說得明白些。十二月三日，我被拉去見董先生，你也許知道他是上海黑社會的首領，正在打擊漢奸。

他拿出一些不利於崔媚玲的證物，我覺得很意外，很難瞭解。有很多天津寄出的信函和電報都由她簽名。他說這個人牽連很深，他要找到她。他說他收到報告，此人曾住在北平我家，要我提供情報。我說她在北平就和我們分手了，我不知道她人在何處。董先生似乎不相信，叫我形容她。我把崔媚玲說成高高的北國佳麗。我不得不說謊來保護你。董先生雖然客客氣氣，卻還是不相信我，要我在他家等了兩個鐘頭，最後他們送我回家，我發現有人監視我，你知道董先生那一套。情況很危險，我無時無刻不關心你的安全。我不能和你在一起，暴露了你的行蹤。這一點我不能在電話中說明，甚至信裏也不能說。我想你一定會相信我。

但是我知道你生我的氣，因為你看到我去舞廳找你的朋友。我上那兒，只是去叫她不要洩漏你的住址。你一追來，我嚇慌了，董先生的部下就在屋裏看著我，我除了不理你，走出大廳，又有什麼辦法呢？幸虧你在舞廳沒有來找我。聽說第二天那個人去找湘雲，盤問過她。她朋友很多，可以證明她的身分，也幸虧她對你忠實，不承認她知道崔媚玲的一切。

我在舞廳不和你說話，我可以想見你的心情。我很怕你會做出特別的舉動，使那個人注意到你。

一點小錯誤都可能造成大麻煩。所以我第二天打電話，發現你平平安安待在旅舍裏，我真是鬆了一大口氣。我求你馬上離開，不過我想你大概沒聽見。第二天我再打電話去，發現你已經走了，我更放心不少。我這樣做很困難，因為我知道我顯得很薄倖。三天過去，你音訊全無。我還等著收你平安到香港的電報，不過你也許太氣了，沒想到這些吧。

你在電話裏叫我「豬玀」，我簡直覺得臉上挨了一記耳光。我的心現在仍然熱辣辣的，不是因為我不願意挨你打——你也不在乎挨我打嘛——而是因為我知道情況對你一定和我一樣難受。

我希望你收到這封信時，正平平安安和老彭待在漢口。日本人迫近南京，在這種煩亂的時局中，我不知道自己會去哪裏，無論你對我有什麼看法，請原諒我。你不肯寫信給我，表示一切已澄清了嗎？問候老彭，好好照顧你自己。

愚兄伯牙

附：我這封信遲了兩天才寄，但是仍然沒收到你的電報。也許我不該再奢望了。敵人已在南京城門下。我相信首都淪陷只是遲早的問題。我不知道該怎麼辦。

十二月十一日

又附：我又拖了兩天。沒有你的消息，你一定真的發火了。南京已淪陷。

十二月十三日

丹妮讀了沒幾行就熱淚盈眶，到最後老彭看她直咬嘴唇，聽到她喉嚨也哽住了。等她讀完，信件在她手中已經和手帕一樣濕淋淋的。她坐著看地下，忍不住哭出聲來，把臉埋在雙手裏。

老彭等她平靜下來，才柔聲說，「寫些什麼？」

她含淚望著他說，「你自己看。原來他只是要保護我。我……」她再也說不下去了。

老彭接過信來，看完又還給她。「不錯，」他說，「一切只是誤會。」

「我恨玉梅，」她驚嘆說。「他一心一意顧念我的安全，還以爲是我罵他『豬玀』哩。」

「現在你應該高興，一切都澄清了，」老彭說。

「我都清楚了，他卻不見得。他等了這麼久，我連一個字都沒寫給他。喔，我爲什麼如此盲目、愚蠢？我必須寫一封很長很長的信給他。我們先拍一份電報去。明天我要下山，親自發電報。」

「你的嘴巴又流血啦，」老彭說。

「沒關係。」她用濕手絹拍拍嘴唇。

「我要寫信告訴他，他的信來時，你跌破了嘴唇。」

丹妮第一次露出笑容。然後她問伯牙給他的信裏說些什麼，老彭拿給她看。發信時間是一月二十日，主要是描寫戰局，以及軍隊的下場，還有一些南京的恐怖傳聞。伯牙認爲，戰事的危機已經過去，他正等著看中國能不能重整旗鼓——這是決定性的考驗。上海到處是醜惡的和平傳說。他厭惡上海的時髦中國婦女，嘰哩咕嚕講英文，像孔雀般晃來晃去；他討厭他太太，討厭時髦的醫生，也討厭他自己。媚玲似乎已經在他腦海中消逝了，信裏只提到他寄錯了一封信的地址。他甚至沒有叫老彭問候她。

「現在他會來的，」老彭說。

「他沒有說啊，你覺得他會來？」

「是的，他會，」老彭自信地說，「他一來，我想你會離開我和我的工作吧。」

「喔，不，彭大叔。我絕對不離開你。我絕不能。」

「你瞭解伯牙不如我。他很聰明，對大事有興趣，對他的策略和戰術有興趣，他不會爲幾個貧病的難民費心思。」

「但是我要使他這麼做，彭大叔，」她叫道。「我絕不離開你。你給了我從來沒有的安詳與快樂……我在這邊很快樂。」

「你現在不快樂嗎？」

「我不知道，我想我應該快活才對。沒收到這封信以前，我是百分之百快樂的。現在我不知道。」

老彭沒有再說話，兩個人就走上斜坡，回到屋裏。

玉梅馬上看出她的改變，發現她眼睛腫腫的。

「伯牙的信來了，」丹妮短短說了一句。

「他爲什麼寫信呢？」

「他解釋了一切。」

「別再當傻瓜，小姐，」玉梅馬上說。

那天吃過晚餐，丹妮很早就進房，在微弱的油燈下把那封信再看一遍。玉梅進來，發現她哭了，丹妮氣自己露出一份蠢相。她提筆回信，但是小手發抖。只好一張張撕掉。最後她放棄了，說她明天再寫，就趴在床上哭起來。

「現在你又哭了，」玉梅說。「我們到這兒，你從來沒哭過。」

「玉梅，你不懂。他完全是要保護我。他還以爲是我在電話裏叫他豬玀，對他吐口水呢。」

玉梅顯得有點慌亂，「我會承認是我說的，」她說。「我不怕他。不過我還是要告訴你，小姐，除非他娶你，別讓他近身。」

丹妮笑笑，盡量解釋伯牙被人跟蹤，有人想找她。玉梅不明白怎麼會有人要害丹妮，但是她接受了這個她無法明白的解釋。

「我看得出來，你又失去心裏的平靜了，小姐，」她以文盲固執的口吻說。「彭大叔就從來不敗事。」

丹妮笑她單純，也笑自己竟落入挨玉梅訓話、也被她同情的地步。

第二天她很早起來，寫了一封長信給伯牙，幾乎花了一早上的時間。她告訴伯牙她和漢奸扯上關係，以及她逃走到他家的整個經過。她承認自己當時很生氣，但是發誓以後不再懷疑他了。伯牙信裏沒有一句熱烈的愛情字眼，但是她毫無保留寫了出來。這是一封熱情的長信，彷彿當面對談似的。她把一切過錯攬在自己身上，而且拋下自尊，求他盡快到漢口來；最後她說明他們正在做的工作。她在信封上寫了「姚阿非先生煩轉」的字樣，還加上「私函」兩個字。

「如果這封信落在別人手中，我真要羞死了，」她自忖道。

她現在心情好多了，就跟老彭到武昌，進入一家飯館。午餐她只吃幾口飯，就把筷子放下來。

「我吃不下，」她說。老彭看到她眼睛紅腫，面色蒼白。「我得先把這封信寄出去。」

他看出她臉上帶有第一次陪伯牙到他家時特有的表情。水汪汪的眼睛裏再度現出戀愛少女興奮和熱情的光彩。幾天前的肅穆安詳已一掃而空。他有點同情她，怕她再遇到傷心的事情。

「我不喜歡看你這麼沒耐心，」他說。「我簡直希望你沒有收到那封信。你以前挺快樂的。」

「玉梅也這麼說。但是你總高興一切都澄清了吧，不是嗎？」

「當然。」他仔細看著她。「我祝你好運。但是你太靈秀、太敏感了，我很擔心。」

「告訴我，彭大叔。你怎麼能永遠心如止水呢？」

「你怎麼知道我心如止水？」

「你什麼都不怕，連鬼屋都不怕。」

「那只是生活觀點罷了。」

「不止這樣。你具有快樂的祕訣。是因爲信佛教嗎？你爲什麼從來不說給我聽？」

老彭以驚喜的目光抬眼看她。他慢慢說，「你從來沒問過我呀。佛教徒是不到處傳教的。求真理、求解脫的願望必須發自信徒內心。一個人準備好了，他自會悟出道理來。我想你太年輕了，不可能瞭解。」

「我現在就在問你呀。」

「不過你正在戀愛，」他笑笑說，「不急嘛。智慧要靠自己努力去獲得。我提過每一個人胸中的慧心。佛經說，『一念爲人，一念成佛』。高度的智慧永遠在我們心裏；那是與生俱來的，不可能失落，時候一到，自會有『頓』悟發生。」

「你是說我還不適合明瞭佛理？我讀到的東西，幾乎全懂哩。」

「問題不在這兒，宗教和學問無關。那是一種內在的經驗。所以六祖壇經裏說，如人飲水，冷暖自知。那種較高的智慧就是『禪那』。」

「『禪那』是什麼？」

「是一種直觀的智慧，比知識和學問更高超。佛心以知性和同情爲基礎，完全看個人的宗教稟賦來決定。有些人永遠看不出慧光。正如佛經說的，激情像密雲遮日，除非大風吹來，一點光線都看不見。」

「佛經裏只有這些怪名詞我看不懂。你若肯解釋，我會明白的。」

老彭又笑了。「別急嘛，丹妮。我可以教你這些名詞，說明字面的意思。但是你不會瞭解的。有些人以爲讀經就能得到智慧。有人以爲宗教儀式就能得到積業。大部分和尚都這麼做。這一切都太愚蠢了。六祖幾近文盲，在一座廟裏的廚房擔任打雜的工作。就是這種更高的智慧使他變成禪宗佛教的祖師。他用人類本身來教人『頓』悟，拋掉經典、教儀和神像。」

「你不在廟裏拜佛。你是禪宗信徒嗎？」

「我自己也不知道……你剛來的時候，顯得多病多愁，因爲你正在生伯牙的氣。嗔怒是掩蓋佛心的『三毒』之一。後來我觀察你，發現你慢慢適應了，你又獲得了安寧。爲什麼？因爲你已經忘掉身體所產生的怒火。你漸漸對慈善工作發生了興趣。現在這種覺醒是積業和智慧的果實，積業又能引發智慧。」

「如果我悟了道，我能嫁給伯牙嗎？」

「爲什麼不行？自由人是照自己的覺醒來行事的。」

「愛不是罪惡吧？」

「那是『業』的一部分。是由過去和現在行爲所決定的命運。」

「但是你肯教我嗎？」丹妮熱心地說。

老彭看看她眼中的神采說，「我會的。」

「我們走吧，」丹妮站起來說。「趁著現在來這兒，我必須去修手錶。」

「怎麼弄壞的？」

「昨天跌倒的時候，」丹妮微微臉紅說。「回到家，我發現膝蓋也青腫了。」

「這就是佛家所謂的『惑』，」老彭說。

她迅速瞥了他一眼，又難爲情地臉紅了，兩個人一起走出飯店。

15

老彭和丹妮剛走出飯店幾秒鐘，就聽到敵機來襲的警報。正月裏漢口被炸過三、四回，武昌也被炸過一次。到目前爲止，敵機還以機場和鐵工廠爲目標。沒有防空洞，大家都照常留在家裏，誰也沒有別的地方可避難。少數人躲到鄉間，但是炸彈會落在街上，也會落在那兒。

「我們該繼續走，還是回頭？」丹妮問道。

「照你的意思。」

「我們得發出這份電報。」

「那就快一點。我們可不想困在河中央。」

他們走了十分鐘才到渡口，又花了十分鐘過江。一大羣人在街上匆匆擠來擠去，找地方棲身。很多人站在甬道和涼台上看天空。父母連忙叫街上玩耍的兒童回家去。每一個人臉色都很緊張。漢口人和大部分難民對空中來的謀殺都不陌生。這一位空中公敵似乎突然把這座城市變成前線，使大家對於下游幾百哩外的戰爭感到很接近。

老彭和丹妮上了黃包車，抵達堤防後街的電報局，這時候天空充滿嗡嗡聲，像遠處一大堆卡車正要發動似的。他們走進去，嗡嗡聲加大了，連續不斷，像饑餓的野獸面臨眼前的獵物，愈飛愈近，聲勢逐漸加強。有人說一共有四、五十架飛機，分成兩陣。飛機離城市還有幾哩的時候，引擎轉動的聲音碰到建築物，聽來就像已飛到頭頂。大家靜立，一言不發，有人用手指塞住耳朵，等待炸彈爆炸的聲音。除了飛機聲，還有高射砲的射擊聲，幾乎把機聲掩蓋了。然後炸彈一個接一個爆炸，土地在腳底搖搖晃晃的。「很近！」有人大叫說。另一陣飛機又來了。遠處有更多炸彈的回響。然後聲音漸遠漸弱。丹妮覺得心中減去了一塊重擔。

大家都衝出來仰望天空，痛罵日本人，彷彿罵一個在逃的小偷似的。

電報局裏的職員慢慢由地下室走回來。丹妮等著發電報，聽到救火車噹噹響，連忙衝出去看個究竟。有人說跑馬場挨了炸彈，一部分房屋被炸毀了。

電報是以老彭的名義發的，說信已收到，丹妮平安，兩個人問他好。不久解除警報響了，大家都來到街上。

「你要看蔣夫人嗎？也許她會在爆炸現場出現，」老彭說。

丹妮馬上同意了。他們把她的信寄出去，又到附近一家店鋪去修錶。然後叫車到跑馬場。那個方向火焰沖天，救護車在街上穿來穿去。他們站在一大羣人聚集的地方。二、三十間貧民屋著火了。穿制服的小隊正和吞噬房屋的火焰搏鬥。日本人投了不少炸彈，但是大部分落在跑馬場和田地間。救難隊、護士和其他穿著帥氣制服的女孩子正幫忙維持秩序，照顧傷患。大家由倒塌的房屋拖出受難者，有些人被燒傷，有些已經死了。

附近有幾個貧婦號啕大哭，坐在地上，死者就躺在她們身邊，毫無知覺，一動也不動，不再痛苦也不再悲傷了。丹妮不自覺陪老彭走向傷患和災民上卡車的地方。到處亂烘烘的。有些婦女要人抬著走，有些人堅持要帶她們搶救下來的東西。家園沒有全毀的人四處挖尋他們的家具，由廢墟中拖出皮箱和抽屜來。

「那就是蔣夫人，」老彭低聲說。

由人潮的縫隙中，丹妮看到了蔣介石夫人。她穿一件藍色短毛衣和一件黑旗袍。毛衣袖子捲得高高的，正忙著和穿制服的女孩子講話，用手勢指揮她們工作，她看看受災現場，眉毛不禁往下垂。好奇的羣眾特地來看火災，也來看第一夫人。

丹妮站著看女孩子們工作。光是看看蔣夫人，看看大家互相幫助，彷彿災民的悲劇也是自己的悲劇似的，她就覺得好感動。在全國的大難中，個人的界限完全消失了。災難中自有美感，就連大屠殺的現場也有一些鼓動丹妮靈性的東西。她想找一個女孩子談談，但是她們都很忙，她想說的又只是一些傻話，於是她靜靜在一旁看她們召集孤兒和災民，把她們送上卡車。

「想想蔣主席夫人居然親自照顧我們這些平民，」一個農夫帶著不相信的笑容說，「喃，有這樣的政府，誰不願打下去？」

「現代婦女還不錯，」另一個路人笑笑說。

丹妮為中國現代婦女而驕傲，她也是其中的一分子呢。這些穿制服忙來忙去救助傷者、被羣眾仰慕的女孩，正代表她以前所不知道的現代中國婦女的另一面。

「如果我們今天沒有來，我就錯過這一幕了，」大家看著蔣夫人的汽車離去，丹妮說。

他們回到武昌，聽說那邊也挨了炸彈，有一條街被炸毀，災情比漢口還慘。他們一個鐘頭前吃午飯的餐館完全炸壞了，很多吃午飯的客人都被炸死。丹妮抖了一下，知道他們逃得好險。如果他們來晚一些，或者坐在飯店裏多談半小時的佛教，他們說不定也遭了眼前諸人的命運。

眼前是最醜惡的死亡面目。兩顆炸彈擊中這條街。一顆落在戲院後方，彈片震毀了對面四、五家店鋪的前半部。火勢已經受阻，倖存者可以回去默默檢查家園的殘骸，盡量搶救東西。救難隊還很忙，在瓦礫中走來走去，挖掘埋在廢墟裏的災民。兩三個護士正在幫忙，由男童軍搬送傷者。

丹妮看到前面有一大堆死寂的人體。女人的身子奇形怪狀，暴露在大家面前，死者沒有知覺，傷者根本不在乎。地上偶爾會出現沒有身軀的頭部或一條腿。附近一棵樹上掛著模糊恐怖的碎肉，還在陽光下滴著烏血。死屍堆在戲院裏，戲院的後牆已經被炸掉了。堆上來的屍體愈來愈多，她發現那些屍體像屠場的死豬一樣晃來晃去。一個女人坐在地上哭，旁邊放一條脫離屍身的嬰兒手臂，手指圓圓胖胖，顯得很美。另外一間屋子裏有一個女人屁股被炸掉了半邊。榴霰彈扯裂了她的褲子，白白的大腿露了出來。她靜臥在悲劇的尊嚴裏，根本沒有羞恥可言。只有破衣服使她露出窮相；如今她和任何母胎生養的人物平等了。一股激動的感覺沉入丹妮的意識中。這個女人是誰，竟被素未謀面的人這樣摧殘？

老彭摸摸那個女子，她叫出聲來。她還活著！

她的聲音很普通，和別人沒有差別，使丹妮深受震撼。

老彭連忙去找護士。一個女孩子來了，滿手滿身都是血跡。

「我們得等一下，」她說。「男童軍馬上帶擔架回來。那些日本鬼子！」

這位護士頭髮短短的，後面很齊，手上戴了一個戒指。她面容開朗，有點瘦，牙齒稍稍暴出來。瘦長的臉上掛滿汗珠。她皺皺眉頭，對這種大屠殺似乎很熟悉，但是每次看到仍然很沮喪。

「你是不是這個女人的親戚？」她問老彭。

「不是。不過有必要我們願意幫忙。」

「你是護士嗎？」她沒有穿制服，丹妮問她。

她點點頭。

「我們在洪山有一個小地方，」丹妮說。「我們那邊收容了幾個難民。我們不是醫生，不能帶傷者去。不過若有無家的災民，我們可以供應食物和居所。」

她們互道姓名。那個女孩子名叫秋湖。她在中國紅十字會工作，是隨組織由南京來的。她說話又低又快，有四川口音，不過不難聽，尤其她露出笑容、眉毛展開的時候更可愛。她身材苗條纖秀，顴骨和嘴巴卻顯出力量和耐力來。丹妮很好奇，想認識幾個同一代受過教育的女子，所以表現得特別誠懇。秋湖對丹妮也很有興趣，她忍不住被她又深又黑、長睫毛的銳眼，以及她不說話時歪唇的動作所吸引。

那個女人被帶走以後，丹妮問她，「你現在有空嗎？能不能上去看看我們的地方？」

秋湖欣然笑笑，在這種戰爭時期大家都不太講究傳統的禮儀。「不該我當班。我是爆炸後自願出來幫忙的，」她說。

他們帶秋湖回家，女人和孩子都跑出來迎接他們，問他們大轟炸的時候人在什麼地方。月娥的母親王大娘說：

「飛機來得很近。很多人衝到斜坡上去看武昌的大火。我的月娥嚇壞了，她跑去躺在床上。」

丹妮發現萍萍不在，每次她由城裏回來，萍萍總是第一個出來迎接她。「萍萍怎麼啦？」她問道。

「她隨大家跑進樹林裏去了。不過你還是先去看玉梅。她一直哭，要找你。」

老彭、丹妮和秋湖連忙進去看玉梅。她痛得翻來覆去，大聲叫嚷。她抓緊丹妮的雙手，臉上直冒汗。「時候到了，」她說。

丹妮看看秋湖，她立刻明白了。

「你能幫忙嗎？」

「可以。我在北平學過接生課。」

「那真幸運，」丹妮說。

但是玉梅眼中充滿恐懼。

「如果是鬼子的小孩，把他殺掉，」她一面呻吟一面說。

「別說傻話，」丹妮說。「我說過這是你丈夫的孩子。」

老彭走出房間，知道是大轟炸的刺激使她產期提前了。丹妮叫秋湖坐下，同時把玉梅的遭遇說給她聽。秋湖搖搖頭。「這種例子很多，」她說。她低聲告訴丹妮，有一個尼姑曾經到她的醫院，叫醫生給她墮胎呢。

「你們照辦啦？」

「是的。她說我們若不肯，她就去自殺。我們女人受害最深。我們難道不明白體內有一個鬼子的胎兒是什麼滋味？」

秋湖希望玉梅像一般農婦能順利生產，她要人準備澡盆、毛巾、肥皂和剪刀，還在屋角放了一張大桌。她寫便條請醫院提供一套接生設備，丹妮叫金福送去，吩咐他盡快把設備帶回來。

玉梅的陣痛暫時緩和了一會，丹妮就走到老彭的房間。

「如果是日本娃娃呢，彭大叔？」她說。

「嬰兒是看不出來的。除非嬰兒某一點特別像她丈夫，才有徵兆可尋。否則誰分得出來呢？但是人不能殺生。我們必須加以阻止。」

「怎麼阻止？」

「告訴她不可能是日本嬰兒。」

「我告訴過她，她也相信了，但是現在她又擔心了。」

「撒個謊吧。總比謀殺好。」

「撒什麼謊？」

老彭想了一會。「說日本嬰兒全身都有毛，或者任何不可能有的現象。」

丹妮說，「我們還是告訴她，日本嬰兒出生時有尾巴，她會相信一切。」

「或者有十二根指頭。」

「不，還是說尾巴好。不過如果真是日本娃娃呢？」

「我們以後再說。現在她心裏必須完全平靜下來。有時候日本嬰兒和中國人根本分不出來的。只要她相信是中國人，又有什麼關係呢？」

「你是說你不介意養一個日本小孩？」丹妮困惑地說。

「我不在乎，」老彭說。「她不能殺那個孩子。畢竟是她自己的骨肉。」

這時候萍萍的弟弟進來說，他姊姊正在問丹妮爲什麼不去看她。

於是丹妮去了，還叫秋湖一起去。玉梅的陣痛緩和了些，金福的母親暫時在屋裏陪她。

他們叫秋湖幫忙減輕玉梅的恐懼，秋湖說：

「怪事也會發生喏。當然可能性極小，不過萬一她的小孩真長了尾巴呢？我還是說我在北平接過日本娃娃，看見他們生來就長了胸毛。那才不會太嚇人。」

於是丹妮帶她去看萍萍。小病人蓋著破棉被躺在床上。她父親站起來迎接她們。

「觀音姊姊，我一整天都沒有看見你，」這個十歲的孩子說。

「我很忙。我們到漢口去了，回來又忙著照顧玉梅姊姊。你知不知道她要生小孩了？」

萍萍的眼睛一亮。

「這是秋湖姊姊。她是護士，特地來看你，」丹妮說。

這孩子面色發紅，兩頰瘦削，使眼睛顯得更黑更大了。秋湖看見痰盂裏有血絲。房裏的光線和空氣都不理想。窗枱上有一個小玻璃瓶，裏面插著小女孩親自摘來的野花。房裏只有兩張床。秋湖發現萍萍的弟弟和她共睡一張床，一個人睡一端，就說，「你得把他們分開。小弟弟要和他父親睡，或者另睡一張床。」

「觀音姊姊，」萍萍笑著說。「炸彈落下來的時候，你怕不怕？」

丹妮把一切告訴她，還說她見到了蔣夫人。萍萍很興奮，想知道蔣夫人穿什麼衣裳、做什麼事情。

她們要走了，萍萍謝謝她們來看她，她父親跟到外面來。

「我女兒怎麼樣？」他問護士說。

「她得了肺病。需要細心的照顧，充分的休息和營養。我會帶些藥再來看她。」

做父親的人向她道謝，淚眼模糊，景況堪憐。

她們回來後，玉梅又開始痛了，但是秋湖用專家的口吻說，時候還早呢。

丹妮告訴秋湖，萍萍的父親只能替四口之家買三張船票，不得不把她大哥撇在原地。

「慘啊！」秋湖說。「我們離開南京的時候，也碰到同樣的問題。我在紅十字會工作，隨傷兵一起來的。我們是最後離開的一批，當時日本人離市區只有十二哩了。紅十字會爲傷兵訂了一艘船。但是醫院裏有一千多人，那艘船只容得下四、五百人。我們必須決定誰走誰留。我們只能把傷勢較輕的帶走，讓重傷的人聽天由命。留下來的人哭得像小娃娃似的，一直求我們帶他們走。他們像小孩般大哭大叫，『用槍打死我們！給我們毒藥！殺掉我們才走，因爲日本人一定會殺我們的。』護士都流下淚來，有些醫生也熱淚盈眶。誰能無動於衷呢？一個二十歲左右的少年由床上滾下來，直拉著我，不讓我走，『好姊姊，救我，救我一命！』他腹部重傷，我知道他連送到碼頭都活不了。我知道他絕對活不成，就說我會回來找他。我回來的時候，他快要死了，還躺在地板上，滿口鮮血。他張開眼睛，陌生地看看我就斷氣了。四處都是稻草。我們臨走前，醫院像豬欄似的，留下來的傷患哭聲震天。簡直像謀殺那些傷兵嘛，我又不是鐵石心腸。我們整天整夜抬傷者上船。只有兩輛車，我們得親自用擔架抬他們。醫院到碼頭坐車要半個多鐘頭，走路卻要大半天，我們四個人一次只抬一個，有些人真重。」

「你們女護士抬擔架？」

「是的，不過也有男人，大家都得幫忙。簡直難以形容，難以想像。街上的人驚惶失措，都怕空中的轟炸機。但是我們若想到碼頭，就根本不能停下來。我鞋根斷了，店鋪都不開門，買不到新鞋。連一杯茶都買不到，因爲飯店也關了。我真不敢回想那段日子。」

「你們救了多少人？」

「五百人左右。羅伯林姆醫生是最後上船的人之一。他親自開救護車。喃，航程才糟呢。沒有地方坐，也沒有地方躺。我們護士、醫生只好在甲板上站了四天。直到蕪湖才找到吃的。有幾個人帶了麵包，分給我們吃。連飲水都沒有。我們有些人用繩子綁著煙罐，由河裏舀水給傷兵喝。很多人中途死掉，屍體就扔到河裏。到了漢口，我的腿又軟又僵，一步也拖不動……那些事最好不要談、不要想。簡直像一場噩夢。」

秋湖的語氣很平靜、很理智；她一面抽菸，一面用又低又快的口音訴說往事，不帶任何英雄色彩。這一切對丹妮都很新鮮，她和受過教育的摩登女性還很少接觸哩。

「不過，」秋湖下結論說，「我們畢竟還活著，留下的人一個也沒有保住性命。凡是手上有繭、能走能動的男人都被殺光，也不管他是不是軍人。」

金福帶接生設備回來，秋湖點上酒精燈，叫人燒開水，準備乾淨的布塊和報紙。金福的母親丁太太和月娥的母親王大娘都站在門口，王大娘說她接過很多小孩。丹妮從來沒看過接生的場面，覺得手足無措。

玉梅的陣痛來了又過去，但是嬰兒還沒有跡象。玉梅因爲不好意思，想學一般婦女壓住呻吟，但是偶爾她會爆出一陣尖叫，因爲勉強壓抑而更形恐怖。這個殘酷的場面使丹妮嚇慌了。

她們叫人端一個火爐來取暖，天黑時油燈也點上了。

玉梅的身子翻來覆去，彷彿在刑架上似的。秋湖站在旁邊。

「叫醫生取出來，」玉梅呻吟道。「如果是日本娃娃，就把他殺掉。」

「是你丈夫的孩子，」丹妮說著，頗爲她難受。

「那爲什麼這樣折磨人？我受不了。」

「馬上就生了。要有耐心。這是你的孩子，也是你丈夫的骨肉。」

「我怎麼知道呢？」玉梅軟弱地嗚咽說。

「我會告訴你，」秋湖說。「我在北平的醫院見過很多新生的日本嬰兒。他們一出生就有胸毛。所以若是乾乾淨淨，胸上沒有毛，你就可以確定是中國娃娃。」

但是玉梅好像沒聽見。她亂翻亂滾，手臂抓緊秋湖。「醫生，救我，我不要這個孩子。」

「別亂講，」王大娘說。「所有女人都要經過這一關的。」

她們一個鐘頭一個鐘頭坐下去，桌上的時鐘也一分一秒滴答響。小孩的臀部依稀可見，但是出不來。秋湖摸摸母親的脈搏，還滿強的。

午夜時分她決定把嬰兒弄出來。她用力將胎位扭正，二十分鐘後終於把他拖出來。大功告成，她滿身大汗。母親靜靜睡著了。王大娘聽說秋湖還是未嫁的閨女，相當感動，便搖搖頭走開了。

玉梅睡醒，丹妮彎身說：

「是男的，是你和你丈夫的兒子。沒有胸毛。」

玉梅看看身邊的孩子，露出平靜甜美的笑容。

那天晚上秋湖和丹妮共睡一頂大紅木床，丹妮對於分娩的過程印象深刻，對秋湖的技術和勇氣也深深佩服。她想起早上的轟炸場面。那一天她看到死，也看到生。她現在知道「業」是什麼意思了。

老彭爲丹妮拿了幾本禪宗的佛經；有「楞伽經」、「六祖壇經」和「證道歌」。前面六祖的生平使她很感興趣。老彭不想太快教她，他叫她背「證道歌」及「禪林入門」中的詩句：

何為修福慧、何為驅煩惱、何毒食善根。

去嗔修福慧、去嗔驅煩惱、貪嗔食善根。

觀彼眾生，曠劫己來。沉淪生死，難可出離。貪愛邪見，萬惑之本……

革囊盛糞，膿血之聚。外假香塗，內惟臭穢。不淨流溢，蟲蛆住處。

放四大，莫把捉，寂滅性中隨陰啄。諸行無常一切空，即是如來大圓覺。

丹妮一遍又一遍念這些詩，覺得很容易懂，但是老彭不肯教她更深的東西。他爲她開了一道奇妙的攝生方子。靈魂的解脫必須來自身體的訓練。

「走上山丘，走下山谷。走到腿累爲止。拋開家務事。到後面的大廟或漢口、漢陽、武昌的郊區去散步。在漢口的時候，心裏想武昌的人；在武昌的時候，心裏想漢口的人。只有身體自由，靈魂才能自由。等你能一路由漢陽龜山渡河到武昌的蛇山而不覺得累，我才進一步教你。」

丹妮不太喜歡走路，通常走幾哩就回來了。但是老彭教了她另外一件事：早晨、黃昏和月夜出去坐在小丘上，她發覺這件事比較容易做。她常常坐看小丘、河流、浮雲和下面谷底的市區。

黃昏坐在那兒，腳下有寧靜的山谷，城市籠罩在漸暗的微光中，使她心靈清淨無比。她常常會想起伯牙，想起生和死，想起玉梅母子，想起自己的過去，有時候簡直以爲自己活在夢境中。老彭叫她靜坐在那兒，隨思緒亂飄亂轉。長江水遠向東流，黃鶴樓已立在岸上一千年了。西邊的落日和昨天一模一樣。有時候她覺得奇怪，這個美麗、永恒的地球上居然有那麼多痛苦和悲哀。人類和永恒的大地比起來，實在太藐小了。她看到遠處火車嗚嗚響，發出白白的煙柱。如果天氣晴朗，她會看見好幾百人，和昆蟲一般大小——一種奇怪的雙足昆蟲——幾百個人下了火車，消失在蜂巢般的都市裏。

日子一天天過去，沒有伯牙的回音。她愈來愈關心，同時也聽天由命。「有欲有苦：無欲得福。」老彭引用佛教經典說。對外她很忙。玉梅的孩子長得很快，只是脾氣暴烈，一天到晚哭，晚上的哭聲害丹妮也睡不著覺。秋湖每隔幾天就來看她，有時候丹妮也到醫院去，認識了幾位秋湖的女友。

不知怎麼，屋裏的難民都傳說玉梅的孩子是日本人。有一天幾個男孩進入玉梅的房間。

「我們要看日本娃娃，」有一個男孩說。

玉梅抓住在她胸口啼哭的嬰兒。

「這是中國娃娃，」她大叫說。「你們出去！」

孩子們跑出去，但是娃娃還哭個不停，玉梅火大了，因爲他無緣無故整天哭。

她絕望地對他說，「我今天餵了你六、七次，你還在哭。你是什麼小妖怪，天生要來折磨你母親？」每次他一哭，她就餵他吃奶。他安靜了一會兒，又開始哭了。這個小孩皮膚黑黑的。玉梅注意他臉上的每一部分——眼睛、耳朵、嘴巴——看看是不是有點像她丈夫。但是第二周比她初看時更不像了。小孩似乎更醜更黑，還露出斜視眼來。她丈夫沒有斜視眼，她公公也沒有。那個日本兵是不是斜眼呢？她記不起來了。也許她養的是日本嬰兒哩。最後她終於相信那個日本人有斜視眼。有時候她餵嬰兒吃奶時，這個醜惡的疑團會在她心中升起，她就突然把奶抽開，小孩沒吃飽，往往哭得更厲害。

有一天，一個由村裏來賣柴火的婦人說要看這個新生的娃娃。

「多大啦？」她問道。

「十七天，」玉梅回答說。

「長得好快。」

「是啊，不過他脾氣暴躁，整天哭。我沒睡過一夜好覺。」

「畢竟日本娃兒和我們的不一樣，」那個婦人嚴肅地說。

玉梅臉色很激動。

「你說什麼？」她氣沖沖追問道。

那個女人知道自己說了不禮貌的話，連忙道歉。「我只是聽村裏的人說你生了一個日本娃娃，我想順道來看看。我們從來沒機會看日本人。現在我很忙，我要走了。」

那婦人走出房間，玉梅眼睛睜得很大。娃娃還在哭。

「讓他哭吧！這個魔鬼！」丹妮進來，她大叫說。

「他餓了，你爲什麼不餵他？」

「我餵過啦。我不知道要怎麼弄他。隨他哭吧。」

玉梅雙眼含淚，抱起他，鬆開衣扣，把奶頭塞入嬰兒口中。但是她低頭看他，斜眼似乎比以前更嚴重了。她顫抖著將嬰兒推開。

「這是東洋鬼子，我知道！」她說。「我怎麼能用我的奶來餵鬼子的小孩？他長大只會折磨他母親。」

「但是他餓了，你必須餵他呀。」

「讓他去餓吧。我受夠了。他餓死我也不在乎。村裏的人都說他是日本娃兒。」

於是她不肯再餵她的孩子，小孩哭累睡著了，後來餓醒又大哭特哭。

「你是在害死自己的親骨肉！」丹妮說。

「誰願意誰就餵他好了。這不是我丈夫的小孩。是鬼子的孽種。」

丹妮叫來老彭，他生氣地說，「你是在謀殺自己的孩子。」

「我要謀殺他……否則你可以把他帶走。他是斜眼的鬼子，和所有斜眼鬼子沒有兩樣。誰要就給誰吧。我不願意終身拖著這個恥辱。我不要他還好些。我最好先殺他，否則他長大會殺我的。」

「那就交給我吧，」老彭說。

「歡迎你帶走。他長大會殺你哩。」

玉梅躺回床上，號啕大哭。丹妮看到可憐的小孩，就抱起他，帶到老彭房裏去。

老彭想把他交給願意撫養的女難民，但是誰都不肯碰他一下。山上沒有牛奶，老彭只好訂煉乳。他以前從來沒養過小孩，丹妮只得幫助他。

「也許是日本嬰兒，」丹妮低聲說。「真是醜娃娃一個。玉梅說那個日本兵是斜眼。」

「是又怎麼樣？我們不能殺害生命。」

於是娃娃放在老彭房裏，丹妮大部分時間在裏面陪他。但是情況愈來愈糟糕。王大娘說這孩子也許消化不良，但是她不肯來幫忙，嬰兒只好孤零零一個人。

有一天傍晚，丹妮進屋發現娃娃死在床上。棉被緊緊包著他。她聽一聽，呼吸停止了；小孩是被人悶死的。

她大驚失色，跑到玉梅房間，發現她在床上痛哭。她歉疚地抬頭望著丹妮。

「是你幹的！」丹妮說。

「不錯。是我幹的！」玉梅陰沉沉說：「他的小命愈早結束，對我愈好。恥辱已跟我來到這兒。我已經被大家當作笑柄了。但是你不必說出來。只說娃娃死掉就成了。」

老彭回來，發現屋裏的小屍體，丹妮把經過告訴他。他滿面氣得通紅說，「可憐的小東西！這樣結束了他的生命，這全是他父親罪惡的結果。一件惡事會引發另一件。她怎麼能斷定不是她丈夫的小孩呢？」

丹妮以爲他要去罵玉梅，但是他沒有。他只說，「做過的事情已無法挽回了！我恨她心腸這麼狠。」

現在嬰兒死了，她看看他的小臉、小手和小腳，覺得很可憐，她並不害怕，因爲他似乎睡得很安詳，她摸摸他的小手，不禁流下了眼淚。她和老彭隔著小屍體四目交投。他滿臉悲哀，額上的皺紋也加深了。

「我們得替玉梅保守祕密，」她說：「鄰居已經跑來說他是日本娃娃，她要擺脫那次的恥辱。」

於是老彭去看玉梅的時候，只說：「這是小孩的罪孽。不過你心也太狠了，他畢竟是你的骨肉哇。」

大家聽到消息，有些女人來看娃娃，大家都說他很可憐，但也是罪惡的孽果，反正誰也不會要這個孩子活下去。因爲是小嬰兒，當天晚上就匆匆埋掉了。玉梅甚至不肯去參加葬禮。

葬禮完畢後，丹妮陪老彭回到他的房間。油燈在他桌上半明半滅的。

「唉，」他嘆氣說，「如果是日本小孩，你看一件罪孽自然而然導致另一件。父親的罪行報應在無辜的孩子身上。這就是『業』的法則。」

「你現在肯不肯多談一些佛道？一個人要怎麼樣達到悟的境界呢？」丹妮說。

老彭筆直盯著她說：「大風一再吹過，我想你心裏的烏雲已一掃而空。我想你現在能夠明白了。你眼見那個孩子出生，也看到他死去。你也許覺得他可憐，因爲他短命，而我們都希望活久一點。這就大錯特錯了。長命比宇宙又算得了什麼？我們都活過一生，但是我們都沒有看清生命。」

他繼續說，悟道的基礎就是看清生命。但是要看清生命，必須先除我見，去除自己和別人──「你」和「我」──之間愚蠢的差別。這種覺悟能使我們解脫一切悲哀和罪惡的情緒。我們活在現象界裏，一切全是感官和有限智慧所生出來的錯覺。殊相與共相的差別只存在於這個世界中。一切人類的激情、貪念、憤怒、迷惑、憎惡與掙扎、空虛的歡樂與失望，都是由這種愚蠢的幻象產生的。只有智者懷著高超的天賦，能看出這種差別的謬誤。我們出生、生子、死亡的現象只是幻影罷了。只有不分自己和別人，不分眾生和宇宙，我的心靈本體才是真實的。「金剛經」說，如果我佛一刻含有自我和他我、生命和宇宙我的見解，他就不再成佛了。但是我們生爲肉身，難免要愚蠢地抓住這些獨斷的分別。解除這些你與我、殊相與共相的感官差別，就回復較高的佛性智慧。由此就能產生宇宙性的憐憫和一種無私的慈善心。「行慈悲不僅要付出實物，也要付出無私的仁慈和同情。」一個人免除了自我的幻象，就可以解脫一切由自我而生的悲哀和痛苦，進入非有非無的境界，能享受「大蓮座」上我佛的庇蔭。

於是丹妮把輪子的舊夢告訴老彭，問他是什麼意思。他打開「楞伽經」，念下面一段經文來作答：

無知業受生。眼色等攝受。計著生識。一切諸根、自心現器身藏、自忘想相、施設顯示。如河流、如種子、如燈、如風、如雲，剎那展轉壞。躁動如猿猴。樂不淨處如飛蠅。無厭足如風火。無始虛偽習氣因，如汲水輪、生死趣有輪。種種身色，如幻術神咒、機發像起。善彼相知，是名人無我智。

「你現在明白了，」老彭說，「爲什麼要有更高的智慧才能瞭解佛道，爲什麼一般人很難脫出感官差別的錯誤。一切有生有滅；只有心靈不滅，因爲它超越了生死的循環圈，也超越了有與無的境界。」

「那麼一切生命都是空的？」

「空只是一個字眼罷了。所謂空虛，只是說它不真實。但真實也只是一種字眼，是由我們習慣力所產生的見解。大家把涅槃誤解爲空虛或絕滅。只是個體不存在了。我們活在一個有限、制約的世界裏，無法想像絕對和無條件的意義。所以我們才說它『空虛』。」

但是丹妮對「業」的學說——也就是現世生命的因果律——尤其是「罪愆」和「孽障」比較感興趣。

「但是我們已經出生了，該怎麼活呢？繼續活下去，結婚生子難道不對嗎？」

「婚姻和愛情都是孽業法則的一部分。我們有身體，也有愛和欲，愛欲又帶來種種失望。活在業的世界裏，我們屈從孽業法則，面對無法避免的罪愆和報應。因果律到處存在。種瓜得瓜、種豆得豆。我你必須活下去，生活的方式決定了我們的將來，是接近智慧呢，還是沉入悲愁的深淵裏。現世的生命使我們被愛憎所縛，愛憎本是一體的兩面。你說你曾恨過伯牙；那是因爲你愛你，正如現在你知道自己還愛著他。我們都有朋友、親戚和各種私人關係。要完全擺脫感官的欲望是不可能的。但是知道這種愛憎是由我們的感官以及『你』『我』的差別心而來，就可以達到博愛眾生的幸福境界，超越個人失望的悲哀。」

然後他教她「楞伽經」中誦佛的名言：

世間離生滅　猶如虛空華　智不得有無　而興大悲心
迷離於斷常　世間恒如夢　智不得有無　而興大悲心
一切法如幻　遠離於心識　智不得有無　而興大悲心
知人法無我　煩惱及爾焰　常清淨無相　而興大悲心
一切無涅槃　無有涅槃佛　無有佛涅槃　遠離覺所覺
若有若無有　是二悉俱離　牟尼寂靜觀　是則遠離生
是名為不取　今世後世淨　我名為大慧　過達於大乘

16

觀音菩薩一定存心讓丹妮吃苦，她二月三日收到伯牙那封延誤的信件，曾拍電報，也曾去信說明，但是毫無回音。丹妮原以爲自己對伯牙的愛情已經死滅了，不過現在又重新點燃起來，她整天魂不守舍。

先是玉梅分娩，然後是照顧嬰兒和嬰兒死去，她現在工作倒減輕了些，時間也很自由。老彭發現她愈來愈瘦，愈來愈蒼白。他要她多走路，一方面作爲普通的養生法，一方面也含著更深的理由，心靈要解脫世俗的悲哀，必須讓身體先不依賴舒服的享受。軍校生般嚴苛的訓練才能拯救靈魂。正如訓練中的軍校生反省時會以好奇的眼光來看平民生活，住在山區裏的隱士對於世上的目標，都市的生活，也會看出另一種分量和意義。無憂無慮的心靈只存在於無憂無慮的身體中，這種肉體常被冠上禁欲主義的名稱。「證道歌」說得好：

常獨行，常獨步，達者同遊涅槃路。
調古神清風自高，貌顇骨剛人不顧。

禁欲對女子比男子更困難，尤其懷孕的時候更是如此。精神想壓制肉體，卻往往違反了女性存在的法則。母親子宮的生命力又強壯，又渴望生長和養分，於是堅持它的需要，不肯妥協，只遵從與生俱來的法則。這份需求轉到母親身上，改變了她的口味、食欲、心情和情感。胎兒決定母親該做什麼，不該做什麼。胎兒最需要寧靜與休息。違犯了這些法則，胎兒照樣盡情吸收母體的一切，不管母親反應如何，把體內的營養都吸光。

研讀佛經只改變了丹妮對生命的看法。她不知道除了自己靈魂攪動外，她體內另一個生命也覺醒了。

有一天早晨她出去散步。走過農舍，正要爬上大廟前的陡山徑，突然昏倒在路上。沒有人看見她。她醒過來，用力坐起身。一個伐木人走過，看她坐在地上，面色和嘴唇發白，知道她生病了，就把她扶回屋內。

她進入自己的房間，躺在床上，玉梅連忙去叫老彭。

老彭進來，坐在丹妮床邊，臉上充滿關切。

「我正爬上小山，突然一陣昏眩，」她說。「醒來後，有一個伐木工送我回家。」

他靜靜看了她一分鐘，心裏想著說不出口的念頭，最後才說：「你不能再一個人出去了，也不能太勞累。」

她掩住面孔，玉梅過來站在床邊說，「小姐說不定有喜了。」

聽到這句話，丹妮把臉轉向牆壁，哭得雙肩抖個不停。

老彭默默走開，顯得很憂慮，自己一個人關在房裏……

兩天後的一個晚上，丹妮來敲老彭的房門。門開了，她低頭走進去。竹桌上放著一盞油燈。窗外冷風吹得樹葉沙沙響。她坐在他床上，因爲屋裏只有一張椅子。

「你怎麼辦呢？」他問道。

她抬眼看他，雙眼亮晶晶的。他的目光很直率，但是她沒有答腔。

「我想你不必擔心。伯牙馬上會有信來的。」

「將近十天了，他一點消息都沒有。」

「他會寫信的，我知道，他會來找你，」老彭堅決地說。

「如果他不來，我就去找秋湖，」她說。

他滿臉恐懼，可見他知道她的意思。

「是的，」她又說，「雖然你明白一切佛道，你不會瞭解這些。男人永遠不會懂。肉體的擔子由女人來承當。秋湖說她爲別的女人動過手術，她也可以替我做。」

「我再寫信給伯牙，他會來的。」

「如果他不來呢？」

「你不能摧殘生命。我不許。」老彭顯得很難過。

「沒有父姓的孩子！」她苦澀地說：「不錯，這一切都很有趣，這個業的法則。『父親的罪愆報應在子孫身上。』我用我母親的姓，我的孩子用我的姓，如果是女孩，她的孩子也會姓崔——世代姓崔！」

老彭起身，踱來踱去。「一定能想出辦法來，一定會有伯牙的消息。」

「去年十二月以後，他就沒有寫信給我，現在快三個月了。」

他停下腳步，眼光搜索地看看她，然後說，「小孩一定要生下來，一定要有父姓。有一個辦法。」

「有什麼辦法呢？」

「丹妮——如果伯牙沒有回音——你反不反對孩子跟我姓——姓彭？」

最後他的聲音有點發抖。她盯著他，彷彿被一個太偉大、太難瞭解的新思想嚇昏了。

「你是向我提出這一個建議——犧牲你自己？」

「丹妮，也許我不該說……我只是給孩子一個父姓，我不敢要你愛我。」

「你是說要娶我——不讓我蒙羞？」

「不，我太老了，配不上你，但是我還沒有老得——不能欣賞你、重視你——我無權說這種話——」

他停下來。他看出她臉上有矛盾的情緒，感激、佩服，以及隱藏不住的窘態。

「你得明白，」他說。「我們必須等伯牙，你愛他，這是他的孩子，但是萬一他不來，萬一他變了主意……」

她慢慢抬頭看他，點了點頭。他抓住她的小手。

「那你願意嘍？」

「是的，我願意。」

他捏捏她的小手，她知道這對他不只是犧牲而已。

她猝然抽回手，走出房間。

伯牙知道，丹妮臨走前在電話裏說了那一番話，可見她完全誤會了。「我是你的姘婦。現在我不再當姘婦了，不侍候你，也不侍候任何人……跟湘雲去玩吧。她需要你。」他以爲是她叫他「豬玀」，不過他倒不生氣；這只表示她多麼絕望，多麼愛他。

「我不能怪她，」他自言自語說。

他對她的愛情充滿自信，就把這一次的誤解告訴叔叔阿非說，「她叫我豬玀哩，」邊說邊笑出來。

但是日子一天天過去，她音訊全無，南京又淪陷了，他開始陷入沮喪中，個人的問題加深了國難的感觸。國都淪陷，他並不驚奇，但是最後幾天的抵抗太激烈了。南京陷落前三天，上游七十哩的蕪湖先失守，南岸中國軍隊的退路被截斷了，留下來保衛南京的十萬軍隊被困在長江江灣的三角地帶，以南京爲頂點，北有大江，南有追兵。

保衛國都的任務落在唐生智將軍手中，他不顧白崇禧將軍的勸告，自願當這個不可能完成的任務。自從蘇州的中國戰線垮了以後，中國的撤軍完全失敗了。防禦軍包括三股不同的兵力，廣西軍、廣東軍和四川軍，還有一些留在城內的中央機動部隊。沒有幹練的指揮，個人的英雄行動根本派不上用場。在首都東側防守一座山頭的整營廣東軍被敵人砲火團團圍住，戰到最後一個人。山頭整個著火，這一營士兵其實是被活活燒死的。其他各軍退到城內，佔領巷戰的據點，卻發現唐將軍走了，沒有留下防守的命令。羣龍無首，潰不成軍。廣西軍仍維持一個整體，向西撤退。有些士兵拋下武器和制服，到國際安全區去避難，或者乘渡船、小船和其他能飄的工具，隨平民渡江。河上沒有組織化的運輸系統，但是就算有系統，十萬逃生的人在岸上等幾百艘小船載他們過去，也照樣會弄亂的。下關附近的城門擠滿卡車、破車，男男女女腐臭的屍體愈堆愈高，把交通都堵塞了。渡河成功的人都感謝他們的運氣。

伯牙思索著南京大亂的消息，覺得中國最考驗的一刻已經來臨了。三、四萬軍人在上海戰場上犧牲，其中包括好幾師中央軍。各省派來抵抗洪流的軍隊根本不足以擔當大任。十二個日本兵在一個雨夜裏穿著雨衣喬裝平民，只敲敲城門，就被衛兵放進去，那些衛兵來自西北，紀律很差，蘇州附近的戰線就這樣輕易垮了。這種軍隊根本不可能禦敵。戰線像接口最弱的鐵鍊，一拉就斷了。

日本人在國際區的勝利遊行激怒了伯牙，也激怒了所有中國民眾。中國士氣能忍受這一個驚人的打擊嗎？中國軍隊能不能恢復過來，重組內地的戰線呢？

伯牙的紙上戰術和大戰略開始瓦解。一切機運都不利於中國。如果我方求和，戰事便結束了，中國也不再是獨立自主的國家。但是伯牙估計錯誤，日本最高指揮部也料錯了。日軍若追擊到漢口，中國復元的機會便十分渺茫。但是日軍以勝利者的身分卻比中國敗兵崩潰得更慘。他們行為失檢，使他無法進一步求勝，日軍總司令岩根松一也說，「日軍是全世界紀律最差的軍隊。」有一位日本發言人在東京說，戰事還沒有結束，日軍卻無法乘勝進逼漢口，當時這件事應該很容易辦到。進軍長江沿岸只是三、四星期的小事，而德式閃電戰的純機械部隊兩周就可以攻下漢口。日軍的實際情況使這些計畫根本不可能實現，就算軍官下令也是枉然。這個任何力量無法阻止的軍事錯誤，使中國有機會由打擊中恢復過來，重整旗鼓，四個月後，也就是四月間，我軍終於在台兒莊擊敗敵軍，奠下了整個戰爭勝敗的分野。

伯牙寫信給丹妮，滿懷信心等待她的回音。久無音訊，他心中開始充滿遺憾和後悔。也許她不相信他的解釋。請教叔叔阿非後，他決心等她和漢奸勾結的故事澄清再說。他仍然愛她。但是疑雲若沒有完全弄清楚，他不能考慮娶她。因此他的信件因誤投而退回時，他只寫信給老彭，在信封裏附上原來那封信，沒有再寫一封，甚至沒有問候她。

就這樣將近兩個月的時間，伯牙沒有收到丹妮或老彭的回信。老彭是不是為丹妮而生他的氣？他們倆在一起幹什麼？他們一起離開北平，一起到上海，如今她又到漢口去找他。他有點羨慕他的朋友，有時候心裏甚至產生邪惡的念頭；如果老友也像他一樣，愛上了丹妮，那才有趣呢。他自己就不相信柏拉圖式的友誼。老彭若不迷上她肉體的魅力，也會因她對他及他工作的熱誠而傾倒。這如果算得上戀史，可真是單純而順利的戀史啊。他從來不懷疑老彭，他們彼此也從不厭倦。他相信老彭一定以爲她純真無邪，因爲老彭對任何人都不會有惡感的。但是他確信年齡不相當，丹妮不會愛上老彭。

在迷亂中他找湘雲來排遣愁悶。她率直而世故的觀點吸引了他，而且她的要求並不多。她帶著冷靜的態度來看他，相信自己抓不住他，也從不自作多情，以爲他愛上自己。她具有舊式女子的魅力，床上技巧和古老的調情術都很不差；她縱情聲色，卻帶有隱伏欲現的節制感，使她顯出獨特的魅力。她只遵循古老的做愛技巧，使用古典小說中才有的色情語句來稱呼他。他對她也和丹妮不一樣。他不送貴重的禮物給她。有一天他給她一百塊錢，她以幾近卑屈的態度向他道謝。雙方都認爲是一筆好買賣，有一次她說她認爲丹妮和老彭（她從來沒見過）一定住在一起，因爲她實在想不出其他的情況。

「你閉嘴！」伯牙氣沖沖說。

「她若不愛他，爲什麼要到漢口去找他呢？」

「不過你不認識老彭。他是我的朋友。」

「我沒見過一個男人抗拒得了女人的吸引力。」她說。「連和尙都辦不到。」

湘雲滿肚子嘲弄和尙的故事，一面說一面笑。主題不外乎出名的聖男聖女，尤其是道家人物和聖潔的寡婦，最後總有一個震撼人心的高潮。

其中一個故事提到一位新寡的年輕媳婦兒。她婆婆曾接受皇帝親頒的貞節獎牌，年輕的媳婦問她怎麼辦到的。婆婆拿出一袋磨光發亮的銅錢給她看。「怎麼？」媳婦問道。「喔，」老寡婦說，「你公公死後，我晚上睡不著。爲了使腦子純淨，我拿出這袋銅錢，熄了燈，丟在地板上。我必須摸黑在地板上找，一共有一百枚哩。等全部找到，我又累又睏，倒上床就睡著了。頭十年我每天都這麼做。我就這樣保住了我的貞節。」

另一個故事提到一個聖潔可風的方丈。他一生忠於信仰，如今正奄奄一息。廟裏的弟兄們問他死前有什麼願望。「這些年來我一直過著嚴格的宗教生活，」他說，「我從來沒看過裸體。這是我唯一的遺憾。如果我能看到女人的身子，就死而無憾了。」他們對他聖潔的生活覺得很吃驚。「您的願望將會實現，」弟兄們說，「我們會帶一個脫光的女子到你面前，讓你看一看，使你的靈魂平安離去。」於是他們由城中帶來一個妓女，剝光衣服，送去給方丈看。方丈一心望著她叉開的大腿，終於失望地說，「她身上也沒有什麼尼姑缺少的新鮮玩意兒嘛。她們都是一樣的。」

有時候伯牙想起他在北平老彭家讀到的佛經中阿難陀、摩登伽女和文殊師利菩薩的故事，總覺得他是阿難，丹妮是妓女摩登伽的女兒昆伽蒂，好友老彭就像打破阿難愛情符咒的文殊師利菩薩。

一月中左右，羅拉一家人來到上海，因爲馮舅公確定那兒戰事已經結束。伯牙問羅拉有關崔媚玲的一切。她從來沒聽過文件被搜的事，既不替她辯護，也沒有多說什麼。親友的輿論似乎不利媚玲，伯牙默默在心裏想念她。「無論如何，」他自忖道，「我已經扼殺了她對我的愛情。」

凱男看見丈夫外在和以前不同，又告訴她現在沒有女人了，心裏非常高興。她發現上海很迷人，因爲她漸漸認識了幾位貴婦，覺得結交摩登、說英語的銀行家、百貨公司經理的太太和千金，真是一大榮幸。這些貴婦瑣碎的閒話，她們對自己的專心，對戰爭的漠視，以及她們對中國生活的無知，使伯牙非常意外、非常惱火。有些人從來沒聽過英文報紙不登的中國文化和政治領袖的名字。她們自封在一個密閉、舒服的世界裏，這個世界離好萊塢或紐約比南京更接近。這是一個自足的世界，摩登、繁華、充滿法式的餐廳和冷氣的戲院，私家車和鄉村俱樂部。

凱男幾度想引丈夫進入這個世界，白費心機，終於放棄了，她走她的路，他也過他自己的日子。他正在留一撇整齊的髭鬚，像照片中的父親一樣，同時忙著交朋友。他常常帶回一些地圖和巨冊，晚上潛心研讀。不久他開始說他準備去內陸。

「你正在想念漢口的某一個人？」凱男問他。

「別傻了，」他說。「我要走向更深的內地。」

他要和一個他在凱男宴會中遇到的陳工程師同行。他在大學就認識陳先生，但是他由美國拿到工程學位之後，彼此一直沒有見面。陳先生被任命爲一個政府委員會中的分子，要把公路延伸到內地。隨這個委員會旅行，伯牙可以享受特別的卡車和賓館，這些正是當地旅客的一大難題。任命爲滿足他「戰略家」的特殊興趣，他最大的願望莫過於親自遍察內地的陸地、河流與地形。這個委員會正表示中國打算在內陸發展基地，若不如此，根本不可能進一步抗戰。自從南京淪陷後，這是他所聽到的有希望的消息。透過朋友的引薦，他給自己弄到「專家」的派令，只因爲他曾經和「北京地學探勘所」有過關聯。歷史方面他更熟悉；顧炎武的「天下郡國利病書」是他最喜歡的著作，自從他對戰略發生了興趣，他便不斷重讀「三國志」，研究歷史上著名的戰役。

派令來了，他拿給太太看，她終於相信了他。

「你怎麼走法？」

「一路向西南走。會有一個道路網連接桂林、衡陽、昆明和重慶，以貴陽為中心。」

「貴陽在哪裏？」

伯牙看看她，覺得很好玩。「那是貴州省的省會。你是大學畢業生，居然沒聽過？」

「我小時候在學校讀過。你怎麼能指望我記得呢？」

「你知道緬甸在哪裏吧，我想。」

「我不知道——知道，我知道它在中南半島最南端。」

「喔，它靠近中南半島，卻不在中南半島內。不過，你這樣已經很不錯了。」

「別這麼刻薄嘛。誰在乎緬甸發生什麼事呢，離我們幾千哩遠。」

這實在很氣人，後來伯牙又試試其他的女親戚。只有寶芬知道貴陽在哪兒。暗香什麼都不知道，羅拉還以為緬甸是「西藏東邊的某一塊地方」呢。

「不管你們知不知道緬甸的位置，它對中國在這場戰爭中的存亡將具有極大的意義，」他曾對凱男說過這句話，後來又對她們說，他發現她們也一樣困惑不解。「我們要建一條路通到緬甸。」

「為什麼？」羅拉問道。

「因為我們將需要一道後門。」

「但是港口很多呀。我們不是由香港和廣州得到補給嗎？」

「整個中國海遲早要被封鎖。廣州也許會封閉。」

「你瘋了。」

「有一個人沒瘋，他想法和我一樣。」

「誰？」

「蔣委員長本人。他下令築一條路，延伸兩千公里，連接緬甸和重慶。」

「等路築好，戰爭早已打完嘍，」馮潭說。

「要不要我把故事說給你聽？一位美國工程師告訴蔣委員長，在這麼困難的地帶築路，要五年才能完成。蔣委員長叫來一個中國工程師，命令他一年築好。工程師目瞪口呆，但是蔣委員長說：『你聽到我的命令了。一年之內。』『是的，大人，是的，大人，』工程師說著，鞠躬告退。聽起來很離譜，不是嗎？不過這是我所聽過最好的消息。這表示我們計畫打好幾年。」

「好幾年！」羅拉驚叫說。

「不錯，好幾年。你們這些貴婦坐在這兒的時候，有人正做長遠的戰略打算，使長期抗戰能夠如願。聽起來像神話，卻是千真萬確的。你說我們正由廣州得到補給。補給品如何送到漢口呢？」

「當然是由鐵路嘛。」

「你們知道誰建粵漢鐵路，什麼時候建的？」

沒有一個人知道。

「喔，蔣委員長下令日夜趕工築成的，工人晚上用火把照明工作，剛好趕上戰時用。他預料上海會失守，別人都沒有想到。如果蔣氏沒有料到海岸封鎖，沒有築粵漢鐵路和杭州到長沙的鐵路，我們現在又如何得到補給呢？現在他已經想到緬甸公路了。」

伯牙說出了他的論點，女士們都用佩服的眼光看著他。

「你打算做什麼？」

「喔，我被看作地質學專家。陳先生和我一起去。」

「你要遠走緬甸？」羅拉問道。

「也許不會，整個西南道路網正在籌畫中，我將一個地方一個地方去看。」

他說出一大堆省份和都市，太太們完全陌生，只知道這些地方都在西南。他說他要先去湖南的衡陽，但是不走海路，他的工程師朋友寧可沿橫跨三省的杭州長沙鐵路西行，那條路也是戰爭前一年完成的。

他全心關注他的新興趣，這件工作深合他的心意，使他有機會熟悉中國地勢，而且他喜歡旅行，又很高興能間接參與戰爭。探勘任務不必死守辦公室的例行規則，他最受不了那一套了；他可以走遍各地，獲知戰事的整個進展。他對各省山嶽和河川的名字知識很豐富，使陳先生和同行的廣東籍工程師梅先生大吃一驚。陳先生最遠只到過漢口，梅先生也只知道廣東和廣西兩省。廣東姓氏其實該念成「梅」，他卻老念成「抹」音。

二月初，伯牙要隨陳先生和梅先生出發。再度發信給丹妮之後，他一直焦急等待她解釋的信函。但是成行的日子已確定，他不能再等了。他來對阿非等人告別，他說他行蹤不定，但是信件可以由長沙的「國立公路協會」代轉。

他走後三天，老彭的電報來了。阿非拆開，只看到一份平安抵達的消息，就夾在一封信裏寄給伯牙。兩周後，丹妮的長信來了。凱男正好到柏林頓旅館來看寶芬，看到這封信是漢口寄來的，就說，「給我。我來轉寄。」雖然信封上有「私函」等字眼，她卻覺得她有權拆閱。

丹妮在信中大訴衷曲。半敍述半註解，充滿個人的思想和情感，悔恨和自責，寫得又真誠又親密。文體平易熱情。她只怪自己，並說出她在舞廳看到伯牙後的憤怒和失望，以及她焚毀綢布誓言的經過。她要他原諒她，最後加上愛情的誓語，署名「你的愛人蓮兒上」。

凱男一方面氣憤，一方面又高興信件落在她手中，現在她知道伯牙生活的祕密了。她得意洋洋寫了一封刻薄的信件給丹妮，用下流的名詞來侮辱她，勸她結束這段韻事，因爲她丈夫早已將這件事忘得精光。

伯牙取道寧波，很久才接上鐵路線，所以三周後才來到衡陽。衡陽是湖南南部的小城市，位在五嶽之一的衡山南方，它具有重大的戰略價值，是軍事上堅強的據點，跨騎粵漢鐵路，敵人根本進不來。這裏有一個軍事總部和一個飛機場，千千萬萬的士兵使這座城市變成一個大軍營。

伯牙很高興環境改變，與男人爲伍，又有新工作，又可遍覽高山的風景。他再度快樂起來。雖然他離漢口三百多哩，他卻覺得和丹妮很接近，而且再度得到自由，可以談戀愛了。他在長沙收到轉來的電報，舊戀史又在心中翻騰不已。他想搭車去漢口，但是要請假，而且三天內又要動身去桂林。身爲工程師，他半歸「軍事委員會」管轄，必須遵守軍事紀律。委員會首領目前正在桂林等他們，他是留美的工程師，曾協助完成衡陽長沙鐵路，費時極短，他對探勘團的指示就等於命令。

所以他拍了一份熱情的電報給老彭和丹妮，告訴他們自己正在做什麼，然後還寫了一封信給她。

第二天他收到她拍來的電報，說她很高興得到他的消息，並問他有沒有收到她寄往上海的長信。她說，他若沒收到，請他務必要愛她原諒她，信裏她解釋了一切，是命運給他們帶來這麼多煩惱。她熱心問他能不能去看她，並要求他確實的地址，使彼此的信件不至於耽誤，她求他盡量多寄長信給她，直到重逢爲止。

爲慶祝佛誕，伯牙隨朋友們去參觀南嶽的嶽神廟。他們碰上一次空襲，有五十名佛教香客死在路上。第三天，他們動身了，一周後他在邵陽收到丹妮的第一封信。

親愛的伯牙兄：

我說不出此刻是多麼歡喜。你的電報由衡陽拍來，直到彭大叔拿給我，我才相信。彭大叔說，「他來了。」我不知道該說什麼好，伯牙，命運對我們太殘酷了；造物主拿人當玩偶來戲弄。漫長的兩個月中，我等待你的來信，卻音訊渺茫。你沒寫信給我，總覺得你看不起我，或者你的女親戚們說我的壞話。我眼前的世界裂得粉碎。我像一個走長路的過客，想追入一戶人家的花園，園門卻在眼前關閉了。想想我看到你走出舞廳不理我，心中是什麼滋味！世界在我周圍坍倒了，頭幾天我恨你——是的，我恨你。但是我從來沒有叫你「豬玀」，是玉梅那個傻丫頭！不過現在我很快樂，你又離我很近，我要每天寫信給你，至少盡量多寫。

玉梅正在笑我，不過我不在乎。我不在乎誰笑我，我不在乎你太太的想法，我不在乎全世界怎麼想。我又恢復了生命。我真傻——至少玉梅這樣想，她生你的氣，現在還氣呢——但是我要再做傻瓜。喔，伯牙，我願意跟你到天涯海角，就算我雙腳走出泡來，雙手爬得流血，也在所不惜。我知道你是我的生命；我願意做你的妻子、情人或姘婦，只要能靠近你就行了，我對自己非常吃驚，我以為自己恨你，沒有你也能活下去。但是現在你的一封電報就改變了一切。只覺得你離我不遠，就使我又恢復了生命。

我不得不告訴你，三天前我收到你太太的一封信。我寄給你的信落在她手中。她寫信來糟蹋我。現在我們得面對一切了，她有權憤怒，因為我那封信就和現在這封差不多。我願意對你攤開我的靈魂，就像我曾心甘情願攤開我的肉體一樣。你不肯聽我的過去，你錯了。你不知道我的過去，怎麼能瞭解我呢？你不知道我曾陷入的深淵，怎麼能明白你對我的重要？一個女孩子降生了，十七歲就變成孤兒。她飄離了「良家」社會，被男人的欲望打來打去。那個女孩子沒有權利生活、戀愛，沒有權利找一個丈夫，擁有自己的家嗎？我需要家庭、幸福，和一個不輕視我、不把我當玩偶、能完全諒解我的丈夫。我尤其想得到同胞的尊重。於是你來到我的生命中。你能怪我愛你嗎？我要你愛我，你也確實愛著我。後來的事情太令人不解，但是我要拋到腦後，以後無論發生什麼，我絕不再懷疑你。

我現在很快樂，和老彭在這兒，住在武昌城外洪山斜坡頂的一幢屋子內，照顧十幾位難民。玉梅的孩子出生了，但是她殺了他，因為鄰居都說他是日本小孩。老彭改變了我，還教我不少佛教的東西。我現在明白他為什麼如此快樂了，我很高興你正為中國從事有用的工作。無論是什麼工作，請把一切說給我聽。你什麼時候到漢口來？

這封信已經很長了，我還沒告訴你和我同居的漢奸是怎麼回事。他一切電報和信函都用我的名字收件，但是我不知道他發出的信件也用我的名字。我發現他的行為，就離開了他，是我提供情報，他們才能突擊那個地方。老彭知道一切。老彭瘦多了。獻上滿紙情意。

妹蓮兒上

17

五月裏抗戰的都城漢口變成一連串活動的中心。有海報、遊行和羣眾大會，軍隊和戰爭補給品也不斷通過，使這座城市多采多姿。山西、山東和安徽都有激戰發生。日軍沿平漢鐵路推進，但是打了八個月，還無法控制山西南部。山西的正規軍和游擊隊已顯示出戰鬥的效力，不讓敵人渡過黃河。津浦鐵路上日軍正由南京向北攻，由天津向南進。爲了某一個難以瞭解的理由，敵人竟想在鐵路交會點徐州會合，而不向西沿河直攻漢口，於是又花了六個月的時間。這對中國十分有利，使日軍在長江戰役中損失增加三倍。敵人低估了國軍的抵抗力，仍想速戰速決，結果一次又一次犯了戰略上的錯誤。

中國的危機已經過去了。蔣介石宣布，兩個月內中國軍的力量將達到宣戰時的兩倍。他正在參觀各前線。在每一道前線上，我軍都堅守國土。日軍在二月四日攻下蚌埠。東京發出一道官式的聲明，天真幼稚，被人引爲笑談。上面說二月十日到十七日一周內，中國軍在平漢鐵路和山西前線損失達到「三萬多人」，而日軍只有「五十六人被殺」。戰爭若不是大戰役，就是小衝突；總不可能兩種都是吧。

漢口人看到新的戰爭設備運到北方前線，大家都歡欣鼓舞。中國空軍由於蘇俄飛機和飛行員抵達，力量大增。二月十八日漢口人看到一場壯觀的空戰，敵人的二十七架飛機被打下十二架。據說我軍已放棄防守戰略，改用進攻，四月裏就見出成效了。國軍撤換司令，由李宗仁和湯恩伯將軍防守兩條鐵路前哨，胡宗南和衛立煌將軍阻擋敵人接近黃河沿岸。蔣氏親自指揮山西和河南前線。預料四月裏徐州附近將有一場大戰。

伯牙的信件由衡陽寄來不久，老彭就離開那兒，住進漢口的一家旅社。丹妮不知道，老彭決定離開是不是和伯牙到內地有關，還是純屬巧合。他把伯牙的信件遞給她，表情和她一樣煩惱。「他來了，」他只說了一句，聲音顫抖了。丹妮自己也很激動。伯牙的電報很短，但是一字一句都意味深長：「已隨公路考察團到衡陽。一心熱望見你。探勘歸來後與你相會，長伴知音。伯牙。」「知音」顯然是引兩位音樂愛好者的故事，雖然用法很普通，對丹妮卻有特殊的意義。她眼睛濕潤了，歡樂中竟沒有留意老彭的心情。他們當時正在他房裏。她跌坐在一張椅子上。

老彭看她流淚，就滿懷深情說，「我很高興，替你高興。」

「喔，最苦的一段已經過去。他就要來了！」她說。她嚥下滿嘴的幸福，嘴唇開始蠕動，彷彿一口一口慢慢咀嚼幸福的滋味，就像老饕品嘗精美的食物似的。

「等他來，你就要離開我們了，」老彭帶著悲哀調子說。

「咦，彭大叔。我已經說過，我永遠不離開你。」

但是他沒有再說什麼。

那天晚上她再去他房間，胸中充滿熱誠和大計畫。「如你所願，伯牙會參加你的工作，」她說。「有了他的錢，我們不但可救十幾個難民，甚至可以救好幾百人。你記得那夜在張華山旅舍我曾向你保證——用那些錢來助人？」

「但願他肯照你說的去做，」他的聲音如她想像中那麼熱心。

「但是你贊成哪。是你自己的主意。」

老彭用奇怪的表情看看她，似乎正忙著想心事。

「不錯，」他終於說。「但是你當然盡快嫁給他。」

「是的。你在我們家會永遠受歡迎，成爲家庭的一分子。」

他停了半晌說，「世上有所謂個人的命數。也許我們的命數不相連。也許我會到山上去當和尚。」

丹妮大吃一驚。「但是，大叔，我不許你這樣！這種佛家觀念太嚇人了。也許不假，卻很嚇人。」

「你意思是說，這樣很難辦到。有一整年維持菩薩的寧靜，卻一天就失去了。不，丹妮，別把我當智者。有時候我也和你一樣迷亂。」

丹妮終於明白，她許嫁之後，老彭已愛上了她，她覺得很難受，他們兩個人故作自然，卻覺得很尷尬。

第二天他藉口說要見裘奶奶等許多人，就搬到漢口一家旅館去住，但是她憑直覺知道，他是要躲開她。

在寄給伯牙的下一封信中，她寫道：

我不知道彭大叔是怎麼回事。他完全變了，他說他要去當和尚，這不像他平常的作風。

你知道他是佛教徒，但他還吃牛肉哩。他只對助人有興趣。現在他說他要走，也許去當和尚。他說他不舒服，兩天前他到漢口去住旅社，一直沒有回來。他說要到七空山去休養。他在這兒有一個好地方可靜養，我可以替他準備各種他需要的食物。我簡直覺得他想躲開我。佛道真是瘋狂的東西。

我昨天到旅社去，他很高興看到我，我追去的時候，他微笑了。我問他，「你要休息嗎？」他說，「是的。」我說，「山上的女人和孩子讓你心煩？」他說，「不。」他看到我似乎很快樂，臨走前我問他，「你要不要我再來？」他起先說「不要」，後來又改變主意說，「要，我很高興看到你。」不知怎麼，他對我疏遠了。他給我兩百塊錢，叫我照顧難民幾天。你知道他開這家難民屋完全是用自己的錢，只有我拿出一點錢來助陣。他說「游擊隊之母」裘奶奶在城裏，他還得見另外一些人。但是佛道真是瘋狂的東西。我希望他不要陷得太深。他顯得很悲哀。我仍然要說，我一生從來沒見過一個比他更好、更仁慈的人，包括你在內。我知道你也會有同感的。

妹蓮兒上

幾天後，伯牙由衡陽寄來第二封信。

親愛的蓮兒妹：

我上一封信說過，我正隨一個工程師隊同行，計畫在內地築一套公路系統。此行要花幾個月的時間。最遲五月我就會到漢口。

我要告訴你南嶽所見的情景。昨天我跟朋友們去那兒，因為是佛祖誕辰，很多香客都老遠去朝拜。一路上我們看到了最壯觀的風景。南嶽名副其實，巨大的巉岩高聳入雲天。一切都巨大、強壯而堅固。竹子高得難以置信。我以前從來沒有見過這樣的景觀。香客由各方湧到山徑上，我們由南邊來，但是很多人是由此面的長沙附近趕來的。通向廟宇的路上，路邊排滿乞丐，假日的氣氛很濃。有不少衣著鮮艷的女人和孩子，大部分都來自鄉間。有幾位闊太太乘轎子來，不過信徒寧可走路，有人三步一跪，拜倒在路上。艷陽高照，景致極佳，又有不少穿淺藍新衣的香客和紅裙的婦女，大家肩上都帶著淺黃的背囊。據說有些人穿著日後見神——也就是將來葬禮——的衣裳，好讓神明認出他們。

「南嶽廟」很大，有不少廳堂。我們到達主殿，有佛事追行著。菩薩都穿了新袍子。空中香火味極濃。和尚正在誦經，裏面擠滿信徒，正在菩薩面前燃燭點香。

十一點半左右，朋友們建議下山到城裏吃飯。一大羣男女還在往山上擠。我們不知道有空襲警報，但是山上的人告訴我們了。不久我們聽到遙遠的嗚嗚聲，也看到天上的小黑點。飛機來得很快，不到一分鐘就飛到頭頂，在那兒丟下幾顆炸彈。很多香客在樹林裏避難，但是山路很窄，擠滿人潮。我和朋友們躲在竹林裏，飛機怒吼，機槍也在我們頭上嗒嗒響。飛機離地只有兩、三百呎，引擎聲震耳欲聾。我以為飛機走了，結果它們又飛回來，在頭頂盤旋，再度用機槍掃射香客。

我衝出去，聽到女人的尖叫和男人的喊聲。五十碼外有一個露天的空地，簡直像一個大屠場。這個地方有二十個男女和許多小孩被殺，還有不少人受傷了。

你在漢口也許見過轟炸，但這是我第一次的經驗，我第一次看到日軍的野蠻行為。屠殺一堆進香的信徒有什麼目標、什麼動機、什麼作用呢？敵人能有什麼收穫？不錯，其中有一、兩個人穿制服，但是那些衣著鮮艷的香客不可能會看成一組士兵吧。敵人應該認識他們所飛過的地面；不可能沒聽過南嶽。他們一定是奉命掃射任何能動的東西，飛行員一定看到了奔逃的民眾，他們沒法躲開空中敵人的視線。

和尚出來把死者和傷者抬入廟內。一個奇怪的佛誕辰就這樣結束了。

這場戰爭的性質漸漸明朗化了。沒有一座城市或村莊我們的同胞可以免除致命的攻擊。自從日軍侵入滿洲，我們就知道他們的殘暴，如今更以驚人的方式繼續下去。我觀察日軍掃射香客後大家的表情。他們竟視為理所當然！他們甚至不怪菩薩沒保佑他們。外表看來什麼事也沒有，但是他們靜靜接受無法避免的事故，壓抑的怒火卻似乎深入靈魂裏，因為不顯出激動也沒有說出憤怒的言語，反而更可怕。反正死者已矣；生者都覺得自己很幸運。這些農民具有某一種高貴的特性，舊亞洲面對了新的亞洲。我以為他們會害怕，彷彿「西遊記」中的妖怪由空中跳出來似的。但是這些農民真的無動於衷。

真奇怪，這麼駭人的災難，由空中來的現代機械大謀殺，竟被視為理所當然！這些無知、順從的農民遭遇到一個事實，死亡會由空中來臨。他們已經看到了。他們也親眼看到死亡是日本人帶來的。這個事實斬釘截鐵。每一個不識字的農民都知道，頭上飛機中的日本人是出來毀滅他和他的妻子兒女。這是日本轟炸機對他們說的。現在不管哪一省，沒有一個中國人沒見過日本轟炸機。四億五千萬人沉默、壓抑的怒火一定會成為歷史上空前的大力量。這一定和我軍的英勇表現以及全國的士氣和團結有關。因此敵人的空軍便是我政府最好的宣傳隊，是我們士氣最好的補品。它傳到千百萬不會讀、不會寫、報紙無法教化的人民眼中。轟炸機的聲音像天上掉下來的廣播，喚起了民族仇恨。但是還沒到尾聲呢。未來幾年，我們同胞還得忍受這種空中大謀殺。由這些人臉上，我才獲悉中國的某些特質。我們同胞可以忍受空襲，就像千百年來他們忍受洪水和饑荒一樣……

丹妮把信放入手提包，跑去看老彭。她帶了幾件乾淨的衣服給他。他的衣服是由屋裏的女人洗的，王大娘堅持說，把衣服送出去洗是一大罪過。她順路去找秋湖和一位新朋友段小姐，此人曾加入蔣夫人的「戰區服務隊」。她們約好去看頭一天抵達而轟動全市的廣西女兵。五百位女兵走了大半段路，直到長沙才搭火車前來。

這時候漢口人已看慣了遊行和女工作人員。戰爭的氣息一天天高漲。南京淪陷的驚慌已成過去，戰爭具有長期抵抗到底的模式。最初的混亂也平息了。街上的難民消失了，分別被送往內地，大都由他們自己和各省親人安排的。現在漢口天天有軍隊和戰爭設備通過，開往前線，還有工廠機械沿河往上運。天天有輪船開出碼頭，載難民、學生、老師和工業設備到重慶去。軍事、政治和教育領袖不斷來臨，轉赴前線。街上的景觀大改，有很多穿制服的男女出現——男童軍、女童軍，空襲民防隊，白衣白帽的護士，蔣夫人的戰區服務人員，以及三民主義青年團等等。

這些人是哪兒來的，這些組織又是怎麼竄出來的呢？怪的是組織又像太少，又像太多。根據中國傳統的作風，就是打了半年的全面戰爭，也沒有戰時縮緊措施；勞力不管制，口糧不配給，沒有優先權的劃分，不控制資金，不規定物價，不強銷債券，沒有戰爭捐稅，沒有奢侈品稅，沒有所得稅，不限制飯店營業時間，不徵召醫生和護士，除了內地各省也不徵兵。徵兵不徵到一般家庭。工業設備沿河往上運，因爲廠主要如此，而且經過迂迴的人情關說也獲准如此。學生翻山越嶺，不是政府強迫他們，而是他們想要到「自由中國」去上課。女孩子當護士，參加戰地工作也是自願的。千千萬萬人參加游擊隊，一無所有，只帶著空肚子和一顆顆熱誠的心。兒童話劇隊由六十多位男童組成，從上海出發，到各省爲戰爭做宣傳，是由一位男童組織和領導的。女孩子在漢口和武昌之間的渡輪上帶大家唱愛國歌，只因爲這樣可以滿足內心的願望。

由這些自發、自願、各別的努力產生了全民抗戰的可敬畫面，以及團結和勝利的信心。顯然一股巨大的歷史力量——依照伯牙的說法——正發生了作用。這兒完全和政府的命令無關。戰爭打下去，只因爲人民從一九三一年就對日本的侵害憤恨不已，在政府命令下「保持冷靜」，苦等了八年，終於發現政府和領袖決心爲中國的獨立奮戰到底。全國對日軍壓抑的怒火幾近瘋狂，此刻像山洪爆發，平時的小水滴聚成恐怖的原子力量，連銅鐵和水泥都摧折殆盡。

但是這五百位受過訓練，全副武裝的廣西女兵出現，不是做戰地服務，而是要參加戰鬥，幾天內就要開往徐州前線，就連這座飽經戰禍的都城也爲之轟動。

丹妮和朋友們去看她們的營房，然後又無拘無束的跑去旅館看老彭。旅社很吵很亂，有不少軍官和穿制服的男子過著軍人假期中喧嚷的生活。

老彭一個人坐在房裏。伯牙的電報和他要回來的消息使他心情大受影響，連他自己都很意外。發現自己可能會娶丹妮，他對她的關係立刻改變了。他把她看作情人和未來的太太，他發現自己不知不覺熱烈愛上了她。晚上他們一起在燈下讀佛經，最初使他困擾，後來卻帶給他不少樂趣。他知道她在他房裏照顧玉梅的小孩，他對她的感情就一天天增長，當兩個人隔著嬰兒的屍體四目交投時，他便知道自己愛上她了。

不那麼敏感的人會毫不遲疑忽略這個情況，何況他年齡也大了。突然他看出其中的諷刺性——居然四十五歲還陷入情網！在年輕而熱情的丹妮眼中，他永遠是好「大叔」。但是愛情是什麼？知音摯友間自然的情感和男女間的深情界限又在哪裏呢？現在佛家無私愛的理論顯得多麼不可置信！當然他漸漸把丹妮看作個人來愛。否則還能怎麼愛法？消除私恨比消除愛容易多了。如果說自我觀和殊相觀是一切衝突和怨恨的起源，它卻也是我們知覺生命最強的基礎。他把丹妮當作個體來愛；既然他認識了她，就不可能把她看成一個抽象的女子，一堆情緒和欲望了。她的聲音，她的容貌，她對他生活的關心——他怎麼能用無私、無我的愛來面對這些呢？

他怕自己，所以逃避她。現在他渴望聽到她的聲音，看到她的面孔，看她微笑，忙著想瑣事，或者一心照顧病弱的萍萍。自從那夜他提出要讓她的孩子跟他姓以後，她不經心的字句，她說了一半的低語，她呆呆的一句話，甚至她唇部最輕微的動作，都像電力般敲擊著他。毫無疑問，他愛上她了。

丹妮和朋友們進屋，他起身迎接她們。他剛吃完午飯，碗盤還擱在桌上。他對丹妮的俏臉笑一笑，就忙著招待客人。

秋湖介紹段小姐。她穿著受訓服，一件棕色上衣塞在藍色的工裝褲裏，外面套一件深藍的毛衣。她的頭髮後面剪得短短的，露在帽子外面，小帽歪戴，很像美國軍人的工裝帽。她雙手一直插在褲袋裏。和許多參加政軍工作的少女一樣，她談笑都充滿少女的熱誠，還有工作所帶給她的驕傲和自信，以及穿新制服的一點祕密的喜悅。

爲了待客，老彭叫來幾客咖啡。侍者忘記拿糖來，段小姐說她不能等了，因爲她得去上課。她喝咖啡，覺得很苦，看到桌上有一個鹽罐，就在咖啡裏倒一點鹽巴。大家笑她，她抓起胡椒，乾脆加一點在咖啡裏喝下去。

「蔣夫人說戰區工作的第一個原則就是隨機應變，」她說著打了一個噴嚏。「不過我得走了！」

她抓起軍帽，一面打噴嚏，一面愉快地道別，穿著工裝褲大步走去。

丹妮佩服地看看她。「她很好玩，」她說。「比起她，我們太文雅了。」

「真正做戰區工作，你是太文雅了些。」老彭說。

「我不知道。如果我有工裝褲，我走路也許會像她一樣快，那頂斜帽真可愛。」

兩位少女坐回床上，丹妮把伯牙的信遞給老彭。「野蠻！」他驚呼道，眼睛睜得大大的。「居然用機槍掃射進香的旅客。但是伯牙說得不錯。在全國各地，日本飛機正是日軍酷行最好的廣告。」

丹妮從來沒見過他這麼深的情感。他的憤恨一分鐘就過去了，但是那一分鐘她看到了他的靈魂。她發現他的眼睛其實很大，和他寬大的額頭及骨架十分相配。由於他平易近人，又微微駝背，大家通常很少注意到他的大眼睛。

「你要不要回到我們那兒？」她問道。「還是真的要去當和尚？」

老彭笑出聲來。「這種時候我不能走開，連和尚也出來做戰地工作哩。」

「我好高興，」她熱情地說。

「要做的事情太多了，」他又說。「有一位北平籍的周醫生和太太一起來，他們要自己出錢辦一所傷兵醫院。裘奶奶目前在本市。她和她兒子由上海來替游擊隊籌募基金。我昨天見到他們了。她說，我們的游擊隊一冬都在雪山裏打仗，很多人連鞋子都沒有。我也許會跟他們到北方去看看。」

「你不會拋下我們山上的難民屋吧？」

「這只是短期的旅行。我需要換換環境。王大娘可以幫助你。她很能幹，萬一有問題，大家會聽她的話。」他看看秋湖，然後轉向丹妮柔聲說，「丹妮，我想你沒有什麼好擔心的。你有朋友，秋湖可以上山陪你。秋湖，你肯吧？」

秋湖笑笑表示默許。「你看到女兵沒有？」她停了半晌才問。

「是的，我看到了。昨天她們行軍穿過街道，一大羣人爭著看她們。一共有五百人，全副武裝！」

「喔！」丹妮不自覺說。

丹妮和老彭對望了一瞬間，那一眼疾如閃電，不能也不該持久。

「談到女兵，」他說，「裘奶奶告訴我最近在臨汾打仗的故事。幾百個女人碰到一隊日本兵，和他們幹了一場。那些女人設備很少，很多人都被槍枝精良的敵人殺死了。有些人逃掉，有一小隊擠在一片稻田裏。那些女人知道投降是什麼結果，就自己分成兩組，把剩下的手榴彈平均分配。然後趁日本兵走近之前互相投彈成仁了。」

聽完這個故事，大家都沉默好一會兒，然後丹妮說她們要定了。

他們親切道別，和平常沒有兩樣。丹妮無意闖入老彭心中；這種情形下她最好保持自然。她無法確定他遠行的動機。

客人走後，老彭靜坐沉思。他不由得感到愉快。他覺得一切本來就該如此，什麼都沒有變，什麼都不會出問題；丹妮對伯牙的愛很清晰、很明顯。她對自己的感情純真而自然，就算她嫁給他的朋友，也可以維持現狀。他知道他不必怕她。但是他對自己沒有那麼自信。他看看房間四周。她的身體離開了，她存在的陰影卻仍然存在。他看看她留給他的一包衣服，不禁顫抖低語說，「喔，丹妮！」

喔，觀音姊姊！他用心回想，眼前出現許多幕他們締交的鏡頭；在西山的樹叢下她第一次吐露身世，她彎身在路邊替他繫鞋帶……她喬裝男人騎在驢子上，卻更強調了女性化的輪廓……在天津旅館那夜，她訴說過去時的笑聲與淚痕……張華山旅舍那夜她坐在沙發上……現在她就站在他面前，雙眼潤濕，中間隔著玉梅小孩的屍體。他想起她的聲音，她的明眸，她的每一個姿勢，她咬嘴唇的樣子。喔，傻瓜！他知道自己當時就愛上她了，也知道自己現在還愛她。活在「業」的世界裏，他也逃不出「業」的法則。就算觀象世界只是幻影，他對她的感情卻非常真實。一個人愈偉大，愛情就愈深。

他想逃，逃開她，結果卻只是逃避自己。他要潛心於一千種活動，在戰爭和動亂的各種場面中忘掉自己。他決定隨裘奶奶到北方去，或者跟任何要去前方的人同行。

18

伯牙已經去桂林，已十天沒有來信了。丹妮到漢口，還常常去看老彭。有一天傷兵的家屬要遊行，另外一天有一個公共聚會，裘奶奶要發表演說。丹妮對一切戰爭活動都有興趣，尤其注意蔣夫人的戰區服務隊。透過秋湖的介紹，她和段小姐已經很熟了。她喜歡她玩笑的精神，也喜歡她遇到的大部分年輕女工作人員。她們並不全像段小姐那麼迷人，不過她們屬於她自己這一代。

她現在直呼段小姐的名字「段雯」，她們倆都是影迷，即將上演的好片成爲這兩位少女最生動的話題，她們兩周前就知道什麼片子要來，在哪一家戲院上映，而且記得清清楚楚。段小姐白天通常很忙，除了周末以外都不能看日場，不過有時候丹妮傍晚會進城去，有時候秋湖也和她們同行。

有一次，她們晚上由戲院回來，去看老彭，發現他喝得半醉。三個女孩子看他靜靜坐在桌邊，便一聲不響離開了。

幾天後，山上發生了一件事情，使老彭不得不回洪山。住在放棺材那間屋子的老太太說她有重大的事情要對老彭說。她最近身體很差。她和屋裏其他的難民不相來往，似乎她的腦袋也和她的身體一樣枯萎了。她問丹妮這些天爲什麼沒看到彭老爺，丹妮說他要走了。老太太把一雙骨瘦如柴、黑斑點點又充滿皺紋的老手放在丹妮身上，瞇起眼睛來看她。

「你是觀音姊姊吧？我的老眼昏花了。做做好事，叫你叔叔來看我。我現在就要死了，我有事要告訴他。」

於是丹妮去告訴老彭，把他帶回來。

他們進去看老太太，她正躺在床上。她很高興看到老彭。

「我要死了，」她說。「我活得夠長啦，我是一個老太婆，對世界沒有什麼用處了，聽說你要走，所以我要求見你……」

她用脆弱、顫抖的雙手支起身來，摸到枕邊的一個包袱。她慢慢解開布結，拿出一個舊報紙裹住的小包，抓得緊緊的，對老彭說：

「你是好人，彭老爺。你在我最後的日子裏給我吃給我住。我現在只有一件事要做，我知道我可以信任你。」

她打開小包。

「我這裏有三百塊錢，是我一生的積蓄。你肯不肯替我買一個棺材？」

「你不會死的，老奶奶，」老彭說。

「不，我的日子已經過完。我兒子不會回來了。我只等我的棺材，然後我就會死去。我能不能要一個一百塊錢的好棺材？我不敢奢望像那兩個一樣好，但是我希望是硬木頭做的。不需要很大，等我看到它，我就會安心死去。」

他算算鈔票。大都是北京改制前發行的，現在一文不值，但是他沒有說出口。

「對，是三百塊。」

「你今天就替我買一個棺材好嗎？我要看一眼，一百塊或一百二十塊就夠了。然後看誰願意替我洗身梳頭，就給他二十五塊錢。我穿的這身衣服現在舊了，給我買一件衣服，對了，一件綢布衣裳、綢布裙子和一雙新鞋。我一輩子沒穿過絲綢。現在我的小身子用不著很大的綢衣。你肯不肯替我辦這件事？」

「如果這是你的心願，當然行。我今天就替你買，」老彭答道。然後他又說，「你要不要和尚替你誦經？」

「不要，」老太太說。「菩薩沒幫我找到我兒子。花二十塊錢替我下葬。我喜歡這山上的風景，所以就在附近挖墳好了。我要謝謝你和觀音姊姊給我這麼安靜的地方等死。」

她直喘氣，但是她繼續往下說。「我不想拖累你或任何人。把這些錢拿去，給我辦一個像樣的喪禮。還可以剩一百五十元左右。萬一我兒子回來，就留給他。」

「你兒子是誰，他在哪裏？」

「他名叫陳三。我不知道他在哪兒。這些年我一直在找他，他始終沒回來看他老娘。他十六歲那年，我就失去了他。滿洲王朝垮台的時候，革命軍把他帶走了。」

「他多大年紀？」

「現在一定四十多歲嘍。也許當了父親。也許死了，否則他會回來看他娘才對。我爲他攢了這些錢，一文一文，一個子兒一個子兒積下來的，一心等著他回來。如果他來，就把剩下的錢給他。把我的母愛轉給他。說我替他留下幾件衣服——在北平的姚家三小姐那兒——好幾年前了。」

「北平哪一個姚家？」丹妮突然感興趣說。

「他們住在王爺園，當時我替那家的三小姐做事。」

「那是多少年前的事？」

「現在一定有二十多年了，」她說著，就再也說不出話來。

老彭一年前還看到陳三，也聽伯牙談起過這個失子的著名故事，他母親一直在姚家幫傭。他聽說這個女人晚上辛辛苦苦爲兒子縫衣裳，打算有一天找到他時給他穿，她每個月告假一次，把新衣服挾在腋下，在北京街上遊蕩，攔住年輕人和士兵，希望能找到她兒子，結果總是失望而回。有一天城裏充滿士兵，她相信兒子回來了，就向女主人告假，從此失蹤，沒有再回去。後來陳三回來，娶了莫愁夫君孔立夫的妹妹。

但是老彭不知道這些人目前在什麼地方，只知道他們參加山西的游擊隊。他低聲告訴丹妮。

「我們得拍一份電報給伯牙，」丹妮說。「不過要先告訴她。可以使她有心活下去。」

老彭轉向老太太說，「我們認識北平的姚家。老奶奶，你絕對不能死。」

但是老太太聽不清楚。

「你兒子回來，而且成了親，」丹妮在她耳邊大叫說，「彭老爺在姚家看過他。」

老太太伸出搖晃的枯手，抓住丹妮。

「你說我兒子回來了？他還活著？他在哪裏？」她驚呼道。

「他還活著，」老彭說。「我們會替你找他。」

老太太開始哭起來，不過哭聲很微弱。腦袋和身子比平常晃得更厲害。

「他在哪裏？你看到他啦？」她現在揉揉眼睛說。

「他很好，又高又壯，」老彭說。「他在北方。我們會叫他來看你。戰爭使你們母子分開，戰爭也會使你們團圓。我認識姚家，你兒子和他們成了親戚。他娶了孔家的女兒。」

老太太把手放在耳朵上，眼睛盯著老彭，用心聽懂他的話，然後她想起往事，就說，「你是說他娶了孔先生的妹妹？她是好孩子，我也侍候過她。我們到哪裏找我兒子呢？把我的錢寄給他。叫他帶我兒媳婦來，看他母親最後一面。讓我看看他的面孔，聽聽他的聲音，我死也快活。」她搖頭微笑，喘喘氣又笑起來。

「現在要我去買棺材嗎？」

「要，先買棺材。我要等我兒子來才死。」

老彭到漢口拍電報給伯牙，還買了一個上好的楓木棺材。

第二天棺材運到，陳媽親自到前廳來看。她摸摸堅硬的楓木表層，臉上充滿驕傲的光芒。女人小孩都看著她，她笑笑對大家說，「這是上好的硬木，可以容納我的老骨頭。」她叫人搬到她房裏，常常看看摸摸，覺得很快樂。

老彭說他要留下來等伯牙的回音，但是他在漢口那幾天，病童萍萍已經搬到他房裏，他睡在內屋，丹妮要經過那兒才能去看這位小病人。那天早上他看到丹妮拿幾朵山茶花進來，插在萍萍窗前桌上的花瓶裏。

午餐後，丹妮來看這位小病人。她的床靠近窗邊，外面的葉叢反射陽光，使房間顯得很亮。小女孩躺在床上，眼睛烏黑，臉蛋凹陷發紅。她被棺材嚇慌了，因爲她看人由前廳抬進來。

萍萍的小弟正在陪她。小女孩在床上敎他算術乘法表。

偶爾萍萍會停下來，讓她小弟帶頭念。她看到丹妮進屋，微笑走向窗邊。

「七七四十九。八七五十六。九七六十三。十七七十！這次我們全背完了。」

兩個孩子得意地笑出聲來。丹妮也陪他們笑。但是她想起這兩個都是沒娘的孩子，便在他們無邪的歡笑中體會出小姊姊教小弟弟的悲哀。

「不過你不能太累，」她說。

萍萍說：「謝謝你的花。你來的時候我睡著了，不過我知道是你放的。這個小淘氣很聰明。乘法表他現在會背到七了，下面是什麼？十二乘七八十四——然後我就弄不清了。」

「你的腦子太活潑了，」丹妮說，「你現在不想睡嗎？」

「不，來和我談談嘛。我今天早上睡夠了。」

丹妮坐在床邊，叫小男孩出去，讓他姊姊休息一會兒。

老彭在隔壁聽到她們說話。

「你現在覺得怎麼樣？」丹妮問她。

「還好，打針對我有好處。只是我凌晨還常咳嗽，到早晨就好累好睏。觀音姊姊，你爲什麼那麼漂亮？」

「那是你喜歡我的緣故。」

「不，是真的。我從來沒見過像你那麼漂亮、那麼仁慈的人。你救了我們的命，我爸爸、我弟弟和我。我希望長大像你。你想我要多久才會好？」

「我不知道。你必須靜靜休息，吃好東西，多曬太陽，你就會好的。」

「等戰爭過去，你一定要到靖江來看我們。我們自己有一座小房子和小花園。我們的房子面對一條河，就像這邊一樣，同樣是長江，我爸爸說的。河裏有一個小島，叫作金山，上面長滿樹木，沒打仗前我們小孩子常在岸邊玩耍。」

「你母親和你們在一起嗎？」

「不，我小弟出生的時候，母親就死了。等戰爭過去，你一定要來看我們。我們不算有錢，但是我要你看看我家。」

「好的，我會來看你。」

突然小女孩問道，「你想我會不會死？」

「喔，不會的。你會長成漂亮的少女，你爲什麼問這個問題？」

「今天早上我看到棺材，我好害怕。」

「別怕。那是老太太用她自己的錢買的。她很老，你還是小女孩呢。別想這些。來，要不要再玩翻線絞的遊戲？」

萍萍衷心同意，兩個人一面玩一面說話。

「我希望長大像你一樣好心，一樣溫和。我希望漂亮些，但是不可能像你。然後我要做護士，不嫁人，整天顯得漂漂亮亮的。」

「你想得好處，」丹妮笑笑說。「不過你若很漂亮，有人會愛上你，怎麼辦呢？」

「我還是不嫁他。」

「那你就真的太狠心了。」

「我聽故事裏說，一個戀愛的男人爲見心上人一面幾乎要憔悴而死，等他看到她就好了——這是真的嗎？」

丹妮知道老彭在隔壁，就羞答答說，「也許吧，如果那個女孩子非常漂亮，那個男人很愛她，就真有那麼回事。」

於是她們坐著，一面談一面玩著線絞遊戲，最後丹妮叫她多休息，不能再想乘法表，就走出房間。

第二天早晨有一件意外的驚喜。陳媽一直打聽消息，丹妮叫她要有耐心，因爲她不能確定伯牙是不是已離開桂林，沒收到那封電報。

早上玉梅進來找丹妮，說有一個衣著講究的美貌貴婦到難民屋求見彭小姐，還有一個年輕人陪她來。丹妮到空曠的前廳去見他們。那位貴婦用好奇的眼光迎接她，嘴邊含著微笑。她穿一件黑旗袍，丹妮一看就知道是上好的料子，手上拿一個小山羊皮包，顯然是上海買的。她已屆中年，身材卻十分完美。她具有清新、獨特的氣質，成熟自在，卻格外優雅美麗。那個年輕人個子很高，肩膀方方的，輪廓挺拔，穿著中山裝。

貴婦開口說話，丹妮聽出清晰的正北平口音。「我是曾太太，很抱歉這樣冒冒失失跑來，不過我收到伯牙的電報叫我來看你。」

丹妮一顆心跳個不停，不覺叫出聲：「喔！」

「你是彭小姐吧？我是伯牙的二姑。這是我兒子阿通。」

丹妮迅速瞥了她一眼，微笑默認。

「喔，你是他的木蘭姑姑！請原諒我這麼失態。我從來不敢夢想——」她連忙去搬凳子，慌慌張張把頭髮弄散在肩上，臉上顯出困惑的表情。

木蘭說，「我昨天晚上收到這封電報，太興奮了，今天早晨第一件事就是先來看你。」

「我們一直在等伯牙的消息，」丹妮接過電報說。她讀電文的時候，發覺木蘭正和和氣氣打量她，嘴邊始終含著微笑。

請到洪山難民屋看彭丹妮小姐，陳三的母親在那兒。幫忙找陳三的地址。請把彭小姐當作親人，替我約她去你家。認識她就會欣賞她。

伯牙

丹妮看到最後，臉色不禁微微發紅。這已經超過她的願望了。她不知道木蘭在漢口，她在上海的時候，伯牙曾談起著名的木蘭姑姑，語氣中充滿家族榮耀和情感，還說她住在杭州。「等你認識我二姑，你會以她爲榮，」伯牙說過。她本能覺得客人這次來訪關係著她和伯牙的未來。

她興奮得發抖，跑去找老彭。他進去帶陳媽出來，陳媽一雙老腿蹣蹣跚跚的。

木蘭站起身走近她，把手擱在她肩上。

「你是陳媽吧？我是木蘭，姚家的二女兒。你記得我嗎？」

陳媽用昏花的眼睛抬頭看木蘭，咳嗽想講話，眼淚卻開始流出來，她掀起衣角，默默擦眼淚。木蘭扶她坐在凳子上，她坐著還直流淚。

丹妮看出木蘭很感動。木蘭知道這個女人一生的歷史，她三十年來一直尋找她的兒子，單獨忍受命運對她母愛的折磨。丹妮看見一滴同情淚滾下木蘭頰邊，高瘦的身子彎身去安慰陳媽。最後陳三的母親低頭問道，「我兒子在哪裏？」

木蘭用低柔的聲音回答說，「他很好。他在北方。我馬上拍電報叫他要來看你。」

「那要多少天？」

「如果他乘火車來，要一、兩個禮拜。」

老太太現在擦乾眼淚問她，「我兒子上次回來是什麼樣子？」

「他又高又壯。他娶了立夫的妹妹環兒。他們也許會一起來，」木蘭盡力討她歡喜說。

「喔，我有兒媳婦了！有沒有孫子？」

「這我就不知道了，你願不願意到我家來住，等你兒子和媳婦來？」

老太太說她在這邊很舒服。

丹妮低聲告訴木蘭，老太太已經買好棺木，天天談到她的死期。她們扶她進屋，木蘭看到新棺材，覺得很震驚。

「你能不能勸她離開這個房間，到你那兒住？」丹妮說。「她兒子發現她住在一間有三個棺木的房間裏，心情會受影響。你如果有房間給她住，我們可以用轎子抬她下山。」

大家走過庭院，木蘭又對老彭、丹妮和玉梅說了不少有關老太太的故事。丹妮興奮地聽著，同時看見木蘭飛躍的眼神，很亮，帶著心血來潮的有趣光芒，證明伯牙的話一點也不錯。她不斷把頭歪向一邊，可見她保守的外表下埋伏著任性的精神。這是一個女子初見未婚夫女性親人的本能反應，一種自然的化學厭惡感或親近感，只有高級感官才能測量出來。丹妮聽到木蘭用清晰的口音說起姚家內部的故事，語氣中充滿自在文雅的魔力。心裏不覺一陣興奮。她見到寶芬和暗香並沒有這種興奮的感覺。木蘭是道道地地的姚家人。丹妮立刻確定自己敬愛木蘭，覺得木蘭對她有一種親近、富人情味而又熱情的力量。

木蘭顯然對丹妮很感興趣，不僅因爲伯牙打電報要她把她當作親人，也因爲她很高興這位少女在這座優美的小山上從事慈善工作，尤其更因爲她收到弟弟阿非的來信。他信裏說到伯牙的戀史和丹妮所遭遇的麻煩，他的口氣充滿同情，暗示伯牙的太太也許會出面干涉。

如今看到丹妮在難民羣裏的生活，木蘭十分意外，心裏不禁對她產生好感。女人中唯有木蘭對姨太太不存偏見。她談起家裏的事，丹妮覺得她已經被對方看作親戚了。

他們回到前廳，伯牙遲來的電報剛好送達，叫丹妮和木蘭聯絡。木蘭說好三天後要把陳媽送去她家，又對丹妮說，「過來吃午飯吧。我要和你談幾件事。」丹妮知道這次見面對她也許很重要，就謝謝她，並欣然答應了。

大家好不容易說服陳媽離開那兒。第三天他們出發了。老太太坐在轎子裏。大家浩浩蕩蕩出門，老彭要回旅館。玉梅漸漸恢復了元氣。丹妮勸她到漢口玩一天，看看電影，還帶金福同行，出發後才告訴他電影的事。陳媽聽說她的新棺材放在屋裏很安全，又不可能載到木蘭家，才依依不捨撇下棺材走了。

他們十點左右到木蘭家。這是一幢獨院的住宅，有五、六個房間，後面有一個小花園，在漢口郊區，面臨漢水。此處新興起一個商業區，大多數店鋪和房子都是新的。老彭和其他的人一起進城，木蘭想和丹妮私下談談，也不堅持他們留下來。

午餐時分，丹妮見到了木蘭的丈夫新亞，她十八歲的女兒阿梅，還有參加安徽之役而得到一個月假期的兒子阿通。這是一個愜意的小家庭。大家告訴她，他們去年年底離開杭州，一月抵達漢口，他們在路上揀到的四個孤兒還留在他們身邊。

木蘭拍了一份電報到八路軍總部轉給陳三。游擊隊的主要特性就是流動極大，誰也不知道要多久才能傳到他手中。但是阿通告訴他們，游擊隊自有一套完整的電話通訊系統；事實上，整個游擊區的人民都是他們的通訊線。就因爲有這種情報系統，他們才得到極大的成功。

陳媽的故事喚起了舊日的回憶，不久一家人就陷入回想中，丹妮是唯一的外人，只好靜坐傾聽。木蘭告訴孩子們，他們夫婦訂婚時期新亞非常害羞。

「我到你爸爸家，他一句話都不敢跟我說。」

「是啊，我們訂婚後，你母親避免來我家，」新亞說。「時代變得太多啦。」

「我去過你家。你記不記得迪人去英國的時候，我去你家，你問我要不要去英國，你整個臉都紅了？」

「迪人是誰？」丹妮對身畔的阿梅低聲說。

「迪人是我舅舅，伯牙的父親，」阿梅答道。

「真的，爸爸？你看到媽媽會臉紅？」阿梅問他。

「她的臉比我更紅呢，」新亞說。「新年去拜望她爹娘，她躲著不肯出來見我。」

丹妮靜靜分享這家人嬉鬧的笑聲。阿通對她很殷勤。

「我聽母親說，你住在北平我們家，」他說。

丹妮點點頭。

「房子還好吧，沒有被日本人佔去？」

丹妮終於有機會開口了。她告訴大家，她離開的時候房子還好，接著大家又問起上海的親戚。問話人不斷用「二舅媽」和「二嬸」等名詞，她爲了搞清這些關係，可真忙壞了。聽他們用這些稱呼來提起親人，而不用外人該用的稱呼，她覺得很興奮、很迷人，也很榮幸成爲姚家和曾家消息的傳遞者。這一切經驗叫她心裏暖烘烘的。

「大嫂好嗎？」阿梅問道。

丹妮不懂。「她是指伯牙的太太凱男，」木蘭微微壓低了聲音說。她只告訴丈夫阿非信裏提到伯牙複雜的愛情。

丹妮停了半晌，才帶著怪怪的笑容說，「我一個多禮拜前才收到她的信。」沒有人再問，她的尷尬過去了，木蘭開始告訴家人丹妮在難民屋的工作，說得很起勁。第一次見面時丹妮所看到的微微矜持的表情已經消失了。木蘭前面還梳著瀏海，雙手和指頭不斷做出優美的姿勢。

午餐後，木蘭帶丹妮到自己房間，爲破舊的家具而抱歉，還解釋說她不知道一家人會在漢口住多久。不過房間小巧乾淨，東面有一扇窗子面對幾株半開的桃花樹，使空氣含滿幽香。一張桌子擱在窗前，上面列著幾本書和書法範本，浴在窗外葉子映進來的綠光裏。

丹妮穿著最好的旗袍來作客，是伯牙替她設計的灰毛絨配淡紫花邊，自從來到漢口就沒有穿過。長袖下露出她的玉手鐲。

木蘭看到了，就問她，「你愛玉石？」

「是的。但是我小時候戴上，現在脫不下來了。」

丹妮還不大自在，怯生生翻著書法。

「你學魏碑？」

「我有空就看看。有時候我飯後要練十五分鐘，很能恢復、安撫精神。看著看著，就回到了另一個世界。」

「不過我認爲只有男人才抄魏碑，而且是退休的老學者！」

木蘭笑笑說下去。「我年輕的時候很欣賞鄭孝胥大膽有力的字體。但是後來我捨棄了它。我覺得太有精神了。畢竟只是感官的美，全是肉的動感和豐滿感。於是我迷上魏拓體古典、超感性的氣質。但這是比較難求的一種美。」

木蘭開始問丹妮她弟弟信上所提的戀史。「別怕我，」她說，「我也許能助你一臂之力。」

丹妮被木蘭的善意打動了，就慢慢回答幾個有關她和伯牙的問題。她以前和漢奸交往的故事引起了木蘭的興趣，而她害羞、遲疑的態度也贏得木蘭的好感。她發覺木蘭不喜歡凱男，不禁鬆了一大口氣。

「我這種處境的女孩子最難了。總有事情不對勁。我真怕女人。」

木蘭露出打哈哈的笑容。「任何戀愛中的女子都怕別的女人。」

「是的，不過我說的不止這些。我是指女人的社會偏見。她們老是害我發抖。我知道我不是一般人眼中的好女人。我年輕的時候曾做過傻事。」

「人在年輕的時候該做些傻事，」木蘭說。「等你平靜的老年回憶起來，才能自覺年輕、有精神。我現在四十多歲了。我但願自己曾犯下更多年輕的錯誤，留待日後回想。」

丹妮對木蘭唇邊古怪的笑容覺得很意外，也很好玩。

「但是你與眾不同！」她幾近抗議說。「你有那樣的家庭。」

「我並不如你想像中那樣特殊。我也有風流韻事——壓抑的韻事。那時候總是如此。」

她慈祥地看看丹妮。「彭小姐，你有愛心，很大的愛心。」

丹妮抬眼看她。「請叫我丹妮。你是第一個對我沒有偏見的女人。」

「見了你，怎麼會有呢？我喜歡有精神、有浪漫情操的女孩子，她們不尋常，不完全是規規矩矩的女子，我想這一點是父親遺傳的。」

「我在你們北平的祖祠裏看到了你父親的遺像。」

「是的，他是一個偉人，也是一個道教徒。道家是不會有社會偏見的。我由父親那兒學到不少東西。」

「你們是一個很不平凡的家庭。你和伯牙具有同樣的心靈氣息。也許就是這一點吸引了我。」

「是的，我們家有一種浪漫的性情——只有我妹妹莫愁例外。」

對丹妮來說，這個發現比她到姚家作客更重要。在北平她見過「王爺園」，愛慕不已，但是現在她由木蘭身上看到了姚家的女兒和姚家本身的精神。她離開木蘭家之前，還聽到木蘭同意伯牙娶她。

「伯牙其他親戚會怎麼說呢？」她問道。

「伯牙很獨立。其他的人沒話可說。他只聽我的，」木蘭笑笑說。

丹妮來到老彭的旅館，精神很愉快。一羣人看電影還沒有回來，侍者認出她是老彭的常客，准她進入他房間。她坐在一張扶手椅中，爲發現木蘭而欣喜欲狂，也爲一家人對她這麼好而非常快樂。這和傳統的歧視、男人間接的侮辱和她熟悉已久的「妻子的目光」完全不同。

她敬愛木蘭。但是有兩件祕密她不能也不會告訴木蘭，一件是她懷孕的事。另一件是老彭的情形。

她一想到老彭，不禁滿懷溫柔，爲他難過。這個心胸偉大的男子現在無疑正大大方方退開局外，就像當初伯牙還沒有來信時，他曾無私地建議保護她的名節一般。他甚至沒有暗示他是自我犧牲。但是她知道。她要如何回報他無言的善意呢？是不是她太相信他對女人的抵抗力，以及這些年他與女人的隔離？是不是她太熱情，她該不該繼續對他熱情呢？她熱烈希望她婚後，老彭還能成爲家中的一員，她始終希望如此。

不久她聽到金福和玉梅的笑聲，他們隨老彭一起進來。

爲了讓玉梅和金福享受一個假日，大夥兒到飯店去吃晚餐。他們點了漢口聞名的炸辣椒和蒸龜肉。

老彭聽到幾則戰爭的消息。山東省台兒莊東面的臨沂有一場大勝仗，街上賣的號外登著李宗仁報捷的電文。

「你真要去北方？」丹妮問道。

「是的，裘奶奶大約一周後動身。她要到黃河北岸的冀豫交界處去。但是徐州附近將有一場激戰，等我隨裘奶奶去看過游擊隊，我就乘隴海鐵路到那兒。」

「伯牙來的時候，你回不回來？他五月會到。」

「我想會吧。」

「彭大叔，你一定要回來。請記住你離開我們到南京的時候我們所遭到的煩惱。你需要見伯牙，一定有事情發生的。」她不能把心裏的話完全說出來，說婚禮必須盡快舉行，有尷尬的事情要解釋，還要安排離婚。她需要他幫忙，而且希望他參加她的婚禮。

「當然我會參加你的婚禮，」老彭彷彿已讀出她眼中的憂慮，連忙說。

她用深懷感激和憐憫的表情抬頭看他，就像鍍金菩薩俯視她一樣。

樓上有頓足聲和粗魯的喧笑聲。老彭抬頭看天花板，不覺笑出來。

「你記得響尾蛇吧？」

「當然記得，」丹妮說。

「響尾蛇就住樓上。今天下午我們在樓梯上遇到他。」

「你會不認得他哩，」玉梅插嘴說。「他穿著全套制服，還帶了一根大藤杖。彭大叔認出了他的聲音。」

「他說他告假出來，不過沒有人知道，」老彭說。「他現在也算軍官了，還像往常一樣愛擺架子，穿著軍服像孔雀似的，後面跟著一個小兵，把侍者支來支去。他在走廊上告訴我一個故事，存心讓大家聽到。玉梅，你來說。」

玉梅巴不得馬上說那個故事。「沒有人知道是真是假。不過他是軍官了，我看得出來。他說敵人回來燒河西務村莊後，他帶一隊年輕人加入游擊隊。他說他們攻擊一座日軍佔領的城市，他把敵人當豬玀來殺。日軍反擊，他衝出重圍，又用大刀單手殺了三、四十個。但是他沒有回到同志身邊。『我需要休息一下，』他說。『過了幾天我的部下以爲我死了，以爲我被殺了。被殺？羅大哥會這麼容易被人殺掉？我只是跑到自己愛去的地方，一周後我回去，發現部下正爲我弔喪，有蠟燭，還有宰好的豬羊。我走進去說，「嗬，弟兄們，你們在這邊幹什麼？羅大哥活生生在你們身邊哩。」同志們大叫，大夥兒真正飽餐一頓。』他現在跟裘奶奶的兒子裘東在一塊兒。他們的隊員增加到五千人，遍布河北、河南、山西邊界的八個地方。」

「難以置信！」老彭說。「他今天下午喝醉了，你聽他在房間裏大叫大鬧的。我不知道他的錢是哪裏來的。不過他真是一個好戰士。」

說來難以相信，木蘭由漢口拍出電報後，陳三就在山西東部的山區裏收到了這一封有關他母親的電文。幾天後回電來了，說他非常高興，急著見他的老母親，以補償他不孝的罪過。他說他立刻帶環兒動身，星夜趕來，不過他們目前在山西、河北交界的娘子關附近。通訊不佳，敵兵又多，也許要十一、二天才能到達鐵路線上。但是他們會日夜趕路。

收到電文，木蘭傳話到老彭的旅館。這是他動身北上的前夕，丹妮和女友秋湖、段雯特地來給他餞行。

「萬一難民屋需要用錢，銀行有一個帳戶隨時可以提款，」老彭對丹妮說。

「秋湖和段小姐，你們一定要盡量多來看她、陪她，」他已經對她們說過四、五遍了。

「一定要寫信給我喔，」丹妮說。「我會掛念你。」

「我會的，」他的聲音有點悲哀。「不過明天不必麻煩來送我了。我要跟裘奶奶一家人走，他們會好好照顧我。」

但是第二天她們都到車站去，連王大娘也去了，她說她不能讓大恩人冷冷清清離開，她代表全體難民。

一大羣熱鬧的民眾趕來看裘奶奶。學生和其他團體的代表帶了一批批棉鞋、棉衣給游擊隊，交給她帶去。丹妮第一次看到這位老太太。她年過六十，看起來就像一般的鄉下婦人，但是她笑容滿面，聲音也帶有年輕的朝氣。丹妮被引到她兒子面前，她和正要上前線的麗仁小姐握手，心裏十分感動。

還有響尾蛇，他穿著制服站在月台上，嘴裏叼著雪茄，手上還握一根藤杖，對每一個人鞠躬，很高興這麼多人來給他送行。

一個學生軍樂隊吹起一條曲子，氣氛充滿興奮。有人要裘奶奶講幾句話。她走上月台，響尾蛇五呎十吋的身軀傲然立在她的小身畔，飲下大家對他們愛國行爲及服務鄉里所表示的敬意。

「游擊隊之母」說道：

「同胞兄弟姊妹們，我是一個鄉下老太婆，什麼都不懂。我不認得字，也不會寫字。我只知道日本要毀滅我們的國家，我們必須和日本打仗。我知道所有人民都應該愛國，我只是盡我鄉下婦女的本分。我丈夫太老了。但是我的兒子和兩個女兒都參加了戰鬥。我們滿洲東北有一句俗話，『拆屋滅鼠。大幹。』我還有一個兒子；他太小了，只有十四歲，否則他也會跟我去。我對你們的禮物很感激。蔣委員長給了我一千塊錢。如果我們還需要錢或衣服，我再回來向你們要。」

這一段簡單的話由這位晚年還上前線的土老太太用愉快、勇敢的口氣說出來，不免令聽者十分感動，也使有些人羞愧萬分。等她說完，一個少女領袖帶頭爲裘奶奶和游擊隊歡呼，接著又高呼中國勝利。「游擊隊之母」對大家微笑點頭，就轉身上車。

響尾蛇被撇在月台上，看了看觀眾，然後清清嗓子說，「小弟我也不會讀書不會寫字……呃哼！小弟羅大哥，小弟……」

但是他的聲音被騷亂聲淹沒了，圍著平台的羣眾已漸漸走開。老彭說，裘奶奶的兒子強迫響尾蛇離開漢口，因爲他亂找藉口爲游擊隊籌錢，又行爲不檢，亂搞女人。

汽笛響了。老彭和大家握手。他兩頰濕濕發亮，高大彎曲的身子猛跨上車廂，沒有回頭。火車慢慢開出車站。老彭的臉在一扇窗邊出現了。丹妮跟著車廂走，然後狂奔，兩眼淚光閃閃……

雖然有玉梅等人作伴，丹妮卻突然覺得自己孤單單一個人，肩上負有照顧難民的重擔。他們回到旅社，收拾老彭留下的幾本書和一些衣物。然後她叫秋湖負責帶大夥兒回家，就跑去看木蘭。

木蘭全家都在，她把彭老先生和「游擊隊之母」離開的消息告訴大家。

她臨走的時候，木蘭要新亞陪她，還叫女兒阿梅一起去。於是丹妮隨新亞和阿梅走出來。在渡船上，他們聽到一羣女孩子大唱「中國不會亡」，丹妮剛剛在車站看到那一幕，如今聽到這首曲調和「中國不會亡」的字眼一遍遍出現，脊椎骨不禁一陣戰慄。

她發現新亞愉快又隨和，她和害羞、敏感的阿梅也談得很高興。她帶他們去看「磨刀春」，那兒離難民屋只有一哩路。這是「三國」的關公——中國最受歡迎的民族英雄，被奉爲戰神——磨他那把「青龍偃月刀」的地方，附近有一間關公廟。

他們到家，秋湖迎上來說，「萍萍病況加重了。」

「打針沒有一點效嗎？」丹妮憂心忡忡問道。

「我只給她打葡萄糖。有一種美國新藥，但是一針要二十塊錢左右。」

「別管價錢了。我們一定要弄到。」

她們進去看小病人，新亞和阿梅也跟進去。她父親古先生坐在床邊，顯得又邋遢又可憐。那孩子雙臂和雙腿都瘦得像衰老的病人，但是面孔卻更靈氣了。

「秋湖姊姊，」她父親說。「救我孩子一命。我們能不能送她進醫院？」

秋湖搖搖頭。「她根本不該移動。醫院也不如這兒安靜、有條理，傷兵擠到極點。我可以每天來看她，有一種好藥，非常貴，不過觀音姊姊說她要出錢。」

做父親的人看看丹妮，眼中充滿無言的感激。

「自從我們出來後，這孩子吃了不少苦。我已失去她哥哥。你一定要救她。」

萍萍對客人微笑。丹妮走近她，用白如洋葱的纖細指頭抓起她枯瘦的小手。小手軟綿綿擱在丹妮的手掌中。

「你要不要再捏我？」丹妮問她。萍萍已漸漸把丹妮當作母親來看待。她常常玩弄丹妮手臂上的鐲子，凝視那翠綠晶瑩的光澤。有一次丹妮和她父親說話，萍萍捏她的手腕，丹妮也沒有反對。於是這變成孩子的一種遊戲，也變成丹妮討她歡心的一種簡單辦法。

萍萍伸手摸鐲子，想再捏丹妮，笑得很開心。但是現在她的手指沒有力氣了。

「用心捏。」

「我沒有辦法。」她的小手指鬆下來，一動也不動。

「老實告訴我，我會不會死？」

「老實說，你不會。秋湖姊姊要給你一種新藥，就像魔術似的。是美國來的。」

「一定很貴。」

「是很貴。所以一定很好。」

「要多少錢？」

「一針要二十塊左右。」

「那一定是很好的藥，」小孩靜靜說。「但是我們買不起。」

「你千萬別擔心。我會替你出錢。我會花一切代價把萍萍醫好。你希望病好，對不對？」

「是的，我希望病好，長大像你一樣，」小孩一個字一個字慢慢說。「我讀到課本第八冊就停下來了。我看過我哥哥留在家裏的第九冊和第十冊中的圖畫。他對我說過幾個故事，但是我要自己讀。觀音姊姊，等我長大，有很多事要做哩。」

「現在你不能說太多話，」丹妮柔聲對她耳語。

「不，我得把心中的話告訴你。觀音姊姊，你答應戰爭結束後要到我家。我已經想好菜碼了。有醉蟹和我們靖江的燒酒，我要把最大的雞殺來請你。我知道要請你坐那個位子，還有我父親、翩仔和我哥哥——如果我們能找到他的話。方桌上要擺五個位子，不過我要跟你坐同一邊。我要穿上紅衣服，頭上戴一朵茉莉花來招待你。我們坐著看日落，那邊日落向來很壯觀的。」

這孩子突然有力氣說出一大堆話，因爲這些事情早就藏在她心中了，現在她直喘氣，靈秀的雙眼活生生看見很多別人看不見的情景。

「我要來吃你的大餐。不過你得靜靜休養。明天美國新藥就來了。」

「你先替我出錢，因爲我要活下去。等我長大再還你。我會還的。」

丹妮用力咬嘴唇。

「你哭了，」小孩說。「你爲什麼哭，觀音姊姊？」

丹妮拭淚微笑。「因爲我愛你，替你高興。新藥對你一定有好處。」

「我已經把要做的事情告訴你了。現在我要睡啦。」

萍萍闔上雙眼。她的大眼睛張開時，似乎佔據了整個臉部，別的地方都看不見了。但是現在她那又尖又挺的鼻子高高立在蒼黃的臉頰上，正大聲吸進維持生命火花的氣息。有一次她咳得很痛苦，大眼睛張開了。丹妮俯身拍拍她，用手再把她的眼睛闔起來。

第二天秋湖帶來七千哩外飄洋過海運來的新藥，那個國家萍萍只在學校聽過哩。藥效像魔術似的，三天後她胃口大有進步，也不像以前那麼疲倦、那麼衰弱，力氣開始慢慢恢復了。

老彭走後第七天，日軍再度轟炸漢口及武昌。自上次漢口空襲後，已經一個多月了。在中國抗戰史上，三月二十七日的漢口空襲只是幾千次空襲之一。伯牙的統計表也許會記上「空襲。第三百二十九次」或「第五百六十一次」。但是人事卻不像統計那麼簡單。

這次空襲雖然稀鬆平常，也許大多數漢口市民都已經忘記了，但是對丹妮、老彭和伯牙的一生卻造成極大的轉變。人生複雜得不可思議。幾個大阪製造的炸彈，用美國石油飛運，落在武昌的一堆岩石上，卻深深影響了一個目前遠在五百哩外河南省的中年人，和一個千哩外昆明途中的青年，我們以後就明白了。

三月那一天，幾個小孩進來報告說，河岸上升起警告訊號，不久一聲長長的警報證實了他們的話，大家照例準備進入後面的林子。萍萍的父親向來最先帶孩子跑開。

「萍萍怎麼樣？」他問秋湖。

「她不能移動。」

她父親雖然很緊張，卻決定留下來陪他生病的女兒。

兩點左右，七十架敵機分幾陣來襲。高射砲不斷向空中開火，飛機便維持四千米以上的高度，在漢口和武昌投下幾百顆炸彈，擊中南湖、徐家坪和俞家頭區，炸毀房屋，也炸死不少人。有一顆炸彈落在洪山坡下五十碼的地方，離得很近，整個房子都震動了，窗上的玻璃也震得粉碎。爆炸力很強，有一個大岩石裂開了，一塊四、五十磅重的裂片飛起來擊中屋頂的一角，落在裏面的石院內。

萍萍縮在床上，她父親用手摀緊她的耳朵，這時候石塊穿透屋頂，把灰泥震下來，空氣中充滿厚厚、窒人的塵土。

憑著本能的反應，古先生把女兒抱進懷裏，衝過落下的屋椽和濃密的塵土，來到露天中，往樹林子奔去。他跑上東邊的石階，兩腿搖晃，摔了一跤，身體跌在女兒身上，但他雙臂仍然緊抱著她。他慢慢站起來，把小孩抱進樹林裏。

空中仍掛著一股泥塵，大部分是由炸彈降落的地點升起來的，另外一小股則來自屋頂。

「怎麼啦？」大家喊道。

古先生癱軟的雙臂抱著生病的孩子，邊走邊晃，激動得說不出話來。大家一片沉默。

「萍萍受傷啦？」丹妮勉強裝出鎮定的口吻說。

「沒有。」他把孩子放在地上，因爲害怕和用力而一直喘氣。他臉色發白，但是孩子的臉更白，只是毫無動靜。秋湖上前摸她的手。孩子眼睛嚇得張大起來。秋湖和丹妮坐在草地上，盡量安慰她。

「翩仔呢？」萍萍問起她弟弟。

「他平安。」大家告訴她。

飛機還在頭上咆哮，隨處的高射砲使空中充滿連續的砰砰聲，在山谷中回響。沒有人敢動。現在古先生說話了。「砰的一聲，有東西打到我們的房子上，屋頂落下來，我抱起萍萍，拔腿就跑。」

這時王大娘鼓起勇氣進屋瞧瞧，回來說只有幾個屋椽落下來，一塊像男人帽子般大的岩石落在院子裏，把石板敲裂了，地上布滿灰塵和碎玻璃。

「幸虧沒有人受傷。」她說。

大家坐下來等了一個鐘頭，丹妮握住萍萍的小手。突然萍萍開始咳嗽，一絲鮮血由嘴角滲出來，沾紅了草地。然後她躺回去，大聲呼吸。

飛機走後，解除警報響了，古先生實在軟弱無力，就說，「我不敢再抱她了。」於是秋湖和玉梅抬起她，一步一步慢慢走下斜坡，回到她父親床上。

大家的心還噗通噗通亂跳。屋裏有一種緊張的氣氛。萍萍現在舒舒服服躺在床上，朦朧睡去，失去了知覺。

丹妮和秋湖陪萍萍的父親坐著，希望她能靜靜睡一會兒，但是她的小手不斷扭來扭去，眼睛又張開來。

「爹，我現在要離開你了。我剛剛看到我哥哥。我知道……」

但是她還沒說完，一股鮮血就湧出來，滲出她的嘴角，把被單都染紅了。她想坐起來咳嗽，但是渾身無力，只好讓人扶起來。過了一會兒她身體又鬆弛了，大家輕輕把她放回床上。她一動也不動。淚水由緊閉的雙眼流了出來。

那天下午就一直這樣。丹妮坐守了幾個非常痛苦的時辰，面對死亡卻不肯承認。孩子的扭動偶爾停一刻鐘，又重新開始。秋湖給她服下一點嗎啡。翩仔被帶出屋外，他們三個人靜靜坐著凝視睡著的孩子沉默、動人的生死掙扎。

天黑了，晚餐時分暮色漸濃，孩子醒了一次，問道。「爲什麼這麼黑？」於是他們多點了幾根蠟燭，好照亮房間。

現在丹妮看到她嘴巴動了。她想說話。丹妮把蠟燭貼近她的小臉。她眼睛張開，但是眼中的光芒卻很遙遠、很神祕。她一個字一個字慢慢說出來，眼睛掃視這一羣人：

「這些人在這邊幹什麼？我們都是客人。我們家不在這兒，在長江下游……別哭，觀音姊姊。等戰爭過去，我們都要回家。我還要學第九冊哩。」

她的眼睛又閉下了。過了一會兒再睜開來，這次她似乎認得他們，心智也似乎清楚些。她對父親說，「爹，我現在要離開你了。別爲我流淚。照顧翩仔。他呢？」

秋湖去找她弟弟，等他進來，萍萍伸手抓他的小手。

「要做好孩子，弟弟，」她說。「觀音姊姊會教你乘法表。」

翩仔站著不動，也沒有說話，還不懂死亡是怎麼回事。然後她要大家再點些燭光。

「觀音姊姊，讓我看你的臉。」

丹妮把蠟燭貼近自己的臉，讓小孩看到。

小孩看看她，笑一笑，然後又閉上眼說，「姊姊，你很美。」

一道血絲不斷沿嘴角流出來，但是很稀薄，分量也很少，她已不再有感覺了。幾分鐘後，她停止了呼吸。她的小生命像小小的燭光忽明忽滅，終於熄掉了。一條白手帕掛在窗邊，臨風搖曳。萍萍進了永恒。

丹妮慢慢放開孩子的小手，哀痛太深，竟然流不出淚來。因爲她一直和她這樣接近，知道這孩子打算做的許多事情，那些奇怪的小事，譬如繼續上學啦，在靖江老家招待丹妮啦，如今她沒有完成宿願，也永遠不可能完成了。她的死在她眼中就像一朵花被無情的暴風所摧毀，或者像一個未完成的夢境突然消失。因爲萍萍也是風雨中的一片樹葉，在世上旅程中小小年紀就被風颱落，現在單獨飄走了，甚至飄得有點快活。遭暴風橫掃的千百萬樹葉中，有的比別人幸運些。想不到一件小意外，一個沒有感覺的落岩卻摧折了這片葉子的小生命，她是如此充滿希望，渴望美，如此喜歡玩這個遊戲。路人會踩踏它，清道夫會把它掃開，卻不知道它曾包含這麼多的美、勇氣以及對生命法則的敬意。

「可憐的孩子，我們離家後，她吃了不少苦，卻從來沒有抱怨過，」她父親說著，聲淚俱下。丹妮再也忍不住了，也隨她父親放聲大哭。

天已經黑了，王大娘進來說，她願意下山到城裏去買棺材。她父親一文不名，一切開銷必須由丹妮的荷包裏掏出來。於是王大娘進城，金福提著燈籠一起去，九點回來，說棺材第二天早晨會運到。萍萍沒有新衣裳，大家替她沐浴，穿上原來的衣服，一套褪色的藍上衣和褲子。不過王大娘替她梳了頭，還插上這孩子最愛的茉莉花。蠟燭點起來，屋裏有弔喪聲，但是鬮仔還不懂得哭呢。她父親坐了半夜，丹妮因爲傷心而疲倦萬分，就和秋湖一起上床休息。

第二天一早，棺木運到了。幾個村民自願在屋後不遠的地方掘了一個墳墓。丹妮把萍萍帶出來的那本破舊、捲角的第八冊課本和她們玩翻線絞遊戲的那條細繩放在棺材裏。明亮的旭日諷地照在墓前的一羣人身上。女人們看到丹妮哭得比小孩的父親還厲害，也不禁流下淚來，哭泣是會傳染的，所以雖然沒有什麼儀式，這個小孩卻受到了朋友和鄰居熱情的獻禮。王大娘的鄰居說，「這孩子死也值得，有這麼多人爲她流淚。觀音姊姊真是好心人。」

葬禮在十點前完成，但是丹妮一整天都無精打彩坐著，把別的事情拋到腦後。就連落石壓壞的房間也亂糟糟沒有整理。

「如果她睡在她父親房裏，不睡東邊那個房間，也許不會受到驚嚇，也不會死，」丹妮躺在床上，還在思考。

「別再傷心啦，」玉梅說。「誰知道石頭會打中那個房間？」

不過事情往往很巧，每一個小事件都受到千百種前因的影響。佛家「業」論的創始人一定早已看出遙遠的事件間具有這種因果關係。如果老彭不走，萍萍就不會搬到那個房間。而老彭的遠行又受很多因素的影響，包括丹妮懷孕、許婚，因此影響了他們彼此的關係。但是說得更簡單些，如果和她素昧平生的隔海帝國夢想家不發動這場戰事，萍萍就不會死了。如果萍萍不死，丹妮後來也許不會到前線去。

老彭說得對。那天報上說一百多個人被炸死，還有一百六十個人受傷。但是災禍的數字毫無意義。萍萍還不包括在那些受難者羣中呢。戰爭的禍害不能用統計名詞、死亡數字和炸毀財物的價值來衡量。萍萍的死使戰爭賠償顯得荒謬可笑。

19

木蘭聽說武昌被炸，洪山也中彈了，心裏非常擔憂。第二天下午她帶阿梅和忠心的老僕人錦兒一起來看難民屋。

丹妮在床上睡得正熟。玉梅出來見她們，把孩子去世和那天早晨下葬的消息說給她們聽，並解釋說那天葬禮上丹妮哭得很厲害，現在正補睡一覺呢。她們看到被撞毀的房間。由屋頂上的大洞可以望見蔚藍的天空。落泥還沒有掃掉，屋簷也橫在路中間。

王大娘出來和她們說話。

「有好心的彭老爺，就有好心的彭小姐。她簡直像孩子的母親，哭得像親生兒死掉似的。」

她們聊著，錦兒告訴玉梅她想見見太太常說起的那位小姐。玉梅就帶她到丹妮沉睡的房間。

「真可憐，」玉梅低聲說。「彭老爺走了，把這個地方交給她負責。只有王大娘幫忙管理。如果這幢屋子真的中彈，死了更多難民，我不知道小姐要怎麼辦。」她貼近錦兒的耳朵說，「她有喜了。這樣對不對呀？」

「你是指什麼？」

「是你們姚家的少爺，他還不知道呢。」

錦兒端詳睡夢中的丹妮。

「還看不出來嘛。多大了？」

「三、四個月。前些天她單獨出去，在路上昏倒了。一個樵夫送她回來。」

錦兒馬上走出房間，匆匆找到木蘭，把她拉到一邊，小聲告訴她這個消息。木蘭顯得很吃驚。她立刻叫玉梅來，問她詳情。

「小姐和姚少爺在上海常常約會，」玉梅紅著臉說。「你是他姑姑，所以我才告訴你。這裏沒有人知道。我也是不到一個月前才知道的。別讓她知道我告訴你了。你姪兒很久沒寫信給她。」

「他們很相愛嗎？」

玉梅又滿臉通紅。「太太，我們不該談這些事。不過他們沒結婚就相愛了！這種故事能讓人知道嗎？如果小姐知道我對你說這件事，她會殺了我。」

「他沒有答應娶她？」

「誰知道？這種事羞死人。不過除此之外，我們小姐算是最好心的人了。我從來不贊成。」

「依你看，她現在該怎麼辦呢？」

「依我看？通常那位少爺該娶這個女孩子，不過他已經結婚啦！」玉梅停下來，不確定自己洩漏丹妮的祕密到底對不對，她自己是不是真心希望丹妮嫁伯牙。「太太，你是他姑姑。你能不能把這件事通知他？他聽了會不會生氣？」

木蘭對玉梅天真的焦慮很感興趣，漸漸由她口中探出丹妮在上海的一切情形，她對伯牙誤會啦，她燒掉綢巾上的海誓山盟……等等。然後木蘭沉思了好一會兒。

不久丹妮醒了。她聽到外面的聲音，就喚玉梅進去。屋子被炸，萍萍又死了，使她元氣大傷，她還不想起來，不過一聽到木蘭母女來看她，她很高興，連忙要她們進去。

木蘭母女和錦兒走進屋。丹妮支起身子坐在紅木床上，身上蓋著紅毯子，眼睛微腫，頭髮披散在肩上。丹妮衷心微笑，抱歉她們來時她睡著了，但是她面孔蒼白而瘦削。木蘭依照幾分鐘前玉梅告訴她的話來看她，所以說話聲音低沉、平靜而適中。

「轟炸一定嚇著你了。彭老爺怎麼北上，撇下你來管理這個地方？」

「他要看看戰局和游擊隊。他隨裘奶奶北上——喔，我不知道……」她嘆了一口氣說。

「你需要休息，丹妮。到我家休養幾天如何？」

丹妮壓制滿腔驚喜說：「不過我得管理這幢屋子。」

最後木蘭說服丹妮離開難民屋，到她家住幾天。她們叫王大娘進來，她馬上答應讓丹妮輕鬆幾天，她和玉梅可以毫不費力照管這個地方。有金福到木蘭家傳話，錦兒說她兒子小別也可以跑腿。當天下午丹妮就跟木蘭母女走了。

丹妮在木蘭家度過了愉快的四天。她腦海中老忘不了萍萍的死。她沒有心情迎接今年的春天，但是春天卻具有祕密的魔力，使她精神興奮起來，還在她靈魂中挑起一種不安。空氣中滿是春天的氣息，哄得小花苞勇敢冒出來，逗得山裏的杜鵑花盡情炫耀自己，催起桃花，斥走寒梅，用溫柔的彩筆畫上垂柳的金絲。彷彿畫家潤了潤毛筆，揮毫將武漢景色罩上一層淺淺的黃綠，然後再零零落落點上濃濃的粉紅和鮮紅。郊遊回來的人手上都拿著花朵纍纍的杜鵑長枝，走過街道。

丹妮很高興再回到城裏，住得離鬧街那麼近。和木蘭一家人共處很輕鬆，無拘無束的，她和他們家人漸漸混熟了。木蘭從來不讓她曉得自己已知道她的情況，丹妮也從不讓她疑心。她穿著山上穿的寬旗袍。不過有時候她靜靜坐在屋內，木蘭可以看出她眼中茫然的神采。

伯牙拍來一份電報，說他已到昆明，要住兩周左右。電報在此地和昆明間一來一往，沒有讓丹妮知道。有一天新亞正要出去拍電報，丹妮聽到了，問他要做什麼。新亞說他要拍電報到昆明，然後笑而不語。

「拍給誰？」丹妮有點著急說。

「當然是伯牙嘍。」

丹妮滿面羞紅，沒有再說話。又有一天她聽說他們要拍電報到上海。

「這些神祕的電報到底是談什麼？和我有沒有關係？」丹妮問木蘭。

木蘭用頑皮、古怪的眼神看看她說，「姚家有一項密謀。你用不著知道。」過了一會兒她又用眼角瞥丹妮一眼，「你覺得我女兒怎麼樣？」

「我當然喜歡她。」

「我是說，你覺得她當伴娘好不好？」

丹妮臉色微微發紅。「我不懂。」

「我是說她表哥的婚禮。他們是表兄妹，你知道的。」

「哪一個表哥？」丹妮已經猜到了，卻故意裝傻以掩飾內心的興奮，同時對木蘭投下懊惱的一瞥。

「你猜不到？我們得考慮你們的婚事呀，」木蘭終於含著逗弄、閃爍的笑容，把消息告訴她。

「婚事」一詞對丹妮具有神奇的魔力。她彷彿樂呆了。喉嚨因快樂而發緊，面孔也脹滿感激的紅光。

「喔，曾太太——」她眼睛閃閃發光說。

「你還叫我曾太太？我馬上要在婚禮上擔任伯牙的主婚人了。我故意讓你驚喜一下。這些事應該背著新娘策畫，但是我不想讓你納悶太久。」

「一切就這麼簡單？他太太——還有一切事情？」

「正在安排。阿非在處理。你還不謝謝你姑姑？」

丹妮高興得流下淚來。「我不知道該用什麼話來謝你，」她說。

丹妮惦記著洪山的難民屋，第四天就回去了。

到木蘭家小住使她恢復了不少元氣，但是她一回來，馬上感受到荒涼的氣氛。屋舍如舊。老彭和萍萍卻走了。老彭什麼時候回來，這個地方又有什麼結果呢？她感受到一種不幸，感受到老彭將要發生的遭遇。她愈想到他的遠行，愈相信是自己將他驅向自我放逐的境地。她不只是想念他而已；如今他不在，他偉大的特性在她眼中更加明顯。他單獨在旅舍喝醉的記憶不斷回到她心中，使她很難受。也許他現在單獨在某一間旅舍中受苦呢。她偶然踏入他房間，看到他的床鋪和一綑衣服，心裏對他充滿柔情，也充滿自責的情緒。伯牙的電報和信件來時，她甚至沒有停下來想一想，她對老彭的虧欠是不是就此完結。他也和她一樣把一切視爲理所當然，默默走開了。這種犧牲比他說要做她孩子的爸爸更令她深深感動。

她用心勾畫伯牙歸來和她結婚的情景。她應該高興，心裏卻沒有這種感覺。不錯，她要嫁給伯牙；他年輕、英俊、富有，她會有一個和木蘭一樣舒服的家。但是她對伯牙知道多少？他會替她設計衣服，帶她出去亮相，她便一輩子成爲他取樂的人。她突然覺得厭惡。她曾經喜歡，在上海也曾和他分享的愛情現在已不能滿足她了。那天晚上在舞廳的打擊已留下永久的瘡疤，使純感官的愛情令人生厭。她看到自己赤裸裸在孽輪上旋轉……她該不該再戴奶罩呢……？

她想和玉梅談談，只是沒告訴她木蘭的打算。

「你不是答應嫁給彭大叔？」玉梅說。

「我們決定不結婚了。」

「怎麼？你甩了他？你甩掉那個大好人！」

丹妮盡力安撫自己的良心。她去看萍萍的父親，但是他們之間無話可談，她想起萍萍的願望，就開始教她弟弟乘法表，由八教起。「二八十六……」

但是萍萍的聲音回到耳邊，她再也教不下去。姊姊已死，翩仔不肯再學了。這不再是兩個小孩之間的遊戲，卻變成一種敷衍教學的課程。

有時候半夜裏，丹妮會聽到古先生爲失去愛女萍萍而低泣，那種聲音在暗夜的小山上真是難以忍受。她覺得這個地方實在叫人受不了。突然她體會到每次老彭走開，她就有煩惱。現在老彭若在這兒，這幢屋子又會愉快起來。

伯牙由昆明寄來的第一封航空信和老彭由鄭州的來信同一天抵達。丹妮先拆老彭的信，她自己也大吃一驚。她讀完兩封信，頓時明白其中的道理。由伯牙前幾封信來判斷，她知道他會寫什麼：一大堆名稱古怪的高山和河流，各山峯的高度，壯麗的風景，幾座巉巖、分水嶺、急轉彎，使她覺得冷冰冰的。伯牙的信她看不下第二遍，老彭的信她卻一讀再讀。後者給她一種溫暖、人情味十足的親切感和參與感。他談到玉梅、王大娘和萍萍——他還不知道她死了——並稍微責備她冷落了月娥，那個無精打彩、上過基督教中學的醜女孩。他幾乎不談自己，只說他由黃河北岸的地區回來了。

她覺得很吃驚，從此她對月娥也產生了新的興趣，只因爲那是老彭的心願。日子一天天過去，她發現這個她很少注意的女孩子也教了她不少東西。爲了討好月娥，她看了一點月娥的聖經。其中一段如下：

> 我命你們互愛，如我愛你們。
> 為友捨命，人間大愛莫過於斯。

這句話又教她想起老彭，「愛」這個名詞瞬間產生了新的意義。

戰爭的狂熱席捲了整個漢口。三月二十八日到四月七日，難以相信的大捷報一天天由前線傳來。國軍和日軍對壘，第一次憑較優的戰略而擊潰他們。

預期的四月進攻結果出人意料之外。滿城都爲敵人被困、剿滅的消息而興奮到極點。三月二十四日台兒莊附近的平原開始一場大戰，連續打了兩周。這是上海之役以來最猛烈的戰鬥。敵人派遣了十萬精兵，包括山東調來的第五師和第十師在內，由北面分三路向鐵路交會點徐州推進。東面來的左翼軍十五日在臨沂被張將軍和龐將軍擊敗，奠定了後來勝利的基礎。兩股主力軍由津浦鐵路南下。鐵路到徐州之前，有一個向東彎的環形，很像英文字母「h」，兩個底點落在東西行的隴海鐵路上。「h」的直桿代表津浦鐵路，徐州就在最低點。彎彎的一筆向東勾，向大運河北岸的台兒莊彎去，運河橫過「h」的兩根長腳。津浦鐵路西面有三個大湖，沿著整條直線分布。有一股敵軍由直線下來，抵達韓莊，也在大運河北面。這裏的地形漸漸升高，敵人不打算渡過運河。中央的主力軍由臨城向東打，順著那一彎曲線南下，打算佔領台兒莊。這個戰略在技術上來說是相當高明的，因爲台兒莊附近的平原可以輕易圍抄到徐州。控制這兒不但切斷了國軍的右翼，也使敵人的左翼能和大軍會合。

但是戰略家訂了計畫，打仗的卻是軍人。國軍讓敵人的中央主力深入台兒莊的東北郊和東郊。三月二十八日敵人到達城門下，雙方在城裏打了一周的巷戰，東郊和東北郊幾度易手。國軍一度被逼回運河南岸，後來又重新渡河，奪回外圍的村莊。但是主力軍在湯恩伯將軍領導下，奮勇抵抗敵人最猛烈的攻擊，國軍右翼和左翼則靜靜採取包圍的攻勢。左翼在敵人密集的砲火中渡過運河和西面的湖泊，沿著許多要站切斷津浦鐵路和橋樑，由泰安一路破壞了六十哩。軍方要三百人組織自殺隊，卻有八百人志願前往，他們用手榴彈攻打台兒莊以北的獐頭山，切斷敵人的後援，把他們圍在北面的嶧縣。三十日包抄已接近完成，敵人發現自己陷入絕境，食物和彈藥都漸漸用光了。可怕的戰鬥已使敵軍死傷一萬五千人，達到受圍兵力的四分之三。東西的援軍不顧一切趕來增援，由後面威脅台兒莊以北蘭陵的國軍。但是國軍右翼在張自忠將軍領導下猛追這支敵軍，四月三日迅速出擊，在蘭陵將敵軍殲滅，解除了這一大禍害。

外面的包抄現在完成了。四月五日國軍第三度反攻，敵人已陷入密密的死亡陷阱中。只有幾百人還守住城市北角，彈藥也幾乎用光了。這時國軍不斷向城外幾哩的南羅、柳家湖和張樓圍進。六日晚間，幾百個餘兵亂糟糟抵抗，卻在北面的村莊被剿滅。七日早晨敵軍向北逃。參加此役的兩萬日軍，活著逃出去的幾乎不到三千人，他們匆匆逃走，沒有時間埋死人，也沒有帶走傷兵。

日復一日敵人戰敗，死傷慘重，軍隊被圍以及台兒莊附近城鎮收復的消息，造成了一連串期望的高潮。等敵軍鼠竄的消息傳來，漢口頓時變成喜氣洋洋的都市。我軍宣布要第一次大贏日本，果然辦到了（註）。

四月七日，武昌鬧烘烘的。天一亮爆竹就響徹雲霄。七點半段小姐發狂似的跑到難民屋，帶來她昨晚由收音機聽到的消息。秋湖陪丹妮過夜。老老少少都為這個消息興奮不已。男孩們拿一個汽油桶，一面敲一面跑下山坡。山谷中傳來鑼鼓和爆竹的聲音。九點左右，爆竹聲變成連續不斷的音符。除了「鞭炮」，還有「沖天炮」，在地上爆炸然後沖入天空。

「到漢口去！」三個女孩子大叫說。

「我要喝得爛醉，」秋湖宣稱。

真的，全體難民都想下山，加入城中度假的人潮。假是自己放的。沒有學生上課。職員不去上班。沸騰的人潮擠滿街道，湧在方場中。男孩們敲竹塊、水壺、鑼鈸、銅桌面和一切能發出響聲的東西。一切都沒有組織，自發自動，喧鬧，不整齊而且感情用事，本來就該如此嘛。

段雯穿工裝褲來，丹妮和秋湖也覺得該穿工裝褲，行動比較方便。丹妮在頭上綁一條鮮紅的頭巾，三個人下山過河，在街上踏步前進，勾肩搭背往前走。

蔣介石對所有國軍官兵、政黨人員、各省市地方政府，以及全中國人民發表了莊敬的聲明：

各戰區司令長官，各省市黨部，各省市政府，各報館並轉全體將士全國同胞公鑒：

軍興以來，失地數省，國府播遷。將士犧牲之烈，同胞受禍之重，創鉅痛深，至慘至酷。溯往思來，祇有悚惕。此次台兒莊之捷，幸賴前方將士之不惜犧牲，後方同胞之共同奮鬥，乃獲此初步之勝利，不過聊慰八閱月來全國之期望，消弭我民族所受之憂患與痛苦，不足以言慶祝。來日方長，艱難未已。凡我全體同胞與全體袍澤，處此時機，更應力戒矜誇，時加警惕。唯能聞勝而不驕，始能遇挫而不餒。務當兢兢業業，再接再厲，從戰局之久遠上著眼，堅毅沉著，竭盡責任，忍辱耐苦，奮鬥到底，以完成抗戰之使命，求得最後之勝利，幸體此旨，共相黽勉為盼。

蔣中正　陽（七日）

儘管蔣氏發表這段文告，慶祝還是照常舉行。

午飯後三個少女來看木蘭，她對她們來訪和她們無羈的喧鬧感到很吃驚。丹妮身穿工裝褲，白白的笑臉在紅頭巾的襯托下顯得很突出。但是最受這幾位年輕朋友感動的是木蘭的女兒阿梅。

「跟我們出去。跟我們一樣打扮！」丹妮衝動地說。

「媽，可不可以？」阿梅問道。自從姊姊幾年前在北平一次政治示威中喪生以後，她母親一直不許個害羞、敏感的女孩子參加公眾遊行，對她有點過分保護。不過今天木蘭非但同意她出去，而且還希望她穿得和別人一樣。阿通到一家店裏給他妹妹買工裝褲，木蘭還在她頭部和頸部繫了一條淺紫的頭巾，與她的綠襯衫形成愉快的對比。

四個女孩在街上逛了一下午，她們愉快的裝束和興奮的笑聲吸引了一部分人的注意。那是星期六下午，爆竹聲稍微減少了些，街上卻還擠得滿滿的。她們聽說晚上有燈籠和火把遊行，各工人、學生、軍人、政府人員的團體都要參加。她們還看到一份「戰區服務隊」的通知，要徵求志願者到徐州去接戰地孤兒出戰區。

段雯說，「我要去應徵。」

木蘭要她們四個人回去吃晚飯，飯後全家人陪丹妮和秋湖出去，段雯則隨她自己的隊伍參加遊行。旗幟、燈籠、火把、軍樂隊和穿制服大喊戰爭口號的團體接二連三通過，旁邊還跟著沒有組織的慶祝人潮。段雯的隊伍通過時，丹妮拉著秋湖和阿梅陪她走，三個女孩手挽著手大笑走了十段小街。然後她們退開，送阿梅回家，把段雯也拖出來。

木蘭一家人已經回來了。丹妮進屋，木蘭正興奮地對陳媽朗讀一封她兒子拍來的電報。她轉向丹妮。「陳三的電報剛由鄭州拍來。他兩天後會到。他說你們彭先生臥病在床。」

丹妮的臉色暗下來，木蘭看出她滿臉焦慮。她瞬間下定了決心。

她轉向段雯。「我能不能跟你們的隊伍北上？」她問道。

「我不知道。你是認真的？」段雯回答說。

「當然。」

「也許很危險，」木蘭說。「你覺得你受得了嗎？」

「戰區生活很艱苦，」阿通警告她。

「但是我們已贏得勝利。日本人正在撤軍。我想看看前線。」

午夜時分三位少女回到武昌，丹妮悶聲不響。老彭生病的消息是這一天狂歡的反高潮。一切靜下來後，她躺在床上，開始思考。老彭一個人在鄭州受苦，臥病在床，她卻只顧自己尋樂。

兩天後，陳三和環兒來了。新亞及阿通到車站去接他們，女人則留在家裏準備待客，丹妮急著探聽老彭的消息，也過來曾家。陳三的母親穿上她叫老彭買來當壽衣的新綢裳。火車誤點，快吃飯的時候大夥兒才回來。兩個鐘頭陳媽一直出去倚門盼望。她進進出出太多次了，木蘭真怕她衰老的身子承擔不住相逢的刺激。她只有六十多歲，不過她的力量顯然已差不多耗光了。為了等她兒子回來，她才沒有倒下，如今她仍然勉強撐下去，比預料中多活了一些日子。

「進來休息嘛，」木蘭說。「反正你的眼睛也看不遠。等你兒子和媳婦來，你得顯出最好的樣子，靜靜坐著。」

於是她聽勸坐在大廳中間的一張低椅子上，面對前門。她又開始談到她兒子十六歲那年失蹤的往事。「我還能看到他小時候的樣子。我還記得他的聲音。不過我要給他什麼呢？現在我能給他什麼呢？」

最後阿通終於衝進來了。「他們來了！」

木蘭上前站在老太太身邊。不久陳三跑步進來，環兒跟在後面。陳三認出他母親坐在椅子上的特殊姿勢，跪倒在地，把手臂擱在她膝上，大聲哭出來，環兒也跪在他旁邊。

老太太淚流滿面，伸手去摸兒子的頭髮和他埋在她膝上的腦袋，又摸索他寬寬的肩膀。她一句話也說不出來，彎身聞他的氣息，彷彿他還是小男孩似的，彷彿要把她衰退的生命灌入他的頭髮、腦袋和耳朵裏。然後母子都伸手把對方的手緊緊抓住。

陳三拉起母親的手來親吻。「喔，媽，你的不孝兒回來了。」

「孩子，起來。讓我看看你，」她終於說。他站起來說，「這是你的兒媳婦。」環兒還跪著。

「來，讓我看看你，」陳媽說。

這時候環兒才站起來。

「環兒，我知道你。你是一個好女孩，也是我兒子的好媳婦。你母親好吧？」她的聲音明朗得出奇。

「她去世了。」

「你嫂子莫愁呢？」

「他們夫婦目前在鄭州。」

環兒拉了兩張矮凳子，她和陳三就坐在母親膝前，陳三開始訴說他回姚家以及他結婚的經過。全家人都進來了，站滿一屋子，看這對母子團圓。

但是過了一會兒，陳三繼續講這段故事，他母親眼睛卻閉上了，頭也垂向一邊。頭在他手掌中鬆下來，一點感覺都沒有。

新亞上前看她，把她兒子扶起來柔聲說，「她大限已到。別太難過。她盼了那麼久你才出現。現在她心願已達，安心去了。」

但是陳三伏在母親身上痛哭，盡人子的本分，捶胸啜泣，誰也安慰不了他。「我甚至沒有機會聽她晚年是怎麼過的，」他流淚說。

「最重要的是她死得快樂，心滿意足，」環兒安慰丈夫說。

「她最後一段日子過得很安詳，」木蘭說。「這一點，你該謝謝丹妮。」

木蘭告訴他老母親被尋獲、照顧以及她事先買好棺材的經過。陳三正式重謝丹妮，叫她彭小姐，還說他是去年認識老彭的。現在陳三抱起母親的小身子，把她放在一間側屋內，環兒跟在後面。他偷偷吻母親的面孔，良久良久，眼淚滴了她滿臉，最後環兒才把他攙起來。

曾家準備了豐富的大餐迎接他們，但是現在只端出幾盤菜。木蘭一直叫陳三吃，雖然他不該吃太多，不過他餓得要命，就吃了好幾碗飯。

飯後丹妮把他母親留下的三百塊錢交給他，並解釋說，「你母親說，這是她一生的積蓄，她是一文一文、一個銅板一個銅板爲你積下來的。彭先生臨走前把這個小包交給我。」

「棺材是誰出的錢？」

「彭先生，這些大部分是舊幣，現在一文不值了。你最好留作亡母的紀念。」

陳三的眼睛瞥到小紙包——他母親一生無盡母愛的象徵——不禁又熱淚盈眶。

然後丹妮問到老彭，陳三說他們在南下鄭州的火車上相遇。老彭在河南北部著了涼，又是一個人出門。陳三幫他住進一間旅館，但是他急著見他母親，第三天只好撇下他走了。

如今丹妮的心意已決。她必須去找老彭，在他孤獨病倒的時候去安慰他。這是報答他對自己以及其他許多人善行最起碼的表現。

第二天，陳三跟環兒、丹妮一起上洪山抬棺材，錦兒的丈夫也陪同前往。次日舉行葬禮，陳三和環兒住在木蘭家服喪。

段雯第二天早晨來告訴丹妮，急著去看勝利現場的志願者太多了，使丹妮大失所望。第一批的七個女孩子已經選定，段小姐榜上無名。除了戰區服務隊，很多不同機構的人員也紛紛爭取前往的機會，要帶禮物給戰場的士兵，還有很多記者要去採訪軍官和士兵親口說的故事。

大家開始把此次戰役的經過串連起來。三月二十八日日軍大砲在台兒莊東北面的城牆攻出幾道缺口，城牆是泥磚做的，像古強盜的山寨一般厚，但是留有槍墩。從那一天到四月五日，巷戰連續發生，國軍奮勇地把敵軍擋在城市東北和西北角。日軍一天天在槍彈掩護下增援，結果都被殲滅，日本人似乎特別不擅於在夜間打肉搏戰。有時候整排日軍的腦袋都在暗夜裏被中國人的大刀砍下來。戰鬥常常在一座屋牆的兩邊發生，雙方都想利用同一個牆洞。有一次一個日本兵把刺刀插入國軍這一邊，一個中國兵抓住刺刀，緊緊握住，戰友們則繞過屋牆，對敵人丟了一顆手榴彈。國軍放火燒日軍碉堡，日軍卻在晚上燒自己的碉堡，怕在暗夜裏受到攻擊。十四天裏國軍奮勇抵抗敵人的野戰砲和重砲。沒有一間房舍完整無傷。

城外的東郊變成浴血場。國軍的好裝備也扮演了重要的角色，俄國輕坦克和德國的反坦克大砲相繼運來。二十七日敵人的七十輛坦克輾過該城，但是一個國軍砲兵單位前一天下午就開到了，十輛坦克還沒到市郊便被擋回去，有七輛來防城，其中六輛被德國反坦克大砲一舉攻破。受傷較輕的兩輛被拖走，四輛殘車留下來，變成國軍好奇的目標。最後敵人用飛機運彈藥。等最後的一堆彈藥被國軍炸毀，包抄也完成了，外圍的日本守軍只好匆匆撤退。

丹妮拍了一封電報給老彭，三天後回信來了，說他的病不算什麼，請她不必擔心。但是他還留在鄭州，可見他還臥病在床，不能動身前往徐州。

幾天後，段雯下午來訪，帶來她要北上的好消息。第一批志願者拍電報來說，她們正帶四十個孤兒回來，台兒莊和徐州一帶的村莊、城鎮裏還有很多孤兒。有關單位立刻派第二批前往，段雯是最早申請的人之一，和其他五位一同入選，兩天後出發。

「我能不能跟你去？」丹妮問她。「我要看看前線，我自己也要收容幾個孤兒。」

「我們帶孤兒回來，再分發幾個到你那兒去。」

「不，我要自己挑選。我希望找一個十歲左右像萍萍的小女孩。」

「好吧，也許你可以同車走。等我們到戰地，你再來找我們。我們的隊長田小姐見過你，知道你在此處從事的工作。我來對她說。」

一切就這樣決定了。

大夥兒第三天就要動身。丹妮告訴木蘭，她聽了表示反對。

「你不該去，」她說。「伯牙馬上就來了。」

但是丹妮很固執。

「我一定要去，」她說。她的語氣很堅決。「第一批人來回只花了十天。我可以在他到達前趕回來。何況彭先生在北方，我要說服他在伯牙到達前跟我一起回來。得有人照顧難民屋，他們倆也有計畫要討論。你知不知道，自從去年彭先生和我離開北平，他們就沒有碰過面？我還希望自己帶回幾個孤兒，」她又說。

「我相信伯牙發現你做戰地工作，會大吃一驚。」木蘭掛著無可奈何的微笑說。「但是快點回來。有一個婚禮等著你舉行哩。」

那天早晨丹妮動身了，身上穿著她喜愛的淡紫色嗶嘰上衣和工裝褲。難民屋交給王大娘和玉梅照料，木蘭答應必要時助她們一臂之力。環兒穿著白孝服，跟阿梅來送丹妮。秋湖也來了，丹妮高高興興對大家道別。

註：上列日期，原著分別寫成四月二十八日、四月三十、五月三日、五月五日……與史實不符，與本書第二十章情節發生的時間也自相矛盾。可能是林先生筆誤或排版錯誤。特根據民國二十七年三月底到四月初的漢口「大公報」，改為三月二十八、三月三十、四月三日、四月五日……等等。特此聲明，以供中英文對照閱讀的朋友參考。

20

第二天下午丹妮抵達鄭州，隨夥伴安頓好旅館之後，她立刻到老彭的旅社去找他。

「我該說誰找他呢？」胖職員好奇地打量她說。

「我是他姪女。」

「他告訴我們，他沒有親人照顧他。」

「他不想驚動我們——所以才不讓親戚知道。他病得很重？」

「他十天前由北方來，大部分時間都躺在床上。我派人送你上去。」

一個侍者帶丹妮上樓，穿過一道陰暗的長廊。到最後一間，侍者停下來敲門。沒有人回答，侍者把門打開。才五點鐘，房間卻很暗。丹妮躡手躡腳走進去。百葉窗拉下來，只有幾道光射在牆上。她看到老彭的大頭和亂蓬蓬的灰髮擱在小枕頭上。他雙目緊閉。她無聲無息走到床邊，靜靜看他。他睡得很熟。

丹妮心裏一陣抽痛。她輕悄悄、無聲無息貼近床邊，凝視這個在她眼中無懼無嗔，爲她做過許多事情，如今卻爲她而獨居在這裏的男人。

她打量房間。這是一間很小的長方形斗室，只有一床一几，桌上放一個蓋子缺了口的舊茶壺和兩個小茶杯，擺在茶跡斑斑的托盤裏。一張舊木椅堆著老彭那一件她所熟悉的舊藍袍和那個她看他上街帶過許多回的手提袋，以及一小堆乾淨的衣裳。由北平一路陪他們出來的那口熟悉的皮箱，靜立在新式塘瓷洗臉槽附近。床鋪放在屋子中央，簡直沒有空間可走到屋子那頭去開關窗子。牆上的光圈映出他臉上優美的輪廓，隨著呼吸一起一伏。她沒看過他臥病在床的樣子；如今他靜靜安睡，她看出他瘦削的面孔是多麼高貴，起伏的胸腔裏含有一顆偉大的心。

她確信伯牙說要來以後，他完全變了，變成一個傷心人。如果伯牙不來呢？這個人會成爲她的丈夫。她確信他愛自己。他睡夢中呼吸很平靜；醒來會有什麼想法呢？她彎下身子，看到他大前額閃亮的線條，汗淋淋的。她想摸摸他的額頭看他有沒有發燒，但是又不敢去摸。她能爲他做什麼？她喉嚨一緊，連忙拿出一條手帕，輕輕擤鼻涕。

輕微的響聲驚動了他。他眼睛立刻睜開來。

「彭大叔，是丹妮。我來啦。」突然她喉嚨哽咽，最後一句話還沒說完，聲音就顫抖了。

老彭又驚又喜凝視她。

「丹妮，你什麼時候來的？」他的聲音低沉寬闊，她聽起來好熟悉。

「剛到。你爲什麼不讓我知道呢？是什麼病？」

他用力坐起來。「沒什麼。你為什麼要來？」

丹妮含淚笑笑。「喔，彭大叔，看到你真好。」

老彭看到她眼中的淚水，楞了一秒鐘。

「丹妮，我還好。告訴我，你為什麼要來？」

「因為我知道你病了。」

「不過你沒收到我的信嗎？我說我很好嘛。」

「收到了。不過信是本城發的，你說過你要去徐州。所以我猜一定有緣故。我好替你擔心，非來不可。沒有人照顧你嗎？」

「不，我不需要人照顧。只不過在新鄉著了涼。我上星期還起來過，後來又病倒了。不知怎麼沒力氣爬起來。」

「你吃什麼藥？」

「我用不著吃藥。我齋戒，只服甘瓠茶。一兩天就會好的。」

「喔，你何必一個人跑到這個地方？」她話中帶有哀怨、責備的口吻。

他咳了幾下，叫她開燈。這時她看到他身上穿著白布衫，面孔瘦了一點，但是其他方面和以前沒有兩樣。他甚至故作愉快，掩飾病情，盡量多走動。他對她現在的裝束感到不解。

「你不高興看到我？」丹妮走回椅邊坐下說。

「丹妮，你在我眼中還是一樣——就是這副打扮也沒有差別，」老彭說。他滿面笑容。

「你何必到這兒來呢？」兩個人同時問道，他語含抗議，她則滿面愁容。這個巧合使彼此都覺得很有意思，他們對望了一會兒，表情快活而自信，告訴彼此他們很高興重逢。

「彭大叔，我不得不來。你走後出了很多事。我們的房子在轟炸中被落石打到，萍萍死了。」

他問起細節，她一一告訴他，然後繼續說下去。「發生了不少事情。伯牙五月會來。他已離開昆明。你一定得回去。你走後那個地方就不一樣了。」

明亮的電燈掛在床頭天花板上，直接射入他的眼睛裏。她發現他舉起一隻手臂來擋光。

「是不是電燈刺眼？」

「沒關係。」

丹妮拿出一條手帕，綁在燈罩四周。

「喏，不是好多了嗎？我待會兒再弄得好一點。」

「告訴我，伯牙什麼時候來？他信裏說些什麼？」

「喔，普通的事情。沒什麼內容。」

「你有沒有告訴他——我意思是說——？」

丹妮避開眼睛。「沒有。他信裏全是談他的工作，雲南這座山高六千呎，貴州那座山高七千呎。沒什麼好看的。一整頁談滇緬公路——全寫那些。你知道我的意思——沒有什麼女孩子愛讀的熱情、切身的內容。」

丹妮坐在那兒，告訴他許多事情，說陳三歸來，他母親去世，漢口慶祝勝利，以及她如何隨段小姐等人前來。她不確定自己出發時他還在這兒，抑或要到徐州才能找到他。

「她們什麼時候動身去徐州？」

「明天。我想我們會帶幾個孤兒回去。但是我不跟她們走。我其實是來看你的。」

不知怎麼，她說這句話的時候竟臉紅了，眼睛也迎上他的目光。彼此的眼神和他答應做她孩子的父親時一模一樣。她猝然把眼光轉向別處，默默不語。有點窘，她看看他那堆衣服，盡量找話說。

「你為什麼把乾淨的衣裳放在那兒？」

「比較好拿。除了皮箱也沒有別的地方可放。」

丹妮起身，開始在小房間裏踱來踱去，但是步伐鬆散，又坐回椅子中。老彭問她現在是不是還不想吃飯，又叫她自己點飯菜吃，但是他本人堅持要齋戒養身。侍者進來，她叫他拿一張綠紙和幾根針來弄燈罩。她一面等飯菜，一面上前拉開百葉窗，現在天已黑了。老彭看她默默站在窗前，陷入沉思中，身影和暮色相輝映。他有一種奇怪的感覺，總覺得一件不尋常的事情正在發生，他的命運和她緊連在一起，她會永遠在他左右。

飯菜送來，丹妮沒有發現，也許是不注意吧，還靜立在窗前，雙手插在褲袋裏，彷彿正要解開一道數學難題似的。又過了三分鐘，老彭說，「你的飯菜要涼了。」

她終於回過頭來。滿臉肅穆。她沒有勸他吃一點，拿起碗筷自顧沉默而機械化地吃著，偶爾看看他。心裏顯然有一番大掙扎。吃完走到洗臉槽邊，洗好碗也不說話，由他枕頭底抽出一條手帕，替他洗好貼在牆上晾。

弄完後，她拿起傭人送來的綠色包裝紙和別針。她得跪在床上，才能在燈罩四周別上綠紙，她一直很焦急，怕燈光照到他的眼睛。

「如何？」完成後她問道。

這時候他才看到她的笑容。

然後她拿出粉盒來撲粉，就在床尾向光而立，那兒燈光沒有被綠紙遮到。老彭由床頭陰暗的角落凝視她。她眉毛下垂，臉上表情很莊重。

「你爲什麼要來？」她聽到他說。她看不到他的臉，但他似乎語含責備，甚至有點生氣。

她向他這邊瞥一眼，咬咬嘴唇，沒有說話。

現在傭人送來一壺熱茶。她仍然沒有說話，化完妝，走向床邊的茶几。她傾側茶壺，破壺蓋掉到壺裏。但是她繼續倒好兩杯茶，遞一杯給他說：

「別生我的氣。」

「我沒有生氣，」他說著，正式謝謝她。

屋裏的氣氛頓時充滿緊張。

然後她動手找出落在壺裏的蓋子。茶很燙手，她只好繞過床邊，倒半壺茶。弄了五分鐘，她終於用髮夾挑出壺蓋。

「你有沒有線？」她說著，幾乎被自己的聲音嚇一跳。

「在皮箱裏。」

她找出一條長粗線，拿起茶壺坐回椅子上。她在幽暗的綠光中把線穿過蓋孔，牢牢繫在銅鉤的兩端，終於打破沉默。

「他姑姑已經安排婚禮，等他一來就舉行。我明白她還費心安排了離婚的事宜。」

老彭半晌不說話，然後說，「我很高興聽到這個消息。我會盡量趕去觀禮。」

她還低頭玩著手裏的線，用低沉、莊重而熱情的口吻說，「告訴我，你爲什麼要離開漢口？」

老彭雙眼沒離開那個綠紙罩，回答說，「因爲我要看看前線。」

她打好結，現在正用牙齒咬掉線尾。她轉過眼睛正視他說：

「這不是真話，我知道這不是真話。」

「那是爲什麼？」

「這句話和我來看你的理由一樣不真實。請你對我說實話，是我們聽到伯牙來內地的消息，你故意離開洪山，避不跟我見面。」

他雙眼凝視她的面孔，現在離他這麼近，她的眼睛脈脈含情。

「請別這樣，丹妮，」他說。

但是她用哀怨、幾近痛苦的聲音繼續說下去。「我們別再裝了。你躲開我，因爲你要自我犧牲，讓伯牙娶我。你在折磨你自己。那天晚上我看你一個人喝得爛醉……從那夜開始，我一刻都沒有平靜過。彭大叔，告訴我你愛我。」

「爲什麼你要我這樣說呢？」

「因爲我現在知道自己愛的是你。你曾答應做我的丈夫，我曾答應做你的妻子。後來我們收到伯牙的音訊，你就逃開躲起來。你錯了，你現在正折磨我哩。」

老彭楞住了。但是她沒有注意。「我真傻。我以爲我愛伯牙。」

「你當然愛他。你就要嫁給他了。」

「我們得說清楚。除非是我們倆結婚，我不能行婚禮。」

「丹妮，」老彭聲音顫抖說。「我承認爲你而痛苦過。但是你又能教我如何呢？你爲我難過，因爲你看到我吃苦。是的，我曾想忘掉你，卻辦不到……不過一個月後你就是伯牙的妻子了。忘掉此刻的傻話。你不瞭解自己。你會爲現在說的話而後悔。」

「喔，彭，」丹妮說。「我不是說傻話。我知道自己愛的是你。」

「不行。伯牙是我的朋友。你們倆都年輕。他愛你，他完全瞭解你。」

「但是我並不完全瞭解他。我完全瞭解你。喔，彭，吃飯前我站在那兒看窗外，一切全明白了。伯牙愛的是我的肉體。我知道他對我的期望。但是我不能再做他的姘婦了。我可以看見自己嫁給他的情形，雖然結了婚，我仍然只是他的情婦，供他享樂，屈從他的意願。不，我對自己說，他愛的是媚玲，也將永遠是媚玲。在你眼中我是丹妮。是你創造了丹妮——我的名字和我的靈魂。你看不出我變了嗎？你不知道我該愛的是你？」

說完這些話，她把頭伏在床上哭起來。

「你使我很爲難。我臥病在床，你千萬別乘機哄我，」老彭語意堅決，但卻伸手去摸她散在棉被上的頭髮。

她抬頭慢慢說，表情顯得又高貴又疏遠。「你不知道我站在窗前幹什麼。你曾和我談過頓悟及覺醒。我描述給你聽。我望著暮色中的屋頂，但是心思卻飄得很遠很遠。我想起萍萍和陳三他娘的死。突然一切都在我眼前融化，變得空虛起來。萍萍、陳三他娘、伯牙、我自己和凱男的形象都不再是個人。我們似乎融入——一個生死圈中。禪宗的頓悟不就是如此嗎？說也奇怪，我的精神提升起來，充滿幸福——發自內在。從現在起，我能忍受一切變故了。」

老彭沉默了半晌。他們的手慢慢相接，老彭抓著她的小手好一會兒。丹妮彎身吻他的大手，滴了他一手的眼淚。

「喔，彭，我愛你。救救我吧。別讓我嫁伯牙。別生我的氣。」

他的聲音含含糊糊，眉毛深鎖，似乎覺得自己進退兩難很可笑。「丹妮，我沒有生氣。不過你得瞭解我比你更爲難。伯牙是我的朋友。我不許你這樣。你一定要嫁給他。我不准你考慮你對我的這份情感。」

她熱淚盈眶。「但是我愛你。喔，彭，我愛你臉上的每一根皺紋。你說愛不是罪惡。」

「但是這不一樣。別傻了。你一直真心愛伯牙。他的電報由衡陽拍來時，我從你臉上看出來了。現在你體內又有他的孩子。這不行的。」他的聲音很嚴肅。

「可以。喔，我求你，你明知我體內有他的孩子，你還好心說要娶我。現在你仍然可以這麼做。」

「不過那是說他萬一變心的時候。現在他要來娶你了。」

「他也許會變心，」她驚嘆道，「爲什麼我就不該變？他懷疑我。你從來不懷疑。我告訴你我爲什麼決定來找你。你的信和他的信同一天到達。我發現自己先拆你的信——這是一瞬間隨意的選擇——但是我一發現，就知道自己對你比對他愛得更真。讀完他和你的信，我知道原因了。他的腦袋、他的思想離我千哩遠。他的信特別缺少溫暖。全是談他自己的活動。當然他是在說我們的國家，但是我需要一些切身的東西。你不談自己，卻談我、談玉梅、談秋湖、談萍萍，甚至談月娥。你說我冷落了月娥——一個和任何人相同的靈魂。你知道我聽你的話，和月娥交朋友，覺得很快樂，只因爲是你要我做的。伯牙怎麼能瞭解這些呢？你談到我們洪山的難民屋，使我覺得它很溫暖、很可愛，給我一種親切和參與的感覺。木蘭說她已經一步步安排婚禮，我嚇慌了。所以我不得不來看你。」

「丹妮，」他微露倦容說，「仔細聽我說。我知道你愛伯牙，等你見了他，你也會知道。

那時你就明白自己真正的心意了。你的煩惱是怕恢復從前的身分——怕再當崔媚玲。但是你現在是丹妮，也可以永遠做丹妮。我若幫過你什麼忙，那就是教你這樣做。你曾訓練自己的腦子忘掉伯牙。等你嫁了他，你也可以訓練自己忘掉——你對我的愛。你現在夠堅強了——不但能維持自我，甚至也能領導伯牙，帶他前進。」

丹妮沒有聽見他的話，她又俯身哭泣，把頭趴在床上。

「太遲了，」老彭堅定地說。

「不遲。你不能把我趕離開你身邊。我們回去，我會坦白告訴他我愛你，這不是你的錯。如果你容許我愛你，我會承擔一切譴責。」

「不行——，」老彭堅持說。

丹妮看出自己無法改變他的心意，又俯身痛哭。

「別哭，丹妮，」他說，但是他聲音顫抖，用手輕拍她的頭部。

她抬頭看見他的面孔濕淋淋的，就抬起一雙哀怨的眼睛看著他說，「我知道我們彼此相愛。我們別拒絕這份愛情。」

她跪地的身子站了起來，坐在床上。面孔貼近他，突然側身在他臉上吻了一下。

「別生我的氣，」她退開說。

丹妮和老彭的問題沒有什麼結果。丹妮硬要表明愛意，把一切說開，老彭則不肯放棄原則。

她表面上聽他的話，一心等見過伯牙再說，她相信自己可以說服他。她已經甩掉「大叔」二字，只叫他「彭」。不過公開表明彼此祕密的情感卻使一切自在多了，他們繼續以忠實老友的姿態相處。

丹妮留下來，告訴段小姐她過幾天等彭先生復元能旅行的時候，再去徐州找她們。三天後，兩個人搭上火車，四月二十五日抵達徐州。所有旅舍的房間都被值勤的軍官和公務員住滿了。段小姐她們住在徐州女師，經過特別的安排，彭先生也配到一個房間，學校學生早就搬走了，丹妮則和蔣夫人的戰區服務隊住在一起。

磚質校舍不算大，卻有一個可愛的花園，種滿果樹和盛開的花朵。有幾個女孩子到台兒莊附近的災區去過，由炸毀的村莊帶回十五、六個孤兒，還帶回一肚子她們在路上看到、聽到的故事。

不過最精彩的卻是廣西女兵親口說的故事，她們有一部分住在女師。這五百位女兵上個月曾通過漢口，也參加了台兒莊之役。她們穿著正規的灰色軍服，敵人很難看出她們是女兵。但是肉搏戰一開始，她們的叫聲馬上被人聽出來。肉搏的肌力比不上男人，半數女兵被一個日本騎兵旅消滅。從此女子兵團就解散，不許參加戰鬥，但是剩下來的人留在前線，制服保留，從事其他的戰地工作，抬傷兵，在鄉村做戰地宣傳。

丹妮急欲知道伯牙到漢口的消息，就拍了一份電報給木蘭，把他們在徐州的地址告訴她。兩天後，丹妮意外收到伯牙本人的電報。他聽木蘭的話，已經由重慶飛到漢口。

「你看他急忙趕回來和你結婚，」老彭告訴丹妮。

第二天又有一封電報拍給老彭和丹妮，叫他們在徐州等他，他一兩天就動身來看他們。兩個人都明白，伯牙是戰略分析家，不會不來看戰場，何況他們倆又在這兒。

伯牙到漢口，立刻去看木蘭，住在她家。他聽到不少丹妮在難民屋工作的情形，阿通和阿梅告訴他慶祝台兒莊大捷那夜丹妮等人的打扮，他大笑不已。阿非已和凱男商討離婚等事宜，他也聽說了。木蘭偷偷告訴他，丹妮懷了身孕。

他滿面通紅，眼睛避開了一會兒。「我猜大概是這麼回事，」他說，「你才這麼快安排婚禮。不過是她親自告訴你的？」

「不，她一句話也沒說。是那個和她住在一起的鄉下姑娘告訴我的。」

「玉梅，」伯牙說。「我得去看她，親自問問。」

於是第二天早晨，他趕到洪山。木蘭、陳三和環兒陪他去，因爲丹妮不在的期間，木蘭負責照顧難民屋。

伯牙盡快找機會單獨見玉梅。玉梅一直防著他，但是伯牙找了不少藉口，又和顏悅色哄了半天，她終於說：

「姚少爺，我告訴你，不過你不能告訴小姐是我說的。『好人做到底。』我從來沒見過這麼老實的小姐——你還是有婦之夫哩。我也沒有見過一個小姐這麼急著等你的信。喃，有人讓你親近了她，你卻把她忘了整整三個月。」然後她壓低了聲音，低頭看自己的腳說，「她有喜了。想想她多擔心，」她告訴他那次昏倒的事，又恢復正常的口吻繼續說，「她還沒有收到你的信息。你把我們小姐看成什麼？你若處在她的地位，你心裏會有什麼感覺？」

「老實說我不知道。她沒有告訴我，」伯牙辯解說。

「一個小姐怎麼說得出口？」玉梅由眼角看看伯牙，又說，「幸虧你終於來了，小姐放心不少。否則你的親骨肉就要跟別人姓了。」

伯牙十分困惑。「跟別人姓？」他驚呼道。

「當然，你要小姐生一個沒有父親的孩子嗎？」

「那是誰呢？」

「你猜不出來？小姐每天晚上到他房裏去研究佛經。有一天晚上她告訴我她的問題解決了。你聽過像彭大叔這麼好心的人嗎？」

「你是說他建議娶她？」

「你覺得意外？他總是做好事。不過別人絕不肯這麼做。」

「她接受了？」

「你想還會有其他的可能嗎？但是小姐始終只想著你一個人。等你的信一來，我問小姐彭大叔怎麼辦，她說當然是你忘了她，他才會娶她。我從來沒聽過像彭大叔那麼單純的人。」

伯牙被玉梅透露的消息楞住了，幾乎沒聽到她下面的話。「現在你算算月份。你是一個正經人。等小姐回來，不是就——？生米已煮成熟飯；不可能還原了。」

「是，是，當然，」伯牙陰沉地說，「彭大叔爲什麼到北方去？」

「誰知道？他先到漢口一家旅館去住，後來又到北方去。小姐聽說他病了，就去找他。但是我不希望你以爲他們之間有什麼曖昧。小姐一心想著你，若是換了我，我不會這樣。」

聽到最後一句話，他苦笑說，「如果你是小姐，我知道你絕不會嫁給我。」

「我不會有幸嫁一位少爺，如果有，我一定不選有婦之夫。」她遲疑了一會兒，筆直盯著他說，「但是我得告訴你——小姐說我一定要告訴你——是我在電話中叫你『豬』，不是她。」

伯牙咯咯笑起來。他謝過她，就心事重重回到夥伴羣裏。

伯牙決定到徐州去看丹妮和老彭。他心裏很急，無法再等了。他要看看丹妮從事戰地服務是什麼情景；他要弄清她和老彭間確切的關係；他更想研究台兒莊附近的戰場和地形。

說也奇怪，他臨走前對木蘭說：「繼續辦離婚。但是先別準備婚禮——至少等我回來再說。」

五月三日傍晚時分他抵達徐州。他拍電報說他要來，老彭鄭重對丹妮說：「你對他要公平。否則我對你會起反感的。你必須壓抑你對我的感情。」

丹妮靜坐聆聽，無動於衷。突然她發火了。「我辦不到，」她斷然說，「你難道看不出他來我一點也不興奮？我硬是沒有感覺。這都怪你。你第一次自我犧牲，我並不愛你——我很感激，也深深感動。但是你第二次自我犧牲，避開我，離開漢口，我看見你一個人臥病在鄭州的旅社，一切全是爲了我，我就愛上你了。」

「但是，丹妮，記住我說的無私之愛。想想伯牙，不要想我。就是你們結婚，我也會快樂。他沒有你就快樂不起來。你太自私了。」

「是的，我自私。因爲你使我看到了另一種愛。因爲我不再滿足於他給我的那種愛情。因爲你改變了我。你使我自尊自重——內心也變好了，他從來不如此。從開始便這樣。我現在知道他了。他要娶我，把我打扮得漂漂亮亮，在朋友間亮相，拿很多錢給我花。我知道。我從來沒見過一個人比他更注意自己。媚玲也許會心滿意足，丹妮——你的丹妮卻不會。彭……」

「你在他面前千萬別叫我彭，叫大叔。」

「我不干休。」

老彭的臉拉下來。「丹妮，別害我太爲難，我確定自己不能娶你，你得盡量對他恩愛些、自然些……」

丹妮自覺無能為力了。她疲倦地說，「好吧。我嫁他，但是我還會繼續愛你。」

伯牙來的那天，徐州整天下雨。兩個人到車站去接他。

「喔，伯牙！」丹妮掛著老朋友的笑容說。

伯牙在月台上擁吻她，丹妮不反對，但是沒有回吻。他毫不意外，她總不能當眾這麼做呀。他穿著馬褲和雨衣。她覺得他一點都沒變，只是留了兩撇整齊的小鬍子，面孔也曬黑了。但是她發現他皮帶上有槍套和一把新手槍。他熱烈和老彭握手，然後轉身打量丹妮。她穿著工裝褲，頸上圍一條紅巾。他迅速瞥了瞥她的腰部，不再纖腰楚楚了。他想起玉梅的話：「生米已成熟飯；不可能還原了。」

車站在城北，和市區隔著一片空地和泥屋。三個人由車站的明燈下走出來叫黃包車。

「子房山在哪兒？」伯牙問道。

「我不知道，你呢，彭？」丹妮回答說。

伯牙注意到他們倆親密的口吻。

老彭說他不知道，而且聽都沒聽過。

「你要去子房山？」一個搶生意的黃包車夫問道，他顯然很高興賺一筆長程車資，而不想只跑幾段市區的短路。

「不，我只是問問。」伯牙說。

「你為什麼問起子房山？」丹妮問他。

「你不知道？那座山就在徐州城外。是根據秦漢時的大戰略家張良——張子房——而命名的。」

他們叫了三輛車。子房山其實很近，白天看得見，現在卻包在暮色裏。

車夫指指左側說，「就在那邊，離另一個車站——津浦鐵路的車站——只有幾里路。在城市東郊。如果你們想去，我明天帶你們去。」

「你沒聽過，丹妮？」伯牙對前一輛車上的丹妮大喊。

丹妮把圍了紅巾的頭部轉過來說，「沒有。」

「不過徐州是歷史上很多大戰役的戰場。北面的沛縣就是漢高祖的出生地。」

丹妮讀過項羽和劉邦——日後的漢高祖——打仗的故事，他們倆爭奪大秦留下來的江山。這是《史記》最著名的幾篇，也是學校最愛選的範文。漢高祖是沛縣人，她和他一樣清楚。但是她不說話，陷入沉思中。

到了女師，大家叫伯牙和老彭同房，裏面有一張空床可睡。大家吃了一頓簡單的晚餐。丹妮看出伯牙還是和以前一樣喜歡她。他甚至迷上她的戰地裝束，他的態度也和上海時期一樣溫暖、一樣親密。丹妮茫然看著他。她不如以前誠懇，伯牙看出她眼中具有他以前沒看過的深度和哀愁。說也奇怪，她沒坐多久馬上藉故告辭了。

老彭和伯牙坐在床上聊天，熄了燈，雨絲在窗外的樹葉上滴滴答答響。

「我聽我二姑說她懷孕了。今晚我看得出來。」

「是的。她一直想你，這一點使她更擔憂。你當時爲什麼不寫信？」

「你知道郵件誤投的經過，」伯牙牽強地說。

「我從來沒見過比她更癡心的愛人。」

「謝謝你照顧她。」伯牙打住了。「喔，她真可愛，真可愛。」

「我想你要快些。她說你姑姑已經安排婚禮。不久新娘的情況就掩飾不住了。」

「是的，當然。」

他們繼續談別的事情，老彭不久就聽到伯牙平靜的鼾聲。

第二天，春雨稍歇，但是天空還沒有放晴。因爲不能出去，丹妮就過來聊聊。她還穿著戰區工作的制服，唇上點了胭脂。頭髮照他喜歡的樣式綁起來，比頭一天還要漂亮。

「我二姑對你欣賞得要命，」伯牙驕傲地打量她說。「她說如果她現在還是少女，她就要學你這樣打扮。」

「把你一路的見聞告訴我，」她對他甜笑說，「你一定見到了整個西南。」

「這只是初步的探勘旅行，」他說。「但是過去兩個半月我跑了六千哩。」

他開始散散漫漫說起南嶽的美景和昆明的湖泊，但是不久就愈說愈有力，簡直靈感叢生。他在西南最遠曾到大理，但他滿口盡是「起伏進入四川平原的雲南分水嶺」和夾在怒江、瀾滄江之間的怒山和四蟒大雪山——上述兩江滾滾流入西康境內。

「西康在哪裏？」丹妮天真地問道。她上學的時候，西康還沒有設省，沒有人聽過這個地名，它現在仍是西藏東邊一個未知的省份。伯牙想起他上海的女親戚對地理一無所知，覺得很好玩，就問她：

「我考你地理，你介意嗎？」

丹妮看看他說，「當然不介意。」

事實上丹妮對西南已經很熟悉了，因爲她一直看地圖，想追蹤他的旅行路線。西康遠在他行程的西面，她才沒有注意到。但是今天她有點氣他要考人家。她不知道寶芬、暗香、羅拉和凱男都曾接受同樣的測驗。所以她詼諧地說：

「萬一我不知道呢？」

「哦，你不知道？」

「那是貴州的省會。」

「喔，你比凱男強多了，」他驚嘆道。

「你知道，我在上海問過我嬸嬸、姑姑、羅拉和凱男，只有寶芬知道貴陽在哪兒。」

丹妮很不高興。

丹妮這才覺得好受些。

「我再問你一個問題。貴州省在哪裏？」

這是一個很難纏的問題，也許會難倒很多中學或大學畢業生。

「我爲什麼要回答這種問題？」丹妮敏銳地看看他。

「我在『考新娘』——這是老規矩，」他大笑說。

「你錯了，」她說，「老規矩是新娘考新郎，從來沒有倒過來的。萬一我不會呢？」

「我只是開玩笑。你可以回答，也可以不回答——隨你高興。」

「我該不該回答他的問題，彭？」丹妮轉向老彭說。

「你如果會，爲什麼不答呢？」

「好吧，貴州在四川東南，廣西以北。」

「稍微錯了一點，」伯牙糾正說。「它當然是在廣西正北方。但也在四川正南方。大多數人都以爲它在四川東南。」

「咦，我也這樣想，」老彭插嘴說。

「由某一方面來說，你們倆都對。你們知道，整個貴州是東西向，和四川相接。所以我說它是在四川正南方。不過四川剛好是一個大省份，東角向南斜到雲南省內，所以你們說整個貴州省是在整個四川省東南，也沒有錯。但是它們的西邊不相連，是分開的。」

「現在我配不配當新娘呢？」丹妮的口吻微微帶刺。

伯牙笑出聲來。「不，不，」他說：「你知道看地圖的大技巧就是尋找彎彎曲曲的角地和長形地。譬如我們現在在哪兒？」

「當然是徐州。」丹妮聲音加快了，眼中閃著輕侮的光芒。

「不錯，問題是我們在哪一省？」

「當然是河南。」

這個問題更難纏了。徐州台兒莊區位在山東、河南、安徽、江蘇四省的交界處，徐州恰好在江蘇那片狹長、容易錯過的長柄中，上海也在江蘇省。

「不，在江蘇省，抱歉。」他的聲音高高在上，得意洋洋。

「現在我沒資格當新娘嘍？」

「怎麼啦，丹妮?你若不喜歡，我們就不問了。」他發現她有點神經緊張。

「丹妮，我有個建議，」老彭笑笑說，「你嫁他以後，應該裁一件拼花被，用橘紅、藍色和綠色拼起來，代表中國地圖上的省份，每天早上鋪床以前仔細研究研究。」

「現在我能不能考新郎？」丹妮問道。伯牙聽出她語氣很嚴苛，以爲她是爲測驗而生氣。於是他和顏悅色鼓勵她考問。

「當然，不過只限於地理方面。」

「好，我想想看，」丹妮慢慢說。那天她剛看到報上希特勒進軍奧國的一則報導，上面有一張中歐的地圖。

「茲可洛伐基亞在哪兒？」她問道。

伯牙的地理常識只限於中國，不過他稍微有點印象。

「當然是在德國以東，奧國以北。」

「不完全對。它的西半部在德國的北、南和東部，嵌在裏面。當然大體說來，你有權說它在東部。」

她得意地輕笑，但是語氣顯得很不友善。

「你怎麼知道得那麼清楚？」他大笑說。「你真棒。你可以考倒我哩。現在再給我一次機會。」

「好吧。不過是地理以外的問題——人情味較濃的問題。」

「說呀。」

「老彭多大年紀？」她問道。

伯牙困惑不解，甚至有點驚慌。

「喔，四十七、八吧。」

「你錯了。我恐怕要考倒你嘍。他四十五歲。」她的聲音帶有決然的勝利感。

伯牙臉紅了，自嘲一番。「你知道有時候我們會把最要好、最親密的朋友年齡忘記掉。」

這次的談話在伯牙心中留下一個壞印象，比丹妮心中更甚。她強調老彭四十五歲是什麼意思呢？她的整個態度，尤其說這句話的勝利口吻也許暗示一種警告，要他把眼睛放亮些……一個四十五歲的男人並非不能戀愛呀……

說也奇怪，我們接受了佛家的「因緣」二字，「因」加上「女」字邊就變成「嫁娶之事」了。事實上這兩個字發音完全相同。意思是說良緣天定，或者由符合事物規律的某些因素所決定，不管前因是多麼微小、無形，也不管事件顯得多麼偶然。

提出因緣論的古作家知道人事是由藥店天平般精細的法則所控制。俗語說「天道分毫不爽」。丹妮不悅、敵對的口吻是她過去爲伯牙受苦的一種發洩，現在她不知不覺對他報復。如果說他發現丹妮對老彭比對他親密已稍嫌晚了一點，那只是因爲他先注意工作和計畫，丹妮離開上海後，他沒有立刻到漢口來，或者至少稍微早一點來，如今便遭到了自然的結果。如果他不懷疑丹妮，至少分別的頭幾個月他會寫信給她。如今他爲另一個疑竇而痛苦，這次是切身的問題了。

那天傍晚雨停了。伯牙隨他們到一家飯館，但是他對丹妮的態度似乎變了。他更親愛、更體貼。在餐桌上他一直拍她的手，似乎覺得有必要再追她一次。他把她當作新娘，也當作戀人。叫菜的時候先問她愛吃什麼。也許因爲那天早晨她不自覺用言語或行動暗示她和他平等，這和她在上海對他說話那種甜蜜、熱心的態度完全不同。因爲他知道她爲孩子焦慮以及等他的經過，覺得十分歉疚，也許想補償一番吧。老彭對他說的話使他百分之百信任她的忠誠，他該馬上娶她。

於是三個人在餐桌上吃得很快活。伯牙問起丹妮的女友和他們爲難民工作的情形。伯牙和老彭又對面暢飲，和北平時期一樣，不過現在是依約來內地共飲了，而且這次又有丹妮作伴。

老彭爲他們的婚禮而乾杯，和伯牙對酌，丹妮只輕輕用嘴唇碰了酒杯一下。

「喔，對啦，我忘了，」伯牙說。「我有一樣東西要給你看。」

他慢慢由口袋裏掏出一個皮夾。正在掏的時候，一件東西掉下來，丹妮看出是她寫給他的一封信，有點髒，四角也磨破了。

「是我的信！」丹妮驚嘆說。

「是的，我隨時帶在身邊。有一樣東西我要拿給你看。」

他打開皮夾，拿出一塊仔細摺好的紅綢巾，也就是他那份愛情的誓言。丹妮滿面通紅。他慢慢打開，對丹妮愛憐地說，「看。我叫律師公證了。」

她的眼睛一亮。「你什麼時候辦的？」

「在上海的時候。」

「我以爲你在上海把我忘得一乾二淨呢。」

「怎麼會呢，蓮兒？我不管走到哪兒，都把這塊布帶在身邊。」

丹妮爲自己燒掉另一塊而抱歉。她一直盯著他，但是表情很平靜。

「來，唱一曲給我聽，好不好？」他轉向老彭說，「你有沒有聽過她唱大鼓？」

老彭說沒有，丹妮說她不想唱。「曲高和寡」她引一則音樂愛好者的老故事說。看到紅綢，她雖然感動，卻還是採取自衛的態度。話裏暗示伯牙不可能瞭解她，以及她和老彭分享的戰地工作。但是伯牙繼續纏她。

「分別這麼久，這是我們三個人第一次團聚。好不好嘛？」他的聲音很溫柔。

丹妮和和氣氣瞥了伯牙一眼，終於唱了一小段，聲音有點發抖。然後三個人就各自回房了。

第二天早上天氣清爽迷人。伯牙想去看看台兒莊。他們都沒去過，不過段小姐一夥曾經去接三十個孤兒回學校。台兒莊來回要一整天，她們的兩輛小車子只能載七、八個孤兒。今天她們又到台兒莊北郊，想多接幾個小孩，然後回漢口去。

徐州到台兒莊大約有三小時的車程。他們經過綠油油的小麥田，麥浪在春風中飛舞，雨後顯得清新爽快。他們十點來到這座大泥牆林立的小城。很多士兵坐在運河岸邊，有人抽菸談話，有人洗衣服，有人用錫罐舀起運河水，在露天的火堆上煮開。

這座小城其實是前線的一部分。自從上個月日軍撤退後，戰鬥一直繼續進行著。敵人退到北面二十哩的嶧縣丘陵區，增援比較容易。為了挽回大敗中失去的「面子」，他們經津浦鐵路和台濰公路從山東調來大批兵力。但是國軍也再增調兵力來本區。戰線忽前忽後，村莊和丘陵地也幾度易手。兩天前台兒莊北面五、六哩的泥溝曾發生激烈的砲戰。頭一天晚上東邊十哩的蓮房山有一場激戰，一直打到早晨。其實國軍和日軍的戰線仍然亂紛紛嵌入彼此的戰線中。

一羣人在運河岸邊下了車，因為浮橋力量不夠，無法通行。離橋邊幾步就是西門。城門上還有一個舊石板，上面刻著「台城舊址」等字樣。一條小鐵路通向城西，三層樓的南站上面兩層已經全毀了。

城裏沒有一幢房屋是完整的。瓦礫幾乎淹沒了街道。只有一兩條路清理過，通向大北門。到處是破家具、破布、焦木箱、空彈殼和燒焦的牆壁與門板。每隔幾碼就有泥磚和木板路障的殘跡，還擋著路面。

大夥兒來到半毀的孔廟大成殿，裏面的軍官認識戰區服務隊的制服。

「你們今天要再接幾個孤兒回去？」一個軍官笑笑說。

隊長田小姐點點頭。

「你們可以北上到泥溝。這兩天那邊毀了不少人家。」

但是伯牙想多看看戰爭現場，最後說好他們只到北面兩哩的柳家湖。伯牙知道邳縣就在本城東南方，那個地方和名學者兼戰略家張良——張子房——有密切的關係，徐州的子房山便是依照張良的名字而取的，他也是中國歷史上第一個游擊隊。伯牙對這位英雄的一生始終很感興趣。張良的祖先五代在戰國七雄之一的韓國擔任宰相，韓國被秦國攻滅，張良賣盡家產，謀刺暴君，後來終於成爲漢高祖的首席幕僚。張良晚年退休，變成道家信徒，使伯牙對他更有親切感，因爲他祖父便是如此啊。他想起歷史上道教信徒一直是最好的戰略家和行政人員，那是他們冷靜、有眼光、心胸也比較開闊的緣故。

走出大北門。他們看到一片綠油油的小麥田，不久又從四輛日本破坦克旁經過。到了柳家湖，他們發現大家參觀的目標是一個個日軍塚，上面的木柱指出，一個塚內埋了五百到七百人。

伯牙、丹妮和老彭在柳家湖就掉回頭，和那羣女孩子分手。兩輛小車必定要裝滿孤兒，大家說好他們三個人自找交通工具回城。

回到城裏，他們吃了自備的便當。伯牙盡量找機會和士兵及軍官說話。每一位參加過上個月那場戰役的軍人都津津樂道。他們說到敵人撤退的經過，臉上總是綻出笑容。只有一身破布軍服和皮帶使他們和一般農夫顯得不一樣，其實他們就是普通的農民；他們穿草鞋，彷彿還在田地裏工作似的。

伯牙說要往東走。

「你最好別走太遠，」一位軍官說：「山區有戰事。」

如果注意聽，遠處的槍聲依稀可聞。

「戰事離這兒多遠？」

「在四戶和蓮房山之間，離這兒大約十哩左右。」

「我們不走那麼遠。」

「貼近大運河，你們就安全了，」軍官說。

他們開始沿一條大路向邳縣走去。那是一個美麗的春天下午，他們優哉游哉向前逛，尤其丹妮又在他們身邊。山間不時傳來槍砲聲，帶來一種緊張的氣息。這裏曾是最猛烈戰鬥的現場。田裏到處是彈坑，一路堆了不少空彈藥箱。一小隊一小隊穿灰制服的軍人由他們身邊走過，往邳縣開去，機車則來去兩方都有。一架單飛的日本偵察機在他們頭頂高高飛過。伯牙很興奮，這是他第一次到前線來。

他由皮帶中拿出手槍，指指飛機大笑說，「我但願能打下空中那隻小蜻蜓。」

大約一小時後，他們看到公路處有一個石製牌樓，立在一個受過攻擊的村莊入口處。彈孔、殘垣、斷樹都是幾周前戰鬥的證人。

他們看到有一棵樹被彈火燒焦了半邊，另一邊卻長出嫩綠的新葉來。「這是中國的象徵，」老彭說。

他們已走了四、五哩，丹妮筋疲力盡，伯牙建議離開公路，去看看那個石碑。

「你走到邳縣會不會太累？」伯牙問丹妮說。「還是我們在這個村子逗留一下就轉回頭？」

「邳縣有多遠?」

「大約再走一個鐘頭。我怕你吃不消。」

如果他們走到邳縣，那天晚上就來不及趕回徐州了，於是三個人說好到村子去休息。通往小村的幽徑上有一個大砲彈坑，如今充滿雨水。丹妮開始繞路走，但是伯牙說，「不用。我抱你吧。」他顯得特別恩愛。她抗拒了一會兒，不是真的不贊成，而是不好意思，他抱起她，她輕輕踢了幾腳。

一個月前戰鬥結束後，村民已各自回家。

三個人坐在一間民房裏，和一位中年太太談論她在大戰役中的經驗，一小隊騎機車和自行車的國軍突然進入村子。

「你們若不想挨槍彈，最好都離開這兒，」一位軍官大叫說。「有一個日本騎兵單位正由山上下來。我們要在這裏攔截他們。」

平靜的村子馬上變了。男男女女和小孩匆匆收拾衣物、被褥和貴重小物品，打成包袱帶在身邊。

「快走，」那位村婦對丹妮說完，連忙跑出屋外。茶壺還在火光熊熊的炭爐上嗚嗚響。

他們來到公路上，又看見三架敵機在空中盤旋。步兵由好幾個方向列隊通過小麥田。

伯牙上前和軍官說話。今天早上他曾看見這幾個人抵達孔廟，知道他們是隨戰區服務隊來的，他客客氣氣，但是有點不耐煩。

「我們該去哪裏?」伯牙問他。

「沿運河岸邊走，」軍官乾脆地說。

老彭對伯牙說，「借一輛自行車載丹妮。她也許沒法走那麼遠。」

「你怎麼辦？」

「我可以走路，」老彭平靜地說。

軍官忙著指揮部下。他沒有時間管老百姓。但是老彭上前對他低聲說，那個女孩子懷孕了。中尉看看她，心煩地搖搖頭。

「好吧，牽一輛自行車走。不過你們爲什麼到這個地方來？這是前線哩。」

他指指一輛自行車，老彭上前牽給伯牙。他慢慢脫下長袍，摺好放在後座，給丹妮當墊子。

「我們不能撇下你，」伯牙說。「我們還是都走路吧。」

「上車，別爭啦，」老彭笑笑說。「我會跟來。」

槍聲愈來愈近了。村民匆匆向兩個方向逃去。

丹妮含淚靜立著。「我們三個人一起躲到田裏去吧。老彭不走，我也不走。」她說。

「別爭啦！」他幾乎生氣了。

伯牙和老彭把丹妮扶上老彭爲她弄的座位上，她的表情很痛苦。她痛哭失聲，又跳下來。

「你瘋啦？」老彭氣沖沖對她說。「你若關心我，就聽我的話。上車抓緊他。我馬上過來找你們。」

丹妮滿臉絕望和痛苦，含淚熱情地看看老彭。

「小心，」她啜泣說。聲音都發抖了。

「沿運河來找我們，」伯牙爬上自行車，老彭替他扶穩。

「小心走，別摔下來，」老彭愉快地說，彷彿什麼事都沒發生似的。他站在旁邊看他們走。

「再見，」他叫道。「我會來找你們。如果我在徐州沒趕上，就在你們婚禮上找我吧。」

丹妮哭得太厲害了，雙手抓著伯牙的腰部，竟抖個不停。自行車愈走愈快。他們由後面的村子聽到機槍聲，然後是喊叫和馬匹奔馳的聲音。丹妮發出一陣尖叫。

在轉彎路口她雙手一鬆，幾乎摔下來。

伯牙停下步子，呼吸沉重，回頭用一雙愁眼看看她。她歉疚地望了他一眼。

「他不會出事的，」伯牙說。他無助地望著她，突然明白了。「現在你得抓牢一點。」

他再次出發，聽到她悶聲啜泣。

那一刻他才知道她愛上了老彭。

他們離開村莊一哩左右，槍聲似乎還近在耳邊。一羣士兵躲在田裏，散列各處。他們沿河岸又走了一哩左右。現在戰鬥聲顯得遠些了。

路邊有一個砲彈孔，積滿雨水。伯牙停下來，帶丹妮鑽到田裏去，把自行車放在路邊。她還在大聲哭泣，傷心得發狂。

他們蹲在麥田裏；小麥只有兩三呎高，但是路邊的一個斜坡使人根本看不到他們。丹妮坐在地上哭得慘兮兮，伯牙默默看著她。

「萬一他死了——」她終於揉揉眼睛說。

「千萬別擔心。他會平安的。」

突然他們又聽到馬蹄聲。伯牙從麥稈間偷偷向外望。有十一、二個日本騎兵正沿河岸走來。

他掏出手槍站起身。騎兵離他們一百五十碼。他彎身吻吻丹妮，然後大步穿過田野。

「你要幹什麼，伯牙？」她抬頭大叫。

他沒有回頭，跑上去直挺挺站在路上。

「伯牙！回來！」她大叫說。

現在他回頭做手勢叫她蹲在地上，然後笑了笑。丹妮仍然跪著，一時嚇傻了。騎兵向他們開來，揚起一片塵土。她看到伯牙向前進，身子筆挺，手上拿著槍。騎兵離他們只有二十五碼的時候，他動手開槍。第一個騎兵應聲倒地。砲彈坑的積水濺得半天高。他的馬後退亂衝。日軍還擊。伯牙慢慢選擇目標，再開一槍。他的身體晃一晃就倒下去了。

丹妮嚇得目瞪口呆。騎兵衝過他剛剛站立的地點，沒有停下來。他們一走，她馬上趕到小路上。

伯牙躺在路邊，面孔朝下，槍還握在手裏。她用力把他扳過來。鮮血染紅了他的內衣。她翻動他的時候，他兩腿交叉。她想輕輕把他的右腿放下來。伯牙痛得尖叫一聲。一隻馬蹄已將他的大腿壓得粉碎。

「喔，伯牙！」她哭喊道。

他睜開雙眼，茫然望著頭頂的藍天。

她低頭一面哭一面叫他的名字。

「丹妮，別哭，」他張嘴低聲說，「嫁給老彭。」他停下來，又費了很大的力量才再度開口。「我的錢都給你。把我們的孩子養大。」他指指口袋，露出最後的笑容說，「這邊。我們的誓言！」

他雙眼閉上，頭也垂到一邊。呼吸停止了。

丹妮盯著地面，無法瞭解眼前的一切。

她大概這樣坐了半個鐘頭，時間和空間已失去一切意義。然後她被一個熟悉的聲音喚醒，「丹妮！怎麼回事？」

她一回頭，看見老彭向她跑來，身上穿著上衣和褲子。他看伯牙的屍體，不禁跪倒在他身邊。丹妮默默看著他。

「他死了。」

她點點頭。

老彭回頭指指三個日本兵的屍體，其中一個半淹在彈坑的積水中。

「這些呢？」

「他殺了他們，」丹妮說。「我現在沒法告訴你親眼看見的情形。」

一股深深的悲哀襲上老彭心頭，他淚如雨下，因爲想強忍住眼淚，嘴唇也顫抖不已。

行動過去了。日本騎兵奉命來探察國軍的方位，如今已被攔截驅散。活著的人紛紛逃命，國軍狙擊手開始在麥田間站起來集合。丹妮坐在地上等，雙腿軟弱得站不起來，老彭出去叫一羣士兵來看三個日軍的屍體，解下他們的彈藥和制服。他們問三個日軍怎麼會被殺，這塊田裏並沒有埋伏狙擊手呀。

丹妮指指伯牙的屍體說，「是他殺的。他站起來和他們打，一個人用手槍對抗十二個騎兵。」

士兵聽到伯牙的死因，自願抬他的屍體。他們說，回徐州最快的方法就是找一條船到南方十五哩的趙墩，然後搭隴海鐵路的火車。

士兵沿運河下去，半個鐘頭後帶回一艘小漁船。他們把屍體搬上船，丹妮在旁邊痛哭，老彭則沉默得像死人一樣。

漁夫對沒有加蓋的屍體感到很害怕，船上一個十歲的小女孩嚇得更厲害。這艘船是邳縣來的一戶難民所雇的。這家的老母親體弱多病，正帶著小女兒和兩個兒子——一個已成年，一個十八歲，是商人階級的瘦弱少年——一起逃難。「你不能收這些人的錢，」一個下士對船夫說，「這個人殺了三個日本兵，他是爲國而死的。」

老彭謝謝國軍，叫他們把自行車帶去還給軍官。小船沿運河南下，丹妮立刻癱倒在地。過了很久她坐起來，脫下紅頭巾，叫老彭蓋在伯牙臉上，然後和那位生病的老母親說話。

「你們要去哪兒，老伯母？」

「我們怎麼知道呢？炸彈炸穿了我們家。我告訴我兒子我不想出來，但是他們硬要帶我走，說邳縣不能住了，離戰場那麼近。」

小女孩縮在她母親身邊，背向屍體，一直盯著丹妮。

「我五十六歲，已經算高齡了，」老母親又說，「就是爲了恬恬兒我才答應出來。她還那麼小。」

小女孩指指船邊用繩索捆住的一塊門板。

「那是我們的前門，」她說，「我們把鋪蓋放在上面，我哥哥抬著我娘走。」

「你看我這一條老命！」母親說，「我不能走，要我兒子抬。他們帶著老母親怎麼能出門呢？我這把老骨頭豈不是他們的一大累贅？」

小船由漁夫和他太太慢慢向前划。老彭估計要到半夜才能走完十五哩。但是漁夫不太情願載屍體，日落以後就不肯划了。老彭說，國軍雖然說了那些話，他仍然照付錢。

「喔，不，我不收錢。他是爲國家死的。」

但是漁夫太太插手，她說他們願意整夜划到趙墩，一方面多收些錢，一方面也好盡快擺脫那具屍體。

丹妮躺在一塊木板上，但是睡不著。老彭坐在她身邊，她把伯牙壯烈成仁的經過說給他聽。不過在陌生人面前她不能說出伯牙的動機和他臨終的遺言。這時候她才想起伯牙曾經指他的口袋，要他們拿出裏面的東西。老彭上前摸索，把他找到的東西拿給丹妮看，有一張地圖，一封給丹妮的舊信和一個皮夾子，裏面裝著一些錢和他那塊留有海誓山盟的綢巾。

過了一會兒，丹妮又和那位老母親及小女孩說話，小女孩苗條瘦弱，有一對像萍萍一樣的大眼睛。她說她到戰區服務隊到戰場附近接孤兒，還談到蔣夫人，小女孩驚叫說：

「你見過蔣夫人！」

她母親也很興奮，說，「恬恬兒，我年老多病。我不能長久照顧你，你只會拖累你哥哥。我何不透過這位好姊姊，把你交給蔣夫人照顧？」

恬恬兒的大眼睛轉向丹妮。萍萍就是這樣看她的。

「喔，你肯把她交給我？」她大叫說。「你願不願意跟我來，恬恬兒？」

小女孩縮到她母親懷裏。

「恬恬兒，你若跟這位好姊姊去，你就會看到蔣夫人。你娘再高興不過了，去找她。」

「到我這邊來，」丹妮把手臂伸向小女孩說。恬恬兒在母親慫恿下慢慢害羞地走上前，丹妮把她抱在膝上。

天黑了，船夫說他們還要走八、九哩。他們不可能划一整夜。最後他同意划到半夜，第二天一大早出發，天亮之前走完剩下的一小段路。

伯牙的屍體佔了半截船頭，船上沒有足夠的空間讓大家全躺下來。不過他們設法弓在暗暗的小空間內，小女孩和她哥哥都睡著了。

這時候丹妮終於低聲把伯牙臨終的話告訴老彭。在那陌生的暗夜裏，這段話似乎難以相信，伯牙的屍體蓋著臉躺在他們身邊，卻顯得好遙遠。

最後丹妮哭著睡著了，她的啜泣和漁夫船槳打水以及河水拍在船側的聲音交織在一起，小船在月夜裏向前滑行。後來水聲停了，老彭知道他們已泊在岸邊，這時候他才矇矓睡去。

一切都靜悄悄的。

過了一會兒，他突然被砰通的水聲吵醒，好像有人掉下去了。他伸手找丹妮，摸到她的手臂。她還沒醒呢。

月光迷濛，岸邊的柳樹映在水裏，他四處張望。他看到小女孩睡在她旁邊，但是原來老母親躺臥的地方卻只剩一團被褥。他伸手摸摸。老母親不見了。

他叫醒那兩兄弟。

「你母親走了。我聽到有人落水的聲音，不過太遲啦。」

她兒子爬到船頭，跨蹲在伯牙的屍體上，一心搜索水面。但是他們只看見一道漣漪愈飄愈遠，在美得出奇的銀月下閃閃發光。

船夫和丹妮被兩兄弟的哭聲吵醒了。只有恬恬兒還靜靜做著她的好夢。

船夫點起一盞油燈，微微照在這一羣悲戚的旅客身上。

現在不得不改變計畫。兩兄弟不肯再走了。他們說要上岸。運河這一帶水流和緩，他們一定能找到母親的屍體，正式安葬。另一方面老彭和丹妮卻急著帶伯牙的屍體回去。

凌晨大家把恬恬叫醒，告訴她這個不幸。她哭得和她哥哥一樣傷心，丹妮盡量安慰她，勸她跟自己走。

別離的鏡頭太悲慘了，連船夫和他太太也流下淚來。早風很冷，丹妮用手臂摟緊恬恬兒，叫她哥哥放心。

她轉向老彭說，「給兩兄弟一點錢，要他們安葬母親之後到漢口找我們。」

「當然，」老彭說。

船夫太太實在想不通，老彭竟把他在伯牙口袋中發現的兩百塊錢拿出來，交給恬恬兒的哥哥，還把他漢口的地址交給他們。

這時候小女孩才覺得好受些，大家別離也輕鬆多了。太陽還沒有出來，船夫拿起船槳，他們就向岸邊佇立的兩兄弟告別。

天亮時分他們抵達趙墩。他們給船夫三十塊錢，但是他太太看老彭有很多錢，不太滿意。她一直說載屍體要多收費，最後船夫氣沖沖罵她，她才閉嘴。

老彭去買了一座棺木，叫人送來，伯牙的屍體就匆匆放進去。丹妮坐在運河岸上大哭，學很多婦女用頭猛撞棺材。她傷心萬分，手臂碰在棺材上，玉手鐲終於斷了。她看看斷裂的鐲子，把它和紅頭巾一起放在伯牙手邊。然後叫人找了一條藍毛線，打一個小結戴在頭上，表示為他服喪。

他們打算先把棺材運到徐州，坐火車大約要兩個鐘頭。但是棺材沒有加漆釘好，站長是一個四十開外的矮個子，爲人穩重，缺乏想像力，他不肯載這具棺材。他們必須在這個原始的村莊找一間小店住下來，把棺材加漆釘好，那要花二十四小時的時間，否則就要雇一輛卡車，他們剩下來的錢又不夠。

他們和站長吵了半天，站長怕犯錯，不肯破壞規則。他們告訴他死者頭一天才殺了三個日本兵，是爲國捐軀的，車程又只有兩個鐘頭。最後站長答應打電話到徐州鐵路局請示；終於獲得許可，四點鐘他們就帶著棺材和恬恬兒上了火車。

到達徐州，聽說段雯一夥兒昨夜看他們三個人沒有回來，十分擔心。她們不能等了，就帶著四十多個孤兒先走，只有段小姐留下來。

他們拍電報給木蘭，把事情的經過簡單告訴她。在徐州的時候，丹妮打開伯牙的手提箱，發現一本旅行日記夾在其他物品中，日記一直寫到他離開漢口爲止。某些方面出乎她意料之外；這本日記不像他的信，裏面包含很多他祕密的思想，也常提到她，都是用最親密的字眼。最後幾頁中有一篇——四月二十八日——顯然是他和玉梅談話之後寫的，內容如下：

今天去洪山。喔，我真是大傻瓜！蓮兒一定變了不少。她已超越我了。我還得盡力瞭解她——佛道啦，她對戰地工作的興趣啦。我簡直覺得配不上她了。不過我最氣自己的是玉梅那番話。她的話教我兩頰發燒。原諒我，蓮兒。從今以後我要盡量使自己配得上你。

我瞎了眼，如果我沒來內地，也許我已失去她了。我相信她現在仍然愛我。不過萬一她不愛我……我絕對不娶別的女人，也不可能愛別人。但願不太晚。

丹妮一言不發。他赴死的動機比先前更明白了。她決定不拿日記給老彭看，便含淚收入自己的皮箱裏。

他們和段雯、恬恬兒一起運棺材回漢口。一路上老彭和丹妮靜靜坐著，彼此很少說話，各自想心事。

木蘭全家帶孝來接他們。丹妮一看到木蘭，又泣不成聲。木蘭馬上看出丹妮的倦容，叫她暫住在她家。丹妮一到家就完全崩潰了。第二天她發高燒，一直說胡話。

木蘭又驚慌又難過，叫人去請老彭，他目前正留在漢口料理喪事。老彭來了，面白如紙。他進去看丹妮，丹妮還迷迷糊糊的，木蘭把他帶到另一個房間，好單獨談話。沉默了半晌之後，她問起詳細的情形。他告訴她伯牙去世的經過，也提到現在由丹妮保管的愛情誓言。

「我們怎麼樣替她安排最妥當？」木蘭說。

老彭深深嘆了一口氣說，「最重要的是她有孕在身。」

「如果是男孩子，他就是姚家唯一的男性曾孫。我弟弟阿非只有女兒。我們可以使婚姻合法，但是要這麼年輕的女孩子守寡實在很難。一切必須由她來選擇。不過就算她寧願保持自由身，我也會好好供養那個孩子。」

老彭想了很久，然後說，「如果她同意，最好讓小孩姓姚家的姓氏了。我們可以安排一個簡單的儀式，叫她當著親友面前和伯牙的靈位成親。不過我們當然不能替她決定，叫她守寡。等她好一點再說。對她暗示一下，看她的反應如何。」

「如果她同意，就要趕快辦。我們得把葬禮甚至訃聞耽擱下來，因爲通知上必須印寡婦和親族的名字。」

第二天丹妮的神智清醒多了，不過人還躺在床上，軟弱無力。木蘭對她說：

「丹妮，我得和你談談。伯牙死了，我們必須替你和孩子著想。如果你願意，我們可以使婚姻完全合法。若是男孩，他就是姚家唯一的男孫。姚家會以你爲榮，我也很榮幸和你結成親戚。若是如此，我們就得在訃聞上印你的名字。不過你若寧願維持自由身，我們還是很樂意供養伯牙的孩子。想一想再通知我。好好想清楚。等你決定了，就選擇帶孝髮結的顏色，我就明白了。」

丹妮躺在床上，神情迷亂，一言不發。姚家花園的大門爲她開放，木蘭也站在那兒迎接她。過了一會兒她說，「讓我和彭先生談談。」

丹妮慢慢伸出手，把老彭的大手緊緊握住，兩個人沉默了一分鐘。她的過去、現在和未來都凝聚在那短短的一刻裏。那一刻她覺得她需要兩個人所有的力量才能做一個重大的決定，而這個決心又確定了很多事情——她對伯牙的舊情和她對眼前男子至愛的矛盾，她對死者的義務，她與生者未來的計畫，以及她對還沒有出生的人所負的責任。

老彭先開腔。「丹妮，你命真苦。你知道我唯一的興趣就是幫助你，爲你盡最大的力量。我們完全誤解了伯牙。他的愛是真誠無私的大愛。他犧牲而死……」

聽到這句話，丹妮淚流滿面。過了一會兒他又說，「丹妮，現在你很難思考。我仍然願意娶你。但是現在我們應該爲他的小孩打算。他並沒有配不上你。你若願意做他的寡婦，婚事可以在訃聞發出前生效。這個經驗你受不了，我也受不了。但是你若真的明白佛道，你應該有力量忍受今後的一切。」

「但是你呢？」丹妮軟弱地說。

「我會撐下去。想想你在鄭州旅館的領悟。要勇敢，丹妮！不久你就有孩子了，他會充實你的人生。一心替別人工作，你就會找到高於個人悲哀的大幸福。」

「我還能參加你的工作嗎？」

「爲什麼不行？經過這一回，你我必須努力尋找更高的幸福。」

第二天早上，木蘭看見丹妮髮上的藍結換成白色，知道丹妮已下定決心。他們匆匆準備，婚禮要在第三天舉行。

爲了使場面隆重，老彭特地請董先生來主持。董先生當時正在漢口訪問，老彭知道他也是佛教紅十字會的會董。時間緊迫，「召靈」儀式必須在葬禮前舉行。選定的吉辰是傍晚六點。廳上掛了兩個白燈籠，上面用藍色寫著「姚」字，靈牌聖龕前點了兩根白燭。聖龕是伯牙的放大相，四周圍著白綢綵帶。

在司儀的指揮下，董先生面向東南而立，接著祈禱，在靈牌上點一個朱紅印。點完之後，司儀宣布第二道儀式，叫人把靈牌放進聖龕。然後司儀請新娘出來。丹妮走出東廂，由玉梅攙著，身穿白孝服，眼神黯淡，面孔蒼白悲戚，有如一枝映雪的梨花，慢慢走到聖翕前。依照木蘭所提的古禮，她對伯牙的靈位鞠了兩個躬，木蘭收養的一個孤兒代表神靈，替已死的新郎鞠兩個躬回禮。簡單的儀式就完成了。

董先生在結婚證書上蓋印之前，先含著莊重的微笑對新娘說，「我解開過不少祕密。只有你成功地避開了我。我以爲你一直在北平哩，如今我在這兒找到你了。恭喜。」

玉梅堅持要出席婚禮，就應邀擔任證婚人之一，此外還有老彭、木蘭和新亞。她在證書上自己的姓名頂畫圖，一顆顆淚珠滾下雙眼。

丹妮痛哭失聲。

六月時節，丹妮回到洪山，繼續從事難民屋的老工作，一身白衣，爲丈夫服孝。姚家決定給凱男五萬塊錢。現在丹妮有足夠的資金推展工作了。

時間一個月一個月過去，丹妮漸漸恢復了元氣。分娩的時候快到了，她下山住在木蘭家。九月一日，敵軍正向漢口進逼的時候，她生下一個男孩。

同時恬恬兒已光榮取代了萍萍在丹妮心中的地位，她哥哥也設法來洪山與大家相聚。洪山的難民屋一片安詳。老彭和丹妮在共同的奉獻中找到了意想不到的幸福。

伯牙的墳墓就在山上不遠的地方。墓誌銘是丹妮選的，老彭也欣然同意。那不是佛教名言，而是全世界通行的聖經詩句：

為友捨命，人間大愛莫過於斯。

林語堂作品精選：6

風聲鶴唳【經典新版】

作者： 林語堂
發行人：陳曉林
出版所：風雲時代出版股份有限公司
地址：10576台北市民生東路五段178號7樓之3
電話：(02) 2756-0949
傳真：(02) 2765-3799
執行主編：劉宇青
美術設計：吳宗潔
行銷企劃：林安莉
業務總監：張瑋鳳

初版二刷：2023年1月
ISBN：978-986-352-598-1

風雲書網：http://www.eastbooks.com.tw
官方部落格：http://eastbooks.pixnet.net/blog
Facebook：http://www.facebook.com/h7560949
E-mail：h7560949@ms15.hinet.net
劃撥帳號：12043291
戶名：風雲時代出版股份有限公司

風雲發行所：33373桃園市龜山區公西村2鄰復興街304巷96號
電話：(03) 318-1378
傳真：(03) 318-1378
法律顧問：永然法律事務所 李永然律師
　　　　　北辰著作權事務所 蕭雄淋律師

行政院新聞局局版台業字第3595號 營利事業統一編號22759935

定價：280元

國家圖書館出版品預行編目資料

林語堂作品精選：6 風聲鶴唳 經典新版 / 林語堂著. -- 初版. -- 臺北市：風雲時代, 2018.05　面；　公分

ISBN 978-986-352-598-1（平裝）

857.7　　107004840